ullstein

Das Buch

Brek Cuttler ist eine erfolgreiche und glückliche junge Frau: Sie arbeitet als Anwältin, ist Mutter einer süßen Tochter und hat einen bekannten Fernsehmoderator zum Mann. Doch plötzlich findet sie sich im Himmel wieder. Tot. Sie weiß nicht, warum sie gestorben ist, aber sie erfährt schnell, dass sie eine wichtige Aufgabe im Jenseits hat: Sie soll andere Verstorbene vor dem Jüngsten Gericht verteidigen. Verstorbene, die gemordet haben, und solche, die gequält wurden, Schuldige und Unschuldige. Doch was ist Schuld eigentlich? Und hat jemand, der große Schuld auf sich geladen hat, nicht vielleicht auch Gutes vollbracht? Mit ihrem Mentor Luas, einem Anwalt, der seit Jahrtausenden verstorbene Seelen vertritt, begibt Brek sich auf eine Reise durch das Dies- und Jenseits, durch Gegenwart und Vergangenheit, um der Frage nach Gerechtigkeit nachzugehen und festzustellen, dass auch sie selbst nicht frei von Schuld ist. Und um zum Schluss das schwierigste Urteil ihres Lebens zu fällen.

Der Autor

James Kimmel ist Anwalt und beschäftigt sich insbesondere mit dem Zusammenhang zwischen Gesetz und Spiritualität. Außerdem hilft er psychisch Kranken und Drogenabhängigen im Umgang mit dem Strafjustizsystem. Er lebt mit seiner Frau und seinen zwei Kindern in Pennsylvania.

James Kimmel

Was danach geschah

Roman

Aus dem Amerikanischen
von Helmut Splinter

Ullstein

Besuchen Sie uns im Internet:
www.ullstein-taschenbuch.de

MIX
Papier aus verantwortungsvollen Quellen
FSC® C006701
www.fsc.org

Deutsche Erstausgabe im Ullstein Taschenbuch
1. Auflage Dezember 2012

Titel der amerikanischen Originalausgabe:
The Trial of Fallen Angels
(G.P. Putnam's Sons, a division of Penguin Group, USA, Inc.)
Umschlaggestaltung und Farbschnitt: ZERO Werbeagentur, München
Titelabbildung: © plainpicture/Arcangel
Satz: Pinkuin Satz und Datentechnik, Berlin
Gesetzt aus der Dorian
Papier: Holmen Book Cream, von Holmen Paper Central Europe, Hamburg GmbH
Digitaler Farbschnitt: Kösel GmbH & Co. KG
www.koeselbuch.de
Druck und Bindearbeiten: CPI – Ebner & Spiegel, Ulm
Printed in Germany
ISBN 978-3-548-28483-5

Für John, Leo, Franz, Charles, Herman und Emily,
die vorher kamen

Das bist du …

»Dass du mir folgst, ich will dein Führer sein,
Geleiten werd' ich dich durch ew'ge Räume
Wo der Verzweiflung Schrei du wirst vernehmen
Von jenen alten schmerzgebrochnen Geistern.«
Dante, *Die Hölle*

Ich erinnere mich nicht mehr.
Waren meine Augen blau wie der Himmel oder braun wie ein frisch bestellter Acker? Umspielten Locken mein Kinn, oder fiel mein Haar schwer über meine Schultern? War meine Haut hell oder dunkel? War ich kräftig oder dünn? Trug ich maßgeschneiderte Seidenkostüme oder grobe Baumwolle und Leinen? Ich erinnere mich nicht. Ich erinnere mich, dass ich eine Frau war, was mehr als nur der Erinnerung an einen Schoß und Brüste entspricht. Nur einen Moment lang erinnerte ich mich in linearer Abfolge an alle Momente, die mit Schoß und Brüsten begannen und auch dort endeten. Doch diese Erinnerungen gehen zunehmend verloren wie Ballast, der von einem vom Sturm gepeitschten Schiff abgeworfen wird. Den Verlust dieser Erinnerungen bedaure ich nicht. Ich kann kein Bedauern mehr empfinden.
Ich hieß Brek Abigail Cuttler. Ich habe eben erst erfahren, dass das, was ist, dem entspricht, was ich als kleines Kind wusste und als Erwachsene zweimal im Zwielicht erhaschen konnte. Das, was ist, habe ich aus dem erwählt, was nicht ist. Und ich werde immer sein.

TEIL EINS

1

Ich kam im Bahnhof von Schemaja an, nachdem mein Herz aufgehört hatte zu schlagen und mein Hirn seine Tätigkeit unwiderruflich eingestellt hatte.

Dies ist die medizinische Definition von Tod, auch wenn sich sowohl die Lebenden als auch, wie ich hier versichere, die Toten über dessen Endgültigkeit ärgern. Es gibt immer Grund zur Hoffnung, wie die Menschen sagen, und manchmal geschehen Wunder. Sogar nach dem Tod. Ich habe zum Beispiel entdeckt, dass, wird man am Ende doch nicht von einem Wunder am Leben gehalten, es immer noch die Möglichkeit gibt, am Jüngsten Gericht davor bewahrt zu werden, den Rest der Ewigkeit damit zuzubringen, sich den Tod anderer herbeizuwünschen.

Ich wusste nicht, dass ich gestorben war, als ich den Bahnhof von Schemaja erreichte, und hatte auch keinen Grund, dies zu vermuten. Niemand sagt einem, dass das Leben vorbei ist, wenn es so weit ist. Was mich betraf, schlug mein Herz noch, und mein Hirn funktionierte auch. Ich hatte lediglich keine Ahnung, wo ich war oder wie ich dorthin gekommen war – der einzige Hinweis für mich, dass etwas Ungewöhnliches geschehen war. Ich saß einfach allein auf einer Holzbank in einem verlassenen städtischen Bahnhof mit einer hohen Kuppel aus verrosteten Stahlträgern und zerbrochenen Scheiben, die mit Ruß verschmiert waren. Ich erinnerte mich weder an eine Zugfahrt noch an ein Ziel. Eine schwach beleuchtete Tafel im Wartebereich zeigte die Ankunfts-, aber nicht die Abfahrtzeiten von Zügen an, und ich vermutete wie die meisten, die hierherkommen, dass die Tafel defekt war oder es Probleme mit den Gleisen für die abfahrenden Züge gab.

Ich starrte zur Anzeigetafel hinauf und wartete auf einen Hinweis darauf, wo ich war oder zumindest, wohin ich fahren würde. Als ich diesen Hinweis nicht erhielt, erhob ich mich und blickte die Gleise entlang wie eine besorgte Reisende, die in der Ferne nach einem aufflackernden Licht oder einem einfahrenden Zug Ausschau hält. Die Gleise verschwanden in völliger Dunkelheit, die entweder von einem Tunnel oder einer schwarzen sternenlosen Nacht rührte. Wieder blickte ich zur Tafel hinauf, bevor ich mich verzweifelt im Bahnhof umsah: zehn Gleise und zehn Bahnsteige, alle leer; Fahrkartenautomat, Zeitungskiosk, Wartebereich, Schuhputzgerät – niemand da. Im Gebäude war es völlig still: keine Ankündigungen über Lautsprecher, keine Pfiffe, keine quietschenden Bremsen oder kreischende Luftkompressoren, keine rufenden Schaffner, sich beschwerende Fahrgäste oder bettelnde Musiker. Nicht einmal das Geräusch eines Besens, mit dem ein Hausmeister in irgendeiner Ecke den Boden fegte.

Ich setzte mich wieder und stellte fest, dass ich ein schwarzes Seidenkostüm trug. Der Anblick des Kostüms vermittelte mir etwas Sicherheit. Ich war zu Lebzeiten Anwältin gewesen, und Anwältinnen tragen immer Kostüme, um sich weniger verletzlich zu fühlen. Dies hier war mein Lieblingskostüm, weil ich darin, wenn ich den Gerichtssaal betrat, am selbstbewusstesten war und ganz und gar nicht das Gefühl hatte, mich für die junge Frau, die ich war, entschuldigen zu müssen. Ich strich vorne den Rock glatt, bewunderte den leichten Stoff und die Webart, freute mich, wie er über meine Strümpfe glitt. Es war ein wirklich schönes Kostüm – eines, mit dem ich die Blicke meiner Kollegen, der gegnerischen Anwälte und selbst der Männer auf der Straße auf mich zog. Dieses Kostüm machte aus mir eine ernstzunehmende Anwältin. Doch das Beste war: Ich hatte es bei einem Ausverkauf ergattert – ein Power-Outfit *und* ein Schnäppchen. Ich liebte dieses Kostüm.

So saß ich also allein auf einer Bank in diesem verlassenen Bahnhof, vernarrt in mein schwarzes Seidenkostüm, als ich einige kleine Flecken auf der Schulter und dem Revers der Jacke bemerkte. Die Flecken waren angetrocknet und gelblich weiß. Wahrscheinlich hatte ich mich mit Cappuccino bekleckert, meinem Lieblingskaffee. Mit einem lackierten, aber kurzgeschnittenen Fingernagel kratzte ich an den Flecken und erwartete, dass mir der Geruch von Kaffee in die Nase stieg. Doch es war ein ganz anderer Geruch, der in mein Bewusstsein drang: Babymilch.

Babymilch? Habe ich ein Kind …? Ja, natürlich … ein Kind … ein Töchterchen … jetzt erinnere ich mich. Aber wie heißt sie? Ich glaube, der Name fängt mit einem S an … Susan, Sharon, Samantha, Stephanie, Sarah … Sarah? Ja, Sarah.

Doch sosehr ich mich auch bemühte, ich erinnerte mich weder an Sarahs Gesicht oder Haar oder an die Art, wie sie kicherte oder weinte, noch an den Geruch ihrer Haut oder wie sie sich wand, wenn ich sie hielt. Ich erinnerte mich nur, dass ein Kind in mir gewachsen und Teil von mir geworden war und mich dann verlassen hatte, um Teil der Welt um mich herum zu werden – in der ich sie sehen und berühren, aber nicht in der Weise schützen konnte, wie ich es getan hatte, solange sie noch in mir gewesen war. Dass ich mich aber nur an den Namen meiner Tochter erinnerte, bereitete mir überhaupt keine Sorgen. Dort auf der Bank im Bahnhof von Schemaja sitzend, sorgte ich mich mehr um die Flecken auf meiner Jacke und befürchtete, dass jemand sehen könnte, was mit meinem schwarzen »Ich gehöre dazu«-Seidenkostüm geschehen war.

Ich kratzte kräftiger an den Flecken, doch sie ließen sich nicht entfernen. Also leckte ich mir über die Fingerspitzen. Plötzlich wurden die Flecken größer, änderten ihre Farbe von gelblich weiß zu einem dunklen Weinrot.

Das Kostüm ist schlecht gefärbt ... deswegen war es heruntergesetzt.

Doch auch die Form der Flecken veränderte sich. Sie wurden flüssig, liefen in roten Streifen an meiner Jacke, meinem Rock, meinen Beinen hinab. Faszinierend. Ich tupfte mit den Fingern auf die rote Flüssigkeit, vorsichtig zunächst, wie ein Kind, dem man einen Farbtopf in die Hand gedrückt hat, dann beherzter. Ich malte mit der Flüssigkeit zwei Strichfiguren neben mir auf die Bank – eine Mutter und ihre kleine Tochter. Die Flüssigkeit war warm und klebrig und schmeckte angenehm salzig, als ich einen Finger vorsichtig ableckte. Auf dem Boden vor mir sammelte sich eine Pfütze. Ich zog meine Stöckelschuhe aus, und fasziniert von dem samtigen Gefühl strich ich mit den Zehen darüber.

Und während ich so vor mich hin spielte, trat ein Mann an meine Bank und setzte sich neben mich.

»Willkommen in Schemaja«, begrüßte er mich. »Ich heiße Luas.«

Luas' graue Augen waren feucht, als würde er ständig an etwas Ergreifendes denken. Sein auffälliges und freundliches Gesicht, das schlaff war und an einen Frosch erinnerte, strahlte Weisheit aus wie ein abgenutztes Buch. Es kam mir vertraut vor, und nach einer Weile erkannte ich es als das Gesicht meines Mentors, des Anwalts, der mich gleich nach meinem Jurastudium eingestellt hatte.

Wie hieß er doch gleich? Ach ja, Bill, Bill Gwynne. Doch der alte Mann neben mir sagte, er heiße Luas, nicht Bill.

Luas heißt jeden in Schemaja willkommen. Jedem erscheint er anders, und jedem auf seine eigene Art – dem einen als Automechaniker oder Lehrer, dem anderen als Geistlicher oder Prediger oder gar als Wahnsinniger oder als Kombination aus allem. In Schemaja verkleiden wir den anderen so, dass er genau so aussieht, wie wir es von ihm erwarten. Für mich war Luas eine Kombination aus drei älteren Männern, die ich in meinem Leben bewundert hatte. Er trug ein weißes Hemd mit Tweedblazer, der, genau wie bei meinem Großvater Cuttler, nach Pfeifentabak mit Rumaroma roch; und er hatte, wie gesagt, Bill Gwynnes schlaffes Gesicht; doch als ich ihm hilflos wie ein Mädchen, das mit ihren Spaghetti spielt, meine rotgefärbten Füße und linke Hand zeigte, grinste er mich wissend an wie Opa Bellini, als wollte er sagen: *Ja, mein Enkeltöchterchen, ich kann es sehen; ich kann sehen, wovor du aus Angst die Augen verschließt, aber ich werde so tun, als hätte ich es nicht bemerkt.*

»Komm mit, Brek«, forderte Luas mich auf. »Wir machen dich wieder sauber.«

Woher kennt er meinen Namen?

Wieder blickte ich nach unten, doch jetzt waren meine Kleider fort – mein schwarzes Seidenkostüm und die cremefarbene Seidenbluse, mein BH, mein Slip, die Strumpfhose und die Schuhe. Eigentlich waren sie nie da gewesen. Es hatte nur die Vorstellung von Kleidern gegeben, so wie ich nur eine Vorstellung derjenigen Person war, die ich während meines 31-jährigen Lebens hatte sein wollen. Nur mein Körper blieb, nackt und blutüberströmt. Ich wusste jetzt, dass die rote Flüssigkeit Blut und dass es mein Blut war, weil es durch drei kleine Löcher aus meinem Oberkörper sprudelte und sich warm und kostbar anfühlte, wie es nur Blut tut. Plötzlich veränderte sich meine Perspektive, und es schien, als würde ich die Szene von der gegenüberliegenden Bank aus beobachten.

Wer ist diese Frau?, fragte ich mich. *Warum steckt sie nicht ihre Finger in die Löcher, um die Blutung zu stoppen? Warum ruft sie nicht nach Hilfe? Sie ist so jung und hübsch, es muss so viel geben, wofür sie leben will. Aber sie sitzt einfach nur da, sieht nur an sich hinab und jammert innerlich – wegen des zu spät gerinnenden Blutes, wegen der Teile ihres Körpers, die einmal zu einem Ganzen gehört haben. Und da – sieh nur, wie ihr Hirn flackert, zuerst die Denkfähigkeit verliert, dann das Bewusstsein. Horch. Das Rauschen des Nichts erfüllt ihre Ohren.*

Luas zog seine Jacke aus und legte sie mir um die Schultern. Ich weinte, und er umarmte mich wie eine Enkelin, die ich hätte sein können. Ich weinte, weil ich mich an eine Vergangenheit erinnerte, die es vor dem Bahnhof von Schemaja und Luas gegeben hatte, vor den Babymilch- und Blutflecken. Ich erinnerte mich an meine Augen, irischgrün wie die meines Vaters, an mein Haar, lang, dicht und italienischschwarz wie das meiner Mutter. Ich erinnerte mich an den leeren rechten Ärmel meiner Kleider, zurückgesteckt, hochgekrempelt oder zugenäht. Ich erinnerte mich, dass sich die Leute fragten – das sah ich ihren Gesichtern an –, womit ein achtjähriges Mädchen all die leeren Ärmel verdient hatte. Ich erinnerte mich, dass ich ihnen hatte sagen, sie daran hatte erinnern wollen, dass Gott die Kinder für die Sünden ihrer Eltern bestraft.

Ja, einen kurzen, unerträglichen Moment lang erinnerte ich mich bei meiner Ankunft am Bahnhof von Schemaja an viele Dinge. Ich erinnerte mich an in der Sonne sterbende Flusskrebse und an die grausame Ungerechtigkeit. Ich erinnerte mich an den Gestank verrottender Pilze und an die Unmöglichkeit zu vergeben. Ich erinnerte mich an die Transportkette des Miststreuers meines Großvaters, mit dem mein rechter Unterarm ab dem Ellbogen abgerissen und mitsamt dem Dung aufs Feld geschleudert wurde. Ich erinnerte mich an das engelhafte Gesicht meiner Tochter Sarah, zehn Monate alt und jung und frisch, mein heißgeliebter Schatz. Ich erinnerte mich an die Babymilch, die aus ihrem Fläschchen auf den leeren rechten Ärmel meiner Kostümjacke getropft war, und an die leichten Gewissensbisse, weil ich sie an diesem Morgen in der Tagesstätte hatte abgeben müssen, und die heftigen Gewissensbisse, weil ich erleichtert gewesen war. Ich erinnerte mich an Staub auf Gesetzesbüchern und den bitteren Geschmack von Kaffee. Ich erinnerte mich, meinem Mann gesagt zu haben, dass ich ihn liebte, und zu wissen, dass es stimmte. Ich erinnerte mich, meine Tochter am Ende des Tages abgeholt zu haben, und an unser freudiges Schreien, als wir einander erblickt hatten. Ich erinnerte mich, auf dem Heimweg *Heißen Tee und Bienenhonig* für sie gesungen und mich gefragt zu haben, was mein Mann zum Abendessen gemacht haben würde, weil er dafür freitags immer zuständig war. Am intensivsten erinnerte ich mich an das Gefühl, wie angenehm mein Leben für mich geworden war … und dass ich alles tun … alles geben … *vor nichts haltmachen würde* …, damit es andauerte.

Und dann verblassten meine Erinnerungen, als hätte man einen Stecker gezogen. Es gab nur noch in Blut verwandelte Babymilch. Es war überall, auf meinem Gesicht, Hals und Bauch, lief an meinem Ellbogen und meinem Handgelenk hinab, am Stumpf meines rechten Arms, färbte meine Beine und Füße und Zehen rot, schwemmte mein Leben aus meinem Körper und ergoss sich über Luas, malte uns in einer gemeinsamen Umarmung, sickerte durch seine Jacke und sein Hemd, breitete sich über sein Gesicht aus, bildete eine Pfütze auf dem Boden mit hässlichen roten Klumpen an den Rändern.

So traf ich am Bahnhof von Schemaja ein, als ich starb.

Und irgendwo im Universum seufzte Gott.

2

Luas führte mich vom Bahnhof zu einem nahe gelegenen Haus. Wir folgten einem Feldweg durch einen Wald, über eine Weide, durch einen Garten und über einen Rasenstreifen. Die Stadt, die ich mir jenseits der Bahnhofsmauern vorgestellt hatte, gab es nicht. Wir waren auf dem Land.

Der mondlose Himmel schillerte wie dunkelviolettes Bleiglas. Luas sprach kein Wort, stützte mich nur, wenn ich wankte. Ich war immer noch fassungslos. Alle paar hundert Meter wechselte das Wetter zwischen den Extremen von heiß und kalt und nass und trocken, als wäre auch der Himmel fassungslos. Ich spürte keine körperlichen Schmerzen. In einer dunklen Ecke meines Gedächtnisses hämmerte mein Oberkörper und kreischten meine Nerven – kaum noch greifbare Eindrücke, mehr Erinnerungen als Gefühle. Meine Haut, mit getrocknetem Blut überzogen, fühlte sich an wie eine erstarrte Hülle.

Vor dem Haus, in das Luas mich führte, befand sich eine große Veranda mit einer weißen Balustrade und breiten grünen Stufen. An der Decke hing eine achteckige Lampe, die Lichtpunkte auf die Wiese warf. Das Haus erinnerte mich an das meines Ururgroßvaters am Brandywine River im Norden von Delaware. Auch seines war mit bedrohlichen viktorianischen Türmchen, Giebeln und hübschen

Schnitzereien entlang der Dachkanten und der Verkleidung verziert wie so viele große Häuser aus den 1920er Jahren. Alles daran war massiv und für die Ewigkeit gedacht, ein Bollwerk gegen Schicksal und Zeit – die schweren Back- und Natursteine, das Schieferdach, die hohen Fenster und Decken, die dicken Säulen der Veranda und die robusten Messingknäufe.

Auf der Veranda stand eine alte Frau, die uns aufgeregt zuwinkte. Luas drückte meine Hand und half mir die Veranda hinauf.

»Unser Gast ist endlich eingetroffen, Sophia«, verkündete er.

Sie umarmten sich höflich, wie ältere Paare dies zu tun pflegen. Ich rechnete schon damit, dass die alte Frau losschreien würde, wenn sie merkte, dass ihr Mann eine nackte, blutverschmierte Frau mit nach Hause gebracht hatte, die nicht einmal halb so alt war wie er. Doch sie tat so, als wäre sie den Anblick solcher Gäste gewohnt. Sie kam auf mich zu und umarmte mich, ohne darauf zu achten, dass ihr blaues Kleid aus Chamois Flecken bekam, bevor sie sich ein Stück zurücklehnte, um mein Gesicht sehen und meine Wangen streicheln zu können.

»Danke, Luas. Vielen Dank«, sagte sie atemlos und weinte beinahe.

Luas zwinkerte mir zu und ging, eine Spur aus blutigen Schuhabdrücken hinterlassend, die Stufen wieder hinunter in die Dunkelheit, aus der wir gekommen waren.

Die sind offenbar wahnsinnig, dachte ich.

Sophia hatte ein urtümliches mediterranes, ausdrucksvolles und stolzes Gesicht mit kantiger Stirn und dünnen Lippen. Ihr mattes graues Haar hatte sie zu einem Dutt zusammengebunden, und sie sprach mit italienischem Akzent.

»Oh, Brek«, flüsterte sie. »Mein liebes, liebes Kind.«

»Nana?«

Ich hauchte den Namen mit einem leisen Winseln. Eine Sammlung alter Fotografien fiel mir ein – das Gesicht meiner Urgroßmutter, Sophia Bellini, meiner Nana. Sie war an einem Schlaganfall gestorben, als ich vier Jahre alt gewesen war.

»Ja, mein Kind, o ja«, antwortete sie.

Meine frühesten Erinnerungen an sie stammten von ihrer Beerdigung. Ich hatte einen Aufstand gemacht, weil meine Mutter von mir verlangt hatte, Nana Bellini im offenen Sarg zum Abschied zu küssen. Ich erinnerte mich an die Ohrfeige meiner Mutter und daran, dass Nana ihre Augen nicht geöffnet hatte und ihr Lächeln auf ihrem ernsten, kranken Gesicht starr geblieben war.

»Nana?«

»Ja, Kind«, antwortete sie erneut und zog mich an sich. »Willkommen zu Hause.«

Ich lächelte und löste mich aus ihrer Umarmung.

In jedem Alptraum erreicht man einen Moment, in dem der Unglaube unerträglich wird und man sich entscheiden muss, ob man aufwachen oder das Drama mit dem tröstenden Gedanken fortsetzen will, dass es schließlich nur ein Traum ist.

Ich ging um Nana, die Illusion, herum und strich mit den Fingern über die weiße Säule gleich oberhalb der Stufen. Dort standen meine Initialen – B. A. C. –, mit einem Nagel eingeritzt an einem Nachmittag im August, als ich auf der Veranda gesessen, Eistee getrunken und mich gefragt hatte, wann der Sommer endlich enden und die Mittelschule beginnen würde. Der Geruch von Mottenkugeln und Knoblauch, der aus der Küche strömte, war ebenso typisch für das Heim meiner Großeltern wie der Duft von Flieder für den Spätfrühling. Die Fliegengittertür quietschte zweimal wie immer, und auf der Waschkommode im Flur standen unsere Familienbilder.

»Ich träume«, sagte ich zu Nana. »Der Traum ist wirklich seltsam.«

Sie verzog ihr Gesicht zu dem gleichen wissenden Lächeln, mit dem Luas mich am Bahnhof angesehen hatte, als wollte sie sagen: *Ja, meine Urenkelin, ich verstehe. Du bist noch nicht bereit, deinen Tod zu akzeptieren, also müssen wir so tun, als lebtest du noch.*

»Ist es ein schöner Traum?«, fragte sie.

»Nein, ein unheimlicher, Nana«, antwortete ich. »In dem Traum bin ich tot, und du … du bist hier, aber du bist auch tot.«

»Aber ist das nicht ein schöner Traum, mein Schatz?«, fragte sie. »Zu wissen, der Tod ist nicht das Ende von allem?«

»Ja, das ist schön«, stimmte ich zu. »Ich versuche, mich daran zu erinnern, wenn ich aufwache, und an dich versuche ich, mich auch zu erinnern. Irgendwie erinnere ich mich nicht an dein Gesicht, Nana. Ich war zu jung, als du starbst.«

Nana lächelte mich vergnügt an.

»Oje, das ist aber ein langer Traum«, stellte ich fest und reckte mich und gähnte. »Ich habe das Gefühl, als würde ich schon die ganze Nacht lang träumen. Aber das ist gut. Das heißt, ich schlafe tief und fest. Ich bin so müde, Nana. Ich möchte noch ein bisschen weiterschlafen, aber keine Angst mehr haben. Ich möchte, dass dieser Traum schön wird.

Können wir einen schönen Traum daraus machen, damit ich nicht aufwachen und dich verscheuchen muss?«

»Ja, mein Schatz.« Wieder umarmte mich Nana. »Wir können einen schönen Traum daraus machen. Den schönsten, den du je hattest.«

Wortlos führte sie mich die Treppe hinauf, ließ mir in einer klauenfüßigen Eisenwanne ein Bad ein und hängte einen dicken Frotteebademantel an die Tür. Schon jetzt wurde der Traum besser. Bevor sie mich in die Wanne steigen ließ, blieb sie stehen und blickte auf den Stumpf meines rechten Arms. Ich lächelte, wie immer, wenn jemand dorthin sah, um ihr das unangenehme Gefühl zu nehmen. Sie küsste mich auf die Stirn und schloss die Tür.

Obwohl die Wunden nicht mehr bluteten, färbte sich das Wasser rot, und ich musste zweimal frisches Wasser einlassen. In meinem Oberkörper befanden sich drei Löcher: eins in meinem Brustbein, zwei in meiner linken Brust. Gleichgültig betastete ich die Löcher wie drei gewöhnliche Flecken. Unter meinem Finger spürte ich das weiche, zerrissene und geschwollene Gewebe und die zackigen Kanten von gesplitterten Knochen.

Nach meinem Bad schlüpfte ich in den Bademantel, den Nana für mich an die Tür gehängt hatte, schlich durchs obere Stockwerk des alten Hauses und ließ sowohl angenehme als auch traurige Erinnerungen in mir aufsteigen. Im Schlafzimmer von Nana und Urgroßvater Frank hing das Foto der beiden, auf dem sie an ihrem dreißigsten Hochzeitstag glücklich vor der Mailänder Scala posierten. Einen Monat später, hatte mir meine Mutter erzählt, habe Urgroßvater Frank auf einer Geschäftsreise in Mailand seine Geliebte genau in diese Oper ausgeführt. Nana hatte die Erniedrigung und ihre Wut irgendwie verwunden und ihm die Vergebung gewährt, nach der er sich gesehnt hatte. Im Gegenzug dazu hatte Urgroßvater Frank an der Wand zwischen den Fenstern ein großes Kruzifix mit einem großen Christus aufgehängt, dessen traurige Augen wie zur Mahnung auf Urgroßvater Franks Seite des Bettes gerichtet waren. Im Jahr darauf war er an einem Herzinfarkt gestorben.

Nach Nanas Tod waren meine Großeltern in das Haus gezogen und hatten es mit ihrem Hab und Gut angefüllt, doch das Kruzifix war geblieben – wachsam, aufmerksam, mahnend. Ich erinnerte mich an das Haus als das ihre, nicht als das von Nana. Unter dem Kreuz stand ein kleines Regal mit gebundenen Büchern von Locke, Jefferson und Oliver Wendell Holmes sowie unbedeutendere Abhandlungen über Vertrags- und Verfahrensrecht. Es waren die schweren juristischen Bücher meines Großvaters, deren Ledereinbände ich mir nach dem Unfall mit meinem Arm und dem folgenden Prozess mit Ehrfurcht und Verehrung angesehen hatte. Das Streben nach Gerechtigkeit erschien mir als Religion edler und ehrlicher zu sein als diejenige, die jeden Sonntag in der Kirche gepredigt wurde.

Das Zimmer meines Onkels Anthony nebenan war eine auf das Jahr 1968, dem Jahr nach Nanas Tod, versiegelte Zeitkapsel. Auf einigen der Schwarzweißfotos an den Wänden lehnt er gegen eine Haubitze, sein von Angst und Müdigkeit gezeichnetes Gesicht zu einem gequälten Lächeln verzogen. Erkennungsmarken und ein Kruzifix, bei dem der rechte Arm abgebrochen ist, hängen an einer Kette um seinen Hals. Das einzige Farbfoto im Zimmer war zwei Jahre zuvor aufgenommen worden. Darauf steht der stattliche, tapfere Oberstleutnant Anthony Bellini in

Paradeuniform neben einer amerikanischen Flagge. Meine Großeltern hatten das Bild auf der Kommode neben den Erkennungsmarken, dem zerbrochenen Kruzifix und dem traurig blauen Stoffdreieck stehen lassen, Dinge, die ihnen bei Onkel Anthonys Beerdigung überreicht worden waren. Ich liebte dieses zerbrochene Kruzifix. Jesus fehlte derselbe Arm wie mir, und wenn ich es berührte, fühlte ich mich irgendwie verstanden. An Onkel Anthony erinnerte ich mich nicht mehr. Er war kurz nach meiner Geburt nach Vietnam geschickt worden. Als ich mich nach ihm erkundigt hatte, war mir nur gesagt worden, er sei als Held gestorben.

Das Zimmer auf der anderen Seite des Flurs hatte zuerst Gus, dem Bruder meines Großvaters, gehört, anschließend Onkel Alex, bevor er selbst zwei Jahre nach Onkel Anthony nach Vietnam geschickt worden war. Onkel Alex allerdings war in einem Stück aus dem Krieg heimgekehrt, so dass meine Großeltern keinen zweiten Schrein anlegen mussten. Stattdessen hatten sie das Zimmer als Lager für kaputte Stühle, Gerümpel und Kisten genutzt, die im Haus kein anderes Zuhause gefunden hatten.

Meine Mutter war das älteste der drei Bellini-Kinder. Nach ihrer Hochzeit war ihr Zimmer das Gästezimmer geworden, aber ihre Sachen waren geblieben. Über dem weißlackierten Bett hing ein schäbiger Baldachin, den ich hasste. Zwei alte, zerlumpte Puppen, die dringend ein Bad brauchten, kauerten vor den Kissen und sehnten sich nach Zuneigung. Die Fenster waren mit aus alten Tischdecken genähten Spitzenvorhängen verziert, und am Fußende des Bettes stand eine Aussteuertruhe aus Tannenholz voll mit albernen Briefen, geplätteten Röcken und Fotos von Pferden und Kätzchen. Es war das Zimmer des kleinen Mädchens, das meine Mutter in vielerlei Hinsicht ihr Leben lang geblieben war. Ihr Zimmer lag wie das einer Prinzessin hoch oben im Turm – ein ovaler Zufluchtsort, der vor Räubern und Drachen durch kleine Fenster geschützt war, die sich bogenförmig um die Front und die Seiten des Hauses erstreckten. Mom und ich hatten hier nach der Scheidung von meinem Vater ein ganzes Jahr gelebt. Ich hatte im selben Bett neben ihr geschlafen. Wir hatten Popcorn gegessen und Bücher gelesen, und manchmal hatte sie sich in den Schlaf geweint. In diesem Bett war ich die Erwachsene gewesen, was mir ein Gefühl der Sicherheit gegeben hatte. Erwachsene waren immer sicher. Sie hatte mich nach dem Unfall mit meinem Arm gesund gepflegt, und ich war froh, nun ihr beistehen zu können. Ich konnte meinen Vater genauso wenig ersetzen, wie sie meinen rechten Arm wieder nachwachsen lassen konnte, doch wir hatten einander geholfen, uns von unseren Wunden zu erholen. Wir waren uns nie so nah gewesen wie manch andere Mütter und Töchter, doch wir liebten und verstanden einander, wie dies nur Mütter und Töchter können.

Nach meinem Bad hatte ich mich anziehen und wieder nach unten gehen wollen, um mit Nana zu reden, doch plötzlich fühlte ich mich müde und schwach, als würde ich in meinem Traum in eine tiefere Ebene des Schlafs abgleiten. Ich gab dem Verlangen nach, schlüpfte mit den Puppen im Bett meiner Mutter unter die steife Baumwolldrillichdecke und schaltete die weiße Einhornlampe aus. Ich versank in einen tiefen Schlaf. Während dieses Schlafs träumte ich von meinem letzten Tag auf Erden.

3

Es ist frühmorgens, und ich stille Sarah im Bett bei eingeschaltetem Fernseher. Wir sehen uns Bo als neuen Nachrichtensprecher in den Morgennachrichten auf Channel 10 an. Er übt sich in einem lockeren Gespräch mit Piper Jackson, der unglaublich begriffsstutzigen, aber auch unglaublich schönen Wettermoderatorin. Ungeachtet der Wetterbedingungen, garantieren Pipers enge Röcke und Blusen einen klaren Himmel und Hochdruck. Bo und Piper geben am Set und auf den schicken neuen Werbetafeln entlang des Highways, von denen sie gemeinsam herunterlächeln, das perfekte Paar ab. Allein diese Werbung hat bereits für hohe Einschaltquoten gesorgt. Jeden Morgen verzehre ich mich vor Eifersucht – bis Piper den Mund aufmacht. Heute unterhält sie sich mit Bo über einen Tsunami, der gerade die Nordküste Japans verwüstet hat. Sie spricht das Wort wie »Samurai« aus und überlegt, ob die japanischen Krieger auf diese Weise zu ihrem Namen gekommen sind. Bo erschaudert.

»Es wird *Tsu-na-mi* ausgesprochen, Piper«, erklärt er.

Piper sieht ihn verwirrt an wie ein Hündchen, das ausgeschimpft wird, weil es auf den Teppich gepinkelt hat.

»Was ist das?«, fragt sie.

»Das japanische Wort für Flutwelle.«

»Ups«, erwidert sie unbekümmert. Ihre erdbeerroten Lippen reifen vom Schmollmund eines gescholtenen zum Lächeln eines bösen Mädchens. »Hm, damit ist ja wohl klar, warum man japanische Krieger Tsunamis nennt.«

Der Kameramann weiß genau, was zu tun ist. Er zoomt Piper näher heran, um ihr tief ausgeschnittenes Oberteil und zugegebenermaßen beeindruckendes Dekolleté perfekt ins Bild zu bekommen. Fast schon kann man den spontanen Applaus der Männer in ganz Zentralpennsylvania und das spontane Aufstöhnen ihrer Ehefrauen, Freundinnen und Mütter hören. Ich habe Bo gebeten, nur seine Nachrichten zu verlesen, doch Piper und ihre Brüste sind größer und besser als Nachrichten.

Sarah, die sich nicht um Einschaltquoten schert, ist satt und, egal worüber er spricht, glücklich darüber, die Miniaturausgabe ihres Vaters im Kasten auf der Kommode zu sehen. Manchmal versucht sie, etwas zu erwidern, als würden sie sich unterhalten.

Ich dusche rasch, während ich überlege, woran ich den Antrag auf ein Urteil in dem beschleunigten Verfahren festmachen soll, an dem ich gerade arbeite, und schiebe meinen Kopf nach draußen, um zu sehen, ob Sarah noch auf dem Bett liegt. Als ihr Papa um sieben Uhr von einem Kollegen abgelöst wird, schalte ich auf Big Bird um, beende die Schminkprozedur und ziehe meine cremefarbene Seidenbluse und das schwarze Seidenkostüm an. Im Kinderzimmer wechsle ich Sarah die Windel und ziehe ihr zunächst einen hellen Baumwollstrampler an, entscheide mich dann aber für eine Hose und ein Sweatshirt, weil mir die am späten Nachmittag durchziehende Kaltfront einfällt, von der Piper sprach. Voller Erstaunen betrachtet Sarah ihre sich über ihrem Kopf bewegenden Hände, als würde sie sie zum ersten Mal sehen – zwei Vögel, die wie aus dem Nichts auftauchten und verzückt zur Musik dahingleiten, die in ihrem winzigen Kopf flüstert. Mit aller Kraft versuche ich, diesen Moment wegzupacken – die riesigen, erstaunten Augen, die sich vorsichtig bewegenden Finger, das Sonnenlicht, das ihre Entdeckungen in strahlendes Licht taucht, die glänzende, perfekte Haut auf ihrem Bauch. All das verschließe ich in meinem Gedächtnis wie ein Schmuckstück in einem Schließfach, um es später noch einmal bewundern zu können.

Ich bringe Sarah mit dem Auto in die Tagesstätte des Juniata College, wo die Pädagogikstudenten ihre Praktika absolvieren. Die Einrichtung ist hell und sauber, und es geht fröhlich zu. Die Professoren und Studenten sind erpicht darauf, die neusten Methoden und Techniken zur Entwicklung des kindlichen Geistes zu erproben. In den kleinen Gruppen erhält Sarah immer genügend Anregungen und Aufmerksamkeit. Immer lacht und spielt sie, und ihre Kinderärztin sagt, ihre sprachliche und kognitive Entwicklung sei für ihr Alter überdurchschnittlich. Wenn ich Sarah hier tagsüber einen Besuch abstatte, bin ich immer wieder überzeugt davon, dass sie hier besser dran ist, als wenn ich mich zu Hause um sie kümmern würde. Doch wenn ich ihr morgens einen Abschiedskuss gebe und sie mit ihren kleinen Händen fuchtelt und mich mit ihren braunen Augen traurig anblickt, frage ich mich, ob ich mir selbst etwas vormache – oder ob ich leide, obwohl es ihr gutgeht.

Während ich den Sicherheitsgurt von ihrem Sitz löse, stellt sie ihr Fläschchen auf den Kopf, als wolle sie mir absichtlich Babymilch über meine Jacke kippen.

»Hey, lass das!«, schimpfe ich in gespielter Wut. »Niemand darf Mamis Lieblingskostüm dreckig machen, auch nicht so ein süßes Ding wie du.«

Um halb neun treffe ich in der Kanzlei ein und winke dem froschgesichtigen Bill Gwynne zu, der mit einem Mandanten telefoniert. Auf seinem Schreibtisch, der gestern Abend von seiner Sekretärin aufgeräumt wurde, herrscht bereits wieder Chaos. Unsere Kanzlei befindet sich in einem alten roten Backsteinreihenhaus neben dem Bezirksgericht in Huntingdon, Pennsylvania. Als die Stadt Ende des 18. Jahrhunderts gegründet wurde, hatte das Haus einem Schmied als Werkstatt gedient. Ich bringe meine Aktentasche und Handtasche in mein Büro im ersten Stock, wo ich zuerst Milch für einen Cappuccino in einem Einmachglas in der Mikrowelle erhitze und aufschäume. Damit gehe ich in unsere kleine Rechtsbibliothek im zweiten Stock, wo ich die Recherchen fortsetze, an denen ich bereits seit vier Wochen arbeite. Ich versuche, eine Verteidigungsstrategie zu entwickeln, mit der unser sehr wohlhabender und äußerst lukrativer Mandant, Alan Fleming, die fünfhunderttausend Dollar, die er sich von einer Bank geliehen hat, nicht zurückzahlen muss. Das mag nach vergeblicher Liebesmüh aussehen, wenn nicht gar nach einem skrupellosen Vorhaben, doch genau das gefällt mir an meiner Tätigkeit als Anwältin: die intellektuelle Herausforderung, einen Fall, den die meisten anderen Anwälte verlieren würden und verlieren sollten, zu gewinnen, indem ich irgendwo eine bisher übersehene Tatsache oder ein vergessenes Gesetz ausgrabe.

An diesem Vormittag überreicht mir die blinde Justitia ein großzügiges Geschenk in Form einer wenig bekannten Bankenbestimmung aus der Weltwirtschaftskrise der 30er

Jahre, *Regulation U* genannt. Mit dieser Bestimmung ist es Banken verboten, Darlehen zu vergeben, mit denen Wertpapiere erworben werden, wenn andere Wertpapiere als Nebensicherheit verpfändet werden, deren Wert weniger als fünfzig Prozent des Darlehens beträgt. Mit dieser Bestimmung sollte verhindert werden, dass Zusammenbrüche am Aktienmarkt das Bankensystem mit sich reißen. Mir fällt sie ins Auge, weil Alan sich mit dem Darlehen Aktien kaufte, dafür aber, wie ich mich erinnere, andere Aktien verpfändete, deren Wert nur fünfunddreißig Prozent des Darlehenswertes betragen. Wenn die Bank dies wusste, war diese Bestimmung nicht erfüllt, und die Bank dürfte das Geld nicht im Rahmen einer Klage von Alan zurückverlangen. Wir würden den Fall dank eines Formfehlers gewinnen.

Ich renne nach unten in mein Büro, weil ich in der Kopie des Aussageprotokolls von Jorge Mijares, dem für das Darlehen zuständigen Bankangestellten, nachsehen muss, ob er von Alans Vorhaben wusste, das Darlehen zum Kauf von Aktien zu nutzen. Das gesamte Protokoll umfasst mehrere hundert Seiten mit Zeugenaussagen, die vor einem Gerichtsstenographen unter Eid gemacht wurden. Alle Zeilen sind zum einfacheren Auffinden durchnummeriert. Beim Überfliegen erinnere ich mich, dass mich Jorge Mijares, wie die meisten männlichen Zeugen, mit denen ich während meiner kurzen Juristinnenlaufbahn zu tun hatte, nicht ernst nahm, weil ich eine junge Frau war. Diesen Umstand nutzte ich zu meinem Vorteil. Ich kämpfte nicht gegen die Arroganz dieser Männer an, sondern flirtete mit ihnen und setzte ihre eigenen Vorurteile als Waffe gegen sie ein. Dank ihrer grenzenlosen Eitelkeit wurden sie unaufmerksam und leichtsinnig – und verrieten mehr, als sie geplant hatten.

Auf Seite 155 finde ich die erhoffte Zeugenaussage, mit der der Fall der Bank wie ein Kartenhaus in sich zusammenfallen wird. Ich bin begeistert. Mit der Kopie und der Bankenbestimmung gehe ich zu Bill, der mit der Nase in einer Akte steckt, und lege die Sachen auf den letzten freien Platz auf seinem Schreibtisch.

»Ja?«, brummt er, ohne aufzublicken.

Bill ist morgens immer gereizt, und an diesem Morgen ganz besonders, weil er sich gleichzeitig auf Anhörungen in zwei Fällen vorbereitet. Sein Blick schießt von einer Akte zur anderen, die Blätter zerknittern zwischen seinen fahrigen Fingern. Er trägt einen konservativen grauen Anzug mit passender Weste, ein weißes Hemd und eine braune Krawatte. Er gehört der alten Schule an und zieht sein Jackett im Büro niemals aus, auch nicht im Hochsommer.

»Lies das«, verlange ich stolz.

»Warum?«

»Weil wir damit einen eigentlich hoffnungslosen Fall gewinnen werden.«

Er wirft einen kurzen Blick auf die Bestimmung. »Was hat das damit zu tun?«

»Mijares sagt aus, er wusste, dass Alan das Darlehen zum Kauf von Aktien nutzen wollte. Aber Alan hat nicht die in dieser Bestimmung geforderte Nebensicherheit hinterlegt. Das Darlehen ist aufgrund der Gesetzeslage ungültig und die Rückzahlung daher nicht einklagbar. Wir gewinnen.«

Bill schnappt sich die Kopie vom Schreibtisch. Schweigend liest er die Zeugenaussage, bis er anfängt zu lachen. »Da hat Jorge wohl ein bisschen zu viel aus dem Nähkästchen geplaudert.«

»Er hält sich gern für besonders charmant«, erwidere ich.

Bill legt die Kopie nieder, greift zu der Bestimmung und liest sie. »So charmant wird er wohl nicht mehr sein, wenn er herausfindet, dass du ihn überlistet hast«, lobt er mich. »Es freut mich, dass du mit solchen Männern fertig wirst. Jorges Vater wäre enttäuscht, wenn er das hier lesen müsste. Er war Professor für Archäologie am Juniata College. Sehr kultiviert, und er wusste, was sich gehört. Er engagierte mich, um die Weinbauern im Zyanid-Fall zu vertreten. Wohlhabende Familie. Die Mijares besitzen noch immer Weinberge in Chile.«

»Wow, in diesem Fall warst du auch aktiv?« Bills bemerkenswerte juristische Karriere gibt mir immer wieder Anlass zur Bewunderung. Ich besuchte das College, als die Öffentlichkeit gerade Angst vor roten chilenischen Weintrauben hatte, die mit Zyanid vergiftet waren. Als in den Nachrichten vor dem Verzehr dieser Trauben gewarnt wurde, begann meine Mitbewohnerin prompt, sie zu kaufen und sinnlos draufloszufuttern. Sie hasste rote Trauben, doch ihr Freund hatte gerade mit ihr Schluss gemacht. Sie sagte, sie habe nicht den Mut, sich die Pulsadern aufzuschneiden, und hielt Trauben für die bessere Möglichkeit.

Bill nickt.

»Aber ich dachte, du hast damals nur Kläger und nicht Beklagte vertreten.«

»Die Weinbauern waren die Kläger«, antwortet Bill. »Es gab kein Zyanid. Die Angstmacherei war ein Schwindel, bei der Hunderte chilenischer Bauern alles verloren – Tausende Tonnen Obst wurden beschlagnahmt und vernichtet. Wir klagten, um die Regierung zu zwingen, das Embargo aufzuheben, und die Versicherungen dazu zu bringen, die Schadensersatzansprüche zu erfüllen. Und gewannen.«

Draußen vor dem Fenster hinter Bills Schreibtisch lassen die leuchtend gelben Herbstblätter eines Ahornbaumes diesen im Sonnenlicht so aussehen, als stünde er in Flammen. Ein kleiner Spatz landet auf einem Ast und riskiert, verbrannt zu werden.

»Ich hoffe, wir gewinnen auch diesen Fall«, sage ich.

Darauf erwidert Bill nichts mehr, bis ich in der beklemmenden Stille merke, dass ich meinen Armstumpf reibe und Bill mich dabei beobachtet. Der Vogel im Ahornbaum fliegt davon. Er hat das Inferno überlebt.

»Wann ist der Schriftsatz fürs Gericht fertig?«, fragt er.

»Rohentwurf am Dienstag.«

Er legt die Bestimmung zur Seite und blickt wieder auf die Akten vor sich. »Ich bin den ganzen Nachmittag im Gericht, und anschließend habe ich eine Gremiumssitzung. Dir ein schönes Wochenende.«

»Danke, dir auch.« Ich sammle meine Sachen zusammen und erhebe mich, um zu gehen.

»Das war sehr kreative Arbeit, Brek«, hält Bill mich auf, ohne den Kopf zu heben. »Nur wenigen Anwälten wäre so etwas aufgefallen.«

»Danke.«

Ich drehe mich wieder zur Tür, zögere jedoch. Ich bin dankbar für das seltene Kompliment, habe aber plötzlich ein schlechtes Gewissen. »Dann behält Alan Fleming wegen eines Formfehlers fünfhunderttausend Dollar, die ihm nicht gehören?«

Bill seufzt enttäuscht. »Ja«, antwortet er. »Und mit etwas Glück werde ich heute Nachmittag einen Brandstifter wegen eines Formfehlers auf freien Fuß setzen. Aber nächste Woche werde ich einen unschuldigen Mann wegen desselben Formfehlers befreien, und mit einem rechtlichen Formfehler werde ich ein gerichtliches Verbot gegen den Müllplatz erwirken, auf dem Dioxin freigesetzt wird, das alle Barsche im Raystown Lake tötet. Man kann nicht das eine ohne das andere haben, Brek. Justitia hat verbundene Augen, weil sie nicht sehen soll, wer die Waagschalen belädt.«

4

Ich kehre in mein Büro zurück. Draußen spiegeln sich die scharlachroten und jasminfarbenen Blätter der Bäume im Juniata River. Jedes für sich ist ein einzigartiges Abbild für den Herbst.

Bill hat recht, denke ich. *Ich tue nichts Unrechtes, wenn ich meinen Mandanten mit Hilfe eines Formfehlers verteidige. Eigentlich habe ich meine Aufgabe perfekt erledigt, und das System funktioniert wie vorgesehen, was man weiß Gott von einem System nicht sagen kann, in dem jemand wie Piper Jackson den Wetterbericht ansagt.* Was mich daran erinnert, dass ich Bo im Studio anrufen wollte.

»Hi«, meldet er sich. »Ich wollte dich gerade anrufen.«

Ich gähne ziemlich laut und unerwartet. »Wow«, sage ich, »entschuldige. Es war ein langer Vormittag … Also, was gibt's Neues? Wurde dieser Samurai-Krieger geschnappt, der die Nordküste Japans angegriffen hat? Ich habe gehört, er hat großen Schaden angerichtet.«

»Sehr lustig«, erwidert er.

»Klingt, als hätte er die Küste tatsächlich *saké*iert.«

Bo stöhnt. »Das habe ich heute schon dreimal gehört – immer von Frauen. Ihr Mädels könnt so eifersüchtig und gemein sein. War alles in Ordnung, als du Sarah zur Kita gebracht hast?«

»*Ihr Mädels?*«, blaffe ich. »Eifersüchtig und gemein? Diese Frau ist ein plappernder Idiot. Wie hältst du sie nur aus?«

Bo zögert, tut so, als hätte er Mühe, einen Grund zu finden. Ich weiß, er mag sie, auch wenn sie peinlich ist. Schließlich antwortet er, als stünde er hilflos einer unwiderstehlichen Kraft gegenüber: »Sie hat einfach wunderschöne ... Wettervorhersagen.«

»Du bist ein Schwein, Boaz«, erwidere ich. Er hasst es, wenn ich ihn mit seinem richtigen Vornamen anrede. Seine Eltern nannten ihn Boaz nach dem Ururgroßvater von König David und dem amerikanischen Soldaten, der die Familie seiner Mutter während des Zweiten Weltkriegs vor den Nazis gerettet hatte. »Sarah geht es gut. Sie hat ihre Babymilch über mein Kostüm gekippt.«

»So was tut sie gerne«, erwidert Bo. »Ich bin auf dem Weg nach Harrisburg. Harlan Hurley wird diesen Nachmittag verurteilt. Ich soll darüber berichten, weil ich den Stein ins Rollen gebracht habe.«

Barbara, meine Sekretärin, schiebt ihren Kopf durch die Tür und sagt, dass Alan Fleming gerade anruft. Ich bitte sie aufzuschreiben, was er will. »Wann kommst du nach Hause?«

»Halb sieben oder sieben, wenn nichts dazwischenkommt«, antwortet Bo. »Müsste immer noch reichen, um das Abendessen zu machen.«

»Was steht auf dem Speiseplan?«

»Irgendwelche Wünsche?«

Ich beginne mit dem handschriftlichen Entwurf der Argumente für Alans Urteil im beschleunigten Verfahren, ohne auf Bos Frage zu achten.

»Hallo?«, ruft er. »Essen? Irgendwelche Wünsche? Ich merke doch, dass du schon wieder am Arbeiten bist.«

»Was? Ja ... der Schriftsatz fürs Gericht im Fleming-Fall. Entschuldige, ich habe gerade eine geniale Verteidigungsstrategie entdeckt. Sogar Bill war beeindruckt. Nein, mir fällt nichts zum Abendessen ein. Mach, was du denkst.«

»Ich habe gehört, Hurleys Skinhead-Kumpel werden vor dem Gericht protestieren. Hast du dir heute Morgen den Schädel rasiert?«

»Nein«, antworte ich. »Aber stimmt, eine Glatze steht mir ziemlich gut. Du hast ja meine Babyfotos gesehen.«

»Weißt du«, beginnt Bo und ködert mich, weil Bill und ich Mitglieder in der amerikanischen Bürgerrechtsvereinigung »American Civil Liberties Union« sind, »für mich ist die freie Meinungsäußerung genauso wichtig wie für jeden anderen auch, besonders weil ich Reporter bin, aber Kundgebungen, bei denen die Unterdrückung und Ausrottung ethnischer Minderheiten gefordert werden, gehen doch ein bisschen zu weit. Warum sollten sie das Recht haben, öffentliches Eigentum zu nutzen, um Hass und Gewalt zu schüren?«

Ich verliere den Faden und muss wieder zum Anfang meines Entwurfs zurückgehen.

»Ehrlich, ich würde es gerne wissen«, drängt Bo. »Wie kannst du solche Leute verteidigen?«

Dieses Thema haben wir bereits hundert Mal durchgekaut. »Wer entscheidet, welche Meinungsäußerung in Ordnung ist und welche nicht?«, antworte ich automatisch. »Es ist faszinierend, wie ihr liberalen Juden plötzlich konservativ werdet, wenn es um ein antisemitisches Thema geht. Man kann nicht beides haben, Bo. Deiner Theorie nach dürften Juden nicht für Israel demonstrieren, weil Israel die Palästinenser unterdrückt. Deine Mutter hat den Holocaust überlebt, und selbst sie glaubt, Antisemiten hätten das Recht auf freie Meinungsäußerung. Vielleicht solltest du ab und zu auf sie hören.«

»Meine Mutter ist voreingenommen«, widerspricht Bo. »Und verrückt. Du bist nicht mal Jüdin, aber sie rennt rum und erzählt jedem in der Synagoge, du würdest den jüdischen Glauben besser leben als ich, weil du mit ihr dieses Jahr zum Gottesdienst an Rosch Ha-Schana und Jom Kippur gegangen bist. Weißt du eigentlich, wie schwer du mir das Leben machst?«

»Mir schmeckt eben Challah-Brot«, erwidere ich.

»Hurley ist nicht irgendein Antisemit mit einem großen Maul«, erklärt Bo. »Er war Finanzbuchhalter einer öffentlichen Bezirksschule und hat vom Lehrplan- und Lehrbuchbudget fast einhunderttausend Dollar seiner rechtsextremistischen Gruppe zugeschustert, um einen Dokumentarfilm zu drehen, mit dem der Holocaust geleugnet wird.«

Jetzt das schon wieder! Das habe ich doch alles schon mehrfach gehört. »Ja, das ist empörend«, räume ich ein. »Aber er geht nicht ins Gefängnis, weil er den Holocaust leugnet. Den Tod von sechs Millionen Menschen zu leugnen ist vielleicht eine Beleidigung, gehört aber noch in den Bereich der freien Meinungsäußerung. Er wird für die Veruntreuung von Schulgeldern verurteilt, basta.«

»Lass mich zu Ende erzählen«, unterbricht mich Bo. »Wir haben noch mehr herausgefunden. Das wird dir gefallen. Es hat sich nämlich herausgestellt, dass Amina Rabun vor und vielleicht auch nach ihrem Tod Hurleys Rechtsextremistengruppe *Die Elf* finanziell unterstützt hat. Offenbar ist ihr Neffe oder so ähnlich Mitglied in dieser Gruppe. Ich glaube, er heißt Otto Bowles. Ist er dir irgendwann während eines Prozesses begegnet?«

Jetzt wird mir klar, wohin das alles führt. Es geht nicht um die Vorherrschaft der weißen Rasse, es ist was Persönliches. »Nein, ich habe noch nie von ihm gehört. Aber genau hier musst du die Sache beenden, Bo. Wir haben Amina Rabun und ihre Cousine Barbara verklagt und gewonnen. Der Fall ist vorbei. Sie haben deiner Mutter eine Entschädigung für das Eigentum bezahlt, das die Rabuns der Familie deiner Mutter in Deutschland während des Krieges gestohlen haben. Ihr Vater und ihr Onkel waren Nazis. Es überrascht wohl kaum, dass sie oder ihr Neffe mit dieser *Elf* in Verbindung stehen. Wenn du diese Geschichte über Hurley zu einem persönlichen Rachefeldzug gegen die Familie Rabun machst, verlierst du deine Glaubwürdigkeit als Journalist. Lass die Sache auf sich beruhen. Hurley wurde dabei erwischt, als er dem Schulbezirk Geld geklaut hat, und jetzt wandert er dafür ins Gefängnis. Es wurde für Gerechtigkeit gesorgt. Ende der Diskussion.«

»Jetzt beruhige dich doch«, hält Bo dagegen. »Ich habe die Verbindung zwischen der Familie Rabun und *Die Elf* nur erwähnt, weil ich dachte, du wärst daran interessiert, da du sie kanntest. Ich habe nicht die Absicht, irgendwas darüber zu schreiben. Ich finde auch, dass das völlig irrelevant ist.« Er senkt die Stimme fast zu einem Flüstern. »Aber ich sage dir, was relevant ist. Versprich, dass du mit niemandem darüber redest. Nichts davon ist bisher öffentlich.«

»Okay.«

»Du kennst doch diesen Samar Mansour, den Typen, der

von der *Elf* das Geld für den Dokumentarfilm bekommen hat?«

»Ja.«

»Also, Bobby hat herausgefunden, dass Mansour vor einigen Jahren das Juniata College verlassen hat und in den Libanon gegangen ist. Obwohl Mansour hier geboren wurde und aufwuchs, floh sein Vater aus Palästina, nachdem Israel 1948 den arabisch-israelischen Krieg gewann. Unseren Quellen zufolge wurde Mansour bei der Hisbollah ausgebildet, der islamistischen Terrorgruppe. Das heißt, Hurley hat nicht nur das Geld des Schulbezirks veruntreut, um den Holocaust in einem falschen Licht darzustellen, er hat den Terrorismus unterstützt. Das ist mehr als freie Meinungsäußerung. Das könnte der erste dokumentierte Fall sein, in dem sich Rechtsextremisten mit islamistischen Extremisten verbündet haben.«

»Okay, das ist ziemlich beunruhigend …«

»Stimmt. Aber das ist noch nicht alles. Eine unserer Quellen hat uns gerade gesagt, *Die Elf* verfügt auf ihrem Gelände außerhalb von Huntingdon über ein Waffenlager. Sturmgewehre, Granatenwerfer, Maschinengewehre, Ammoniumnitrat und Diesel zum Bau von Bomben – alles, was eine gut vorbereitete Terrororganisation braucht. Er sagte, er würde mich und Bobby das Lager filmen lassen, sobald Hurley heute hinter Schloss und Riegel ist. Wir werden sie drankriegen, Brek. Nicht nur Hurley, sondern die gesamte Organisation. Ich wette, CNN gibt mir die ganze Woche über die Live-Berichterstattung zur Hauptsendezeit. Das ist die Geschichte, die mich wieder nach New York zurückbringen könnte.«

Langsam mache ich mir Sorgen. Diesen Teil an Bos Arbeit hasse ich. Als Jude hat er monatelang mit seinem Sendeleiter, Bobby Wilson, verdeckt ermittelt und eine rechtsextremistische Gruppe unterwandert. Er lief Gefahr, von ihnen getötet zu werden. Diese Gefahr besteht noch immer, wenn er sie weiterhin jagt. Ich will, dass Bo sie in Ruhe lässt. Mir wäre es lieber, er flirtet jeden Morgen mit Piper Jackson am Set der Lokalnachrichten, statt sein Leben mit investigativem Journalismus zu riskieren, nur weil er seine Chance erhöhen will, bei einem landesweiten Sender unterzukommen.

»Warum kann das kein anderer tun?«, frage ich. »Du hast keine Ahnung, welches Risiko du auf dich nimmst. Diese Leute sind wahnsinnig.«

»Du brauchst dir überhaupt keine Sorgen zu machen«, besänftigt mich Bo. »Die würden es nicht wagen, mir zu nahe zu kommen. Das FBI hat sie bei allem, was sie tun, im Visier.«

»Aber woher weißt du, dass das keine abgekartete Sache ist? Verzweifelte Menschen tun verzweifelte Dinge, Bo. Und Rache kann nun mal das rationale Denken ausschalten, abgesehen davon, dass das sowieso keine rational denkenden Menschen sind. Du hast selbst gesagt, das sind Terroristen. Ihnen ist es egal, ob sie getötet werden, solange sie einen Haufen Menschen mit in den Tod reißen. Du hast schon die Hauptgeschichte rausgebracht. Wenn das FBI die Leute im Visier hat, musst du dem FBI von dem Waffenlager erzählen. Dann sollen die sich darum kümmern. Das sind Experten. Du bist nur ein Reporter, falls du das vergessen hast. Du weißt nicht einmal, wie man eine Waffe benutzt.«

»Es ist alles in Ordnung, Brek«, sagt Bo herablassend. »Es tut mir leid, dass ich überhaupt damit angefangen habe.«

Das tut er immer – meine Sorgen verharmlosen. Das macht mich wütend. Ich schweige.

»Was ist los?«, will er wissen.

»Das ist nicht nur deine Entscheidung.« Ich versuche, so leise wie möglich zu sprechen, damit meine Sekretärin nichts mitbekommt. »Du bist nicht mehr alleine. Wenn du allein wärst, lägen die Dinge anders, und du könntest tun, was immer du willst. Aber du hast jetzt eine Frau und eine Tochter, Bo. Was ist mit uns? Du bringst nicht nur dich in Gefahr, sondern auch Sarah und mich.«

Bo hält etwas über seine Sprechmuschel. Ich höre, wie im Hintergrund jemand mit ihm spricht, bevor er sich wieder meldet. »Entschuldige, die Mannschaft wartet schon im Wagen. Ich muss los nach Harrisburg.«

»Sei bitte vorsichtig, hörst du?«, wiederhole ich. »Und mit dem Thema sind wir noch nicht durch. Ich glaube wirklich, du solltest die ganze Angelegenheit dem FBI übergeben.«

»Okay, ich werde vorsichtig sein«, verspricht er. »Und wir reden heute Abend weiter. Wann machst du Feierabend?«

»Gegen sechs.«

»Übertreiben wir es damit nicht ein wenig bei der Tagesstätte? Selbst bei zwei Gehältern weiß ich nicht, wie lange wir uns noch die Strafgebühr von fünf Dollar pro zu spät abgeholter Minute leisten können. Irgendwann werden sie sie rausschmeißen, und was machen wir dann?«

Er hat recht. Unsere Rechnung für das zu späte Abholen beläuft sich in diesem Jahr bereits auf fünfhundert Dollar, und die Leiterin hat uns mit immer drängenderen Worten gewarnt, dass die Fünf-Dollar-Verwarnungen für Eltern irgendwann in »rote Karten« umgewandelt werden.

»Mach dir keine Sorgen«, beruhige ich ihn. »Ich werde rechtzeitig dort sein.«

»Okay, tschüs. Ich liebe dich«, verabschiedet er sich.

Ich bin immer noch nervös. »Sei vorsichtig, Bo.«

»Ich versprech's.«

»Okay. Ich liebe dich auch. Tschüs.«

Ich lege auf und blicke zum Foto mit Bo und mir auf der Hochzeit von Bos Schwester Lisa. Er trägt eine Jarmulke und sieht so süß und glücklich aus. Ich hatte gute Gründe, mich in Bo Wolfson zu verlieben – er war unglaublich hübsch, einfühlsam und rücksichtsvoll, ein wunderbarer Mann, der in mir etwas Besonderes sah, mir das Gefühl gab, vollständig zu sein und geliebt zu werden, und der meine Behinderung als entzückende Eigenschaft und nicht als Grund für Angst und Ablehnung akzeptierte.

Doch seine Konfession war es, die ihn unwiderstehlich machte. Obwohl ich als katholisches Mädchen in einer Gemeinde fundamentalistischer Protestanten erzogen worden war, funkelten Bos jüdisches Erbe mit seinen Geschichten von Kampf und Heldentum und das Versprechen, von Gott auserwählt zu sein, vor mir wie ein exotisches Schmuckstück. Meine Eltern waren enttäuscht, doch ich hatte mein Leben lang mit dem Christentum gerungen. Die Forderung Jesu, auch die andere Wange hinzuhalten, worin für mich die Grundpfeiler dieser Religion lagen, ergab in einer Welt voller Krieg und Gewalt keinen Sinn, in einer Welt voller Menschen wie Harlan Hurley, einer Welt, die zuließ, dass ein achtjähriges Mädchen seinen rechten Arm verlor.

Ich sehe mir die Jarmulke genauer an, die Bo auf dem Foto trägt, doch das universelle Symbol des Judentums erinnert mich als Nichtjüdin nicht an die Gnade einer auserwählten Beziehung zu Gott, sondern an das Leiden und Opfer einer fünftausend Jahre währenden Tragödie. Ein Schauer läuft mir über den Rücken, als ich mir Harlan Hurley und *Die Elf* vorstelle, die versuchen, den Hass der Nazis und vielleicht auch die Verbrennungsöfen erneut zu entzünden. Ich stelle mir vor, wie es sich anfühlt, über die Jahrhunderte hinweg gejagt und ermordet zu werden. Bin ich tapfer genug, um diese Last zu tragen? Möchte ich das für meine Tochter?

In meiner Ignoranz hatte ich tatsächlich angenommen, Rosch Ha-Schana, das jüdische Neujahrsfest, wäre eine festliche und fröhliche Feier wie unser Neujahrsfest. Doch es war genau das Gegenteil – schwermütig und unheilvoll, weil Gott das Leben beurteilt, das wir im vergangenen Jahr geführt haben. Der Klang des Schofarhorns, das die Versammelten zum Gebet in die Synagoge ruft – die Stimme Gottes, die die gesamte menschliche Rasse verdammt –, war erschreckend. Doch die Liturgie dieses Tages, die Musaf Tefilla, bestätigte meinen Glauben, dass Gott und Gerechtigkeit eine unzertrennliche Einheit bilden. Hatte ich mich vielleicht als Juristin, die in Gerechtigkeit ausgebildet war, den Auserwählten angeschlossen und in mir einen Weg der Wiedergutmachung gefunden? Bei Einbruch der Dunkelheit an Jom Kippur fragte ich mich, ob mein Name im Buch des Lebens oder im Buch des Todes verzeichnet ist.

Ich widme mich wieder meinem Entwurf, arbeite ohne Mittagspause und blicke erst auf, als mir noch zehn Minuten bleiben, um Sarah von der Tagesstätte abzuholen, ohne die fünf Dollar Strafe pro Minute zahlen zu müssen. Sarah ist das letzte Kind, das abgeholt wird. Ihr klebt die braune

Masse einer Waffel rund um den Mund, während sie ein Video von *Barney, der Dinosaurier* ansieht. Die Schande, wieder die letzte Mutter zu sein, die ihr Kind abholt, verdirbt mir beinahe die Freude, sie zu sehen. Sie ist mit mattroten Farbflecken übersät – Hose, Sweatshirt, Hände, Hals und Gesicht. Mit ausgebreiteten Armen watschelt sie lächelnd und gurrend, so schnell sie kann, auf mich zu. Ich gehe auf die Knie. Miss Erin, die Praktikantin vom College, grinst.

»Hallo, mein Schatz«, begrüße ich Sarah, hebe sie hoch, küsse ihr Gesicht und sauge den Duft ihres Haars ein. Ich blicke zu Miss Erin hoch. »Wie lief es heute mit ihr?«

»Toll«, antwortet sie. »Sie war sehr artig.«

Miss Erin ist im vorletzten Studienjahr am College und hat eindeutig ihre Berufung gefunden. Mit ihren zwei kleinen punktförmigen Augen, den dünnen Armen und Beinen und sommersprossigen Wangen, die von langen rotblonden Zöpfen umrahmt werden, sieht sie aus wie eine zum Leben erweckte Zeichentrickfigur. Sie liebt kleine Kinder, und die Kinder lieben sie.

»Tut mir leid wegen der Schweinerei«, entschuldigt sie sich. »Ich werde sie sehr vermissen. Sie war mein Lieblingskind.«

»Gehen Sie weg?«, frage ich, weil ihre Antwort vermuten lässt, dass sie Sarah nie wiedersehen wird.

»Äh, ich mache Feierabend«, antwortet sie verwirrt.

»Aber Sie haben gerade gesagt, Sie würden sie vermissen, und sie sei ihr Lieblingskind gewesen … Sie meinten wohl das Wochenende.«

Miss Erin sieht mich seltsam an und gibt Sarah einen Kuss. »Tschüs, meine Süße«, sagt sie. »Ich hab dich lieb.«

Sarah gibt Miss Erin einen Schmatzer auf die Wange.

»Danke, dass Sie so gut auf sie aufgepasst haben«, sage ich und schnappe mir Sarahs Tasche mit den fast leeren Milchflaschen und den Kunstwerken. Nach einem kurzen Blick auf ihren Beschäftigungsplan für diesen Tag verabschiede ich mich. »Schönes Wochenende«, wünsche ich ihr.

Ich trage Sarah zum Wagen hinaus, schnalle sie an und lege die »*Heißer Tee und Bienenhonig*«-Kassette ein. Während der Fahrt blicke ich in den Rückspiegel und frage sie, wie ihr Tag war. Sie antwortet mit einem Gurren und Babbeln.

An einem kleinen Supermarkt halte ich an, um Milch zu kaufen. Der Parkplatz ist leer. Eine Herbstbrise fährt kühl ins Wageninnere, als ich die Tür öffne. Es ist noch nicht einmal halb sieben, doch bereits so dunkel wie um Mitternacht. Ich befreie Sarah aus ihrem Kindersitz. Sie greift nach meinem Haar, und ich ärgere sie, indem ich den Kopf wegziehe. Sie zeigt ihren einzigen Zahn beim Kichern. Ihr Haar, dunkle, dichte Locken wie die ihres Vaters, fällt ihr in die Augen. Während ich sie über den Parkplatz trage, summe ich das Lied, das wir auf der Kassette gehört haben.

Wir betreten den Laden und gehen nach hinten zum Milch- und Käseregal. Ich muss Sarah mit meinem halben Arm festhalten, während ich einen großen Behälter Milch aus dem Kühlregal nehme. Im Gang mit dem Gebäck streckt Sarah ihre Hand aus und wirft eine Reihe Cupcakes auf den Boden. Als ich mich bücke, um sie aufzuheben, steigt mir der überwältigende Gestank modriger Pilze in die Nase. Komisch, denke ich. Suchend drehe ich mich um, merke aber plötzlich, dass ich mich am Bahnhof von Schemaja auf der Bank unter der rostigen Stahlkuppel befinde. Sarah ist fort. Und ich sitze blutüberströmt neben Luas.

5

Tote bezweifeln die Unwiderruflichkeit ihres Todes. Entweder wir glauben nicht, dass wir tot sind, oder wir suchen eine Möglichkeit, um ihn rückgängig zu machen. Wir lernen nur nach und nach, den Tod zu akzeptieren, jeder in seinem eigenen Tempo und auf seine eigene Art. Doch dies ist immer mit Verwirrung verbunden, weil wir die zerrissenen Fragmente unseres Lebens auf die Wunde unseres Lebens im Jenseits drücken. Für empfindsame Seelen – die Seelen von Heiligen und Poeten, die ihr Leben in dem Wissen lebten, dass Wahrheit nur in der spirituellen Welt existiert – kann der Übergang nach Schemaja völlig nahtlos und unmittelbar verlaufen. Doch für den Rest, einschließlich Menschen wie mir, die ihr Schicksal auf Logik und Vernunft und darauf aufgebaut haben, was mit Instrumenten gemessen und mit eigenen Augen gesehen werden kann, dauert der Übergang vom Leben zum Tod viel länger. Wir widersetzen uns, leugnen und versuchen ständig, unsere Sterblichkeit wegzudiskutieren. Daher vergessen wir beim Sterben als Erstes, wie es passiert ist, oder genauer gesagt, wir verbannen es aus unserer Erinnerung, weil die Erinnerung an ein solch folgenschweres Ereignis heißt, das Undenkbare zuzulassen.

Am nächsten Morgen, meinem ersten Morgen in Schemaja, wachte ich mit dem Duft von Kaffee und Zimt in der

Nase auf. Dies waren die Gerüche, an die ich mich während meines Lebens am Samstagmorgen so sehr gewöhnt hatte, dass ich annahm, es wäre ein ganz normaler Samstag. Bo würde früh aufstehen und sich leise aus dem Haus schleichen, um zu laufen und auf dem Rückweg klebrige Brötchen und andere Leckereien vom Bäcker mitzubringen. Dafür liebte ich ihn. Während er fort war, gehörte es zu meinen Privilegien und Lastern, mit geschlossenen Augen verschlafen und zufrieden im warmen Bett herumzulungern.

An diesem Morgen in Schemaja lungerte ich genauso im Bett herum, selig am Rande zum Schlaf und unfähig, die Bedeutung der abstrusen Träume vom Bahnhof von Schemaja, Luas und meiner Urgroßmutter zu erfassen, weshalb ich versuchte, sie in meinem Gedächtnis abzuspeichern, bevor sie im Lärm und in den Ablenkungen eines neues Tages untergehen würden. *Was hat sie gesagt? Woran soll ich mich erinnern? Das habe ich schon wieder vergessen. Träume können so trügerisch sein.* Im Haus war es still, Sarah schlief noch. Die bizarren Bilder der Nacht und die Möglichkeiten des Tages flogen durch meine Gedanken wie Glühwürmchen, ich jagte einem hinterher, während ich die anderen entkommen ließ. Uns stand ein herrliches Herbstwochenende bevor. Freunde hatten uns zu einem Ausflug auf den Tussey Mountain und später in eine Apfelplantage zu Cidre und einer Fahrt im Heuwagen eingeladen. Sarah würde, von Bo im Rucksack getragen, bei seinen wiegenden Schritten einschlafen. Es mussten Blätter zusammengeharkt, Böden gesaugt und Lebensmittel eingekauft werden. Und ich würde am Sonntag ein paar Stunden ins Büro gehen müssen, um an dem Schriftsatz zu arbeiten.

Im Bett liegend zog ich die Möglichkeit in Betracht, dass ich doch noch eine gute Anwältin werden könnte. Was für ein wunderbarer Gedanke beim Aufwachen. Ich warf die Decke zurück und öffnete die Augen.

Überall war Blut, auf dem Bett und auf meinem Körper.

Ich schrie und sprang aus dem Bett, knallte mit dem Kopf gegen einen Pfosten, der nicht in mein Schlafzimmer gehörte – ein weißer Pfosten des Himmelbetts meiner Mutter im Haus meines Großvaters in Delaware.

Oh, wie schlau, dachte ich und rieb mir den Kopf. Ich versuchte, mich zu beruhigen. *Ich bin aus meinem zweiten Traum aufgewacht, aber noch nicht aus dem ersten.*

Ich spähte aus dem Fenster, das an der Vorderseite des Hauses lag. Nur ein Traum konnte erklären, was ich sah. Die Hälfte des Grundstücks meiner Großeltern leuchtete herbstlich gold, orange und braun, während die andere Hälfte in frühlingshaft fluoreszierenden Grün- und Pastelltönen schimmerte. Auf der einen Seite welkten Sonnenblumen und reiften Kürbisse, während auf der anderen Narzissen und Nelken blühten. Eichhörnchen sammelten Eicheln zwischen Rotkehlchen, die nach Würmern suchten. Zwei Schwärme Kanadagänse flogen laut schnatternd übers Haus hinweg, einer Richtung Süden, der andere nach Norden, getrennt von einer unstimmigen Zone dazwischen, wo ein heftiger Wintersturm unter einer sengenden Augustsonne tobte. Ich staunte über die miteinander verwobenen, dicht in Ort und Zeit gedrängten Jahreszeiten. Das erklärte die Hitze und Kälte, die feuchte und trockene Luft, die ich am Abend zuvor auf dem Weg zum Haus mit Luas gespürt hatte.

Nana musste meinen Schrei gehört haben. Ohne anzuklopfen, betrat sie das Zimmer in einem Schlafanzug und einem geblümten Bademantel.

»Alles in Ordnung, meine Liebe?«, fragte sie mit besorgter Stimme.

»Das ist doch nicht echt«, sagte ich ruhig und deutete aus dem Fenster. »Das ist aufgezeichnet und wird von Band abgespielt … ein Traum … wie du.«

Nana öffnete das Fenster, so dass die sich widersprechenden Gerüche und Temperaturen gleichzeitig und abwechselnd hereinwehen konnten.

»Aber das ist kein Traum, meine Liebe«, klärte mich Nana auf und fegte Häufchen gelber Blütenpollen und pudrigen weißen Schnee von der Fensterbank. »Während deines Lebens träumtest du nur, wach zu sein.« Sie begann, das Bett zu machen, ohne auf das Blut auf dem Laken zu achten. »Gehen wir nach unten und frühstücken«, forderte sie mich auf, während sie die Steppdecke glattzog. »Ich habe die Karottenmuffins genau so gemacht, wie du sie magst. Den Ausflug auf den Tussey Mountain können wir später machen. Ich weiß, wie sehr du dich darauf gefreut hast.«

Noch vergnügt vom Traum, beobachtete ich sie. »Aber der Morgen ist noch nicht angebrochen, und ich bin noch nicht wach«, beharrte ich. »Wäre ich wach, wärst du fort. Also wechseln wir lieber das Thema.« Nana legte ihre faltige raue Hand auf meinen Arm. Sie fühlte sich echt an, sollte mich davon überzeugen, dass ich nicht träumte, doch ich ließ mich davon nicht beeindrucken. »Tote sprechen nicht«, fuhr ich fort. »Und sie haben keine Augen, mit denen sie einander ansehen, oder Körper, die sie berühren können.«

Sie drückte meinen Arm. »Das stimmt, meine Liebe«, sagte sie. »Aber im Moment ist es noch leichter für dich, den Tod so zu sehen. Du bist noch nicht bereit, das Leben loszulassen.«

»Aber ich bin nicht tot«, protestierte ich. »Schau.«

Zum Beweis sprang ich auf und ab, tanzte im Schlafzimmer umher und wedelte mit den Armen.

Nana lächelte nachsichtig. »Deine Mutter hätte dir keine Ohrfeige geben sollen«, erklärte sie. »Ich hätte auch Angst gehabt. Ich kann mir nicht vorstellen, was sie sich dabei dachte, ein vierjähriges Mädchen zu zwingen, eine tote alte Frau zu küssen.«

Ich blickte sie entsetzt an. Dies war einer der Momente in einem Alptraum kurz vorm Aufwachen, wenn die Sache, vor der man sich fürchtet, gleich passieren wird, und man weiß, man kann sie nicht aufhalten; ein Moment absoluten Horrors, bei dem man mitten in der Nacht aufschreit. Genau das tat ich. Mit einem gellenden »Neiiiiiin!« rannte ich die Treppe hinunter, durch die Küche, an der Spüle voller Backgeschirr und dem Tisch mit dem Teller mit Karottenmuffins vorbei und zur Hintertür hinaus. Auf der Veranda blieb ich stehen und hoffte, es würde alles vorbeigehen.

Ich stellte mir vor, ich würde meine Hand zur anderen Bettseite hinüberschieben und Bos Hüfte, auf der sich der Stoff seiner Boxershorts bauschte, und seine nach oben gezogenen Beine berühren, und er wäre ganz warm und weich. Ich kuschelte mich an ihn, schmiegte meinen Körper an seinen, wie sich ein Fluss an die Form des Ufers anschmiegt und sich durch das definiert, was er nicht ist. Seine Haut roch männlich und intensiv, und sein Bart kitzelte meinen Arm, als er über sein Kinn strich. Ich küsste ihn auf den Nacken und passte meinen Atem dem sich hebenden und senkenden Rhythmus seines Brustkorbs an. Er bewegte sich und schmatzte leise. Es musste drei oder vier Uhr morgens sein, weil ich das schwache Lachen der Collegestudenten hörte, die in unserer Straße wohnten und von ihrer Freitagabendparty nach Hause kamen. Doch als ich die Augen öffnete, um auf die Uhr auf der Kommode zu blicken, stand ich noch immer auf Nanas Veranda in Delaware, wo sich vier Jahreszeiten gleichzeitig abspielten und ich den Verstand verlor.

»Bo! Bo!«, rief ich.

»Brek, Schatz, es ist alles in Ordnung«, rief Nana aus der Küche. »Ich bin ja hier.«

»Bo! Halt mich fest! Halt mich fest!«

Doch ich spürte ihn nicht mehr.

Ich sprang von der Veranda und rannte ums Haus, in der Hoffnung, die plötzliche Anstrengung würde mich aufwecken. Ich rannte durch Winter, Sommer, Frühling und Herbst, vorbei an der Eiche mit der Traktorreifenschaukel, um den Garten, der gleichzeitig grün und kahl war, durch Beete mit Tulpen, von denen der Tau tropfte, und Chrysanthemen, die mit Schnee bedeckt waren. Ich stolperte über eine Wurzel und landete mit dem Gesicht nach unten auf weichen Nadeln, der Bademantel um mich herum ausgebreitet wie die Flügel einer abgestürzten Taube. Einen Moment blieb ich keuchend so liegen, atmete den süßen Tannenduft ein und suchte nach Antworten – nach logischen, sachlichen Antworten. *Was passierte mit mir? Warum konnte ich mich nicht selbst aus dem Schlaf reißen?* Dies war der schrecklichste Traum, den ich je gehabt hatte.

Ich erhob mich, strich die Nadeln von meinem Bademantel und blickte mich um. Zu meiner Überraschung sah ich meinen Wagen hinter den Rhododendronbüschen. Plötzlich wich das magische Licht zurück und nahm die Vorstellung mit sich, dass all dies ein Traum sein könnte. Als wäre die Vernunft als Passagier in diesem Wagen gefangen gewesen und hätte nur darauf gewartet, durch meinen Blick befreit zu werden. *Heiß und kalt, Alpträume, Halluzinationen … Fieber? Ja, natürlich! Fieber würde all das erklären, was mit mir hier geschah!* Ich erinnerte mich jetzt, dass mir Freitag unwohl gewesen war und ich überlegt hatte, ob ich mich erkältete, weil sich meine Haut kühl und feucht angefühlt hatte. Ich sah mich im Garten um und hinauf zum Haus. Dann blickte ich auf meine Beine und Füße hinab und spannte meine linke Hand an. Alles war genau dort, wo es sein sollte, und alles funktionierte, wie es funktionieren sollte. Nur die Jahreszeiten waren fehl am Platz, und das konnte eindeutig vom Fieber herrühren.

Ich muss in so was wie einem Delirium ins Haus meiner Großeltern gefahren und zusammengebrochen sein.

Nana war nicht mehr da, als ich wieder hineinging. Das Geschirr in der Spüle war fortgeräumt, die Arbeitsfläche sauber. Alles war mit einer dünnen Staubschicht überzogen, als hätte die Küche wochenlang niemand benutzt. Der Herd war kalt, und auch der Duft von Muffins hing nicht mehr in der Luft.

Dann habe ich mir doch alles nur ausgedacht. Ich bin tatsächlich im Haus meiner Großeltern in Delaware.

Ich rannte nach oben ins Badezimmer und betrachtete mich im Spiegel. Dort sah ich aschfahle Haut, blutunterlaufene Augen und schwarzes Haar, das so weit in Ordnung, aber zerzaust war. Vorsichtig öffnete ich mit den Fingerspitzen meinen Bademantel. Die Löcher in meiner Brust und die roten Flecken waren fort. Ich lachte reumütig, dass ich überhaupt nachgesehen hatte. Ich nahm das Thermometer aus dem Medizinschrank und schob es unter meine Zunge: einundvierzig Grad. Das bestätigte meine Selbstdiagnose. Offensichtlich brauchte ich einen Arzt, aber was noch offensichtlicher war: *Ich lebte!*

Ich ging ins Schlafzimmer meiner Großeltern und rief zu Hause an, wo sich aber nur der Anrufbeantworter meldete.

»Bo, ich bin's«, sagte ich. »Bist du da? Bo? Ich weiß nicht, was passiert ist … ich glaube, ich bin richtig krank. Ich habe Fieber, und ich glaube, ich bin auch in Ohnmacht gefallen. Ich bin in Delaware im Haus meiner Großeltern. Ich weiß nicht, wie ich hierhergekommen bin, ich kann mich an nichts mehr erinnern, nachdem ich Sarah gestern von der Tagesstätte abgeholt habe. O Gott, ich hoffe, ihr geht's gut. Sie ist nicht bei mir, niemand ist da … es tut mir so leid. Sie muss Hunger haben. Im Schrank ist noch Babymilch, und im Keller sind Windeln … ich weiß nicht, ob ich nach Hause kommen oder lieber hier zum Arzt gehen soll … ich glaube, mir geht's schon ein bisschen besser, deswegen versuche ich lieber, nach Hause zu fahren. Ich kann ja immer wieder umdrehen. Gut … ich werde in ein paar Stunden da sein. Gib Sarah einen Kuss von mir … ich liebe euch. Tschüs.«

Meine Kleider lagen ordentlich neben dem Gästebett – mein schwarzes Seidenkostüm mit den Flecken von der Babymilch, aber ohne Anzeichen von Blut am Revers, daneben meine Bluse, Strümpfe, Unterwäsche und Schuhe. Und auch meine Handtasche mit dem Geldbeutel und den Schlüsseln lag dabei. Ich zog mich rasch an und hinterließ eine Nachricht für meine Großeltern, um ihnen mitzuteilen, dass ich da gewesen war und ihnen später alles erklären würde.

6

Die Herbstsonne wärmte das Innere meines Wagens, das herabgefallene Laub türmte sich auf der Motorhaube, während am entgegengesetzten Ende der Auffahrt Bäume ausschlugen und Krokusse blühten. Dazwischen schmolz ein Schneesturm zu den schwülen Dämpfen eines Hochsommertages dahin. Ich musste mir irgendeine seltene tropische Krankheit, vielleicht Denguefieber, zugezogen haben. Was auch immer es war, es war besser als der Tod.

Ich schob den Schlüssel ins Zündschloss und hielt den Atem an, noch immer unsicher, ob das Fieber nachgelassen hatte. Standen mir noch mehr Überraschungen bevor? »Gott sei Dank!«, stöhnte ich laut, als der Motor aufheulte. Mein Wagen war immer mein Heiligtum gewesen, der einzige Ort der Welt, an dem ich trotz meines fehlenden Armes auf gleicher Stufe mit allen anderen stand und selbst bestimmte. Ich hatte keine spezielle Autonummer, ich brauchte nicht auf speziellen Parkplätzen vor den Geschäften zu parken, doch in jeder anderen Hinsicht war mein Wagen behindertengerecht ausgestattet. Meine Eltern hatten ihn mir zu meinem Highschool-Abschluss geschenkt, und Opa Cuttler hatte in der Werkstatt neben seiner Scheune die nötigen Veränderungen vorgenommen. Er hatte einen sich drehenden Aluminiumknauf ans Lenkrad geschweißt, damit ich mit einer Hand lenken konnte, und das Zündschloss und die Stereoanlage an die linke Seite des Lenkrads versetzt. Entsprechende Verlängerungen machten die Bedienung des Schalthebels, der Scheibenwischer und der Heizung mit meinem Armstumpf möglich. Ich weigerte mich, eine Prothese zu tragen, doch ich schämte mich nicht, mit einer zu fahren. Der Tag, an dem sie mich damit überrascht hatten, gehörte nicht nur zu den glücklichsten meines, sondern auch ihres Lebens. Mir bot der Wagen die lang erträumte Unabhängigkeit und ihnen einen Ablass für die Sünde meiner Verstümmelung in einem so jungen Alter.

Ich holte tief Luft und legte den Gang ein. Der Wagen beschleunigte sanft. Mir gefiel die Fahrt durch den Wechsel der Jahreszeiten, durch strömenden Regen und über Schneematsch, Schnee und die trockene Straße. Die Fahrt vom nördlichen Wilmington zu unserem Haus in Huntingdon dauerte etwa drei Stunden. Ich versuchte, mich an die Fahrt von Huntingdon nach Delaware am Abend zuvor zu erinnern – was ich gesehen, gedacht und im Radio gehört hatte. Ich erinnerte mich an rein gar nichts. Das machte mir Sorgen, weil ich immer ein hervorragendes Gedächtnis gehabt hatte. Ich erinnerte mich an die ersten Kapitel der Romane, die ich in meiner Jugend gelesen hatte, und an die Entscheidungen des Obersten Gerichts, über die ich während meiner Studienzeit gelesen hatte. Ich erinnerte mich an die Texte der Titellieder alter Fernsehserien und an die Geburtstage der Familienangehörigen dritten Grades meines Mannes. Doch ich erinnerte mich an nichts, nachdem ich Sarah gestern von der Tagesstätte abgeholt und auf dem Nachhauseweg im Supermarkt angehalten hatte.

Bei meiner Abfahrt hatte die Tankuhr einen vollen Tank angezeigt. Das tat sie während der gesamten Fahrt. Was seltsam war, aber auch nicht mehr als alles andere, was seit gestern passiert war. Ansonsten brachte ich die Fahrt ohne Probleme hinter mich. Es herrschte der übliche Verkehr auf dem Highway, und die Autos und Lastwagen taten das, was sie normalerweise immer tun. Die Landschaft, der Himmel, die Straßenschilder, die Gebäude und die Reklametafeln sahen aus wie immer, außer dass alles in eine bunte Vielfalt aus Frühling, Sommer, Herbst und Winter gehüllt war. Die Berge wanden sich entlang des Juniata Rivers wie riesige, gestreifte Raupen, das Laub der Wälder erstrahlte in allen Schattierungen von Rot, Orange und Gelb, die Äste waren kahl und mit weißem Schnee überzogen, hellgrün gesprenkelt mit den ersten Knospen, erstrahlten tiefgrün in voller Pracht. Es war grandios. Und noch ein unerwarteter Umstand versüßte meine Fahrt: Die Radiosender spielten genau die Musik, die ich hören wollte, ohne dass sie von einem Sprecher oder von Werbung unterbrochen wurde.

Mit jedem Kilometer schien sich meine Lage zu verbessern, und ich glaubte, mein Elend würde bald ein Ende haben. Doch als ich auf der Route 522 Richtung Huntingdon abbog, wurde mein Optimismus von schierer Angst verdrängt. Ich machte mir Sorgen über die Art meiner Krankheit und was sie bedeuten könnte. Vielleicht hatte ich einen Gehirntumor? Oder vielleicht war die Halluzination, tot zu sein, eine Vorahnung auf den wahren Tod? Schon meine Ururgroßmutter hatte behauptet – und von da ab hatten dies auch alle anderen Bellini-Frauen getan –, mitten in der Nacht von Engeln heimgesucht worden zu sein, die sie auf den Tod eines nahestehenden Menschen vorbereitet hatten.

War Nana Bellini dieser Engel, der mich auf meinen eigenen Tod vorbereitete?

Plötzlich wurde die Möglichkeit einer tödlichen Krankheit unerträglicher als die Möglichkeit, bereits tot zu sein. Ich stellte mir vor, wie ich die Nachricht von einem Arzt erfahren und zusammenbrechen, dann Bo davon erzählen und Sarah in dem Wissen an mich drücken würde, sie nicht aufwachsen zu sehen. Wer würde ihr die Haare flechten, ihr die Kostüme zu Halloween nähen, ihr beibringen, wie man Kekse backt? Wer würde ihr die Bücher von Louisa May Alcott und Harper Lee nahebringen, mit ihr zelten oder zum Ballett gehen? Oder sie während ihrer Pubertät und Jugend trösten? Wer außer ihrer Mutter könnte sie überzeugen, dass es nichts in ihrem Leben als Mädchen oder Frau gab, das sie nicht schaffen konnte? Als ich in unsere Straße abbog, war ich einem hysterischen Anfall nahe.

Bos Wagen stand vor dem Haus. Ich hielt mit quietschenden Reifen und rannte hinein. Alles sah aus wie am Freitagmorgen, als ich das Haus verlassen hatte. Doch niemand war da. Bos Müslischüssel mit einer Milchpfütze darin stand noch auf dem Beistelltisch neben den ungelesenen Teilen der *New York Times*. Auf dem Küchentresen lagen Bagel-Krümel, leere Gläser von eingemachten Pfirsichen und Birnen standen herum. Die Futterschüssel von Macy, unserem schwarzen Labrador-Retriever, war noch halb voll, doch sie bellte nicht, als ich eintrat, und war auch nirgendwo zu sehen. Unser Bett war nicht gemacht, und die Kleider, die ich Sarah am Tag zuvor nicht angezogen hatte, hingen noch über dem Gitter ihres Bettchens. Ich sah in der Garage nach, wo der Jogging-Kinderwagen stand. Also waren sie nicht zum Laufen unterwegs. Neben dem Telefon lag keine Nachricht. Ich suchte den Garten ab. Niemand da. In der gesamten Nachbarschaft war es menschenleer.

Wir wohnten in einer winzigen Straße in Huntingdon in der Nähe des Juniata College mit kleinen Backsteinhäusern, die durch die alten, wie riesige Brokkoli geformten Platanen noch zwergenhafter aussahen. Bo, der in Brooklyn geboren und aufgewachsen war, hatte darauf bestanden, in einer Stadt zu wohnen, in der es ein College gab. Dies war seine einzige Hoffnung beim Wegzug von Manhattan in die Appalachen gewesen. Sein Traum war es, als Reporter und Nachrichtensprecher in New York City zu leben, doch die dortigen Fernsehsender verlangten, er solle erst Erfahrungen im regionalen Sektor sammeln, bevor sie sich, wie sie ihm zu seinem Entsetzen und seiner Enttäuschung mitteilten, sein Demoband ansehen würden. Er hielt die kleinen regionalen Sender für eine einsame, verlassene Dritte Welt irgendwo zwischen dem Hudson River und den Hollywood Hills mit Elektronenröhren und statischem Rauschen.

Sich bei Channel 10 in Altoona zu bewerben war eigentlich meine Idee gewesen. Ich war bei den Besuchen bei meinen Großeltern mit dem Sender aufgewachsen. Er war einer der beiden UKW-Sender, deren Leistung so stark war, dass sie sogar die am Schornstein des Hauses meiner Großeltern Cuttler angebrachte Antenne erreicht hatten. Noch regionaler als Altoona ging es nicht. Im mittleren Pennsylvania schließen Schulen und Unternehmen am ersten Tag der Jagdsaison, und anders als die Wolkenkratzer in Manhattan sind hier Silos und Kohlenhalden die höchsten von Menschen errichteten Bauwerke. Als Bo die Stelle bekam, rief ich Bill Gwynne an, den Anwalt in Huntingdon, der mich und meine Familie nach dem Unfall mit meinem Arm vertreten hatte. Obwohl Huntingdon noch tiefer im Nichts steckte als Altoona, gehörte Bill zu den Spitzenanwälten im Bundesstaat und brauchte zufällig eine Mitarbeiterin. Zeit und Ort schienen genau auf mich zugeschnitten zu sein, fast wie Schicksal.

Aus dem Nachbarhaus hörte ich Musik. Ich ging hinüber, um zu fragen, ob jemand Bo und Sarah gesehen hätte. Niemand öffnete die Tür, als ich klopfte. Ich pochte in unserer Straße an jede Haustür. Einige Fenster waren vereist und die Bürgersteige davor mit Schnee und Matsch überzogen, auf anderen lastete die drückende Nachmittagshitze. Niemand öffnete die Tür. Langsam bekam ich Panik. Ich rannte zur Washington Street. Der Sandwichladen und die Buchhandlung hatten geöffnet, waren aber leer – keine Kunden und keine Angestellten. Das gesamte Geschäftsviertel war bis auf gelegentlich vorbeifahrende Autos und Busse seltsam ruhig. Ich rannte den Bürgersteig entlang, vorbei an geparkten Autos und an Fahrrädern, die an Parkuhren gekettet waren, spähte durch die Türen von Geschäften und Cafés nach irgendeinem Anzeichen von Leben. Das alles ergab keinen Sinn. Dies hier war an einem Samstag im Herbst das belebteste Viertel der Stadt. Schließlich rannte ich zu einer Reihe von Autos, die an einer roten Ampel hielten, um zu fragen, was hier los war. Doch als ich durch die Fenster blickte, sah ich weder Fahrer noch Beifahrer. Dennoch heulten die Motoren auf, als die Ampel auf Grün schaltete, und die Autos fuhren wie an einem normalen Samstag weiter.

Plötzlich hallte ein gequälter Schrei durch die unheimliche Stille. Ich sah mich um, bis ich bemerkte, dass der Schrei von *mir* stammte – ein Schrei des Wahnsinns. Ich raste durch die Cafés und Läden, riss Gegenstände aus den Regalen und von den Tischen, zerbrach Gläser und Geschirr. Ich wollte, dass mich irgendjemand aufhielt. Als niemand erschien, rannte ich mitten auf die Straße, ohne auf den Verkehr zu achten. Wie auf Kommando blieben die Autos mit quietschenden Reifen stehen.

»Wo seid ihr?«, schrie ich aus voller Kehle. »Warum will mir niemand helfen?«

Ich kletterte auf das Dach eines der Autos, um einen besseren Überblick zu haben. Ungläubig sah ich zu, wie sich der Verkehr in beide Richtungen durch die wechselnden Jahreszeiten staute. Bei einigen Autos waren die Fenster nach unten gekurbelt, bei anderen geschlossen, Scheibenwischer und Abblendlichter waren ein- oder ausgeschaltet. Zwei Streifenwagen der Polizei rasten mit Blaulicht und Sirene auf die Szene zu, doch Polizisten stiegen nicht aus. Nur die Kühlerhauben zeigten drohend in meine Richtung.

Schluchzend brach ich auf dem Autodach zusammen. Ich konnte nichts anderes mehr tun. Eine solche Angst hatte ich nur einmal zuvor gehabt, als Kind in der Notaufnahme des Tyrone Hospital, als mich die Krankenschwestern auf eine Rolltrage gelegt und die Kühlbox mit meinem abgetrennten Arm neben mich gestellt hatten. Bis zu diesem Moment war ich überraschend ruhig geblieben. Ich hatte Opa Cuttler geglaubt, als er mir, das Gaspedal seines Pick-ups durchgedrückt, auf dem Weg ins Krankenhaus versprochen hatte, ich bräuchte nur meine Augen zu schließen, damit alles wieder in Ordnung käme. Doch als sie mich den Flur entlangschoben und ich die Angst und die Tränen auf dem Gesicht meines Großvaters sah, packte mich der Schrecken. Die Rollbahre krachte durch die Schwingtür und verfrachtete mich in die alptraumhafte Szenerie eines OPs. Die

Pfleger schlitzten meine Kleider auf, stießen mir Nadeln in die Venen und nahmen den abgetrennten Arm aus der Kühlbox, um ihn wie eine Jagdtrophäe nach oben zu halten. Zuerst wirkte der Arm unecht: Die Haut war schleimig und spülwassergrau, der weiße Ellbogenknochen, mit Blut und Kuhdung verschmiert, ragte heraus, die Finger – meine Finger – waren zu einer grotesken Faust geballt. Ich kämpfte gegen die Krankenpfleger an, bis sie es schafften, eine Narkosemaske über meinen Mund zu legen, und ich mein Bewusstsein verlor.

Das Bewusstsein zu verlieren … das war alles, was ich mir jetzt erhoffte, als ich heulend auf dem Dach eines Wagens mitten auf der verstopften Washington Street zusammenbrach. Aber es war mir nicht vergönnt. Ich stand an diesem ersten Nachmittag in Schemaja auf dem Wagendach, bis sich die Sonne über mir in vier unterschiedliche Sonnen teilte, eine für jede Jahreszeit. Jede Sonne ging an unterschiedlichen Stellen über den Bergen zu unterschiedlichen Zeiten unter, und sie verwandelten den Himmel in ein flammendes Meer aus Pink und Gold. Untröstlich kletterte ich vom Wagen und ging nach Hause zurück. Der Verkehrsstau löste sich auf, als die Autos weiter ins Nichts fuhren.

Als ich nach Hause kam, hörte ich eine Stimme.

»Es tut mir leid, mein Kind«, sagte Nana Bellini. Sie saß in einem Schaukelstuhl auf der vorderen Veranda und genoss den schönen Abend, als wäre sie gerade zum Essen vorbeigekommen. Jetzt war ich mir sicher, dass man mich bald einsperren und mir Beruhigungsmittel verabreichen würde. Ich war offensichtlich geistesgestört. Ich unterhielt mich mit ihr, wartete aber darauf, fortgebracht zu werden.

»Wie war deine Fahrt?«, fragte ich, um mich ihrer »Alles

ist normal, und wir sind glücklich, hier zu sein«-Haltung anzupassen.

»Wir sind nicht da«, antwortete sie.

»Wo sind wir nicht?«

»Erinnerst du dich, als du ein kleines Mädchen warst und dein Zimmer sich in einen Palast verwandelte und Ritter auf großen weißen Pferden unter deinem Fenster vorbeiritten?«

»Wer bist du?«

»Erinnerst du dich, Kind? Du hast so getan, als würdest du in langen, wallenden Kleidern daherschreiten, und von dem Prinzen im Nachbarschloss geträumt. Du hast eine Welt innerhalb der für dich erschaffenen Welt erschaffen. Du hast den Himmel gemalt, die Mauern gebaut und die Räume eingerichtet. Wie eine kleine Gottheit hast du mit nichts als deiner Vorstellung ein Land erschaffen. Doch als du älter wurdest, fandest du die bestehenden Strukturen von Zeit und Raum überzeugender und hast deine eigene Schöpfungskraft zugunsten der Schöpfungen anderer Menschen vernachlässigt. Doch deine schöpferische Kraft war nicht verloren, Brek. Die geht nie verloren. Es ist am Anfang völlig normal, dass du die Orte wieder erschaffst, die dir lieb waren.«

»Wo sind mein Mann und meine Tochter?«, wollte ich wissen. »Wo sind all die Menschen?«

Nana lächelte, zeigte dieses geduldige, wissende Lächeln, das typisch für sie und Luas war, als wollte sie sagen: *Ja, meine Urenkelin, greif zu, die Antwort liegt direkt vor deiner Nase.*

»Wir sind nicht mehr dort, mein Kind«, antwortete sie. »Es war eine wunderbare Illusion, aber sie hat sich aufgelöst. Du bist nach Hause zurückgekehrt. Du wirst sie erst wiedersehen, wenn auch sie nach Hause kommen. Der freie Wille ist absolut. Wir können mit unserem Bewusstsein nicht von einem Reich ins andere wechseln …«

Wieder jagte sie mir Angst ein. »Lass mich allein!«, rief ich und rannte zu meinem Wagen zurück.

»Warte, mein Kind«, rief sie mir hinterher. »Wohin gehst du?«

Ich wusste nicht, wohin ich wollte. Ich wusste nur, dass ich Bo und Sarah finden musste. Ich musste Hilfe holen. Vielleicht war gar nicht Samstag, sondern immer noch Freitag, so dass ich Sarah von der Tagesstätte abholen und noch einmal von vorne anfangen konnte. *Es ist alles nur ein Traum*, sagte ich mir immer wieder. *Nur ein böser Traum. Du hast Fieber und bist krank.* Ich stieg in den Wagen und startete den Motor.

»Wie würde die Tagesstätte aussehen?«, rief Nana.

Sobald ich darüber nachdachte, war ich schon da. Das Haus verschwand, und mit ihm mein Wagen, die Bäume, die Straße, das gesamte Viertel. Die raue Backsteinmauer unseres Nachbarhauses verwandelte sich in die glatte weiße Wand der Tagesstätte, die mit blauen Walen aus Papier verziert war, die Sarah und die anderen Kinder mit Miss Erins Hilfe angemalt hatten. Leuchtende, frisch gesaugte Spielteppiche lagen dort, wo vorher die Wiese gewesen war. Das Fach, das ich am Freitagmorgen mit frischen Laken, Windeln und Waschlappen vollgestopft hatte, befand sich dort, wo der Beifahrersitz meines Wagens gewesen war. Entlang der Mauer waren bunte Vorschulspielsachen sauber aufgereiht. Ein Basteltisch mit Holzstäbchen, Leimfläschchen und Stapel mit farbigem Bastelpapier ragte über die Veranda hinaus. Der Duft von Babypuder und Babycreme erfüllte die Luft. Doch ich hörte kein Lachen in der Tagesstätte, kein Kreischen und kein Weinen. Kein Kind. Keine Erzieherin. Kein Ton.

Nana stand in der Tür und beobachtete mich, während ich meinen Blick schweifen ließ und nach dem Zauberer hinter dem Vorhang suchte.

Als Nächstes fiel mir das Set der Morgennachrichten ein, in denen Bo versucht hatte, mit Piper Jackson seine Späßchen zu treiben. So schnell, wie die Erinnerung kam, verwandelte sich die Wand aus farbigen Walen in das Foto vom Sonnenaufgang, das den Nachrichtensprechern als Hintergrund diente. Wo die Kinderbettchen gestanden hatten, befanden sich Studiokameras, von der Decke hingen Scheinwerfer herab. Doch wie mein Viertel und die Tagesstätte war auch das Studio verlassen. Als Nächstes dachte ich an meine Kanzlei ... und war plötzlich umgeben von meinem Schreibtisch, dem Rechner, den Akten, Regalen, Abhandlungen, Diplomen und Bildern von Bo und Sarah. Dann erschienen Stan's Delikatessen auf der Penn Street und das Strandhaus meiner Bellini-Großeltern in Rehoboth Beach, gefolgt von der Scheune meiner Cuttler-Großeltern und meinem Bett in der Abteilung für physikalische Therapie im Kinderkrankenhaus von Philadelphia, wo ich Bobby Hamilton, dem beide Arme amputiert worden waren, dabei beobachtete, wie er lernte, sich die Schuhe mit einer langen Häkelnadel im Mund zuzubinden. Ich sah die Aschenbahn hinter meiner Highschool, wo ich mehrere Läufe gegen zweiarmige Gegnerinnen gewonnen und die wenigen Zuschauer in Erstaunen versetzt hatte. Ich saß an der Bar im Smokey Joe's auf der Fortieth Street in der Nähe der University of Pennsylvania in Philadelphia, wo ich mit meinen

Studienkolleginnen die Nächte durchgetanzt hatte. Ich kniete vor dem Altar in der Old Swedes Church, wo Karin Busfield, meine beste Freundin und Priesterin in der Episkopalkirche, mich fragte, ob ich Boaz Wolfson vor Gott meine Treue schwören würde, und uns zu Mann und Frau erklärte. Ich weinte im Kreißsaal im Wilmington Hospital, wo meine Mutter mich zur Welt gebracht hatte, und dann wieder im Blair Memorial Hospital in Huntingdon, wo ich Sarah zur Welt gebracht hatte und Bos Tränen auf meine Lippen getropft waren.

Jeder Raum und Ort aus meiner Vergangenheit erschien so schnell, wie ich an ihn dachte, als würde ich einen Schacht hinabstürzen, der mitten durchs Zentrum meines Lebens gelegt war.

Ich verlangsamte wieder mein Tempo, ging das sandige Ufer des Delaware entlang, kletterte auf die Heuballen in der Scheune meines Großvaters, zog am Fitnessgerät, um meinen linken Arm zu stärken, weil dieser die Arbeit des rechten übernehmen sollte. Ich besuchte nicht nur die Orte noch einmal, sondern nahm jedes Detail wie in der Realität wahr – Stans salziges Cornedbeef, den beißenden Rauch und das schale Bier im Smokey Joe's, den warmen Regen am Tag unserer Hochzeit, das kalte Metall am Bett im Kreißsaal. Nana begleitete mich, mischte sich aber nicht ein. Ihre Faszination darüber, wie ich mein Leben gelebt hatte, war nahezu so stark wie meine Faszination über die Kraft, mit der ich das alles erneut erschuf. Doch es strengte mich an, so dass die Räume bald ineinander verschwammen. Die Bilder, die Wirklichkeiten, verschmolzen zu einer einzigen unsinnigen Masse, die schließlich unter ihrem eigenen Gewicht zum Stehen kam.

Alles wurde weiß. Und dann erstrahlte ein unbeschreibliches Licht, das aus dem Nichts und von überall her zu strömen schien. Durch dieses Licht streckte mir Nana ihre Hand liebevoll entgegen, milderte die flammende Angst in mir, die mich beinahe in sich verschlungen hatte.

»Du bist tot, mein Kind«, sagte sie. »Aber dein Leben hat eben erst begonnen.«

TEIL ZWEI

7

»Du bist nicht vorbereitet auf das, was du sehen würdest, Brek Abigail Cuttler. Deswegen müssen wir dein Sehvermögen einschränken, was nur dadurch möglich ist, dass du an dem festhältst, von dem du glaubst, dass es dir dein Sehvermögen zeigt.«

Dies sagte Luas, während er meine Augen in der Vorhalle zum Bahnhof von Schemaja verband. Er war wie mein Vater am Tag meiner Hochzeit hinter der Kirche, bevor er mich übergab – voller Ironie und Wehmut, als er den Schleier über mein Gesicht zog und mich ins Unbekannte begleitete. Er trug den gleichen grauen Anzug wie Bill Gwynne am letzten Tag, an dem ich ihn in der Kanzlei gesehen hatte. Die Ähnlichkeit zwischen Luas und Bill war unheimlich, ebenso wie seine Ähnlichkeit zu meinen beiden Großvätern. Manchmal schien er alle drei Männer gleichzeitig zu sein, wenn sich die äußerlichen Merkmale wie bei einem Hologramm veränderten. Ich für meinen Teil sah so frisch und vorzeigbar aus wie am Tag meiner Hochzeit. Nana hatte wie eine Brautmutter den ganzen Vormittag viel Wirbel um mich gemacht. Dementsprechend perfekt waren auch Haar und Make-up. Doch statt eines Hochzeitskleids trug ich mein schwarzes Seidenkostüm, aus dem sie erfolgreich die Babymilch und das Blut entfernt hatte.

Das Kostüm war zu meiner Uniform in Schemaja geworden, die Kleidung, die meine Identität darstellte, der Beweis, dass ich ein Leben gelebt hatte. Wichtiger noch war: Es war für mich das Symbol und die Erinnerung, dass ich die volle Absicht hegte, in dieses Leben zurückzukehren. Weil ich die Möglichkeit, dass ich tot war, nicht akzeptieren konnte und wollte.

Es heißt, die erste Stufe der Trauer ist das Leugnen, der entscheidende Überlebensmechanismus, der die Hinterbliebenen davor schützt, einen Verlust allzu schwer zu nehmen, und ihnen ermöglicht weiterzuleben. Das gilt in gleichem Maße für die Trauer der Toten um sich selbst und um die Hinterbliebenen. Nana und Luas wollten, dass ich dies akzeptierte. Ich war lediglich bereit, den beiden einen Gefallen zu tun und auszuharren, bis ich von weiß Gott welcher Krankheit geheilt sein würde, die von meinem Verstand Besitz ergriffen hatte.

Diese Strategie half mir, zurechtzukommen und nicht durchzudrehen – ja, auch im Leben nach dem Tod kann man durchdrehen. Doch sie half nicht gegen mein verzweifeltes Verlangen nach Sarah, das mich in jedem Moment zu vernichten und um den Verstand zu bringen drohte, egal, ob ich tot oder lebendig war. Wo steckte sie? Ständig machte ich mir Sorgen. Wer kümmerte sich um sie? Bo war ein großartiger Vater und wusste, was zu tun war, doch er war nicht ich. Er wachte nicht von alleine nachts dreimal auf, um sie wieder zuzudecken, nachdem sie sich freigestrampelt hatte. Er konnte an ihrem Weinen nicht erkennen, ob sie Hunger, eine volle Windel, Bauchschmerzen oder Langeweile hatte. Er kannte nicht die Telefonnummern vom Kinderarzt und dem Giftnotruf auswendig. Er las nicht die Inhaltsstoffe und

Nährwerte der Sachen, die sie aß, oder die Beipackzettel ihrer Medikamente mit Wechsel- und Nebenwirkungen. Wenn er ihr etwas zum Anziehen kaufte, dachte er nicht darüber nach, ob sie damit das hübscheste Kind in der Tagesstätte sein würde. Und er führte am Wochenende nicht das Babytagebuch, das die Meilensteine ihres Lebens und ihr Heranwachsen zu einem wunderschönen kleinen Mädchen dokumentierte.

Oh, wie ich mich nach ihr sehnte, ihren Herzschlag und das Heben und Senken ihres Brustkorbs fühlen wollte. Mein kostbares, wunderbares braunäugiges Mädchen. Meine Entschlossenheit, sie wiederzusehen, hielt mich aufrecht. Ich würde alles tun, um wieder zu meiner Tochter, meinem Mann und meinem Leben zurückzukehren. Deswegen gab ich mich mit Nana und Luas der Phantasie hin, dass ich im Himmel war, während ich insgeheim wusste, dass es genau das war – eine Phantasie, eine Halluzination – und ich bald wieder bei meiner Familie sein würde.

Nana hatte erklärt, dass ich den Tag mit Luas verbringen würde, allerdings ohne verraten zu haben, wohin wir gehen oder was wir tun würden. Dies würde seit meiner Ankunft in Schemaja mein erster Tag ohne sie sein. Während ich mir vor dem Spiegel in ihrem Haus in Delaware das Haar zurechtmachte, fragte ich sie, ob Luas mein Urgroßvater Frank sei, den ich nie kennengelernt hatte.

»Nein, nein«, antwortete sie, belustigt über meine Frage, mit ihrem italienischen Akzent. »Luas ist nicht dein Urgroßvater. Der ist bereits weitergezogen. Luas ist der Hohe Rechtsgelehrte von Schemaja.«

»Was ist das?«, wollte ich wissen. »Ein Hoher Rechtsgelehrter?«

»Das bedeutet, er ist hier der oberste Anwalt.«

»Aber ich dachte, wir wären im Himmel«, erwiderte ich beinahe sarkastisch ob dieses Widerspruchs und grinste innerlich. »Warum braucht jemand im Paradies einen Anwalt?«

Nana sah mich überrascht an. »Du glaubst doch wohl nicht, Gott würde zulassen, dass die Seelen allein vors Jüngste Gericht treten? Selbst Mörder werden auf der Erde von einem Anwalt vertreten, und das Ergebnis einer solchen Verhandlung ist nur vorübergehend. Hier geht es um viel mehr, meine Liebe, nämlich um die Ewigkeit.«

Ich war sprachlos.

»Luas wird dir alles erklären«, versicherte mir Nana. »Aber ich will dir ein kleines Geheimnis verraten. Er braucht deine Hilfe. Lass ihn aber nicht wissen, dass ich es dir gesagt habe.«

»Er braucht *meine* Hilfe?«, zweifelte ich. »Ich bin diejenige, die Hilfe braucht.«

»Ja, meine Liebe«, beruhigte sie mich. »Aber indem du Luas hilfst, hilfst du dir selbst.«

»Wobei genau soll ich ihm denn helfen?«

Nana blieb einen Moment stehen und blickte mich im Spiegel an. »Er will Schemaja verlassen, doch er findet nicht den Weg nach draußen. Das passiert beinahe jedem. Schemaja ist nicht das, was es zu sein scheint. Eigentlich ist es das genaue Gegenteil. Das solltest du nicht vergessen. Man kann sich hier genauso schnell verlaufen wie auf der Erde. Trotzdem ist es hier einfacher, wieder nach Hause zu finden. Das ist das, was die Menschen nicht verstehen. Es geschieht automatisch, wenn man bereit ist.«

»Bereit wofür?«, fragte ich.

»Weiterzuziehen, meine Liebe«, antwortete Nana.

Ich war verwirrt. »Hast du mir nicht gerade erzählt, Luas wolle gehen?«

»Ja, das will er. Unbedingt«, versicherte Nana. »Aber er ist noch nicht bereit, deswegen bleibt er. Nur er kann das entscheiden.«

»Wie lange ist er schon hier?«, wollte ich wissen.

Nana dachte einen Augenblick nach. »Ich glaube, etwa zweitausend Jahre«, antwortete sie und legte lächelnd ihre Haarbürste zur Seite. »Komm jetzt, es ist Zeit, zu ihm zu gehen. Er kann dir besser als ich erklären, wie Schemaja funktioniert. Seine Aufgabe ist es, die neuen Präsentatoren auszubilden. Ich weiß nur, wie ich ihnen helfen kann, Schemaja zu verlassen.«

Luas setzte in der Vorhalle seine Anweisungen fort. »Der Bahnhof ist jetzt mit den Neuankömmlingen voll«, erklärte er. »Du wirst sie nicht hören, aber spüren, wenn sie an dir vorbeistreifen. Versuche nicht, nach ihnen zu greifen, und nimm unter keinen Umständen die Augenbinde ab. Der Zugang zum Gerichtssaal befindet sich auf der gegenüberliegenden Seite des Bahnhofs. Wir gehen geradeaus durch. Bist du bereit?«

Die Augenbinde saß fest um meinen Kopf. Ich wurde immer nervöser. »Warum darf ich sie nicht sehen?«, fragte ich. »Und was meinst du mit ›Gerichtssaal‹?«

»Das erkläre ich dir später«, wimmelte er ab und zog ein letztes Mal am Knoten der Augenbinde. »Wenn wir nicht losgehen, verpassen wir die Verhandlung. Siehst du was?«

»Nein.«

»Dann bist du bereit. Folge mir.«

Er umfasste meinen linken Ellbogen, schob mich vorwärts und stemmte sich gegen die Tür. Sobald ich den Bahnhof betreten hatte, spürte ich die Masse an Menschen, die in geisterhafter Stille umherhuschten. Körper streiften meine Hüften und Schultern, doch ich hielt mich an Luas' Warnung, nicht meine Hand nach ihnen auszustrecken. Auf halbem Weg durch den Bahnhof hindurch konnte ich allerdings der Versuchung nicht widerstehen, unter der Augenbinde hindurchzuspähen.

Was ich sah, lässt sich nur schwer beschreiben.

Der Bahnhof war nicht voller Menschen, sondern vielmehr voll von deren Erinnerungen. Tausende von flimmernden Energiekugeln schwebten wie Sterne am Nachthimmel durch die Luft. Jeweils eine Kugel, in der grellbunte Blitze und Lichtbögen wie bei elektrischen Entladungen zuckten, barg die Gedanken, Empfindungen, Bilder und Gefühle eines gesamten Lebens in sich. Dies waren die nackten Erinnerungen, nicht die geschönten, die wir uns bei einer Tasse Kaffee erzählen oder auch, etwas ehrlicher, unserem geheimen Tagebuch anvertrauen. Es war das Leben selbst, wie es von denen, die es gelebt hatten, erfahren und erinnert wurde. Als ich eine Kugel betrachtete, trat ich in direkten Kontakt mit den darin enthaltenen Erinnerungen, die nicht durch die filternden Gedanken eines anderen Menschen geschützt wurden. Damit kamen sie mir wie meine eigenen Erinnerungen vor.

Plötzlich durchlebte ich wie eine Charakterdarstellerin, die sich aneinandergefügte Szenen aus all ihren Filmen ansah, die Erfahrungen von Menschen, die ich überhaupt nicht kannte, doch die in realer Weise ich zu sein schienen. In dem einen Moment sitze ich in einem Ausbeutungsbetrieb auf Saipan an einer Nähmaschine, als ich zu einer anderen Kugel blicke, steige ich auf den Steg eines Kornsilos in Kansas City. Beim Blick auf wieder eine andere Kugel fahre ich auf dem Rücksitz eines Taxis durch die Straßen von Bagdad, dann stehe ich am Ruder eines Schleppnetzkutters in der stürmischen See vor Neufundland, durchstreife einen Weingarten in Australien, fahre in einem Kohlenschacht in Sibirien einen Schaufellader, köpfe in Ruanda einen Tutsi-Jungen mit einer Machete und küsse in Montreal einem Geliebten auf den Hals. Ich war mehr als eine bloße Zuschauerin dieser Ereignisse. Es waren meine Finger, die sich in den Stoff verkrampften, der unter der Nadel der Nähmaschine durchrutschte; ich war es, die im Staub des trockenen Weizens hustete; es war mein Körper, der zur Seite kippte, als wir einem die Straße überquerenden Fußgänger auswichen; ich war es, die meiner Mannschaft an Deck die Befehle zubrüllte und die Angst in ihren Augen sah, als die Wellen über den Bug schwappten; ich war es, über die das warme Blut spritzte, als ich ein weiteres Mal mit der Machete auf den zuckenden Körper hieb; und ich war es, die leise flüsterte, während ich mich den Wünschen meines Geliebten hingab. Fremde Erinnerungen durchströmten mich, als würde ich verwirrt und verloren aus einer mehrere Leben überdauernden Amnesie erwachen. Ich hielt es nicht mehr aus, zog mir die Augenbinde wieder über die Augen und ließ mich von Luas führen, bis wir schließlich den Bahnhof auf der anderen Seite verlassen hatten.

»Alles in Ordnung mit dir?«, fragte er, als die Türen hinter uns ins Schloss fielen.

Am ganzen Körper zitternd, brachte ich kein Wort heraus.

»So«, sagte er, »du kannst die Augenbinde wieder abnehmen. Setz dich.«

Wir befanden uns in einem abgelegenen leeren Flur des Bahnhofs, wo wir uns auf eine Bank setzten. Luas strich mir lächelnd die Haare aus den Augen. »Ich wusste, du würdest darunter hervorlugen. Du gehörst nicht zu denjenigen, die sich an Regeln halten, selbst wenn sie dir nützen würden.« Er blickte zu den Türen, durch die wir gerade getreten waren. »Du siehst sie als diejenigen, die sie sind, Brek Abigail Cuttler. Du hast die Gabe.«

Ich konnte seine Worte kaum begreifen. Ich hatte das Gefühl, einen kurzen Blick auf die Welt geworfen zu haben, nachdem ich auf einer einsamen Insel ohne Musik, Bücher, Fernseher oder Landkarten aufgewachsen war. Ich wollte mehr sehen. Ich musste mehr sehen. Ich erhob mich und wandte mich zur Tür.

»Noch nicht«, warnte Luas. »Es ist noch zu früh. Du bist nicht bereit.«

Ich griff zur Türklinke.

»Nein, Brek«, ermahnte mich Luas streng. »Du musst genau tun, was ich sage, sonst verlierst du, wer du bist. Verstehst du?«

»Wer bin ich, Luas?« Ich war verwirrt und fühlte mich verloren. »Oder sollte ich sagen: Wer war ich?« Ich zog an der Tür.

Luas zupfte am leeren rechten Ärmel meiner Kostümjacke, so dass ich mich zu ihm umwenden musste.

»Du hast es mit Absicht getan.« Er deutete auf den leeren Ärmel. »Was eigentlich ziemlich mutig war. Nun, es gibt kein Kind, das nicht von dem Wissen getröstet einschläft, dass es, wenn es einen Schritt zu weit geht, seinen Eltern das vorenthält, was sie am meisten lieben. Kinder spielen dieselben gefährlichen Spiele wie Erwachsene mit ihren Raketen, doch anders als Erwachsene erkennen die meisten Kinder, dass es sinnlos ist zu gewinnen, und deswegen verlieren sie. Du nicht, Brek Cuttler. Nein, du hast die Anweisung deines Großvaters, dich von der Transportkette fernzuhalten, als Einladung genutzt, um ein Pfund deines eigenen Fleisches gegen die Freude zu tauschen, den Schmerz auf den Gesichtern deiner Eltern zu sehen und das Leiden in ihren Stimmen zu hören.«

Ich war verblüfft. Mein dunkelstes Geheimnis. Seine Taktik wirkte auf Anhieb. Jetzt erinnerte ich mich, wer *ich* war, und dass mein Leben ganz anders war als das der Seelen in der Bahnhofshalle.

»Woher weißt du das?«, fragte ich.

»Oh, ich weiß viele Dinge über dich, Brek Cuttler.«

»Dann müsstest du auch wissen, dass sie sich scheiden lassen wollten«, erklärte ich. »Und dass meine Mutter Alkoholikerin war und mein Vater sie schlug und ... Du müsstest wissen, dass ich dachte, ich würde mich nur leicht verletzen, als ich in die Maschine griff, aber nicht, dass ich meinen Arm verlieren würde. Ich wollte nur, dass sie zuhören. Verstehst du das? Ich wollte, dass sie zusammenbleiben. Ist das für ein Kind zu viel verlangt?«

Ich funkelte Luas an, als wäre er mein Vater. Luas schwieg.

»Du hast kein Recht, über mich zu urteilen«, fuhr ich fort. »Ich wurde mein gesamtes Leben für die Sünde bestraft, meine Eltern zusammenhalten zu wollen. Ich habe für mein Verbrechen mehr als gebüßt. Du kennst also alle meine Geheimnisse? Du weißt von den Phantomschmerzen, wenn man glaubt, der Arm tut weh, obwohl er gar nicht mehr da ist? Weißt du, wie es ist, einen anderen Menschen nicht vollständig umarmen zu können, weil ein Arm fehlt? Weißt du, wie es ist, sich zu baden, sich anzuziehen, zu essen und zu schlafen, wenn man nur eine Hand hat? Wie es ist, von anderen Kindern gehänselt und von Erwachsenen grausam behandelt zu werden? Weißt du, wie unangenehm es ist, Fremden zu begegnen? Weißt du, wie es ist, Kleider mit einem nutzlosen rechten Ärmel anzuziehen?«

»All das wurde schon vor langer Zeit vergeben«, erwiderte Luas.

»Vergeben? Wirklich? Ich erinnere mich an niemanden, der mir vergeben hat.«

»Bitte, Brek, setz dich«, forderte er mich auf.

Ich ließ die Türklinke los und setzte mich zu ihm auf die Bank. In die Wand gegenüber waren zwei Skulpturen gehauen. Eine war ein buddhistischer Tempel am Fuße der Berge von Tibet, die andere eine Synagoge am Fuße des Sinai. Hier am Bahnhof wirkten sie fehl am Platz. Luas bemerkte meinen Blick.

»Hast du vom Buch des Lebens und vom Buch des Todes gehört?«, fragte er.

Ich nickte.

»Es gibt sie nicht«, sagte er.

Ich stieß erleichtert, aber übereilt die Luft aus.

»Gott führt diese Bücher nicht. Wir tun das. Jeder von uns. Eine Aufzeichnung von allen Gedanken, Worten und Taten in unserem Leben. Die Speicherung ist ziemlich perfekt, nur die Erinnerung ist unvollständig. Ein Schaden ist das nicht. Diese Einschränkung erfolgt aus wichtigen Gründen. Traumatische Erlebnisse zu vergessen hilft, mit dem Leben zurechtzukommen und sich nicht von der wachsenden Last der Erfahrungen unterkriegen zu lassen. Die Erinnerung ist keine mangelhafte Aufzeichnung auf Band, wie uns vorgegaukelt wird, sondern das Abspielgerät für die Musik, die wir auswählen – oder eben nicht auswählen. Mit dem richtigen, also einem qualitativ hochwertigen Gerät lässt sich die Musik mit hoher Klangtreue und Genauigkeit wiedergeben, fast so, als würden wir sie in echt hören.«

Obwohl die Reliefs auf der anderen Seite in Stein gehauen waren, verwandelten sie sich wie in einer zähflüssigen Masse in bedrückend belebte Bilder, während Luas sprach. Zwei erhöhte Throne, umgeben von großen Haufen zerknüllter Schriftrollen, erschienen anstelle des Tempels und der Synagoge, davor standen in langen Reihen nackte Menschen mit eierförmigen, kahlen Köpfen, von denen die Gesichter fortgewischt waren. Dünn, dick, jung, alt, männlich, weiblich, groß, klein – alle trugen eine Schriftrolle, von denen einige dick und schwer, andere dünn und leicht waren. Auf den Thronen saßen identische Kugeln wie Sonnen, die in alle Richtungen strahlten. Am Fuß der Throne stand eine in einen Umhang gehüllte Seele, die die Schriftrollen der Reihe nach entgegennahm und laut daraus vorzulesen schien, während sie das Pergament entrollte. Am Ende warf die Seele die Schriftrolle auf den Haufen, die dazugehörige Person löste sich auf und wurde von der nächsten in der Reihe ersetzt, für die der gleiche Prozess begann. Luas schwieg, um die düstere Prozession zu betrachten.

»Dir wurden das Privileg und die Verantwortung übertragen, die Aufnahme für andere abzuspielen«, erklärte er.

»Das verstehe ich nicht.«

»Das ist das, was wir hier tun, Brek«, fuhr Luas fort. »Wir wurden nach Schemaja gebracht, um die Aufzeichnungen des Lebens zu lesen und zu zergliedern und dem Schöpfer gegenüber die Unvollkommenheit der Geschöpfe zu erläutern, so wie Ölfarbe und Leinwand dem Künstler Web- und Farbfehler oder wie Saite und Bogen dem Komponisten die Unvollkommenheit von Klang und Tonhöhe erklären würden, wenn sie könnten. Wir wurden dazu auserkoren, die andere Seite der Geschichte zu erzählen, Brek – ihre Ängste und ihr Bedauern, ihre Mitschuld und ihren Betrug, ihre Gier und ihre Opferung zu erklären. Wir sind hier, um sicherzustellen, dass beim Jüngsten Gericht für Gerechtigkeit gesorgt wird.«

Luas' Worte hätten in mir eigentlich Gottesfurcht wecken sollen, doch zu diesem Zeitpunkt hatte ich, wie bereits gesagt, meinen Tod noch nicht akzeptiert. Im Gegenteil, ich wartete ab und suchte nach einer Öffnung, um wieder in das Leben, das ich geführt hatte, treten zu können. Doch was Luas sagte, war so ungeheuerlich, dass ich nicht mehr an Fieber und Krankheit glaubte, sondern auch die Möglichkeit in Betracht zog, nach einem schrecklichen Unfall einen Hirnschaden erlitten zu haben.

Vielleicht hatte ich einen Autounfall, oder ich stürzte während des Ausflugs auf den Tussey Mountain eine Klippe hinunter. Oder fühlt sich so ein Koma an? Vielleicht ist Nana, die mich angekleidet hatte, bevor ich zum Bahnhof ging, meine Krankenschwester, die mich für eine Untersuchung vorbereitete, und Luas ist mein Neurochirurg. Vielleicht ist die Augenbinde eine Sauerstoffmaske, die mich am Leben erhält.

Ich klammerte mich an diese Hoffnung, während Luas Dinge erklärte, schreckliche Dinge, die ich weder verstehen noch akzeptieren konnte – Dinge, die nicht so sein konnten, sofern ich nicht tatsächlich tot war.

»Gut«, stimmte ich zu. Ich wollte mitspielen aus Angst, er könnte, wenn er merkte, dass ich ihn durchschaute, während der Operation einen Fehler begehen und mich dabei töten oder ins Koma befördern. »Dann bist du also mein Anwalt und versuchst, mich vor der Hölle zu retten, weil ich meinen Arm in den Miststreuer gesteckt habe. Kannst du für mich nicht irgendwas aushandeln? Dass mir meine schon erhaltene Strafe angerechnet wird?«

Luas lachte. »Wohl kaum. Warum hat Gott versprochen, keine Sintflut mehr auf die Erde zu schicken?«

Ich zog verwirrt die Augenbrauen nach oben.

»Ach, komm schon«, drängte er und zog eine Pfeife und einen Tabakbeutel aus seiner Jackentasche. Während er weitersprach, stopfte er die Pfeife. »Natürlich kennst du die Geschichte. Nach dem Fiasko in Eden wurde die Lage nur noch schlimmer. Kain ermordete Abel, und später ermordete eins seiner Kinder ein anderes kleines Kind. Die Menschen paarten sich mit Bestien und gaben sich allen möglichen Ausschweifungen hin. Gott war wütend – und das zu Recht. Er beschloss, uns alle zu zerstören, wie es die Gerechtigkeit verlangt, doch als sich die Flut zurückzog, bekam er Gewissensbisse. Stell dir das mal vor, Brek: Gott bedauert, was er getan hat. Bemerkenswert, nicht wahr? Er gibt uns ein Versprechen. ›Ich werde es nie wieder tun‹, sagt er und lässt als Erinnerung einen Regenbogen am Himmel erscheinen. Zuerst beschließt er die Vernichtung der menschlichen Rasse als Endlösung – um diesen hässlichen Ausdruck zu verwenden –, doch sobald die Menschheit am Abgrund steht, ist alles vergeben, und unser Überleben ist gesichert, selbst wenn wir weiterhin böse sind. Warum dieser Sinneswandel? Und warum hat er Noah verschont?«

»Ich denke, weil Noah der Einzige war, der gehorcht hatte«, antwortete ich.

Luas ließ ein Streichholz aufblitzen und zündete seine Pfeife an. »Korrekt. Und wenn Noah nicht gehorcht hätte?«

»Dann hätte er ihn mitsamt den anderen getötet.«

»Wieder korrekt«, bestätigte Luas zwischen zwei Zügen an seiner Pfeife. »Göttliche Gerechtigkeit. Doch womit lässt sich sein zweiter Sinneswandel hinsichtlich des Rests der Menschheit erklären? Wegen dieser erstaunlichen Kehrtwende wird heute hinter dieser Tür am Ende des Flurs, im Gerichtssaal, über das Schicksal vieler Seelen verhandelt, ob sie einen Platz im Licht oder in der Dunkelheit bekommen. Sie werden heute ihr Schicksal erfahren und ihrer Ewigkeit begegnen. Weißt du, Brek, jede Geburt eines menschlichen Wesens birgt die Möglichkeit eines Verbrechens und einer bevorstehenden Gerichtsverhandlung. Es ist der Gerichtssaal und nicht ein Kessel voller Gold, der am Ende von Gottes Regenbogen steht. Gott versprach uns, dieser Regenbogen würde dem Menschen in der Welt aus Sonne und Wolken einen Platz sichern, doch über die Welten, die danach kommen, sagte er nichts.«

Luas erhob sich und bedeutete mir, ihm den Flur entlang zu folgen.

»Natürlich haben wir es hier nicht mit Bodhisattvas oder Heiligen, mit Schurken oder Dämonen zu tun«, fuhr er paffend fort. »Für sie ist die Sache bereits ausgemacht, die Urteile sind eindeutig und unanfechtbar. Unsere Sorge im Gerichtssaal gilt dem Rest der Menschheit – den Guten, die manchmal mogeln, den Bösen, die manchmal etwas Gutes tun, den Milliarden von Menschen, die zwar nicht alles geopfert haben, um Priester oder Propheten zu werden, dafür aber der Versuchung widerstanden haben, Dämonen oder Halbgötter zu werden. Wir spielen uns hier nicht auf. Wir fragen nicht, ob die Hindus entsagt haben, die Buddhisten erwacht sind, die Muslime ihre Rechnung beglichen haben, die Christen gerettet wurden oder die Juden Buße getan haben. All dies sind bloße Verschleierungen des Göttlichen Gesetzes. Wenn eine Seele gerichtet wird, muss man nur eine Frage klären, und das ist dieselbe Frage, die Gott vor der Sintflut beschäftigt hat: Was fordert die Gerechtigkeit?«

Wir blieben vor der Tür stehen.

»Hinter dieser Tür werden die Soll- und Habenkonten miteinander verrechnet, Brek Cuttler«, sagte Luas. »Könntest du dort ehrlich von dir sprechen? Könntest du dich verdammen, wenn die Verdammung das ist, was du verdienst, und Angst und Hass um der Wahrheit willen ablegen? Könntest du vor dem Schöpfer von Energie, Raum und Zeit stehen und ihm standhalten? Könntest du durch diese Tür gehen mit dem Wissen, dass deine Erfahrung von Ewigkeit auf immer von dem geprägt sein würde, was du gesagt und ungesagt gelassen hast? Könntest du erklären, was sich während deines gesamten Lebens einer Erklärung widersetzte?«

Langsam bekam ich Panik. Ich hätte mir diese Worte nicht ausdenken können, wenn mein Hirn während eines Autounfalls oder bei einem Sturz von einer Klippe durcheinandergeworfen worden wäre. Und ich hätte mir die Erinnerungen nicht ausdenken können, die ich beim Durchschreiten der Bahnhofshalle erlebt hatte – sie waren viel zu lebhaft, fremdartig und echt. Die Möglichkeit, dass ich tot war, drängte sich mir immer mehr auf.

Ich wich zurück. »Dann bringst du mich hierher, damit ich verurteilt werde? Ich lande tatsächlich in der Hölle, weil ich meinen Arm in einen Miststreuer gehalten habe?«

»Verurteilt? Du? Natürlich nicht!« Luas war aufrichtig überrascht wegen meiner Frage. »Ich habe doch gesagt, das wurde dir bereits vor langer Zeit vergeben. Ich nehme dich mit, damit du deine himmlische Belohnung erhältst, Brek, nicht um dich in die Hölle zu schicken. Du hast immer gehofft und darum gebetet hierherzukommen. Schemaja war, nachdem du deinen Arm verloren hattest, der Grund hinter all deinen Entscheidungen und die Grundlage für all dein Handeln. Du hast nämlich gemerkt, dass du nicht leidest, weil du nie wieder in der Lage sein würdest, an einem Klettergerüst zu hängen, einen Softballschläger zu schwingen oder eine Geige zu spielen, sondern weil es ungerecht war, dass Millionen anderer Mädchen es tun konnten.«

Luas schwieg einen Moment, um meine Reaktion einzuschätzen und an seiner Pfeife zu ziehen. Ich hielt mich zurück, überzeugt davon, gleich verurteilt zu werden.

»Ein Anwalt, nicht ein Priester sorgte nach deinem Unfall für Gerechtigkeit«, erklärte er weiter. »Du entdecktest schon in frühem Alter, dass das Rechtssystem die Wiedergutmachung bietet, die die Religion längst nicht mehr gewährt, und dass Anwälte die wahren Priester und Richter die wahren Propheten sind. Du sehntest dich mehr nach Gerechtigkeit als nach etwas anderem. Und als dir deine Freundin aus Kindertagen, Karen Busfield, erzählte, sie sei im Seminar aufgenommen worden, um Priesterin der Episkopalkirche zu werden, warst du verzweifelt, nicht erfreut. Du studiertest damals schon Jura. Erinnerst du dich, wie du sie aufgezogen hast? Du sagtest: ›Wenn dir ein Mädchen mit blauen Flecken sagt, ihr Vater sei schuld daran, was wirst du dann tun? Ihr sagen, sie soll beten und die Sache in Gottes Hand geben? Und wenn sie sagt, sie bete schon zehn Jahre lang jeden Abend, aber die Schläge hören nicht auf, was sagst du dann? Man kann Gottes Hand nicht für Kinder behelligen. Wenn du Menschen vor der Sünde retten willst – nicht nur vor der Sünde, sich und andere Menschen zu hassen, sondern vor der Sünde, den Gott zu hassen, der ihnen das Leben eingehaucht und sie dann verlassen hat –, dann betest du nicht für sie, Karen. Dann gibst du ihnen meine Visitenkarte und sagst ihnen, sie sollen mich anrufen.‹«

Ich starrte Luas an und versuchte zu verstehen, woher er all das wusste.

»Und erinnerst du dich an Karens Antwort?«, fragte Luas weiter. »Sie sagte, du hättest sie nicht ausreden lassen. Sie habe vor, der Luftwaffe beizutreten wie ihr Vater und Militärpfarrerin zu werden. ›Die Luftwaffe ruft keine Anwälte zu Hilfe, wenn sich jemand danebenbenimmt, Brek‹, sagte sie. ›Sie werfen Bomben auf sie. Und das nennt man dann Gerechtigkeit.‹ Und du hast gesagt: ›Sie werden dich auf keinen Fall nehmen, Karen. Sie werden dich durchschauen.‹«

Luas hörte auf zu rauchen.

»Du hast die große Wahrheit des Lebens verstanden, Brek Cuttler«, fuhr er fort. »Du hast verstanden, dass das Streben nach Gerechtigkeit die reinste Form der Religion und das höchste menschliche Ziel ist. Du wurdest eine Jüngerin der Gerechtigkeit. Jetzt ist die Zeit für dich gekommen, deine Belohnung in Empfang zu nehmen. Du wurdest auserwählt, den Eliteanwälten von Schemaja beizutreten, die vor dem Jüngsten Gericht Seelen verteidigen. Ich habe nur Spaß gemacht, als ich dich fragte, ob du dich im Gericht selbst verteidigen könntest. Das weckt immer die Aufmerksamkeit von Neuankömmlingen. Nein, jetzt lautet die einzige Frage, ob du durch diese Tür gehen kannst, wenn jemand *anderes* von dem abhängig ist, was du sagst oder ungesagt lässt. Wenn du für die Menschheit sprichst, nicht für dich selbst. Doch diese Frage über dich wurde schon vor langer Zeit beantwortet. Meine Aufgabe besteht nicht darin, zu prüfen, ob du geeignet bist, sondern dir den Weg zu zeigen.«

Luas leerte seine Pfeife in einen Aschenbecher an der Wand und zog aus seiner Westentasche einen goldenen Schlüssel, an dem ein funkelnder Davidstern, die Mondsichel des Islam, Figuren von Shiwa und Buddha, das Yin-und-Yang-Zeichen und ein Kruzifix hingen. Diesen Schlüssel reichte er mir. »Das ist deiner. Das ist der Schlüssel zum Gericht.«

Ich weigerte mich, ihn anzunehmen.

»Nimm«, forderte Luas mich auf. »Dies ist nicht der richtige Zeitpunkt für Angst oder Unentschlossenheit. Du wartest, dass Gott das Böse vernichtet und den Gerechten belohnt, seit du elf Jahre alt warst und diese Jungs vor Gericht gestellt hast, weil sie Flusskrebse getötet hatten. Wie wunderbar! Du wolltest selbst für einen Krebs Gerechtigkeit erkämpfen! Freue dich, Brek Abigail Cuttler! Deine Gebete wurden erhört! Es gibt doch eine Gerechtigkeit! Endlich, dem Herrn sei Dank, Gerechtigkeit!«

8

Hinter dem Haus meiner besten Freundin Karen Busfield, hinter den Aschehaufen aus den alten Kohleöfen und einem kleinen verlassenen Gebäude, glitzerte der breite schöne Fluss, der unter dem Namen Little Juniata River bekannt war. Der Little Juniata fließt aus den Allegheny Mountains nach Norden und reißt die kleinen Bäche und Quellen mit, die die Hügel und Täler mit Leben erfüllen, dann, hinter Tyrone in Pennsylvania, weiter nach Süden, wo die Familie meines Vaters, die Cuttlers, einfache Bauern, herstammen. In Huntingdon fließt der Little Juniata in den großen Juniata River, der nur groß ist, wenn alle zwanzig Jahre ein Orkan darüber hinwegfegt. Ansonsten ist er normal groß, nicht breit, nicht tief und nicht schnell. Der große Juniata River fließt nach Süden, bis er in Clark's Ferry in der Nähe von Harrisburg in den Susquehanna River mündet, der wiederum als ganzjährig großer Fluss noch weiter südlich in Havre de Grace in Maryland in die Chesapeake Bay fließt. In dem dortigen Bootshafen liegt das Segelboot der Bellinis, der Familie meiner Mutter, die reicher und gebildeter waren als die Cuttlers. Und so waren die Familie meines Vaters und die meiner Mutter über die Flüsse miteinander verbunden, noch lange bevor meine Eltern geheiratet oder sich kennengelernt hatten. Ich war überrascht, als ich diese Verbindung auf einer Landkarte entdeckte, als hätte ich plötzlich den Umriss eines Malen-nach-Zahlen-Hasen erkannt. Ich überlegte, welche Bedeutung dies haben könnte, und begann, wie ein Astrologe, der den Himmel nach Zeichen erforscht, auf allen Arten von Landkarten nach Hinweisen zu suchen, was mir die Zukunft bringen könnte. Jedes Mal, wenn ich danach in den Little Juniata River watete oder mit meinen Eltern in der Chesapeake Bay segelte, musste ich wieder darüber nachdenken, woher das Wasser kam, wohin es floss und welche Menschen es zusammenbrachte.

Im Hochsommer ist der Little Juniata River flach und der felsige Kalksteinboden mit glitschigem Moos überzogen. Karen und ich, mit abgeschnittenen Hosen und alten Turnschuhen bekleidet, liefen kilometerweit durch das knietiefe, klare Wasser, stolperten, rutschten, wurden nass und lachten fröhlich. Am Ufer aßen wir unsere mitgenommenen Sachen und taten so, als wären wir Forscherinnen, die den Fluss zum ersten Mal auf einer Karte verzeichneten. Die Ureinwohner, denen wir begegneten, das heißt die Jungs aus den unterschiedlichen Siedlungen entlang des Flusses, beobachteten uns vorsichtig, als stammten wir tatsächlich aus einem weit entfernten Land.

Mädchen spielten nie im Fluss, doch Karen und ich waren anders als die meisten Mädchen – aber nicht, weil wir wilder oder tapferer gewesen wären, sondern weil wir die Welt mit anderen Augen sahen. Anders als für die meisten Mädchen war der Fluss für uns interessant und barg zahllose Möglichkeiten. Und anders als die meisten Mädchen glaubten wir, das gleiche Recht zu haben wie die Jungs, darin zu spielen. Der Unterschied bestand in unserer Neugier und unserer Sichtweise.

An einem heißen Julinachmittag, als Karen und ich den Fluss erforschten, schockierten wir uns und die Jungs, indem wir mit bloßen Händen Krebse fingen – die für ein Mädchen mit nur einem Arm keine leichte Beute sind. Und Krebse im Little Juniata River sind eine echte Herausforderung. Wie behinderte Mädchen sind auch sie kleine, scheue Wesen, die sich scheinbar ihrer Verletzlichkeit bewusst sind und sich ihrer seltsamen Körper schämen. Man muss sich ihnen von hinten nähern, ohne Schatten zu werfen, während sie sich im flachen Wasser auf den moosigen grünen Steinen sonnen, auf denen sie unbedingt unsichtbar bleiben wollen. Wenn sie Angst haben, weichen sie rasch nach hinten aus und verschwinden hinter einer Wolke aus Schlamm in der nächstgelegenen Spalte. Man muss schnell sein und sie – wie eine fauchende Katze am Genick – an der breiten Stelle in der Mitte packen, um nicht von ihren scharfen Scheren verletzt zu werden. Wenn man sie so hält, sind sie völlig harmlos. Bei dem kleinsten Fehler allerdings versetzen sie einem einen schmerzhaften Schnitt, so dass man sie wieder ins Wasser fallen lässt.

Karen und ich schwenkten an diesem Nachmittag unsere Krebse hoch in der Luft und johlten und grölten aufgeregt wie Biologen, die eine neue Spezies entdeckt hatten. Wir untersuchten die Krebse aus der Nähe und beobachteten, wie sie ihre Schwänze zusammenrollten, um ihre weiche Unterseite zu schützen. Mit ihren Scheren griffen sie über ihre Köpfe nach hinten, um unsere Finger zu packen. Wir streichelten über ihre Fühler und schnippten mit den Fingernägeln auf ihren harten Panzer. Darüber besorgt, sie könnten so lange an der Luft nicht überleben, setzten wir sie schließlich in den Fluss zurück.

Viel mehr kann man mit einem Krebs nicht machen. Man kann mit ihm vor dem Gesicht eines Jungen hin- und herwedeln, damit er zurückzuckt, aber damit kann man ihn nur einmal ärgern, und die Folgen für den Krebs wären fatal. Als die Jungs sahen, dass wir immer noch lebten, obwohl wir mit diesen widerlichen Dingern herumhantiert hatten, stürmten sie tapfer das Ufer und setzten zu einem unerbittlichen Wettkampf an. Bald waren die Eimer mit Krebsen gefüllt, und Vergleiche wurden angestellt, wer die meisten und größten gefangen hatte. In solchen Fragen gehen die Meinungen von Jungs und Mädchen immer auseinander. Karen und ich hatten uns damit begnügt, die Krebse ein oder zwei Minuten zu betrachten und wieder freizulassen. Die Jungs allerdings waren erst zufrieden, wenn sie sie gequält und eine Menge von ihnen getötet hatten. Ihre Eimer verwandelten sich in Schlachtfelder.

Karen und ich waren entsetzt. Wir flehten die Jungs an, den Wettstreit zu beenden und die Krebse zu verschonen. Wir versuchten, ihnen die Eimer wegzunehmen, doch die Jungs waren stärker. Wir warfen Steine nach ihnen und beschimpften sie. Wir drohten sogar, sie zu küssen, wenn sie nicht aufhören würden, doch es war sinnlos. Nachdem wir die Krebse nicht hatten befreien können, war ich entschlossen, die Jungs für ihre Verbrechen vor Gericht zu stellen. Dazu steckte ich am Ufer einen Gerichtssaal mit Steinen und Stöcken ab. Ich wusste, wie es im Gericht ablief. Mein Opa Bellini war Anwalt, und ich hatte zugesehen, wie er Zeugen kühn und von gerechtem Zorn gepackt ins Kreuzverhör genommen hatte. Und ich selbst hatte nach dem Unfall mit meinem Arm im Gericht als Zeugin ausgesagt. Also ernannte ich mich zur Staatsanwältin und forderte Karen auf, gleichzeitig die Rolle der Richterin und der Geschworenen zu übernehmen. Zu meinem Entsetzen beging Karen Verrat sowohl an den Krebsen als auch an mir, weil sie sich weigerte. Sie behauptete, die Jungs zu bestrafen nütze nichts. Ich dachte, sie wäre in einen der Jungs verliebt, wahrscheinlich in Lenny Basilio, der ihr immer wieder seine Krebse gezeigt hatte. Selbst die Jungs zweifelten Karens Gründe an. Das musste ich ihnen zugutehalten, weil sie damit eingestanden, etwas Falsches getan zu haben. Außerdem war es für sie langweilig geworden, Krebse zu töten, so dass sie sich mit der Gerichtsverhandlung etwas mehr Spaß erhofften.

Da Karen nicht behilflich sein wollte, boten die Jungs an, abwechselnd als Geschworene aufzutreten, und versprachen, der Beweisaufnahme unparteiisch zuzuhören und ein gerechtes Urteil zu fällen. Ich war dagegen, doch Karen, die sich in ihrer Rolle als Spielverderberin gefiel, erinnerte mich daran, dass die Geschworenen von der Verteidigerseite ausgesucht werden und ich der Auswahl nur zustimmen konnte. Ich würde also Staatsanwältin und Richterin sein, während Karen nur zusehen wollte.

Um ihr eins auszuwischen, stellte ich Lenny Basilio als Ersten vor Gericht. Lenny war von den Jungs der Schwächste und Empfindsamste und wurde immer nur herumgeschubst. Aber er war auch der Netteste. Wegen seiner anfänglichen Angst vor den Krebsen hatte er sich von den anderen hänseln lassen müssen, dann aber dank seiner Effizienz den größten Krebs gefangen – einen weisen, alten Großvater aus der Familie der Krustentiere, groß wie ein Babyhummer. In Lennys Sammlung war er bei weitem der größte und kräftigste Krebs, aber zu schwer und zu langsam, um sich gegen die jüngeren zu verteidigen, und so wurde er in Lennys Eimer zum ersten Todesopfer. Da Lenny bei dessen Tod ehrliche Reue gezeigt hatte, würde ich bei ihm mit einem Urteil wegen Mordes leichtes Spiel haben.

Ich rief ihn in den Zeugenstand – ein flacher Stein auf einer Plattform aus Stöcken – und forderte ihn auf, die rechte Hand zu heben. Das Recht auf Zeugnisverweigerung gab es bei uns am Ufer des Little Juniata River nicht. Alle Angeklagten waren zur Aussage verpflichtet.

»Schwörst du, Lenny Basilio, die Wahrheit und nichts als die Wahrheit zu sagen, so wahr dir Gott helfe?«, fragte ich ihn.

Lenny zuckte mit den Schultern und setzte sich.

Ich stellte seinen übelriechenden Eimer vor ihn, der mit Krebsstücken gefüllt war. »Hast du diese Krebse in diesen Eimer getan?«

Lenny blickte in den Eimer, dann zu seinen Freunden.

»Denk dran, Lenny«, ermahnte ich ihn, »du stehst unter Eid. »Wenn du lügst, wirst du von einem Blitz erschlagen.«

Lenny winselte auf. »Aber der Krebs hat mich zuerst gezwickt!«

»Ja oder nein?«, beharrte ich. »Hast du diesen Eimer mit Krebsen gefüllt?«

»Ja.«

»Stimmt, du hast es getan. Und nachdem du ihn gefüllt hast, hast du ihn da geschüttelt, damit die Krebse gegenseitig nach sich schnappen?«

Bevor Lenny antworten konnte, wühlte ich im Wasser und zog den leblosen Großvaterkrebs heraus, der in der Hitze bereits weiß wie eine gedünstete Riesengarnele wurde. Seine rechte Schere war amputiert worden, genauso wie mein rechter Arm. Ich hielt den Krebs eine Weile in Richtung der Geschworenen. Diese kicherten zwar und rissen derbe Witze, doch die meisten ließen an ihren Gesichtern erkennen, dass selbst sie über das Geschehene entsetzt und traurig waren. Schließlich zeigte ich Karen herausfordernd den Krebs. Als sie nur schweigend den Kopf schüttelte, wandte ich mich wieder an Lenny.

»Du hast das getan, Lenny Basilio«, beschuldigte ich ihn. »Du hast ihn getötet. Du hast ihn aus dem Fluss geholt, in deinen Eimer geworfen und getötet.«

»Aber das wollte ich nicht«, verteidigte sich Lenny. Er sah aus, als würde er gleich anfangen zu heulen.

Ich ließ den Krebs in den Eimer fallen und drehte mich angewidert zu den Geschworenen. »Die Staatsanwaltschaft hat keine weiteren Fragen.«

»Schuldig! Schuldig!«, grölten die Jungs.

»Einen Moment«, hielt ich sie weise auf. »Ihr müsst darüber abstimmen, damit das Urteil offiziell ist. John Gaines, wie lautet dein Urteil?« Ich sprach, wie der Gerichtsdiener gesprochen hatte, als er die Geschworenen während meiner Verhandlung um ihr Urteil gebeten hatte.

John Gaines funkelte Lenny an. »Schuldig«, antwortete er und beugte sich mit gebleckten Zähnen nach vorne. »Ganz eindeutig schuldig.«

»Mike Kelly, was sagst du?«

»Schuldig!«, stimmte er begeistert zu.

»Gut«, sagte ich. »Robby Temin, was sagst du?«

Robby sah Lenny mitleidig an. »Schuldig«, flüsterte er.

»Jimmy Reece?«

Jimmy warf einen Stein nach Lenny und lachte. »Schuldig … und er ist eine Heulsuse!«

Die anderen Jungs lachten.

Ich rutschte hinter den Richtertisch und knallte mit einem Stein auf den Felsen. »Ruhe im Gerichtssaal!«, rief ich. »Ruhe im Gerichtssaal!« Im gleichen Moment wurde es still. Ich war beeindruckt von meiner neu entdeckten Macht.

»Wally Miller, was sagst du?«

Wally warf mir einen überheblichen, gehässigen Blick zu. Er war der größte und gemeinste Junge, der Tyrann vom Juniata River. Alle hatten Angst vor Wally Miller, einschließlich mir. Mit seiner bösartigen Ausstrahlung konnte man ihn schon beinahe für einen Kriminellen halten.

»Nicht schuldig«, sagte er, den Blick starr auf mich gerichtet.

Mein Kiefer fiel nach unten. Bevor ich protestieren konnte, kamen mir die anderen Jungs zuvor. »Was? Nicht schuldig? Das geht nicht. Er ist so schuldig wie der Teufel!«

Wally hielt seine Hand nach oben, um sie zu beruhigen. »Ich habe ›nicht schuldig‹ gesagt«, beharrte er.

Lenny Basilios Gesicht erstrahlte. Wie durch ein Wunder hatte ihn ausgerechnet Prügel-Wally gerettet. Das hatte es noch nie gegeben. Erfreut und erleichtert lächelnd ging er sogar auf Wally zu, um ihm zu danken. Doch kaum war Lenny bei Wally, versetzte Wally ihm mit seinem ausgestreckten Arm einen Stoß, so dass er zu Boden fiel. Wally grinste die anderen Jungs an. »War nur ein Witz«, feixte er. »Schuldig. Eindeutig schuldig! Los, hängen wir ihn auf!«

Die Jungs begannen zu johlen. »Schuldig! Schuldig! Hängt ihn auf! Los, wir hängen Lenny auf!«

Lenny erhob sich wieder und wich verletzt und erschreckt zurück. Tränen liefen ihm das Gesicht hinab.

Wieder knallte ich den Stein auf den Felsen. »Ruhe! Ruhe!«, rief ich. »Ruhe, oder ich belange euch wegen Missachtung des Gerichts und beende dieses Gerichtsverfahren!«

Als sich die Jungs wieder beruhigt hatten, wandte ich mich Lenny zu, der mich verzweifelt anblickte. Ich hatte kein Mitleid mit ihm. Ich dachte immer noch daran, was er mit den Flusskrebsen gemacht hatte.

»Lenny Basilio«, sagte ich ernst. »Du bist des Mordes an Krebsen für schuldig befunden worden.«

Lenny ließ den Kopf sinken.

»Mord ist das schlimmste Verbrechen, das es gibt«, fuhr ich fort. »Aber wir können dich nicht aufhängen, weil es am Juniata River keine Todesstrafe gibt.«

Lenny wurde wieder munterer, doch die Jungs buhten ihn aus.

Ich schlug wieder die Steine aufeinander. »Ruhe!«, rief ich.

»Wir können dich nicht aufhängen, Lenny, aber du musst bestraft werden …« Ich dachte einen Moment nach, wie die Strafe aussehen sollte, blickte in den Eimer und hinaus auf den Fluss. »Du hast die Krebse aus dem Fluss geholt, wo sie lebten, und hast sie an Land geholt, wo sie starben. Die Gerechtigkeit fordert Auge um Auge und Zahn um Zahn. Als Richterin dieses Gerichts verurteile ich dich, Lenny Basilio, den Rest deines Lebens nicht mehr auf dem Land, sondern im Fluss zu verbringen.«

»Werft Lenny in den Fluss! Werft Lenny in den Fluss!«, grölten die Jungs.

Lenny versuchte abzuhauen, doch die anderen schnappten ihn und schleppten ihn in den Fluss. Er wehrte sich eine Weile, trat und schrie, gab aber schließlich auf und blieb, seinen bemitleidenswerten Blick auf uns gerichtet, im Wasser stehen. Nachdem die Jungs ihn mehrmals untergetaucht hatten, kehrten sie ans Ufer zurück. Lenny stand pitschnass im Fluss und sah uns mit seinen trübsinnigen Augen an wie ein verurteilter Straftäter hinter Gittern. Ich war überglücklich. Die Gerechtigkeit hatte gesiegt. Im Alter von elf Jahren hatte ich meine erste Gerichtsverhandlung und meinen ersten Kampf zwischen Gut und Böse gewonnen. Ich war Mr Gwynne und meinem Opa Bellini, den Polizisten und Schuldirektoren, den Soldaten und Superhelden ebenbürtig. So gut wie in diesem glorreichen Moment hatte ich mich noch nie in meinem Leben gefühlt. Selbstgefällig lächelte ich Karen an, die das Schauspiel schweigend beobachtete.

»Also, wer ist der Nächste?«, fragte ich und blickte die Jungs der Reihe nach an, bis ich mich für Prügel-Wally entschied. Ich konnte es kaum abwarten, ihn zu verurteilen und in den Fluss werfen zu lassen. »Wally Miller«, sagte ich. »Ich klage dich an wegen Entführung und Ermordung von Krebsen. Wofür plädierst du – schuldig oder nicht schuldig?«

Wally schlenderte zu mir. »Schuldig«, höhnte er. »Und? Was machst du jetzt damit?«

Ich sah zu den anderen Jungs, die jedoch wie erstarrt waren. Keiner wollte Wally Miller herausfordern. Ich sagte nichts.

Wally lachte. »Genau das dachte ich mir«, höhnte er. »Du bist nur eine verrückte Einarmige.« Er trat einen Schritt auf mich zu und stieß mich zu Boden. Dann drehte er sich zu seinen Kumpels um und lachte.

Damit wollte ich ihn nicht durchkommen lassen. Ich stand auf und rannte ihm hinterher. Die anderen Jungs warnten ihn, doch in dem Moment, als er sich zu mir umdrehte, landete meine Faust in seinem Gesicht. Er schwankte und sank auf die Knie, aus einer kleinen Wunde auf seiner Oberlippe sickerte Blut.

Wally war verblüfft. Ich war verblüfft. Die anderen Jungs waren verblüfft. Und erschreckt. Sie hatten gerade mit angesehen, wie ein einarmiges Mädchen dem Tyrann vom Juniata River eine verpasst hatte. Für sie würde es die reine Hölle werden, wenn Wally versuchte, seinen Ruf wiederherzustellen. Einer nach dem anderen verschwanden sie leise im Wald, aus dem sie gekommen waren. Wally erhob sich langsam, wischte sich über den Mund und betrachtete das Blut auf seiner Hand.

»Das zahle ich dir heim, Cuttler«, drohte er.

Ich wich, meine Hand zur Faust geballt, nicht von der Stelle. Er wusste, er würde gut daran tun, sich nicht weiter mit mir anzulegen, und verschwand ebenfalls.

Damit blieben nur noch Karen, Lenny und ich übrig. Lenny, der offenbar dachte, dank Wallys Rückzug wäre alles vorbei, schlich Richtung Ufer, doch ich hielt ihn zurück.

»Zurück ins Wasser, Lenny Basilio«, warnte ich ihn. »Du wurdest zu lebenslänglich verurteilt.«

Lenny ging gehorsam ins Wasser zurück. Er hatte gerade gesehen, was ich mit Wally angestellt hatte, und wollte lieber nicht sein Glück versuchen.

Ich setzte mich neben Karen auf einen Baumstamm. Meine Fingerknöchel taten von dem Schlag gegen Wallys Zähne weh. Karen und ich, unfähig zu sprechen, blickten schweigend zum Fluss und zu Lenny. Das Erlebte war zu traumatisch.

Nach etwa fünf Minuten überkam Lenny die Langeweile, und er wurde nervös. Er warf Steine über die Wasseroberfläche und planschte herum. Als ihm auch das keinen Spaß mehr machte, zog er sich zentimeterweise zurück, in der Hoffnung, ich würde es nicht bemerken. Ich befahl ihm zurückzukommen. Er gehorchte, setzte aber gleich zu einem neuen Versuch an. Es hatte sich ein Spiel daraus entwickelt. Doch als ich ihm das vierte Mal befahl zurückzukommen, rannte er los. Leider rutschte er auf den glitschigen Felsen aus und schlug sich das Knie auf. Ich holte ihn ein und zog ihn am Handgelenk ins Wasser zurück. Befreien konnte er sich nicht, weil ich stärker war und ihn festhielt, bis er sich nicht mehr wand.

»Wie lange soll er denn noch dort im Fluss bleiben?«, rief Karen mir vom Flussufer aus zu.

»Für den Rest seines Lebens«, antwortete ich und packte ihn noch fester am Handgelenk. »Er muss für sein Verbrechen bezahlen. Den Krebsen gebührt Gerechtigkeit.«

»Wie willst du ihn dort im Wasser halten?«, fragte Karen weiter. »Er wird immer wieder versuchen zu fliehen.«

Sie hatte natürlich recht, doch ich wollte am Urteil festhalten. Ich trug einen Stoffgürtel, mit dem ich ihn anbinden könnte. Ich sah mich um, doch die Bäume standen nicht nah genug am Wasser. Schließlich hatte ich eine Idee. Ich zog den Gürtel aus meiner Hose, schlang ihn um meinen und Lennys Arm und zurrte ihn mit den Zähnen fest. Jetzt waren wir, der Gefangene und seine Aufseherin, aneinandergebunden. Er konnte nicht mehr fliehen und musste so lange im Wasser bleiben, wie ich im Wasser blieb. Stolz sah ich zu Karen hinüber, die leicht vergnügt nur den Kopf schüttelte.

So standen wir im Wasser, Lenny und ich. Er zerrte hin und wieder an meinem Arm, um sich zu befreien, doch es war sinnlos. Wenn er wimmerte und protestierte, befahl ich ihm, den Mund zu halten. Wenn er umherplanschte und ich ins Stolpern geriet, rammte ich ihm meinen Ellbogen in die Rippen. Ich war entschlossen, ihm gegenüber genauso gnadenlos zu sein, wie er es den Krebsen gegenüber gewesen war. Dies ging fast eine halbe Stunde lang so, doch ich hatte das Gefühl, der Nachmittag müsste schon um sein. Es wurde spät. Normalerweise würden wir uns jetzt auf den Nachhauseweg machen. Schließlich erhob sich Karen und sagte, sie würde gehen.

»Warte«, rief ich. »Du kannst nicht gehen. Du musst hierbleiben und mir Gesellschaft leisten.«

»Ich verzichte«, erwiderte Karen und kletterte das Ufer hinauf.

»Aber du musst.« Ich war wütend. Sie hatte mich während der Verhandlung verraten und tat es jetzt schon wieder.

»Nein, muss ich nicht«, widersprach Karen. »Ich habe mit den Krebsen nichts angestellt, und es war nicht meine Idee, Lenny in den Fluss zu verbannen. Ich gehe nach Hause.«

»Und was soll ich tun?«, fragte ich. »Die ganze Nacht hier mit Lenny alleine bleiben?«

Lenny wirkte entsetzt.

»Sieht ganz danach aus«, antwortete Karen. »Wenn du ihn für den Rest seines Lebens in den Fluss verbannen willst. Viel Spaß.« Sie machte Anstalten fortzugehen.

»Warte«, flehte ich. »Was soll ich tun? Ich habe doch keine andere Wahl. Die Krebse verdienen Gerechtigkeit.«

Karen blieb stehen und blickte ungläubig zu mir zurück. Ich muss ebenso elend und bemitleidenswert ausgesehen haben wie Lenny. Schließlich watete sie ins Wasser. Wie ein Engel kam sie mir vor. Ihr Gesicht strahlte in der Nachmittagssonne, ihre blauen Augen funkelten vom glitzernden

Wasser. Als sie bei uns war, zog sie am Gürtel, der mich und Lenny miteinander verband.

»Du kannst die Krebse nicht zurückholen, Brek«, sagte sie zärtlich. »Aber du kannst dich selbst befreien. Es geht nicht mehr um Lenny. Es geht um dich. Wie lange willst du noch im Wasser warten?«

9

Ich schob den goldenen Schlüssel, den Luas mir gegeben hatte, ins Schloss der gewaltigen Holztür, die in den Gerichtssaal führte. Plötzlich verschwand die Doppeltür mitsamt der Bahnhofshalle, so dass ich mit Luas in einem riesigen Raum stand, der nur durch Energie zusammengehalten wurde. Die Wände waren lichtdurchlässig, wie elektrisch geladen, und müsste ich sie mit einer Farbe beschreiben, dann mit der wie glitzerndes Wasser in einer Kristallkaraffe, die auf einem Silbertablett steht. Dieser Ort war einzigartig, ein Ort, in dem Zeit und Raum miteinander verschmolzen. Ein Ort in der Ewigkeit.

Am anderen Ende des Gerichtssaals verdichtete sich die Energie zu einem dreieckigen, mehrere Stockwerke hohen Monolithen, der offenbar Einsteins Theorie umkehrte. Der Stein war gleichzeitig dunkel und leuchtend, bestand, wie mir schien, aus reinem Saphir und war oben mit einer dreieckigen Öffnung versehen, durch die Licht hereindrang, aber nicht hinaus, so dass dahinter nichts zu erkennen war. Der Boden davor wurde aus einem Halbkreis aus blassem bernsteinfarbenen Licht gebildet, das sich vom Fuß des Monolithen aus ergoss. In der Mitte des Bodens stand ein einfacher Holzstuhl, der von seiner Beschaffenheit und Größe in dieser Umgebung völlig aus dem Rahmen fiel. Hinter dem Stuhl, aber jenseits des Lichtkreises und genau gegenüber des Monolithen, standen drei weitere Stühle. Luas wies mich an, mich auf den mittleren zu setzen, er selbst setzte sich auf den linken, legte die Hände auf seine Knie und schloss die Augen. »Tobias Bowles wird den Fall seines Vaters Gerard vorbringen«, sagte er.

Einen Moment später stand plötzlich jemand anderes an derselben Stelle wie wir zuvor, ein kleiner Junge, vielleicht acht oder neun Jahre alt. In seinen Fingern drehte er einen goldenen Schlüssel, der genauso aussah wie meiner. Der Junge hatte dunkle Haut, und sein Gesicht mit den sanften braunen Augen, die für sein Alter schon zu viel gesehen und verstanden zu haben schienen, ließ auf eine Herkunft aus dem Nahen Osten schließen. Sein Haar war lang und ungepflegt, eine lange helle Robe reichte bis zum Boden hinab. Luas erhob sich enttäuscht, als er den Jungen sah.

»Ach, du bist's nur, Haissem«, begrüßte Luas ihn mit einem Stirnrunzeln. »Wir hatten eigentlich Mr Bowles erwartet … Na ja, wir sind jedenfalls da. Haissem, das ist Brek Cuttler, die neueste Anwältin. Brek, das ist Haissem, der älteste Präsentator in Schemaja überhaupt. Ich muss schon sagen, Haissem, sie ist keinen Moment zu früh eingetroffen. Wir haben gerade Jared Schrieberg verloren, und jetzt, nachdem du hier erschienen bist, offenbar auch Mr Bowles.«

Jared Schrieberg?, dachte ich. *Komisch. So hieß Bos Großvater.*

Haissem reichte mir seine linke Hand zur Begrüßung – eine aufmerksame Geste, da die meisten Menschen instinktiv nach meiner rechten Hand greifen wollten, aber, was ihnen dann peinlich war, nur einen leeren Ärmel erwischten.

»Willkommen im Gericht, Brek«, begrüßte er mich mit einer höflichen Verbeugung und mit hoher, vorpubertärer Stimme. »Ich erinnere mich, wie ich zum ersten Mal hier im Gericht zusah. Abel stellte den schwierigen Fall seines Bruders Kain vor. Das war allerdings noch lange vor deiner Zeit, Luas.«

»Ja, lange davor«, stimmte Luas zu.

»Seitdem hat sich nicht viel verändert«, seufzte Haissem. »Luas hält den Terminkalender am Laufen, auch wenn die Anzahl der Fälle ständig steigt. Wir sind froh, dich hier zu haben, Brek, und du darfst dich glücklich schätzen, von einem Mentor wie Luas betreut zu werden. Es gibt keinen besseren Präsentator in Schemaja.«

»Anwesende ausgenommen«, räumte Luas ein.

»Ganz und gar nicht«, wehrte Haissem ab. »Ich übernehme nur die leichten Fälle.«

»Nur wenige würden behaupten, bei Sokrates und Judas habe es sich um leichte Fälle gehandelt«, erwiderte Luas. »Ich bin nur Mitarbeiter des Gerichts.«

Haissem zwinkerte mir zu. »Lass dich nicht an der Nase herumführen«, sagte er. »Ohne Luas gäbe es kein Schemaja.«

Ich war verwirrt. »Moment mal. Kain und Abel? Sokrates und Judas? Wovon redet ihr? Ist das ein Witz?«

Luas drehte sich ungeduldig zu mir. »Glaubst du etwa, das wären eindeutige, zweifelsfreie Fälle gewesen?«, fragte er.

»Ich … wahrscheinlich nicht«, antwortete ich. »Ich habe wirklich keine Ahnung, aber ich dachte nur, ihr habt doch nicht wirklich … also, was ist denn mit ihnen passiert? Wie lautete das Urteil?«

Haissem klopfte Luas auf den Rücken. »Ich muss mich

anmelden und mich vorbereiten«, sagte er. »Ich gehe davon aus, dass du ihr alles erklärst.« Haissem griff nach meiner linken Hand. Einen Moment lang schienen sich seine Augen auf etwas in mir zu richten, das viel größer war als ich. »Wir sehen uns wieder, Brek«, sagte er. »Du wirst die Sache hier gut machen, dessen bin ich mir sicher.« Er ging zum Stuhl in der Mitte des Gerichtssaals, während Luas mir bedeutete, mich wieder neben ihn zu setzen.

»Wir präsentieren nur die Fakten«, flüsterte er. »Das Urteil selbst spielt für uns hier keine Rolle.«

»Aber wenn sie wirklich vor Gericht gestellt werden, dann muss man doch wissen …«

»Muss man nicht«, unterbrach mich Luas. »Wir wissen nichts über das Ergebnis. Der Richter spricht nie. Man könnte natürlich spekulieren. Mitunter mag der Präsentator das Gefühl haben, das Urteil müsste eher in die eine als in die andere Richtung gehen, aber wir dürfen das Ergebnis auf keinen Fall beeinflussen. Die Folgen für einen Präsentator, der versucht, die Ewigkeit zu ändern, dauern eine Ewigkeit.«

Ich starrte ihn an, versuchte, durch ihn hindurch, hinter ihn zu blicken, immer noch nicht bereit zu glauben, immer noch an dem Leben klammernd, wie es gewesen war, und auf der Suche nach Erklärungen für das, was hier geschah. Das alles ergab keinen Sinn. »Die Operation verläuft nicht gut, stimmt's, Herr Doktor?«, fragte ich. »Meine Wahnvorstellungen werden immer schlimmer.«

»Unsinn«, widersprach Luas. »Haissem hat Platz genommen. Wenn er seinen Fall präsentiert hat, wirst du die Dinge klarer sehen.«

Haissem saß auf dem Stuhl in der Mitte des Gerichtssaals in derselben Position wie Luas – Hände auf den Knien, Augen geschlossen, wartend. Ich behielt meine Augen offen und beobachtete. Plötzlich begann der dreieckige Monolith, heftig zu zittern, die Oberfläche wellte sich, und aus der Mitte erschien ein Wesen in schwarzgrauer Soutane wie dasjenige auf dem beweglichen Relief im Flur. Es war von menschlicher Gestalt und Größe, hatte aber weder Haare noch ein Gesicht und wies auch sonst keine Besonderheiten auf. Haissem blieb sitzen, während das Wesen kurz vor ihm verweilte, bevor es geräuschlos in das dunkle Innere des Steins zurückkehrte. Als das Zittern erstarb, erhob sich Haissem von seinem Stuhl und nahm, in der Mitte des Raumes stehend, die Arme in einem großen Bogen seitlich nach oben. Die Energie der Wände und des Bodens pulsierte heftig und drang aus allen Richtungen auf ihn ein, schien den Raum um ihn wie einen implodierenden Stern zusammenzudrücken. Die Schockwelle, die ihn erfasste, ließ ihn in der gleichen Sekunde verdampfen. In dem Vakuum blieb nur seine Stimme zurück, die wie eine riesige kosmische Detonation durch den Saal hallte: »Ich präsentiere Tobias William Bowles … Er hat entschieden!«

Im Gerichtssaal wurde es dunkel. Kein Licht. Kein Geräusch. Keine Bewegung. Dann verschwand auch der Saal.

Was nun geschah, erschütterte mich bis ins Mark. Ich war nicht nur Zeugin der Gerichtsverhandlung von Toby Bowles' Seele, sondern verschmolz mit seinen Erinnerungen. Ich wurde selbst zu Toby Bowles und lebte sein Leben genauso, wie er es gelebt hatte. Wie zuvor, als ich zwischen den Seelen in der Bahnhofshalle gewandelt war, hörte Brek Cuttler auf zu existieren.

Ich überquere einen Feldweg in einem Militärlager im Zweiten Weltkrieg. Mein Körper fühlt sich schwer, angespannt und müde an, mein Gesicht dick, rau und schmutzig. Ich habe einen Schnurrbart und im Mund einen unbekannten Geschmack wie nach einem ersten Kuss. Meine kräftigen Arme – es sind jetzt zwei – fühlen sich stark, aber losgelöst an, als würde ich eine Maschine bedienen. Und in mir wütet eine Aggression, wie ich sie noch nie zuvor gespürt habe, eine erhöhte Wachsamkeit für meine Umgebung und andere Menschen. Meine Gedanken und Reaktionen rasen, sind eher analytischer Natur, meine Gefühle und meine Fähigkeit, zwischen den Zeilen lesen zu können, gedämpft und ungenutzt. Der Gestank, den ich verströme, ist gleichzeitig tröstend und unangenehm. Mein Kopf brummt von einem Kater.

Ich trage eine schmutzige grüne Armeeuniform und neue schwarze Stiefel. Dies ist mein zweites Paar Stiefel in diesem Monat – das weiß ich zwar, aber ich weiß nicht, woher. Ich weiß auch, dass ich so viele Stiefel haben kann, wie ich will, und dass es genug Stiefel gibt, um zwei Armeen damit auszustatten. Es sind hübsche glänzende Stiefel, schwarz und warm, doch hier in Saverne – auch etwas, das ich irgendwie weiß: der Standort des Lagers – kann ich sie nicht sauberhalten. Der Staub raubt ihnen den Glanz, sobald man sie anzieht, und hier gibt es nichts als Staub, der die Sonne verdunkelt und die Farben verblassen lässt. Alles ist staubig braun: die Kleider, die Zelte, die ehemals weißen Antragsformulare. In Saverne schmeckt das Essen braun, das Wasser wäscht braun, die Sterne funkeln braun, die Luft riecht braun, und wenn die Toten hier in der Leichenhalle eintreffen, tropft ihr braunes Blut auf den braunen Boden. Asche zu Asche, Braun zu Braun. Ich träume sogar in Braun. Das Einzige, das sich vom Braun in Saverne absetzt, ist das Grün der Gier.

Während ich den Feldweg überquere, überlege ich, ob ich beim Leiter der medizinischen Versorgung den Preis drücken oder ihm ein faires Angebot machen und ihn in dem Glauben lassen soll, dass ich ihm einen Gefallen tue, wenn ich seine Sonderlieferung auf dem Schwarzmarkt verkaufe. Doch als ich mitten auf dem Weg bin, ruft jemand: »Pass auf, Toby.«

Aus dem Augenwinkel heraus sehe ich, wie ein olivgrüner Armeelaster, eine riesige Staubwolke hinter sich herziehend, mit halsbrecherischer Geschwindigkeit auf mich zurast. Der Staub wirkt einen Augenblick lang überrascht, als wäre er gerade aus dem Schlaf gerissen worden. Mit einem kräftigen Sprung nach vorne in meinen neuen schwarzen Stiefeln bringe ich mich in Sicherheit und klopfe Davidson als Dankeschön auf die Schulter.

»Du musst vorsichtiger sein, Toby«, warnt er mich. »Du bringst dich sonst noch um.«

»Ich? Mich umbringen lassen?«, erwidere ich. »Jedenfalls nicht von so einem dämlichen Laster. Um mich erledigen zu lassen, besorge ich mir ein französisches Mädchen.«

Davidson bewacht den Zugang zu einem braunen Zelt, das einmal olivgrün war. Der von der Straße herangewirbelte Staub vor der Plane sieht aus wie eine Miniaturabbildung der Schneewehen auf den Bergpässen Richtung Süden, die die Alpen zu dieser Jahreszeit unpassierbar machen. Der Winter hat sich viel zu früh über die Gipfel und in die Täler der französischen Alpen gelegt und die Verletzten und Toten auf dem Schlachtfeld von den Lagern, Dörfern und Städten abgeschnitten. Sollte ein Bergsteiger mit viel Glück einen solchen Gipfel erklimmen, würde er in alle Himmelsrichtungen bis zum Horizont nur Krieg sehen.

Das Zelt wird mit einem gutbefeuerten Holzofen beheizt und mit Kisten voller medizinischer Ausrüstung isoliert, die vom Boden bis zur Decke reichen und mit verstaubten roten Kreuzen bemalt sind. Jede Kiste ist auf dem französischen Schwarzmarkt zweihundert Dollar wert und verwandelt das Zelt in eine Schatzkammer. Die Kisten bilden einen Gang bis zu einem Schreibtisch in der Mitte, und eine an einer Zeltstange hängende Kerosinlampe spendet nur schwaches Licht. Hinter dem Schreibtisch sitzt ein schlanker, mächtig aussehender Schwarzer. Auf seiner linken Brust steht der Name Collins, seine Schulter zieren die Streifen eines Unteroffiziers. Wir beide haben den gleichen Rang. Er drückt seine Zigarette aus und zündet sich gleich die nächste an, ohne mir eine anzubieten.

»Scuttlebutt sagt, Patton überquert den Rhein in der Nähe von Ludwigshafen«, sage ich. »Zwei Divisionen sind von Süditalien auf dem Weg, um sie zu unterstützen. Die Preise für Stiefel und Handschuhe haben sich verdreifacht.«

Collins' Mundwinkel ziehen sich nach oben. »Wo sind sie?«

»Wärmen sich in einem Château auf.«

»Treib keine Spielchen mit mir, Bowles«, droht er. »Dafür hab ich jetzt keine Zeit.«

Mein Magen drückt eine saure Brühe aus Haschee und Kaffee in meine Kehle hinauf. *Endlich werde ich ein Stück vom Kuchen abbekommen*, sage ich mir. *Von dem Kuchen, von dem jeder ein Stück hat. Ich wollte nicht herkommen. Ich wollte zu Hause bleiben und Autos reparieren. Mehr wollte ich nie. Ich habe das Anrecht auf ein bisschen Bequemlichkeit, und ich soll ver-*

dammt sein, wenn irgendein schwarzer Typ aus Kentucky mehr bekommt als ich. Ich wurde dem Versorgungslager zugewiesen, nachdem ich während der Grundausbildung einen Asthmaanfall simuliert hatte. Das war auf jeden Fall besser, als mit einem Gewehr herumzulaufen.

»Jemand muss Typen wie dich glücklich machen, und das könnte doch genauso gut ich sein, Collins«, sage ich. »Was willst du? Ich habe alles: Uniformen, Zelte, Essen, Alkohol, Werkzeug, Radios, Filme, Büroausstattung und andere Sachen.« Das stimmt alles. Als Unteroffizier im Versorgungslager bin ich ein wandelndes Kaufhaus, und jeder ist mein bester Freund. Sobald die Bienen herausfinden, wo der Klee wächst, schwärmen sie aus, um ihn sich zu holen. Offiziere, GIs, Leute aus dem Ort – sie sind freundlicher zu mir als zu den Ärzten, von denen sie sich ihre Syphilis behandeln lassen. Sie schütteln mir die Hand, unterhalten sich mit mir und interessieren sich für mich: Woher kommst du? Hast du eine Freundin? Klar, ein gutaussehender Typ wie du muss eine Freundin haben. An jedem Finger eine, und alle hübsch, wette ich. Sie zeigen mir Bilder von ihren Freundinnen, Müttern, Vätern, jüngeren Geschwistern. Ich bin ein ganz normaler Typ wie du, sagen sie, und wir einfachen Leute müssen zusammenhalten, wenn wir es schaffen wollen. Hast du dahinten noch einen Whiskey? Mit dem könnte ich nachts besser schlafen.

»Du hast nichts, was ich brauche, Bowles«, lehnt Collins ab. »Ich bin derjenige, der das hat, was du brauchst. Du stehst hier in meinem persönlichen Sparschwein, und Davidson da draußen ist mein Wachmann. Willst du jetzt einen Kredit haben, oder soll ich Davidson befehlen, dich mit einem Arschtritt vor den Eingang zu setzen?«

Ich stehe da und überlege. Collins kam gerade erst auf Befehl des Generalstabsarztes her und hat hier in der Gegend keine Verbindungen, doch er weiß, er sitzt auf einem Vermögen, weil das medizinische Bedarfsmaterial für die französische Bevölkerung knapp ist und sie fast alles bezahlen, um etwas davon zu ergattern. Ich kam kurz nach den ersten amerikanischen Soldaten hierher und habe Beziehungen zu ein paar französischen Ärzten geknüpft, die Geldgeber bis unten in Marseille haben. Ich beschließe, den Preis zu drücken, um zu sehen, wie Collins reagiert.

»Fünfundzwanzig pro verschlossener Kiste, und für je zwei gebe ich ein Paar Stiefel und Handschuhe dazu.«

»Davidson!«, brüllt er. »Schmeiß diesen dreckigen Scheißhaufen aus meinem Büro!«

»Hör mal, Collins«, versuche ich, ihn zu beruhigen. »Du kannst dieses Zeug nicht wegschaffen, selbst wenn du unterm Eiffelturm einen Laden aufmachst. Ich gebe dir drei Paar Stiefel und Handschuhe für je zwei Medizinkisten. Höher kann ich nicht gehen.«

»Hundertfünfzig pro Kiste, Bowles, und deine verdammten Stiefel kannst du behalten.«

»Fünfzig«

»Hundertfünfundzwanzig.«

»Fünfundsiebzig.«

»Hundert.«

»Ich habe Kosten, Collins«, erinnere ich ihn. »Kann doch nicht sein, dass für dich mehr rausspringt als für mich. Fünfundsiebzig, oder wir lassen's gleich bleiben.«

»Ich brauche eine Anzahlung.«

»Wie viel?«

»Tausend.«

»Was?«

»Du bist nicht der Einzige, der Interesse hat, Bowles. Du bist der dritte Weiße, der heute hier rumschnüffelt. Eintausend in bar, mein letztes Wort.«

»Ich habe fünfhundert dabei«, biete ich an und greife in meine Tasche. »Den Rest gebe ich dir heute Abend.«

Collins denkt nach. »Weißt du«, sagt er und zeigt mit seinem gierig-grünen Lächeln seine Zähne, »ich mag dich, Bowles. Bring den Rest bis sechs Uhr vorbei.«

Ich gebe Collins das Geld und verlasse kopfrechnend das Zelt. Ich kann mindestens hundert Kisten pro Monat bewegen. Bei zweihundert Kröten pro Kiste sind das zwanzigtausend brutto, zwölftausendfünfhundert netto minus Schmiergeld für die Fahrbereitschaft und die Wachen am Zaun, vielleicht tausend höchstens. Ich habe gerade elftausend Dollar verdient!

Fast schon hüpfend gehe ich zum Klub, um mir ein Bier zu gönnen und zu feiern. Doch auf dem Weg dorthin bemerke ich etwa fünfzig Meter entfernt zwei Männer, die die Ladefläche desjenigen Lasters öffnen, der mich beinahe überfahren hat. Sie klettern hinein und fangen an, leere schwarze Leichensäcke in Zwanzigerbündeln auf eine Klapptrage zu entladen. Ich bleibe stehen, um sie zu beobachten. Die Typen vom Leichenschauhaus bleiben meistens unter sich, weil sich die anderen auf Abstand halten. Auch wenn man nicht abergläubisch ist, geht man dem Leichenschauhaus aus dem Weg. Ich frage mich, ob die Säcke neu sind oder ob die alten immer wieder verwendet werden. Ich fände es komisch, wenn sie wiederverwendet würden; es verletzt die Intimsphäre des ersten Toten und beleidigt den zweiten. Sie haben ihr verdammtes Leben geopfert.

Dafür könnte die Armee zumindest neue Leichensäcke springen lassen.

Elf Riesen … elf … verdammte … Riesen!

Die Leichensäcke landen mit einem Schlag auf der Trage wie Papierstapel, die auf einen Schreibtisch geknallt werden.

Das ist nur überschüssige Ware, Toby, sage ich mir. *Das Zeug liegt einfach so rum, während ein französisches Kind stirbt, weil sein Arzt nicht genügend Sulfanilamid und Penicillin zur Verfügung hat. Man sollte bezahlt werden, wenn man sein Leben aufs Spiel setzt.*

Auf dem Weg in den Klub donnern von hinten schwere Schritte auf mich zu. Bevor ich mich umdrehen und nachsehen kann, was los ist, werde ich zu Boden geschlagen. Ein stechender Schmerz durchfährt meinen Rücken. Ich versuche, den Kopf zu heben, doch der bewegt sich nicht. *Oh, mein Gott, wir stehen unter Beschuss, und ich wurde getroffen.*

»Hilfe!«, rufe ich. »Hilfe! Einen Arzt! Ich wurde getroffen!«

Der Schmerz in meinem Rücken wird stärker, als würde mich ein großes Gewicht nach unten drücken.

»Hör mit deinem verdammten Geschrei auf, Bowles«, sagt jemand direkt über mir. »Du bist wegen Diebstahl verhaftet.«

Zwei Militärpolizisten heben mich vom Boden hoch und fesseln mir die Hände hinter dem Rücken. Hinter ihnen erkenne ich Collins im Eingang zu seinem Zelt. Er schüttelt einem anderen Militärpolizisten die Hand und reicht ihm mein Geld.

Haissem saß wieder auf dem Stuhl in der Mitte des Gerichtssaals. Ich war genauso verwirrt und erschöpft wie zuvor, als ich zwischen den Seelen in der Bahnhofshalle hindurchgegangen war.

»Hörst du mich jetzt, Brek?«, fragte Luas.

»Ja«, antwortete ich. Seine Stimme klang, als käme sie von weit her. »Was meinst du mit ›jetzt‹?«

»Ich habe während der Präsentation mit dir gesprochen«, erklärte er. »Als du nicht reagiert hast, habe ich Haissem gebeten, die Präsentation zu unterbrechen.«

»Oh …« Etwas verloren bemühte ich mich, meine Identität als Toby Bowles von der als Brek Cuttler zu trennen. »Tut mir leid. Es kommt mir nur so … echt vor, als würde ich mich an mein eigenes Leben erinnern.«

»Das kann vorkommen«, bestätigte Luas. »Wenn Haissem wieder beginnt, höre auf meine Stimme. Zuerst wirst du mich durch die Menschen in der Präsentation sprechen hören. Was ich sage, wird aus dem Zusammenhang gerissen klingen. Wenn du nicht antwortest, werde ich dich an den Vorfall mit dem Miststreuer erinnern, um dich zurückzuholen. Leider kann ich dir nicht beibringen, wie du dich von der Seele, die gerade präsentiert wird, distanzierst. Das musst du durch Ausprobieren lernen. Dies ist einer der Gründe, warum du zusehen sollst.«

»Welchen anderen Grund gibt es noch?«, wollte ich wissen.

»Um dich darauf vorzubereiten, selbst Seelen zu präsentieren«, antwortete Luas.

10

Luas nickte, woraufhin Haissem die Verhandlung von Toby Bowles' Seele fortsetzte. Wieder verschwand der Gerichtssaal und mit ihm meine Identität als Brek Cuttler. Ich wurde zu Toby Bowles.

Der Krieg ist vorbei, und ich bin wieder zu Hause in New Jersey. Ich befinde mich im Gemeindesaal zum Kaffee nach dem Gottesdienst und koche vor Wut, weil meine Frau Claire den Leuten gerade erzählt hat, ich würde nicht genug Geld verdienen, um sie und meine Kinder zu ernähren.

»Wie kannst du so was nur sagen!«, flüstere ich ihr durch zusammengebissene Zähne zu.

»Ich weiß nicht, wovon du redest«, erwidert sie.

Ich funkle sie an, bevor ich wie ein geprügelter Hund aus dem Gemeindesaal stürme.

Auf dem Parkplatz lächelt mich Alan Bickel, eins der Gemeindemitglieder, an und hält mir seine Hand hin.

»Morgen«, brumme ich und schiebe mich an ihm vorbei, ohne seine Hand zu nehmen oder ihm in die Augen zu blicken.

Ich steige in unseren verrosteten 1949er Chevy Deluxe, knalle die Tür zu, starte den Motor und zünde mir eine Zigarette an. Ich ziehe den Rauch tief in meine Lungen und halte ihn dort mitsamt meiner Wut gefangen, bis sich beides nicht mehr halten lässt. Ich kann immer noch nicht glauben, was sie gesagt hat. Ich stoße den Rauch laut aus und wiederhole, was Claire zu Marion Hudson gesagt hat: »Es tut mir leid, Marion, aber das Geld ist im Moment knapp. Wir können für den Baufonds nichts dazugeben.«

Wie konnte sie nur? Zu Paul und Marion Hudson? Und da fahren sie jetzt in ihrem neuen Cadillac los. Jedes Jahr einen neuen Wagen. Und das mit einer Reinigung? Der Kerl muss noch irgendwelche andere Geschäfte machen oder die Bücher fälschen. Ich beuge mich nach unten und tue so, als würde ich sie nicht sehen.

Die hinteren Türen werden geöffnet, und meine Kinder steigen ein. Tad und Todd, dann Susan und Katie.

»Ich sitze am Fenster«, ruft Tad.

Nach einer kurzen Rangelei fängt Tad an zu weinen.

»Dad, Todd hat mich gehauen, und Susan rutscht nicht rüber. Ich habe zuerst Fenster gesagt.«

»Hört auf dahinten, oder ich ziehe meinen Gürtel raus!«, schreie ich. »Meine Güte, Tad, du bist der Älteste. Wie alt bist du jetzt, neun? Und heulst immer noch wie ein Baby. Wenn es dir nicht passt, was Todd oder Susan machen, dann knall ihnen eine. Genauso, wie ich es immer bei deinem Onkel Mike gemacht habe, wenn er mir auf den Keks ging. Es wird Zeit, dass du anfängst, dich wie ein Mann zu benehmen, mein Sohn, und deswegen wirst du auch ab August Football spielen. Punkt. Ich will nichts mehr davon hören.« Ich nehme einen Zug von meiner Zigarette. »Und du, Todd, mein alter Junge, spielst doch auf jeden Fall Football, was?«

»Na, und ob«, antwortet Todd. »Mr Dawson sagt, er setzt mich am Anfang als Linebacker und Quarterback ein.«

Obwohl Todd ein Jahr jünger ist, ist er fünf Zentimeter größer und mindestens sieben Kilo schwerer als sein Bruder.

»Braver Junge«, lobe ich ihn.

Claire setzt sich auf den Beifahrersitz. »Ich verstehe wirklich nicht, warum du dich so aufregst«, schimpft sie.

Wütend werfe ich die Zigarette aus dem Fenster, zerre den Schalthebel in die Fahrposition und drücke aufs Gaspedal, noch bevor sie die Tür geschlossen hat. Mit heulendem Motor fahren wir vom Parkplatz.

»Toby, um Himmels willen!«, kreischt Claire. »Ich habe die Tür noch gar nicht zugemacht, und hinten sitzen die Kinder!«

»Nein!«, brülle ich über den Lärm des Motors hinweg. »In dem Wagen sitzen ein Haufen schreiender, undankbarer Gören und eine Frau, die ihre Familie in der Öffentlichkeit blamiert und es nicht einmal merkt.« Mein Brustkorb zieht sich zusammen, die Venen an meinem Hals schwellen an. Wie immer, wenn ich Claire bei einem Fehler ertappe, weigert sie sich zu antworten. »Hast du dazu nichts zu sagen?«, schreie ich sie an. »Hast du keine Ahnung, wovon ich rede?«

»Die Seelen kommen genauso zum Bahnhof von Schemaja, wie du hierhergekommen bist«, sagt sie. »Jedem Antragsteller wird vor der Verhandlung ein Präsentator zugewiesen, dann warten sie am Bahnhof, bis ihr Fall aufgerufen und die Entscheidung gefällt wird. Da sie nicht an der Verhandlung teilnehmen dürfen, muss der Präsentator die Entscheidungen verstehen, die sie während …«

»Hey, was hast du da gerade gefaselt?«, frage ich.

»Tu, was du willst, Toby!«, schreit Claire. »Jeden Tag ist es was anderes. Ich habe eine der unsichtbaren Regeln aus deinem unsichtbaren Regelwerk gebrochen. Du fluchst am Sonntag vor den Kindern und fährst wie ein Wahnsinniger.«

Ich fahre aus der Haut. »›Das Geld ist im Moment knapp, Marion.‹ – ›Toby kann seine Familie nicht versorgen, Marion.‹ – ›Wir kommen kaum mit dem Geld hin, das er bei der Bahn verdient, Marion.‹ Glaubst du etwa, ich habe nicht gesehen, wie du Paul Hudson angeguckt hast? Aber weißt du, warum ich mir keine Sorgen mache? Weil Paul Hudson auf keinen Fall das, was er hat, für hässliche dicke Oberschenkel wie deine aufgeben wird.«

Claire beginnt zu weinen. »Ich hasse dich, Toby!«, schreit sie. »Ich hasse dich. Ich will, dass du verschwindest. Verschwinde, und lass uns in Ruhe.«

»Es geht sie nichts an, ob unser Geld knapp ist oder nicht!«, schreie ich zurück. »Das geht niemanden was an. Kapiert? Niemanden! Die fahren doch nur mit ihrem fetten Caddy in den Country Club. Ich wette, das sind Rote. Überall sind Kommunisten, Claire. Sie sind hinter normalen Leuten wie mir her. Deswegen werde ich nie eine gute Stelle finden. Marion Hudson lacht uns aus, und du merkst es nicht einmal. Kapierst du das nicht? Sie weiß, dass wir nichts übrig haben. Deswegen hat sie dich gefragt – weil sie es von dir hören will. Die hat ihren Spaß daran. Wie kannst du nur so dumm sein?«

»Mrs Hudson ist nicht so, Daddy«, meldet sich Susan vom Rücksitz. »Wenn ich bei Penny drüben bin, fragt sie immer nach dir und Mami, und sie sind wirklich nett.«

»Ich will nicht, dass ihr noch einmal da rübergeht«, brülle ich die Kinder an. »Kapiert? Meine Güte, Claire, sie treiben ihre Spielchen sogar mit den Kindern. Ich kann mir vorstellen, was sie sagen. ›Wie geht es deinen Eltern, Susan? Oje, sind deine Schuhe alt … und dieses Kleid. Was? Sie sind nicht mit euch nach Manhattan zum Einkaufen gefahren? Wie schade.‹ Und diese Penny Hudson kommt mir auch nicht mehr ins Haus. Neue Fahrräder, neue Kleider. Sie hat immer was Neues. Sie ist eine verzogene Göre.«

Ich habe mich nicht mehr unter Kontrolle. In mir toben Verlegenheit, Eifersucht und Hass, als gäbe es keine anderen Gefühle mehr. Ich will meinen Kindern und meiner Frau auch neue Sachen kaufen. Ich will auch in der Gemeinde respektiert werden. Ich will auch dort wohnen, wo die Hudsons wohnen, und dort essen, wo die Hudsons essen. Während ich die Greenwood Avenue entlangjage, achte ich kaum auf die Ampeln.

Zu Hause rufe ich Bob an, um zu fragen, ob er mich früher abholen kann. Dann gehe ich hinauf und packe meine Tasche für die Woche: Arbeitslampen, Feuersignale, zwei Arbeitshosen, ein paar T-Shirts und zwei Paar Arbeitshandschuhe. Claire ist unten mit den Kindern, bereitet ihnen das Mittagessen zu und versucht, sie ruhig zu halten. Ich ziehe meine feinen Sachen aus, falte sie sorgfältig und lege sie zusammen mit einer Flasche Rasierwasser unten in meine Tasche. Sheila mag es, wenn ich schick angezogen bin und Rasierwasser aufgelegt habe. Sie hält mich für einen wichtigen Geschäftsmann. Ich bringe es nicht übers Herz, ihr die Wahrheit zu sagen. Ich kann es kaum abwarten, sie zu sehen. Sie ist die Einzige, die mich versteht. Ich ziehe den Reißverschluss der Tasche zu und stelle meine Schuhe darauf.

»Willst du noch was essen, bevor du gehst?«, ruft Claire mit kühler, gefühlloser Stimme von unten herauf. Sie ist immer noch sauer, aber stolz, ihre Gefühle vor den Kindern nicht zu zeigen. Sie weiß verdammt genau, dass Bob auf dem Weg ist, doch sie fragt trotzdem.

»Nein. Bob und ich werden uns unterwegs nach Princeton Junction was besorgen.«

»Wann bist du zurück?«

»Nicht vor Freitag.«

Ich nehme meine Sachen mit nach unten. »Wir bringen vom Güterbahnhof aus beladene Waggons nach Scranton und leere nach Pittsburgh.«

Katie kommt ins Wohnzimmer gewackelt, in den Händen ein Malbuch und Stifte, ihren wertvollsten Besitz. Sie ist erst achtzehn Monate alt. »Daddy, was ist mit deinem rechten Arm passiert?«, fragt sie. »Hast du das getan, weil du auf deine Mami und deinen Papi böse warst?«

»Klar, ich mal mit dir, Schatz«, sage ich. Ich fühle mich elend, weil ich herumgeschrien habe und jetzt alle sauer auf mich sind. »Komm, kletter auf meinen Schoß.«

»Brek, hörst du mich?«

»Luas?«

»Ah, da bist du ja«, sagt er. »Endlich bin ich zu dir durchgedrungen. Ich dachte, du wärst uns abhandengekommen.«

Meine Persönlichkeit teilt sich in zwei Hälften. Die eine Hälfte führt ein Gespräch mit Toby Bowles' Tochter, während sich die andere Hälfte mit Luas unterhält. Ich existiere gleichzeitig in zwei Welten und zwei Leben.

»Das ist ein Kreis, Katie. Kannst du schon Kreis sagen?« Mit ihren großen braunen Augen, mit denen sie zu mir aufblickt, und ihren rosa Wangen durchbricht sie meinen Panzer.

»Chreis.«

»Konzentriere dich auf deine Erinnerungen«, ermahnt mich Luas. »Denk an Bo, Sarah, deine Arbeit.«

Ich denke an Sarah und ihre Buntstifte. Sie ist nicht viel jünger als Katie. Ich denke an Bo, der mich nie so angeschrien hat, wie Toby es mit Claire tat, und ich denke an meine Eltern. Der Abstand zwischen den beiden Ichs wächst, bis wieder zwei getrennte Leben erscheinen: meins, das von Tiefe, Substanz und Nuancen geprägt ist, und das von Toby Bowles, das ich gut, aber nur episodenhaft kenne. Ich habe seine Gefühle und sehe durch seine Augen, doch endlich verstehe ich, dass er nicht ich ist, auch wenn er jemand ist, den ich näher und vollständiger erfahren habe als je einen anderen Menschen zuvor.

»Also«, beginnt Luas, »was hältst du von unserem Mr Bowles?«

Ich höre Luas, sehe ihn aber nicht. Ich sehe nur das Wohnzimmer der Bowles. Es ist, als würden Luas und ich uns in der Pressekabine eines Stadions über eine Sportveranstaltung unterhalten, die im Fernsehen übertragen wird, obwohl wir vom Spielfeld rundum wie von einer riesigen Kinoleinwand umgeben sind. Wir stehen mitten im Geschehen, haben mit diesem aber nichts zu tun. Dennoch kennen wir die Gedanken der Spieler.

»Ich mag nicht …« Ich fange mich wieder. »Ich dachte, wir dürfen kein Urteil über andere Seelen abgeben.«

»Gut beobachtet«, lobt mich Luas. »Aber ein bisschen zu weit gedacht. Wir dürfen keine Urteile abgeben, wenn du so willst, aber sehr wohl beobachten. Ein Anwalt mag das, was sein Mandant tut, ablehnen, dennoch bleibt er Verfechter für dessen Rechte. War das nicht auch bei deinem Mandanten Alan Fleming so? Du warst nicht damit einverstanden, dass er das Bankdarlehen nicht zurückbezahlen musste, und dennoch hast du ihn verteidigt.«

Jetzt bin ich in der Lage, die Präsentation von Toby Bowles' Seele anzusehen, ohne sein Leben mit meinem zu vermischen. Obwohl ich mich nicht mehr in seinem Körper befinde, kenne ich irgendwie seine Gedanken und Gefühle, als wäre ich Gott, der in Bowles' Geist schaut.

Tobys Freund Bob hält vor dem Haus und hupt. Toby nimmt Katie in den Arm und gibt ihr einen Kuss. Er verabschiedet sich nicht gerne, und diesmal noch weniger, weil er sich so schlecht benommen hat. Claire, Susan und Todd nähern sich vorsichtig. Wie gerne würde Toby alles rückgängig machen, doch eine Entschuldigung wäre nichtssagend, würde unverstanden bleiben. Vorsichtig gibt er Claire einen Kuss, den sie mit einer festen Umarmung erwidert. Damit spricht sie ihn zwar von seinem Verbrechen frei, verletzt ihn aber gleichzeitig mit ihrer großzügigen Vergebung.

»Ich bringe euch was Hübsches mit«, flüstert er reuevoll, immer noch überzeugt, materieller Besitz wäre das, was sie von ihm erwarten. Todd und Susan umarmen ihn, doch Tad bleibt in der Küche und spielt mit seinem Jo-Jo. Er ist nicht bereit, seinem Vater zu verzeihen, und murmelt nur ein Tschüs, nachdem ihm seine Mutter befohlen hat, etwas zu sagen. Toby weiß nicht mehr, was er mit Tad machen soll. »Ich bringe ihm was ganz Besonderes mit«, murmelt er zu sich selbst. »Vielleicht die Spielzeugpistole mit Halfter, die er sich wünscht.« Toby weiß, er ist hart mit Tad umgesprungen, doch das tut er nur zu dessen Bestem. Tobys Vater war genau so, bevor er die Familie verlassen hat, als Toby elf war. Zumindest das hat Toby nicht getan. Wieder ertönt draußen die Hupe. Bob wartet. Toby winkt, schnappt sich seine Sachen und geht zur Tür hinaus.

»Haissem lässt das alles wieder aufleben?«, frage ich.

»Ja«, antwortet Luas. »Bemerkenswert, nicht wahr?«

Neun Jahre später. Toby Bowles schwankt unter der Last seines mittleren Alters. Das Bedauern über die verlorene Jugend, der Verfall seines Körpers, die Angst vor dem sich nähernden Tod, die vergebliche Suche nach Sinn und Bestätigung – all das verbittert ihn, macht ihn ruhelos und depressiv. Sein Haar ist dünner, seine Sorgenfalten sind tiefer geworden.

Er geht auf eine kleine Gartenwohnung in Morrisville in New Jersey zu und öffnet die Tür mit einem Schlüssel, den Bonnie Campbell für ihn unter einen losen Backstein gelegt hat. Die Wohnung ist dunkel. Er dreht sich um, um die Tür zu schließen, wie er es immer tut, doch Bonnie wartet bereits und bläst ihm heißen Atem ins Ohr, der im gleichen Moment seine Sinne entfacht. Er lässt den Türknauf los und huscht, noch geblendet vom grellen Sonnenlicht, mit Bonnie ins abgedunkelte Schlafzimmer.

Bonnies Bademantel gleitet auf den schäbigen goldfarbenen Teppich und enthüllt einen faltigen Körper, den Toby nur dank des versöhnlichen Kerzenlichts begehrt – und weil Bonnies Lust auf ihn widerlegt, was er von sich selbst im Spiegel sieht. Die Bettdecke ist zurückgeschlagen und ihre Finger und Lippen vereinen alles, was gegensätzlich, anders und verboten ist. Die Freude ist köstlich, lässt die Zeit stehenbleiben. Doch die Seligkeit ist ein vergängliches Gut, zerplatzt in dem Moment, als das Schloss der Haustür klackt. Toby richtet sich kerzengerade auf, Bonnie versteckt sich unter der Decke und streckt nur den Kopf heraus wie ein Murmeltier aus seinem Erdloch. Eine Silhouette erscheint in der Tür zum Schlafzimmer.

»Claire, Schatz?«, fragt Toby mit vor Reue zitternder Stimme, überwältigt von seinem schlechten Gewissen, das ihn plagt, seit er die Affäre mit Bonnie Campbell vor sechs Monaten begann. Dennoch ist er beinahe erleichtert, dass endlich alles vorbei sein wird und er sein Verbrechen gestehen und sie um Vergebung bitten kann. Die Kerzen auf der Kommode flackern in einem unsichtbaren Luftstrom, erholen sich wieder, als dieser vorbeigezogen ist, und beleuchten die Tränen, die am Gesicht des Eindringlings hinablaufen.

»Das ist nicht Claire!«, schreit Bonnie und zieht die Decke bis ans Kinn. »Das ist Tad!«

Bonnie Campbell kennt Tad, seit er ein kleiner Junge war. Eigentlich war sie eng mit Claire, Tobys Frau und Tads Mutter, befreundet. Damit war für Toby die Begegnung noch erniedrigender, als wenn es Claire selbst gewesen wäre. Bonnie besaß in der kleinen Stadt den einzigen Zooladen. Dort kaufte Tad mindestens eins von jeder Tierart, stieg bei der Auswahl die Evolutionsleiter immer weiter hinauf, je älter er wurde und je mehr er in der Lage war, sich um die Tiere zu kümmern: zunächst eine Ameisenfarm, dann einen Fisch, eine Eidechse, einige Rennmäuse und Hamster, ein Kaninchen, eine Katze und schließlich einen Hund, einen Deutschen Schäferhund. Nach der Schule arbeitete er sogar in ihrem Laden. Tad kannte ihren Sohn, Josh, der viel jünger war als er. Er kannte ihren Exmann, Joe. Er hatte oft bei ihnen zu Hause gegessen.

Bonnie ist empört. Sie ist stolz, bereut nicht, was sie getan hat, als sie die Nachttischlampe einschaltet und Tad damit herausfordert, etwas zu sagen. Doch Tad sieht sie nicht. Er sieht nur seinen Vater – nackt, keuchend, erstaunt. Tränen laufen an seinem Gesicht hinab. Wortlos dreht er sich um und verlässt die Wohnung.

Tobys schlechtes Gewissen und Reue verpuffen genauso schnell, wie sie gekommen sind. Wut und ein Gefühl von Verrat machen sich in ihm breit. Er schämt sich nicht für sein Verhalten, sondern für das seines Sohnes. Er könnte verstehen, wenn Claire ihm nachspionierte, doch Tad? Sein achtzehn Jahre alter Sohn? Und einfach dastehen und weinen, wie Claire es eigentlich hätte tun müssen? Diese Peinlichkeit setzt allen anderen Peinlichkeiten und Enttäuschungen, für die Tad im Lauf der Jahre sorgte, die Krone auf: sein mangelndes Interesse an Sport, sein Mangel an Freunden, seine Schwäche und seine Unfähigkeit, seinen eigenen Mann zu stehen, sein Eintreten für seine Mutter gegen Tobys Beschimpfungen. Tad missbilligte Toby in jeder Hinsicht und stellte sich bei jeder Gelegenheit gegen ihn, doch jetzt hat er die Grenze überschritten.

Toby schaltet das Licht aus und schlüpft ins Bett zurück. Er nimmt Bonnie mit einer zuvor nie ausgedrückten Leidenschaft, aber nicht, weil er ein starkes Verlangen nach ihr spürt. Eher noch kommt sie ihm plötzlich hässlich und abstoßend vor. Doch er nimmt sie, weil er klarstellen will, wer der Vater und wer der Sohn ist. Er will seine biologische Stellung als Kläger behaupten und Tad in die des Beschuldigten verweisen. Er muss seine Autorität geltend machen, darüber urteilen zu können, was richtig und was falsch ist, wer recht hat und wer im Unrecht ist. Er schwört sich, Bonnie Campbell ab jetzt öfter zu nehmen, sich damit zu brüsten und es Tad unter die Nase zu reiben. Denn er glaubt, eine Tat kann keine Sünde sein, wenn sie in aller Öffentlichkeit verübt und wenn jemandem damit eine Lektion erteilt wird. Und Tad soll es ja nicht wagen, etwas dagegen zu sagen oder es seiner Mutter zu erzählen und zu riskieren, ihr Leben zu zerstören. Und wenn Tad seinen Mund nicht halten kann, wird Toby seine Tat nicht leugnen, weil am Ende Claire selbst schuld ist, dass er sich einer anderen Frau zugewendet hat, und nicht er, weil er zu schwach ist.

Plötzlich rückt Bonnie Campbells schäbige Wohnung in den Hintergrund und der Gerichtssaal in den Vordergrund. Die Präsentation ist vorüber, und die Lichter leuchten wieder auf. Haissem verbeugt sich feierlich vor dem Monolithen und kommt zu mir und Luas.

»Die Verhandlung ist vorbei«, sagt er. »Das Urteil wurde gefällt.«

11

Nach der Verhandlung von Toby Bowles wusste ich, dass ich nicht mehr zu der lebendigen Welt gehörte wie einst – zu eurer Welt, dort auf der Erde. Etwas Bedeutsames war mit mir geschehen, etwas, das die Realität in so absoluter Weise veränderte und durch einen neuen Archetyp der Existenz ersetzte, die ich nicht mehr hinausschieben oder leugnen konnte. Die Frage war nicht, ob ich den Tod akzeptierte oder nicht, ebenso wenig wie jemand sein Leben akzeptierte oder nicht. Es ging um etwas viel Einfacheres, nämlich darum, anzuerkennen, dass jetzt ist, was ist, und alles andere nicht mehr ist.

Seltsam war, dass ich meinen Tod akzeptierte, ohne erschreckt zu sein. Auf eine Weise fühlte ich mich befreit. Ich brauchte nicht mehr die abstrusen Dinge einzuordnen, die mit mir und um mich herum geschahen. Ich brauchte nicht nach einer Heilungsmöglichkeit für eine Krankheit oder Verletzung zu suchen, die es nicht gab. Am wichtigsten war, dass ich die vielen Bürden des Lebens nicht mehr zu tragen brauchte – arbeiten gehen, duschen, Zähne putzen, essen, schlafen, Sport treiben oder mich um meinen Mann oder meine Tochter kümmern. Der Tod ist die ultimative Urlaubserholung von allem.

Doch Sarah vermisste ich schrecklich. Ich sehnte mich

nach ihr, und der Schmerz, von ihr getrennt zu sein, war unerträglich. Da ich mich allerdings damit trösten konnte, dass Sarah weiterlebte, obwohl ich selbst tot war, spürte ich nicht die schreckliche, zehrende Trauer einer Mutter, die gerade ihr Kind verloren hatte. Ich konnte mit den Lebenden nicht kommunizieren und somit nicht erfahren, was auf der Erde passierte, doch Sarah war nicht bei mir in Schemaja, was ich als etwas Gutes deutete. Dass Sarah ein ausgefülltes, glückliches Leben führen würde, half mir, meinen eigenen Tod leichter hinzunehmen. Am Tag ihrer Geburt, als ich sie das erste Mal in meine Arme nahm, wusste ich, wie jede Mutter es weiß, dass ich mein Leben bereitwillig für ihres opfern würde. In dem Wissen, nicht mehr Teil ihres Lebens zu sein – nicht mehr dort zu sein, um ihre Geburtstagsfeiern auszurichten, ihre Halloween-Kostüme zu nähen, ihr beim Auspacken ihrer Weihnachts- und Chanukkah-Geschenke und bei der Vorbereitung auf ihre erste Verabredung oder der Einrichtung ihres Studentenzimmers zu helfen, auf ihrer Hochzeit zu tanzen oder bei der Geburt meines ersten Enkels bei ihr zu sein – all das schmerzte aufs Heftigste. Doch zumindest würde sie diese Dinge, die Freuden des Lebens, erleben. Und so wie ich mit meiner toten Urgroßmutter vereint wurde, würden Sarah und ich eines Tages wieder vereint sein.

So wechselte ich wegen der Trennung von Sarah und Bo zwischen Verzweiflung und Hoffnung. Doch ich durchlebte auch unerwartete, dunklere Gefühle von Scham und Erniedrigung. Das Gefühl, meinem Mann, meiner Tochter und mir selbst gegenüber versagt zu haben, drängte sich mir immer wieder auf. Der Tod ist letzten Endes der Fehler im Leben, der nicht mehr rückgängig zu machen ist, er ist das, wovor wir uns fürchten, was wir bekämpfen und um alles auf der Welt vermeiden wollen und dem sich unser biologischer Instinkt und unser Gefühl widersetzen. Selbst die Worte, die dies beschreiben, sind abwertend: Man hat sein Leben »verloren«, als wäre man unvorsichtig damit umgegangen und hätte es verlegt, oder es wurde einem »genommen«, »gestohlen«, man hat es »verwirkt« oder »aufgegeben«.

Ja, jetzt gehörte ich zu den Verlierern. Die Tatsache, dass alle Menschen in der Geschichte vor mir auch Verlierer waren – und dass alle Menschen in der Warteschleife nach mir Verlierer sein würden –, machte meinen Tod nicht weniger erniedrigend. Ich hatte meinen Mann und mein Kind verlassen. Schlimmer noch, ich hatte mich selbst verlassen – Brek Cuttler, Mensch, Mutter, Ehefrau, Tochter, Enkelin, Freundin, Anwältin, Nachbarin, das war alles nicht mehr. Und ich konnte mich nicht erinnern, wie ich gestorben war! Hatte ich Selbstmord begangen? Das wäre meine größte Schande. Konnte oder wollte ich mich deshalb an nichts mehr erinnern?

Je mehr mich diese Gedanken plagten und je mehr ich anfing, darüber nachzudenken, was ich alles verloren hatte, desto wütender wurde ich. Nichts zuvor hatte mich je so verärgert wie die Ungerechtigkeit, nach nur einunddreißig Jahren Leben zu sterben. Die Wut in mir wurde noch mehr entfacht, weil ich keine Möglichkeit hatte, dem Schmerz über meinen Verlust Ausdruck zu verleihen. Nana hörte zwar geduldig zu, konnte mich aber, wie ich dachte, nicht verstehen, da sie anders als ich nach einem erfüllten Leben gestorben war, ihre Kinder bis ins Erwachsenenalter begleitet und ihre Enkel und sogar Urenkel gesehen hatte.

Ich entdeckte auch, dass das Leben nach dem Tode wie

das davor einem Gesetz spezieller Relativität unterliegt. Mein Tod fühlte sich nicht wie mein eigener Tod an, da ich in gewisser Weise immer noch etwas dachte und spürte. Mein Tod fühlte sich an wie der Tod von Millionen anderer Menschen, die noch lebten, aber die man nicht mehr sehen konnte. Als wäre ich die einzige Überlebende einer Nuklearkatastrophe. Von meinem Standpunkt in Schemaja aus war ich nicht von meiner Familie fortgerissen worden, sondern meine Familie von mir. Ich hatte meine gesamte Welt verloren – die Erde, die mich beherbergt, das Wasser, das mich genährt, der Himmel, der mich inspiriert hatte – alles hatte sich in seelenvolles, verwunschenes Vergessen aufgelöst.

Was mir aber schließlich den Rest gab – das, was mir die lange, stille Trauer als Ersatz für die Wut bescherte –, war nicht die Verzweiflung darüber, alles verloren zu haben, sondern die sarkastische Erkenntnis, dass das Leben nach dem Tod dem Leben selbst so ähnlich war. In meinem Himmel gab es keine Erlösung, keine Rettung, keinen Trost. Der Ort, an den ich nach meinem Tod gegangen war, war nicht »besser«. Stattdessen setzten sich die widersprüchlichen Stränge meines alten Lebens fort, waren nur befreit von physikalischen Gesetzen und Grenzen, als wären Leben und Tod nur unterschiedliche Zustände derselben zynischen Geisteshaltung. Wo war die Belohnung? Wo war die ewige, von den Propheten versprochene Ruhe? Ich war an den Ausgangspunkt zurückgekehrt: Die Last des Lebens war ersetzt worden durch die Last des Todes. Das Paradies stellte sich für mich als Ausbildungsplatz in einer anderen Kanzlei dar: Luas & Partner, Anwälte für göttliches Recht.

Die abschreckende Verhandlung von Toby Bowles hatte

den widersprüchlichen Effekt, mein eigenes Elend gleichzeitig zu verstärken und zu lindern, indem mir dort gezeigt wurde, dass es noch schlimmer sein konnte. Im Flur vorm Gerichtssaal erzählte mir Haissem nach der Gerichtsverhandlung, dass nur ein Teil von Mr Bowles' Leben präsentiert und ein irreführendes Porträt seiner Seele erschaffen wurde. Ich war erstaunt, während Haissem völlig zufrieden und Luas gleichgültig zu sein schien. Offenbar amüsierten sie sich über meine Sorge. Ich fragte Haissem, welche Beweise er zu Mr Bowles' Verteidigung angeführt hätte, wäre die Verhandlung fortgesetzt worden.

»Ach, viele Dinge«, antwortete er. »Toby Bowles hat tatsächlich ein anständiges Leben geführt.«

»Wirklich?«, zweifelte ich.

»Ja«, beteuerte Haissem. »Würdest du es gerne sehen?«

»Klar«, sagte ich. »Aber wie? Die Verhandlung ist schon vorbei.«

Haissem wandte sich an Luas. »Hast du etwas dagegen, wenn ich den Rest von Toby Bowles' Leben präsentiere? Ich glaube, uns bleiben noch ein paar Minuten, bevor der nächste Fall beginnt.«

»Das halte ich zwar für unnötig«, erwiderte Luas. »Aber bitte.«

»Sehr schön«, freute sich Haissem.

Haissem schloss die Tür mit seinem goldenen Schlüssel erneut auf, setzte sich wieder auf den Stuhl in der Mitte, hob seine Arme und ließ den Gerichtssaal verschwinden.

Als Nächstes sah ich eine völlig andere Seite von Toby Bowles, eine, die ich mir aus dem ersten Teil von Haissems Präsentation nicht hätte vorstellen können. Zum Beispiel, als Tobys Zug im Betriebshof der Bahn in Altoona anhielt.

Dort zog er sich seine Sonntagskleidung an, die er in seine Tasche gepackt hatte, und fuhr per Anhalter in die Berge hinauf, um seine Schwester Sheila zu besuchen, die am Ufer eines Sees in einem wunderschönen privaten Heim für geistig behinderte Menschen wohnte. Sie wohnte nicht mehr in dem elenden öffentlichen Heim, in dem sie als Kind untergebracht gewesen war, weil Toby Bowles seit dem Krieg Jahr für Jahr und Monat für Monat die Kosten übernommen hatte – und er sich deshalb nie einen neuen Wagen oder ein Haus wie das von Paul und Marion Hudson leisten konnte.

Manchmal spielten Toby und Sheila zusammen, gingen durch die Zimmer auf eine imaginäre Reise, die sie sich ausdachte. Toby spielte den Kunden in einem Laden, in dem nur Umarmungen verkauft wurden, oder einen Flugreisenden auf dem Weg zum Ende des Regenbogens. Sie kletterten Bäume hinauf und ruhten sich auf den Wolken aus oder paddelten zur anderen Seite des Sees, den sie für den exotischsten Ort der Welt hielt. Seine Geduld mit ihr kannte keine Grenzen. Stets nahm sie ihn mit hinauf in ihr Zimmer, bevor er ging, und zeigte ihm die Schwarzweißfotografie ihrer Eltern, auf dem sie, als ihre Tochter Sheila geboren wurde, gezwungen lächelten und das Kind wegen der Verunstaltungen an Gesicht und Gliedmaßen, den Anzeichen eines Downsyndroms, nicht allzu fest an sich drückten.

Ich erfuhr, dass auch Toby in seinem Leben unter vielen Ungerechtigkeiten gelitten hatte. Er war bei Sheilas Geburt und der Aufnahme dieses Fotos elf Jahre alt gewesen. Es war das letzte Foto, das sie von ihrem Vater, Gerard Bowles, hatten, der an jenem Tag mit einem von Schande und Abscheu gezeichneten Gesicht nach Hause kam. Er erzählte Toby, seine Mutter habe etwas ganz Böses getan und sei von

Gott dafür bestraft worden, weswegen er gehen und nicht wiederkehren würde. Toby war zunächst sogar erleichtert, als sein Vater Gerard verschwand, weil er grausam zu seiner Frau und zu Toby war und sie manchmal mit dem Gürtel schlug, während er Abschnitte aus der Bibel über Sünde und Läuterung der Seele rezitierte.

Doch bald schon musste Toby erfahren, was der Verlust seines Vaters bedeutete, als seine Mutter nicht aufhörte zu weinen und mit Sack und Pack zu seinen Großeltern zog. Gleichzeitig wurde seine Schwester Sheila unter die Vormundschaft des Staates gestellt und fortgebracht. Spätnachts im Bett sorgte sich Toby um Sheila und seinen Vater. Er betete für ihre Rückkehr und bat Gott, seiner Mutter für das, was auch immer sie getan und was zur Trennung der Familie geführt hatte, zu vergeben.

In seiner Jugend verwandelte sich Tobys Sehnsucht und Liebe nach seinem Vater in Hass dem Mann gegenüber, der kein einziges Mal geschrieben hatte, um sie wissen zu lassen, dass er noch lebte – oder um zu fragen, ob sie noch lebten. In seinen schlimmsten Phantasien begegnete er seinem Vater auf der Straße, stellte sich ihm als seinen Sohn vor, zog einen Revolver aus der Tasche und schoss ihm zwischen die Augen. In anderen Momenten, wenn die Zukunft rosiger aussah, stellte sich Toby vor, eines Tages als erfolgreicher Mann von seinem Vater, der Bettler geworden war, angesprochen zu werden, den er aber, ohne sich zu erkennen zu geben oder Mitleid zu zeigen, zur Seite schieben würde.

Nur selten in seinem Leben spürte Toby Bowles nicht den Schmerz über das Verschwinden seines Vaters. Doch seine Schwester Sheila wurde die Nutznießerin dieses gebrochenen Verhältnisses und erhielt die Liebe, die er ansonsten seinem Vater gegeben hätte. Sie war auf diese Unterstützung angewiesen, weil ihre Mutter ihr die Schuld für alles gab, was schiefgelaufen war. Daher war Ester Bowles froh, als sie ihre Tochter Sheila dem Staat übergeben konnte, als hätte sie einen Typhuskranken gemeldet. Toby nahm Sheila gegenüber dieselbe Beschützerrolle ein wie bei seinen Töchtern. Er wäre gern ins Gefängnis gegangen oder hätte seinen Bankrott herbeigeführt, wenn sie dafür aus ihrem Asyl hätte fliehen können. Beinahe wäre ihm beides passiert, als er sie herausholte. Das gesamte Geld, das er während des Kriegs durch den Diebstahl und Verkauf von Vorräten auf dem Schwarzmarkt eingenommen hatte, gab er für Sheila aus, nicht für sich selbst – und auch nicht für seine eigenen Kinder.

Das einzige andere Foto neben dem Bett in Sheilas Zimmer war vom Leiter des Heims an dem Tag aufgenommen worden, an dem Toby ihr einen Terrierwelpen geschenkt hatte. Jack – so hatte sie ihn genannt – war ein Jahr später von einem Auto überfahren worden und in den Himmel gekommen. Arm in Arm, zwischen sich das Fellbündel, grinsten Sheila und Toby in die Kamera – die stolze Schwester und der reiche Geschäftsmann aus der großen Stadt. Wer sonst, dachte sie, hätte ihr ein solch ungewöhnliches Geschenk kaufen können?

Sheila Bowles starb im Schlaf, ein Jahr, bevor Tobys Affäre mit Bonnie Campbell begann. Toby beerdigte sie an einem schrecklichen Februarmorgen auf einem kleinen Friedhof in der Nähe des Hauses am See, nicht weit entfernt von dem kleinen Holzkreuz mit dem Namen »Jack«, den sie selbst dort eingeritzt hatte. Toby übergab seine Schwester ihrem Schöpfer. Die Welt werde nie wieder von einer solchen Unschuld gesegnet werden, sagte er mit gebrochener Stimme, die vom Wind über den Hügel getragen wurde, in seiner Rede an den Schöpfer, seine Familie und die wenigen anderen Anwesenden aus dem Heim.

»Aber all das hat Gott nicht mitbekommen!«, unterbrach ich Haissem in seiner Repräsentation, wodurch der Gerichtssaal zum Teil wieder sichtbar wurde. »Im Moment der Wahrheit zeigt sich Toby Bowles' Leben von der guten Seite, aber er wird ohne Berufung in die Hölle geworfen … verschwindet spurlos? Was für eine Art Gott leitet eine solche Gerichtsverhandlung?«

»Ein gerechter Gott«, antwortete Luas. »Der Gott der Sintflut. Haissem hat den Fall durch Mr Bowles' eigene Gedanken und Taten präsentiert. Lässt sich davon etwas leugnen?«

»Nein«, gab ich zu. »Aber in der Verhandlung wurden nur die Sünden präsentiert.«

»Dann waren nur seine Sünden relevant«, entgegnete Luas, verärgert über meine Herausforderung. »Es war der Richter, der die Präsentation beendet hat, Brek, nicht Haissem. Uns steht es nicht zu, die Schwere von Toby Bowles' Vergehen abzuwägen und zu bestimmen, was gerecht und ungerecht ist. Ich habe dich davor gewarnt zu spekulieren.«

»Moment, Luas«, meldete sich Haissem zu Wort. »Es ist richtig, dass Brek sich Sorgen macht. Das zeigt, dass sie ihre Aufgabe ernst nimmt, und genau das wollen wir. Die Fehler und Triumphe von Tobys Leben zu verstehen kann ihr helfen, wenn sie den Gerichtssaal im Namen ihres ersten Mandanten betritt.« Er wandte sich zu mir. »Die Geschichte geht noch weiter. Möchtest du den Rest sehen?«

Luas wollte die Sache nicht auf sich beruhen lassen. »Ich

meinte damit nicht, dass die anderen Abschnitte in Tobys Leben unwichtig waren«, sagte er. »Ich wollte darauf hinaus, dass die Gerechtigkeit eine Angelegenheit Gottes ist, nicht unsere, und dass für Gerechtigkeit gesorgt wird.«

»Ich verstehe, Luas«, stimmte Haissem knapp zu. »Und ich wollte darauf hinaus, dass die Gerechtigkeit bei der Verhandlung von Toby Bowles überhaupt keine Rolle spielt.«

Luas sah Haissem misstrauisch an. »Dem muss ich bei allem gebührenden Respekt widersprechen.«

Haissem überging diese Bemerkung und wandte sich wieder mir zu. »Ich werde die Präsentation bis zum Ende fortsetzen. Die wichtigsten Teile hast du noch nicht gesehen.«

Wieder verschwand der Gerichtssaal, und Haissem führte uns zurück in die Zeit des Krieges, als Toby Soldat gewesen war.

Um nicht wegen des Diebstahls von medizinischem Bedarf vors Kriegsgericht gestellt zu werden, musste Toby das Versorgungslager verlassen und sich »freiwillig« für eine Kampfeinheit an der Front melden. Von ursprünglich acht Männern, die dieser Einheit zugeordnet waren, wurden alle bis auf Toby erschossen oder ertranken auf dem Vormarsch der Alliierten Richtung Berlin in der Elbe. Toby wurde ins Bein getroffen, während er seinen sterbenden Sergeant das Ufer hinaufschleppte. Blutend und benommen brachte er sich humpelnd in Sicherheit und brach vor einer Hütte im Wald vor der kleinen Stadt Kamenz zusammen.

Am nächsten Tag wachte Toby in der Hütte auf. Geschwächt vom Blutverlust und einer Infektion, war er von der Familie umgeben, die in dieser Hütte lebte: Vater, Mutter, jugendliche Tochter und zwei jüngere Söhne. Sie verbanden seine Wunden und gaben ihm zu essen und Wasser, woraufhin er weitere vierundzwanzig Stunden schlief, bis er wieder aufwachte, diesmal vom Lärm des Geschützfeuers und den lauten Rufen der Familie, als die Mutter und Kinder in einen Tunnel unter den Bodendielen flohen und der Vater mit einem Gewehr aus dem Haus rannte.

Toby war stark genug, um dem Mann hinterherzuhinken und ihm zu helfen. Er hatte sein Gewehr am Fluss zurückgelassen und nur seine Handfeuerwaffe dabei. Am Rand einer Lichtung suchten sie hinter einigen Büschen Deckung. Vor ihnen, im Nebel, stand ein großes Haus. Sie beobachteten, wie ein paar Soldaten mit roten Sternen am Ärmel die Bewohner des Hauses auf die Einfahrt trieben – einen älteren Mann, zwei Frauen mittleren Alters, eine Jugendliche, zwei Jungs und zwei Mädchen. Sie waren für eine Feier gekleidet.

Der Anführer der Soldaten bellte einen raschen Befehl auf Russisch, woraufhin die Soldaten den alten Mann und die Jungs von den anderen trennten und an Ort und Stelle erschossen. Als die Frauen zu den Opfern rennen wollten, wurden auch sie kaltblütig ermordet. Jetzt waren nur noch die Jugendliche und die beiden jüngeren Mädchen übrig. All das nahm Toby verzerrt vom Regenschleier und in seinem Fieberwahn wie in einem Traum wahr. Die in der Dunkelheit wie Schatten in sich zusammensackenden Leichen waren die Fortsetzung seines Alptraums, der am Ufer der Elbe begonnen hatte. Plötzlich sprang der neben ihm kniende Mann aus der Hütte auf und rannte, wild in die Luft schießend, auf die Soldaten zu. Die Soldaten erwiderten das Feuer, töteten den Mann auf der Stelle und beinahe auch Toby.

Toby krabbelte durchs Gebüsch zurück Richtung Hütte,

bis ihm klar wurde, dass man ihn sehen und er die Soldaten zur Familie des Mannes locken würde. Um sie und vielleicht auch sich zu retten, richtete er sich mit erhobenen Händen auf, humpelte über die Lichtung und rief: »Amerikaner! Amerikaner!« Die Hose saugte sich mit der Feuchtigkeit des Grases voll und klebte auf seinen Wunden. Die ganze Zeit über dachte er nicht an sich, sondern an seine Schwester Sheila und daran, wer sich jetzt um sie und seine Mutter kümmern und wie die Nachricht über seinen Tod sie noch tiefer in die Verzweiflung stürzen würde. Und er dachte an seinen Vater und daran, wie ihn die Nachricht von seinem Tod den Rest seines Lebens verfolgen würde.

Zwei russische Soldaten traten vorsichtig mit erhobenen Waffen auf ihn zu, doch als sie Tobys Uniform erkannten, senkten sie ihre Waffen. »Amerika! Amerika!«, freuten sie sich und umarmten ihn. Leider entdeckte einer von ihnen die Hütte und ging darauf zu. Toby wusste, die einzige Hoffnung für die Familie bestand darin, die Soldaten davon zu überzeugen, dass er die Familie bereits gefangen genommen hatte.

Er schleppte sich hinter ihnen her, so schnell er konnte, und als sie die Tür erreichten, schob er sich an ihnen vorbei, zog seine Waffe und bedeutete ihnen draußen zu bleiben. Einer der Soldaten entriss Toby die Waffe, doch Toby öffnete die Tür, hob die Bodenklappe an und befahl der verängstigten Familie, nach oben zu kommen. Kreidebleich und zitternd vor Angst funkelten sie Toby an, weil er sie scheinbar verraten hatte, nachdem sie ihn gerettet hatten. Toby zeigte auf sie und dann auf sich. »Meine Gefangenen!«, sagte er. »Meine Gefangenen!« Er schnappte sich die Mutter und schleuderte sie gegen die Wand, dann die Tochter und die beiden Söhne. Er deutete auf die Brust eines der Soldaten, wo eine Medaille prangte, dann auf seine eigene, wo eine neue Medaille sitzen würde, wenn er die Gefangenen abliefern würde.

»Meine Gefangenen! Meine Gefangenen!«, wiederholte er.

Schließlich verstanden die Russen. Sie lächelten, klopften Toby auf die Schulter und gaben ihm seine Waffe zurück. Toby hielt sie der Mutter an die Schläfe, um die Farce zu vervollständigen. Lachend ließen die Soldaten ihre Waffen sinken.

»Amerika! Amerika!«, sagten sie und verließen kopfschüttelnd die Hütte.

Als sie fort waren, zwinkerte Toby und grinste seine Gefangenen an, steckte zu deren Überraschung die Waffe wieder in den Halfter und umarmte die Mutter. Als ihr klar wurde, dass er ihr Leben gerettet hatte, fing sie an zu weinen.

Doch die Freude währte nur kurz, bis die Mutter und ihre Kinder merkten, dass der Vater nicht zurückgekehrt war. Sie wollten draußen nach ihm suchen, doch Toby warnte sie mit plumper Zeichensprache vor der Gefahr und überzeugte sie zu bleiben. Später am nächsten Tag, nachdem Toby sichergegangen war, dass die Russen das Gebiet verlassen hatten, führte er die Mutter zur Lichtung, um die Leiche ihres toten Mannes zu bergen. Des Deutschen nicht mächtig, versuchte er, sie so gut er konnte zu trösten, und zeigte auf die Leichen der Menschen aus dem Nachbarhaus, um zu erklären, dass ihr Mann sich tapfer den Soldaten entgegengestellt und versucht hatte, sie zu retten. Schließlich verstand die Mutter, was Toby sagen wollte, und erfasste erst jetzt, was er getan hatte, um ihre Familie vor demselben Schicksal zu bewahren.

Trotz seiner Wunden trug Toby die Leiche zur Hütte zurück und half den Jungs, ein Grab zu schaufeln. Das Leid der Familie überwältigte ihn, so dass auch er Tränen vergoss, weil er ebenfalls einen Vater verloren hatte. Doch er weinte auch, weil er auf verzweifelte Art eifersüchtig war auf diese Kinder, die ihren Vater zumindest gekannt hatten, ihn beerdigen und sich an ihn als den Vater erinnern konnten, der sie so sehr geliebt hatte, dass er sein Leben für sie und andere geopfert hatte.

Obwohl Toby ihre seltsamen Gebete nicht verstand, wurde ihm klar, dass es jüdische, auf Hebräisch gesprochene Gebete waren, nachdem sich die Söhne Jarmulkes aufgesetzt hatten und niemand das Zeichen des Kreuzes machte. Erst jetzt wurde ihm bewusst, dass sich die Familie nicht vor den Russen, sondern vor den Deutschen versteckt hatte. Er bekreuzigte sich trotzdem, betete flüsternd für den Toten, für seinen eigenen Vater und für die ganze Welt. Als die vor Trauer hysterische Tochter sah, dass Toby sich bekreuzigte, wimmerte sie immer wieder »Amina! Amina! Amina!«. Sie zog ein kleines, goldenes Kreuz aus ihrer Tasche und bekreuzigte sich ebenfalls. Erschreckt holte die Mutter aus, um sie zu ohrfeigen, doch plötzlich schien sie verstanden zu haben. Sie senkte den Kopf und weinte noch heftiger. Toby hingegen verstand überhaupt nicht, was zwischen Mutter und Tochter geschehen war, sondern half ihnen, das Grab zu füllen.

Die Gruppe machte sich auf den Weg Richtung Leipzig, wo Toby alliierte Truppen zu finden hoffte. In Riesa stießen sie auf eine Einheit der amerikanischen Infanterie, der Toby etwas Geld zustecken konnte, um sich und die Familie mit einem Laster weiter westlich ins Gebiet der Alliierten bringen zu lassen. Sie fuhren bis Nürnberg, wo sie in ein Feldlazarett gebracht wurden. Dort erhielt Toby endlich die medizinische Versorgung, die sein Bein vor einer Amputation rettete.

Bei der Verabschiedung im Krankenhaus war die Mutter peinlich berührt, weil sie Tobys Großzügigkeit nicht erwidern konnte. Doch plötzlich begannen ihre Augen zu leuchten. Sie flüsterte ihrer Tochter etwas zu und bat eine Krankenschwester um einen Zettel und einen Stift. Vorsichtig schrieb sie den Nachnamen von Tobys Hemd ab, B-O-W-L-E-S, und sagte zu ihm auf Deutsch: »Mein erstes Enkelkind wird nach dir benannt werden.« Zur Erklärung ihrer Worte hielt sie den Zettel mit seinem Namen an den Bauch ihrer Tochter, richtete ihren Zeigefinger nach oben als Zeichen für ihr erstes Enkelkind und bewegte die Arme, als hielte sie einen Säugling. Den Zettel drückte sie ihrer Tochter in die Hand. Als Toby verstanden hatte, was sie zu sagen versuchte, umarmte er die beiden zum Abschied.

Plötzlich verschwand das Krankenhaus, und wir standen wieder im Gerichtssaal. Ich war erstaunt über das, was ich gesehen hatte.

Luas und Haissem führten mich nach draußen. »Du siehst also, Brek, Toby Bowles führte ein anständiges Leben«, sagte Haissem im Flur, während Luas den Gerichtssaal abschloss. »Es ist alles nur eine Frage des Blickwinkels.«

»Aber was ist mit der Gerichtsverhandlung über seine Seele?«, fragte ich beunruhigt wegen der augenfälligen Ungerechtigkeit, von der die Verhandlung geprägt war. »Keiner dieser Beweise wurde während der Verhandlung vorgebracht. Offenbar ist das Urteil ungerecht. Wirst du nichts dagegen unternehmen?«

»Wie schon gesagt, es geht nicht um die Frage von Gerechtigkeit«, erwiderte Haissem.

»Und wieder muss ich widersprechen«, meldete sich Luas zu Wort. »Dies ist sehr wohl eine Frage von Gerechtigkeit. Es wurde für Gerechtigkeit gesorgt. Aber es steht uns nicht zu, darüber zu urteilen.«

»Aber können wir nicht einen Antrag stellen wegen fehlerhaft geführtem Prozess oder eine Berufung einlegen?«, flehte ich. »Wir können doch nicht einfach nichts tun. Wenn dieses Urteil Bestand hat, ist das Jüngste Gericht nichts anderes als Scharlatanerie. Wo sind wir denn hier? Der Angeklagte wird zur Verhandlung, die vor einem unsichtbaren Gericht erfolgt, nicht vorgeladen, es treten Zeugen auf, denen der Angeklagte nicht gegenübergestellt wird, während er von einem Anwalt vertreten wird, der gleichzeitig Ankläger ist, und die ganze Sache wird vom Richter beendet, noch bevor irgendjemand als Verteidiger auftreten kann? Im Himmel können die Prozesse doch nicht schlampiger geführt werden als auf der Erde.«

Luas funkelte mich an. »Sag so was nie wieder, Brek«, warnte er mich. »Hier geht es um göttliche Gerechtigkeit, nicht um menschliche. Wir haben kein Recht, sie zu hinterfragen. Gott und Gerechtigkeit sind eins.«

Haissem berührte meinen Arm, um mich zu beruhigen. »Ich verstehe deine Sorge, Brek«, sagte er sanft. »Aber du kannst sicher sein, dass die Verhandlung von Toby Bowles' Seele ordnungsgemäß verlief und ein korrektes Ergebnis erzielt wurde. Das wird dir klarwerden, wenn du deinen ersten Fall präsentiert hast. Ich muss euch jetzt verlassen, aber wir sehen uns wieder. Bei Luas bist du in guten Händen, auch wenn unsere Auffassungen gelegentlich voneinander abweichen.«

Haissem und Luas verbeugten sich höflich voreinander. Als Haissem gegangen war, sagte Luas: »Er ist der älteste Präsentator hier, aber manchmal frage ich mich, ob seine Zeit nicht um ist. Was er sagt, klingt mitunter sehr gefährlich.«

12

Mein einziger Trost in Schemaja war, dass ich Orte besuchen konnte, an denen ich mich zu Lebzeiten so gerne aufgehalten hatte. Sie waren alle da, genaue Nachbildungen meines Hauses, meiner Stadt, meiner Welt. Nur die Menschen fehlten, als ginge ich durch ein leeres Filmstudio. Es waren einsame Besuche, allerdings fühlte ich mich am Anfang durch diese Einsamkeit getröstet. Ich brauchte Abstand zu Luas, zum Gerichtssaal und zu Nana, zu den Erinnerungen und dem Leben anderer Seelen. Also ging ich nach Hause, aber nicht, um zu trauern. Ich wagte nicht, in Sarahs Zimmer oder Bos Büro zu blicken, weil ich sonst zusammengebrochen wäre. Ich wollte einfach wieder glücklich sein.

Um mit meinem Tod fertig zu werden, ging ich als Erstes, als ich nach Hause kam, meiner Lieblingsbeschäftigung nach, der ich zu Lebzeiten gefrönt hatte – Einkaufen. Wenn Gott mich schon in diesem sadistischen Niemandsland stranden ließ, in dem mich alles an die verlorenen Freuden des Lebens erinnerte, konnte ich mich genauso gut diesen Freuden hingeben. Ich ging ins Einkaufszentrum und … oh Mann, was ich nicht alles einkaufte. Das war ausnahmslos meine bisher tollste Einkaufstour: keine Warteschlangen, keine Menschenmengen, keine drängenden Verkäufer, das ganze Einkaufszentrum nur für mich. Und das Tollste: Alles war kostenlos. In gewisser Hinsicht fühlte ich mich wie im Himmel.

Ich tauschte das schwarze Seidenkostüm, das ich seit meiner Ankunft in Schemaja getragen hatte, gegen einen hübschen, unsäglich teuren Minirock und ein Oberteil aus, das ich einer verdutzten Puppe klaute. Ich drang in Lagerräume ein, brach Schaukästen auf und warf meine Beute – Kleider, Schuhe, Accessoires, Schminkzeug und Schmuck für die ständig wechselnden Jahreszeiten – auf Kleiderstangen, die unter der Last zusammenzubrechen drohten. Ich zog mich aus und probierte die Kleider mitten im Laden an, statt mich in eine Umkleidekabine zu zwängen. Wenn mir etwas nicht gefiel, warf ich es einfach hinter mich und ging weiter. Nur meine Fähigkeit, alles fortzuschaffen, setzte meiner Dekadenz eine Grenze. Wie ein Plünderer nach einem Wirbelsturm fuhr ich das Auto mit geöffneter Heckklappe direkt vor die Tür und packte es voll bis unters Dach.

Nachdem ich den ganzen Tag so verbracht hatte, begab ich mich in die Fressmeile und besorgte mir einen doppelten Cheeseburger und einen Milchshake, die samt fünf Keksen mit weißer Schokolade und Macadamianüssen wie aus dem Nichts auf dem Tresen erschienen. Nur ein irgendwie haftengebliebenes Gefühl von Anstand hielt mich davon ab, das Essen in mich hineinzuschaufeln. Ein Völlegefühl verspürte ich nie. Ja, das war tatsächlich wie im Himmel.

Wieder zu Hause, war ich so erschöpft, dass ich alles im Wagen ließ und auf dem Sofa zusammenbrach. Zu meiner Freude funktionierte wenigstens der Fernseher und zeigte alles, solange es aufgezeichnet war, wie Filme und Serien. Auf den Sendern, auf denen eigentlich Nachrichten, Sport oder der Wetterbericht laufen sollten, erschien nur ein weißes Bild. Das fand ich ganz in Ordnung. Ich döste immer wieder ein, sah mir, selig, wie ich war, Wiederholungen von *M*A*S*H* und *All in the Family* an, doch am Abend lösten die Dauerwerbesendungen mit den tollen Models, die Sportgeräte anpriesen, Schuldgefühle bei mir aus – ja, und das sogar nach meinem Tod. Ich stand auf, zog mir die schicken Sportsachen an, die ich gekauft hatte, und ging ins nahe gelegene Sportstudio, um sie vorzuführen.

Natürlich war niemand im Sportstudio, dem ich sie hätte vorführen können, was ziemlich enttäuschend war, weil ich dachte, ich sähe ziemlich scharf für ein einarmiges Mädchen aus, das im Sportstudio gewöhnlich nur viel zu große T-Shirts und schlabbrige Trainingshosen getragen hatte. Bo, der jahrelang gebettelt hatte, ich solle mir endlich neue Sportsachen zulegen, wäre begeistert von meiner Wandlung gewesen. Gut war, dass ich an den Geräten nicht warten musste und ich mir das Gaffen und Stöhnen der verschwitzten Männer nicht antun musste. Es war, als wäre ich reich und besäße mein eigenes Sportstudio. Ich stieg auf einen Stepper und versuchte, die Zeitschaltuhr auf dreißig Minuten zu stellen. Die funktionierte aber genauso wenig wie alle anderen Uhren in Schemaja, so dass ich mich auf den Wegmesser verlassen musste. Ich begann mit meiner normalen Schrittgeschwindigkeit und fühlte mich so gut, als ich fünf Kilometer hinter mir hatte, dass ich auf sieben, dann auf fünfzehn – so viel, wie ich noch nie in meinem Leben gerannt war –, dreißig und noch weiter erhöhte, bis die neunundneunzig Kilometer erreicht waren und die Anzeige auf null zurücksprang. Komischerweise steigerte sich meine Ausdauer im Tod. Ich schwitzte kaum, und mein Puls bewegte sich die ganze Zeit über im normalen Bereich.

Auch meine Muskeln waren stärker. Mühelos konnte ich Gewichte stemmen, mit denen sonst nur Bodybuilder und Footballer zurechtkamen.

Außerdem stellte ich in den überall herumhängenden Spiegeln fest, dass ich tot schöner und faszinierender aussah als lebendig. Meine Muskeln waren straff und ausgebildet wie die einer Olympiasportlerin, mein Bauch flach und meine Oberschenkel glatt wie damals, als ich achtzehn gewesen war. Nichts deutete darauf hin, dass ich erst zehn Monate zuvor ein Kind bekommen hatte. *Was für eine außerordentliche, wunderbare Schöpfung*, dachte ich. Mit dem Armstumpf sah ich aus wie eine Renaissanceskulptur. Ja, dies war Kunst, Musik, Wissenschaft und Mysterium. Mir wurde zwar kein zweiter Arm gegeben – wahrscheinlich weil ich nur eine Vorstellung von mir als Amputierte hatte –, doch mein Körper schien umso schöner zu sein. Als ich am kalten Metall eines Fitnessrades entlangstreifte, lief ein Schauder an meinem Rücken hinab und verband mich mit dem Körper, den ich im Spiegel sah. In diesem Moment bedauerte ich, dass ich während meines Lebens so dumm gewesen war, all diese wunderbaren Geschenke nicht bemerkt zu haben. Dieser Körper, mein Körper, genau so, wie er war, war immer heilig gewesen, hatte immer mir gehört und war immer so schön und kostbar wie das Leben selbst gewesen. *Wieso habe ich das vorher nicht gewusst?*, fragte ich mich. *Wieso konnte ich das so lange als selbstverständlich hinnehmen?*

Meinen Sport brachte ich schweiß- und geruchsfrei hinter mich, so dass ich nicht duschen musste. Es war Abend geworden, und ich überlegte, in einem Restaurant zu essen und anschließend ins Kino zu gehen, entschloss mich aber, den Abend mit Popcorn vor dem Fernseher zu verbringen.

Nachdem ich mir zu Hause meinen neuen Seidenschlafanzug angezogen hatte, erschien zu meiner Freude eine riesige Schüssel mit gebuttertem Popcorn auf dem Beistelltisch. Ich kuschelte mich unter eine Decke und schaltete den Fernseher ein. Es wurde ein Klassiker des *Film noir* gezeigt, *Opfer der Unterwelt* von 1950, allerdings auf allen Sendern, als wollte jemand, dass ich ihn mir ansah. Wie unheimlich. Ich hatte ihn das letzte Mal in meinem Filmkurs am College gesehen, und er hatte mir schon damals gefallen. Er beginnt mit einem Erzähler namens Frank Bigelow, der zur Polizei geht, um einen Mord zu melden – seinen eigenen. Er war auf geheimnisvolle Weise vergiftet worden und hat nur ein paar Tage Zeit bis zu seinem Tod, um herauszufinden, wer ihn umbringen will und warum. Der Zusammenhang zwischen Bigelows Suche und meiner eigenen wurde mir augenblicklich klar, weswegen ich den Film wahrscheinlich unterbewusst auf allen Sendern laufen ließ.

Warum starb ich?, fragte ich mich. *Wurde ich ermordet? Von wem? Und auch hier die Frage: warum?*

Diese Fragen lenkten mich vom Film ab. Ich brauchte Antworten. Unbedingt. Deswegen beschloss ich, alles zu tun, was ich konnte, um herauszufinden, was mir zugestoßen war. Ich würde damit anfangen, die letzten Schritte, an die ich mich aus meinem Leben erinnern konnte, rückwärts nachzuvollziehen.

Noch immer im Schlafanzug, verließ ich das Haus und fuhr mit meinem Wagen zum Supermarkt. Alles sah genau so aus, wie ich mich in meinen Träumen daran erinnert hatte – die Straße, der Himmel, die Gebäude. Ich fuhr auf den Parkplatz und sang laut *Heißen Tee und Bienenhonig*, wie ich es an jenem Abend für Sarah getan hatte. Die Herbstluft war ebenso frisch und kühl. Ich betrat den Laden, ging nach hinten, schnappte mir einen Karton Milch aus dem Kühlfach und ging den Gang entlang zurück, in dem Sarah die Cupcakes umgeworfen hatte.

Es ist fast zwanzig nach sechs,
sagt der Teddybär,
Mama kommt gleich nach Hause,
ich freue mich sehr.
Heißen Tee und Bienenhonig
für Mama und ihr Baby.
Heißen Tee und Bienenhonig,
den teilen wir und noch viel mehr.

Ich bückte mich, um die Cupcakes aufzuheben.

An dieser Stelle hatte mein Traum stets geendet, seitdem ich in Schemaja eingetroffen war – leer und voller Fragen wie nach einer gescheiterten Untersuchung. Todesursache: unbekannt. Doch seltsamerweise hatte ich jetzt nicht den überwältigenden Geruch von Kuhdung und Pilzen in der Nase wie zuvor. Ich ging mit der Milch zur Kasse und wartete, ob mir meine Erinnerung eine Antwort auf meine Fragen schenken würde. Nichts. Ich erinnerte mich an nichts, was danach in meinem Leben geschehen war. Frustriert und wütend warf ich den Milchkarton über die Theke. Er zerplatzte am Zigarettenregal.

»Was ist mit mir passiert?«, schrie ich in die Stille. »Was ist mit mir passiert?« Tränenüberströmt verließ ich den Laden.

Auf der Fahrt nach Hause bemerkte ich im Rückspiegel, dass mir ein Auto folgte, das erste Auto, das ich sah, seit sich in Huntingdon der Verkehr gestaut und ich gedacht hatte, ich würde den Verstand verlieren. Ich kam an einen langen, verlassenen Straßenabschnitt, der von Maisfeldern und Wiesen gesäumt wurde. Das Fernlicht des Wagens hinter mir blitzte auf, und ein rotes Blinklicht, das von unten an der Windschutzscheibe kam, blendete meine Augen. Es musste sich um ein Zivilfahrzeug der Polizei handeln, weswegen ich beschloss, am Straßenrand anzuhalten, auch wenn ich wusste, dass der Wagen leer sein würde. Während ich wartete und bewundernd feststellte, wie echt das virtuelle Spiel wirkte, das ich mit mir selbst spielte, erinnerte ich mich, dass Bo mich vor der Radarfalle auf diesem Streckenabschnitt gewarnt hatte.

Selbstverständlich erschien kein Streifenpolizist am Seitenfenster. Also stieg ich aus, um selbst nachzusehen. Der Motor des Streifenwagens lief noch, doch es saß niemand drin. Ich öffnete die Tür, und das Innenlicht schaltete sich ein. Auch von innen sah der Wagen eher wie ein normales Fahrzeug aus. Ich entdeckte weder ein Funkgerät noch andere Polizeiausrüstung. Nur das rote Blinklicht, das über ein schwarzes Kabel an den Zigarettenanzünder angeschlossen war, erinnerte an einen Polizeiwagen. Auf dem Boden hinter den Vordersitzen lag eine Videokassette. Ich öffnete die hintere Tür und rutschte über die Rückbank, um sie mir zu holen. In dem Moment wurde die Tür zugeschlagen. Der Schalthebel am Lenkrad bewegte sich auf geheimnisvolle Weise in Fahrposition, und der Wagen fuhr ohne Fahrer los. Als ich nach hinten blickte, sah ich, dass mein eigener Wagen folgte.

Ich lachte. Das hätte sehr unheimlich sein können, sogar erschreckend, doch wovor kann man noch Angst haben, wenn man seinen eigenen Tod akzeptiert hat?

»Was geschah?« Mit diesen Worten war die Videokassette per Hand beschriftet worden.

Nein, wie passend, dachte ich. *Vielleicht spricht Gott zu den Seelen per Video, und nun finde ich endlich heraus, was geschehen ist.*

Neugierig, wohin mich der Wagen bringen würde, lehnte ich mich entspannt zurück, als würde ich auf dem Rummelplatz in irgendeinem Fahrgeschäft sitzen.

Ein paar Kilometer fuhren wir Richtung Süden. Auf der Straße befanden sich keine anderen Fahrzeuge, alle Wohnhäuser und Geschäftsgebäude waren dunkel, und die Jahreszeiten wechselten nicht mehr. Jetzt war Herbst, bunte Blätter regneten auf die Windschutzscheibe wie Tropfen dicker, nasser Farbe. In Ardenheim bogen wir auf eine Nebenstraße ab, von dort ging es einen schmutzigen Holzabfuhrweg weiter hinauf in die Berge über herausstehende Wurzeln und durch Matschpfützen. Bei beiden Autos waren die Lichter ausgeschaltet. Schließlich hielten wir an. Mein Auto fuhr rückwärts von der Straße ab in einen kleinen Pinienwald, wo es krachend hinter den Zweigen verschwand. Der Motor wurde ausgeschaltet, und einen Moment später war plötzlich die Videokassette verschwunden, als wäre sie die ganze Zeit über nur eine Erscheinung gewesen. Der Wagen, in dem ich saß, fuhr den Holzabfuhrweg wieder nach unten, und als er den Highway erreichte, schalteten sich die Lichter wieder ein.

Sehr seltsam, dachte ich, *sehr seltsam*. Doch ich hatte in Schemaja weit seltsamere Dinge gesehen, und da ich nichts Besseres zu tun hatte, beschloss ich mitzuspielen.

Der führerlose Wagen fuhr mit mir auf dem Rücksitz durch die Nacht Richtung Harrisburg, dieselbe Strecke, die ich nahm, wenn ich zwischen Delaware und Huntingdon pendelte. Langsam kam mir der Verdacht, dass sich Nana und Luas all das ausgedacht hatten, um mich nach Hause zu bringen. Das Radio schaltete sich ein und wechselte, wenn der Empfang schlechter wurde, von einem Countrymusik-Sender zum nächsten, was hieß, dass ich den Wagen mit meinen Gedanken nicht unter Kontrolle hatte, da ich nur selten Countrymusik hörte.

Wir ließen Harrisburg und dann Lancaster hinter uns, bogen schließlich vom Highway ab und fuhren, genau wie ich vermutet hatte, weiter durch die hügelige Landschaft von Chester County Richtung Delaware. Doch bevor wir die Staatsgrenze erreicht hatten, bogen wir erneut ab, diesmal auf eine gewundene Nebenstraße, der wir mehrere Kilometer weit folgten, bis wir wieder abbogen, diesmal auf eine kleinere Landstraße. Hier gab es keine Straßenlaternen und Stromleitungen mehr. Der Himmel war pechschwarz. Das letzte unbewohnte Haus lag bereits mehrere Kilometer hinter uns, verschlafen in der kühlen, vom Duft nach Ernte, moderndem Laub und Äpfeln geschwängerten Luft. Als der Asphalt endete, fuhren wir eine steile Schotterstraße hinab durch einen Wald bis zu einem zerfurchten Weg, der durch ein offenes, überwuchertes Feld führte, dann wieder in einen Wald und einen noch steileren Weg hinab.

Der Weg endete vor einem verfallenen Schlackensteingebäude, das wie ein Geschwür aus dem Boden ragte. Die fensterlosen Mauern waren kaum ein Stockwerk hoch, die Streifen aus schwarzem Schimmel und die abblätternde weiße Farbe ließen sie wie die Haut eines Aussätzigen aussehen. Es wirkte wie ein verlassenes Industriegebäude und hier auf dem Land völlig fehl am Platz. Ich hatte das unbestimmte Gefühl, schon einmal hier gewesen zu sein.

Der Schalthebel bewegte sich in die Parkposition, der Motor schaltete sich aus, und die Türen wurden entriegelt. Ich stieg aus und ging auf das Gebäude zu, das von den Scheinwerfern gelb angestrahlt wurde. Der widerliche Gestank nach Dung und Pilzen – derselbe Geruch wie in meinem Traum im Supermarkt – machte die Luft schwer, so dass ich Mühe hatte zu atmen. Als ich die von Würmern zerfressene Tür öffnete, war mir doch etwas mulmig zumute, obwohl ich wusste, dass es hier drin nichts gab, was mir schaden könnte.

Als ich eintrat, brach grelles Tageslicht durch den Himmel wie bei einer heftigen Explosion, bei der sich das Gebäude, der Wagen, der Wald und ich mich selbst auflösten.

Plötzlich fand ich mich im Schlafgemach eines großen römischen Palastes wieder, und das in einem Gebäude, das noch riesiger und wundervoller war als das Pantheon. Weiße Steinsäulen ragten auf in eine phantastische Marmorkuppel. Darunter stand ein goldglitzerndes Bett, umgeben von Diwans, die mit karminrotem plüschigen Stoff überzogen waren. Vor dem Bett stand nackt der aufgedunsene Kaiser Nero Claudius Cäsar. Zu seinen Füßen flehte seine Frau Poppaea um Gnade. Sie war bekleidet, ihre Schwangerschaft schon weit fortgeschritten, ihr weißes Gewand zwischen den Beinen rot verschmiert.

»Du undankbare Hure!«, bellte Nero, bevor er Poppaea in den Bauch trat. »Ich habe dir Octavias Kopf zu deinem Vergnügen auf einem Tablett serviert, und zum Dank machst du mich lächerlich!« Wieder trat er zu, diesmal heftiger, und diesmal brachen ihre Rippen wie Zweige. Poppaea schnappte nach Luft, Blut lief aus ihrem Mund.

»Geh mir aus den Augen!«, rief Nero.

Der römische Palast verschwand ebenso plötzlich, wie er erschienen war. An seine Stelle trat der Gerichtssaal mit Luas in der Mitte. Das gesichtslose Wesen aus dem Monolithen flüsterte ihm etwas ins Ohr und kehrte an seinen Platz innerhalb des Steins zurück. Ich hatte keine Ahnung, wie ich vom Schlackensteingebäude im Wald in Neros Palast und jetzt in den Gerichtssaal gelangt war. Die Reise war nahtlos vonstattengegangen und hatte mich verwirrt. Luas kam auf mich zu.

»Hallo, Brek«, sagte er. »Es tut mir leid, dass du das gesehen hast. Wie war deine Reise nach Hause?«

»Moment mal«, hielt ich ihn verwirrt auf. »Du hast gerade Nero präsentiert? Den Nero, der angeblich auf seiner Lyra gespielt hat, während Rom brannte?«

»Ja«, antwortete Luas. »Widerlicher Typ, nicht wahr?«

»Aber er starb vor zweitausend Jahren ...«

»Ja, und seitdem präsentiere ich ihn immer wieder«, erklärte Luas. »Die Präsentation endet gewöhnlich hier oder gleich, nachdem er den jungen Sporus kastriert und zur Frau genommen hat. Wenn ich am nächsten Tag in den Gerichtssaal zurückkehre, erfahre ich, dass immer noch kein endgültiges Urteil gefällt wurde, und ich muss den Fall erneut präsentieren.« Luas seufzte. »Scheinbar besteht meine Aufgabe darin, Neros Seele an jedem Tag der Ewigkeit vor Gericht zu stellen. Gott ist wohl noch nicht so weit, sich über ihn hier klarzuwerden.«

»Das verstehe ich nicht«, sagte ich. Ich fühlte mich wie vor den Kopf gestoßen.

Luas führte mich aus dem Gerichtssaal und den Flur entlang zur Bahnhofshalle.

»Sagtest du nicht, dass wir nur die unklaren Fälle präsentieren?«, fragte ich. »Bei Nero scheint der Fall doch ziemlich eindeutig zu sein.«

»Tja, jede Geschichte hat zwei Seiten. Es mag seltsam klingen, aber Nero verfügte auch über versöhnliche Eigenschaften – ähnlich wie Toby Bowles. Bis dahin komme ich während der Präsentation leider nicht, doch er hatte sie. Aber wir brauchen uns um die Gründe nicht zu kümmern. Nero ist hier Antragsteller, und wir behandeln ihn wie alle anderen. Sei nur froh, dass er nicht dein Mandant ist.«

Bevor wir die Bahnhofshalle erreichten, führte mich Luas um eine Ecke in einen Flur, den ich noch nicht kannte und der so lang war, dass ich das Ende nicht sehen konnte. Er schien sich bis ins Weltall hinein zu erstrecken, ein Flur in einem riesigen Bürogebäude mit rechts und links buchstäblich Tausenden identischen Büros. Jedes Büro war mit einer hohen, schmalen Holztür verschlossen, die Vorhänge vor den Sprossenfenstern darüber waren zugezogen. Grelle Neonlampen überzogen die Wände mit gleichförmigem, unpersönlichem Bürolicht.

»Wo sind wir hier?«, fragte ich Luas.

»Hier sind unsere Büros untergebracht. Wie du siehst, gibt es ganz schön viele Anwälte in Schemaja.«

Das überraschte und beeindruckte mich, doch über Neros Verhandlung wunderte ich mich noch mehr. »Nero und Toby Bowles werden also auf dieselbe Weise behandelt?«, fragte ich. »Nichts von dem, was sie in ihrem Leben richtig gemacht haben, spielt im Gerichtssaal eine Rolle? Worin liegt dann der Sinn einer Verhandlung, wenn man sie nicht einmal als eine solche bezeichnen kann? Warum schickt man sie nicht gleich in die Hölle?«

»Ach, schon wieder dieses Thema? Du musst versuchen, das zu verstehen, Brek. Es gibt in Schemaja keine Gesetzbücher oder dergleichen. Das Verfahrensrecht, auf das du als Anwältin auf Erden vertraut hast, wird hier oben nicht gebraucht. Im Gerichtssaal bleibt keine Lüge unerkannt, und keine Wahrheit bleibt verborgen. Die Gerechtigkeit ist gewährleistet, solange die Präsentatoren unparteiisch sind und nichts tun, was die Waage ausschlagen lässt.«

»Aber wie kann es Gerechtigkeit geben, wenn nicht alle Seiten des Falls präsentiert werden?«

»Muss ich dich daran erinnern, dass Millionen von Menschen auf Erden, einschließlich Christus selbst, in ungerechter Weise vor Gericht gestellt, verurteilt und bestraft wurden?«, wies Luas mich zurecht. »Mit Sicherheit braucht Gott von uns keine Lektion in Gerechtigkeit. Natürlich hat Gerechtigkeit viele Facetten, und wir reden hier nur von der Gerechtigkeit dem Angeklagten gegenüber. Du verlorst als kleines Mädchen deinen Arm, Nero Claudius verfolgte die Christen, und Gott ertränkte einst alle Lebewesen auf Erden. Um zu wissen, ob für Gerechtigkeit gesorgt wurde, müssen alle Aspekte berücksichtigt werden.«

Irgendwie erreichten wir das Ende des endlosen Flurs. Luas blieb mit mir vor dem letzten Büro auf der rechten Seite stehen. Auf einem kleinen Schild an der Tür stand: »Hoher Rechtsgelehrter von Schemaja«.

»So, hier sind wir.« Luas öffnete die Tür. »Jetzt beginnt die nächste Phase deiner Ausbildung.«

13

Das Büro war mit einem einfachen Holzschreibtisch, zwei Kerzen, zwei Stühlen hinter und einem Besucherstuhl vor dem Schreibtisch ausgestattet. Keine Fenster, Unterlagen, Akten, Telefone, Stifte oder andere, für ein Büro typische Gegenstände. Luas schloss die Tür und zündete die Kerzen mit einem Streichholz an.

»Bitte nimm hier neben mir Platz«, bat er mich. »Wir werden gemeinsam einen neuen Antragsteller befragen und uns dann die Präsentation ansehen. Ich werde dein Beobachter sein. Anschließend wird dir dein erster Fall zugewiesen, den du selbständig in der Verhandlung vertrittst.«

»Und ich bin gezwungen, die Fälle zu vertreten?«, fragte ich. »Was ist, wenn ich einen Fall zurückweise?«

»Gezwungen? Natürlich nicht. Die Entscheidung liegt bei dir, aber du hast sie bereits getroffen. Deswegen bist du hier. Du wirst die Fälle vertreten, weil Gerechtigkeit für dich wie für alle Anwälte das ist, wonach du strebst. Und du wirst nicht eher ruhen, bis du dein Ziel erreicht hast.«

»Hier gibt es keine Gerechtigkeit«, erwiderte ich ausdruckslos. »Zumindest nicht diejenige, nach der ich strebe.«

Luas lächelte gönnerhaft. »Vielleicht wirst du sie dann bei uns einführen.«

Ich dachte einen Augenblick darüber nach und wägte

zum ersten Mal die Möglichkeit ab, dass ich genau deswegen in Schemaja gelandet war: um diesen armen Seelen zu helfen, ein kaputtes Rechtssystem wieder zum Laufen zu bringen. Anwälte verfügten über eine lange, stolze Tradition, Reformen auf den Weg zu bringen und für Gerechtigkeit zu sorgen. Ich hatte immer davon geträumt, etwas wahrhaft Bedeutendes und Großes zu vollbringen.

»Vielleicht werde ich das tun«, sagte ich und blickte an mir hinab. Erst jetzt bemerkte ich, dass ich noch meinen Schlafanzug trug, da mein Plan gewesen war, einen gemütlichen Abend zu Hause vor dem Fernseher mit Popcorn zu verbringen.

»Wegen deiner Kleidung brauchst du dir keine Sorgen zu machen«, beruhigte mich Luas. »Die Antragsteller können uns nicht sehen. Aber wenn es dir angenehmer ist, kannst du dir das hier anziehen.« Er zog eine Schreibtischschublade auf und nahm ein schwarzes Seidenkostüm, eine Bluse und ein Paar Schuhe heraus – die Sachen, die ich seit meiner Ankunft in Schemaja getragen und auf meiner Einkaufstour weggeworfen hatte.

»Wo hast du die Sachen her?«, fragte ich verwirrt.

»Nicht ich habe die Sachen besorgt, sondern du«, antwortete er. »Los, zieh dich um, ich warte solange draußen.« Luas versuchte, mir klarzumachen, dass ich all das hier erfand: meine und auch seine körperliche Erscheinung, nicht aber Schemaja, das es unabhängig von mir gab und über das ich keine Kontrolle hatte. Dennoch nahm ich zumindest aus Respekt meinem Beruf gegenüber die Gelegenheit wahr, mir die passende Kleidung anzuziehen.

Luas kehrte zurück und setzte sich hinter den Schreibtisch neben mich, umgeben von fast völliger Dunkelheit.

Die beiden Kerzen tauchten sein Gesicht in ein dumpfes Orange.

»Bevor ich den Antragsteller hereinbitte, muss ich dich allerdings warnen, dass diese Begegnung eine große Gefahr in sich birgt«, begann er. »Ich habe bereits versucht, dich darauf vorzubereiten. Du wirst diesen Antragsteller nach dieser Präsentation besser kennen als Mr Bowles, besser als deine Eltern, deinen Ehemann oder gar dein Kind. Nur dich selbst wirst du etwas besser kennen. Um deine Identität nicht auf ewig zu verlieren, musst du die Taktik anwenden, die ich dir gezeigt habe. Egal, wie schwierig es werden mag, du musst dich immer wieder an den Vorfall mit dem Miststreuer erinnern. Versuche, dich an alle Einzelheiten zu erinnern: an den Geruch von Dung, der in der Luft hing, das Geräusch der Fliegen, die darüber summten; den verdutzten Blick der Kühe, die zusahen, wie dein Vater und du ihre Exkremente übers Feld streuten; die Art, wie der schwere, nasse Dung, der dank der ersten Luzerne in jenem Frühling entstand, wie Mörtel in der Tonne und an den Zinken der Mistgabel klebte.

Deine Eltern hatten dir gesagt, sie würden dich auf den Hof deiner Großeltern bringen, weil du auf dem Land mehr Spaß hättest, doch du hattest ihren heftigen Streit mitbekommen, als dein Vater deiner Mutter mitteilte, er habe sie, gegen ihren Willen, in einer Entzugsklinik angemeldet, und sie ihm vorwarf, er habe eine Affäre. Nur du hieltst sie noch zusammen, und du warst überzeugt, dies würde dir auf Dauer nur noch mit Hilfe einer Krise gelingen. Du dachtest darüber nach wegzulaufen, doch damit wärst du von ihnen getrennt gewesen. Du hattest es schon mit deinen Schulnoten versucht, doch die guten Noten ließen sie glauben, mit dir wäre alles in Ordnung, und die schlechten gaben Anlass zur Schelte. Egal, ob du dich wie ein braves oder ein böses Mädchen benahmst, es hatte immer dieselbe Wirkung, und Weinen wirkte nur vorübergehend. Du hattest sogar Krankheiten erfunden, doch die Ärzte bestätigten, dass du kerngesund warst.«

Der Schmerz wurde unerträglich. »Es reicht!«, rief ich. »Bitte, hör auf.«

»Deinen nächsten Schritt hattest du nicht geplant«, fuhr Luas unbeirrt fort. »Dein Großvater sagte, du solltest aufpassen, während er mit der Mistgabel den Haufen bearbeitete. Als er fertig war, stieg er vom Behälter nach unten und setzte sich wieder auf den Traktor, ließ aber die Abdeckung über der Transportkette offen. Du sahst, wie die Kette einen Moment unter der Last stockte, dann mit einem Ruck weiter über die Zahnräder surrte und der Dung durch die Luft flog. Genau in dem Moment kam dir der Gedanke, bevor dein Großvater den Motor entkuppeln und die Abdeckung wieder aufsetzen konnte. Du ranntest hin und stecktest deine Hand ins Getriebe. Du dachtest, damit würdest du nur deinen Finger abschneiden oder vielleicht brechen. Am Anfang spürtest du nicht mehr als ein festes Händeschütteln, bevor du erstaunt und ungläubig zusahst, wie dein Unterarm vom Ellbogen gerissen und entlang der Transportkette mitgezogen wurde wie ein Puppenarm auf einem Fließband. Du bliebst wie angewurzelt stehen, als würdest du dich zum ersten Mal im Spiegel sehen und dich dabei beobachten, wie du dich beobachtest, ohne dieses Bild mit dir zu verbinden. Kurz bevor du ohnmächtig wurdest, spürtest du ein Kitzeln am ganzen Körper – keinen Schmerz, sondern das erhebende Gefühl, dass es dir endlich geglückt war, deine Eltern wieder zu vereinen, und alles bald wieder gut sein würde.«

»Hör auf, Luas«, flehte ich schluchzend. »Bitte, mehr ertrage ich nicht.«

»Aber es geht noch weiter«, fuhr Luas gefühllos fort. »Noch viel weiter. Dies ist die einzige Möglichkeit, Abstand zu den überwältigenden Erinnerungen der Antragsteller zu bekommen, die du kennenlernen wirst, und genau das ist hier gefordert. Zwei Jahre später, nachdem deine Eltern geschieden und die rechten Ärmel deiner Kleider zugenäht worden waren, tratst du im Bezirksgericht von Huntingdon, wo du später für Gerechtigkeit kämpfen würdest, in den Zeugenstand. Ein junger Anwalt namens Bill Gwynne bat dich, den Geschworenen den entstellten Stummel deines rechten Arms zu zeigen und ihnen zu erzählen, was passiert war. Dies war die schwierigste Zeugenaussage in diesem Fall, weil festgestellt werden musste, ob der Hersteller des Miststreuers haftbar gemacht werden konnte und dir und deiner Familie ein kleines Vermögen als Wiedergutmachung zukommen lassen würde. Im Gerichtssaal herrschte Schweigen, alle feuchten Augen waren auf dich gerichtet. Du hattest deine Zeugenaussage so oft mit Mr Gwynne geübt, dass du tatsächlich an das glaubtest, was du sagen würdest. Er hatte dir Gerechtigkeit versprochen. Du drehtest dich zu den Geschworenen. Erinnerst du dich, was du sagtest?«

»Ja, ja«, rief ich traumatisiert und beschämt. »Ich erinnere mich. Es ist nicht nötig, dass du das wiederholst.«

»Doch, das muss ich tun«, erwiderte Luas unbeirrt. »›Ich stand auf den Zehenspitzen und wollte sehen, was mein Großvater macht‹, erzähltest du den Geschworenen. ›Ich bin auf dem nassen Gras ausgerutscht und fiel gegen die Abdeckung. Der Aufprall war nicht stark, aber die Abdeckung hat nachgegeben, und mein Arm ist in die Kette gerutscht …‹ Deine Gefühle wurden so stark, dass du nicht weitererzählen konntest. Die Erinnerung an das Geschehene war zu schmerzlich.«

Luas' unbarmherzige Erzählung der Geschichte zeigte die gewünschte Wirkung. Er hatte mich so in meine Erinnerungen eintauchen lassen, dass ich mein Leben mit dem meines zukünftigen Antragstellers nicht vermischen würde. Ich sah mich als zehnjähriges Mädchen im Zeugenstand. Der Richter in seiner schwarzen Robe, alt und furchterregend wie Gott, blickt hinter seiner Bank auf mich herab. Die Stenographin mit dem verkniffenen Gesicht gähnt beim Tippen. Mein Großvater, blass vor Schuld und schlechtem Gewissen, spielt nervös mit seiner Pfeife und würde gerne rauchen. Meine Großmutter winkt mir zur Ermutigung mit einer Rolle Bonbons zu. Meine Mutter sitzt allein auf der anderen Seite des Gerichtssaals und wirft meinem Vater und Großvater ihre bösen »Hab ich dir doch gesagt«-Blicke zu. Mein Vater lutscht an einem Bonbon, das meine Großmutter ihm aufgedrängt hat, und blickt immer wieder auf die Uhr. Der Verteidiger aus Pittsburgh, viel zu geschniegelt und herablassend für Huntingdon County, flüstert dem Vizepräsidenten des Herstellers, einem Texaner, der ein Bein aufs andere legt und über seine braunen Wildlederstiefel streicht, etwas zu.

Rechts von mir sitzen die Geschworenen, die über den Fall entscheiden werden: drei Bauern, eine Friseurin, eine Hausfrau und ein Lkw-Mechaniker. Die Bauern fummeln unruhig an den Kragen ihrer weißen Anzughemden. Die

Friseurin, die sich zu stark geschminkt hat, lässt eine Kaugummiblase knallen. Die Hausfrau, die sich zu wenig geschminkt hat, zupft an ihrem Haar herum. Der Lkw-Mechaniker kaut auf seinen schmutzigen Fingernägeln und schielt zur Friseurin hinüber.

»Es ist in Ordnung, mein Kind«, sagt Mr Gwynne. Er ist hier, um mich zu beschützen, mein Retter in der Not, galant und gutaussehend. Ich habe mich heimlich in ihn verknallt. »Lass dir Zeit, und putz dir die Nase. Ich weiß, das ist schwer mit einer Hand, Brek. Es tut mir leid, dass wir dir das hier antun müssen, aber die Hersteller des Miststreuers haben ein Recht auf diese Verhandlung. Nur noch ein paar weitere Fragen, ja? Du musst einfach tapfer sein und die Wahrheit sagen. Bist du sicher, dass die Abdeckung am richtigen Platz war? Ich spreche von dem Metalldeckel über der Kette.«

»Ja, Mr Gwynne, ich bin mir sicher.«

»Und du bist ausgerutscht und dagegengefallen?«

»Ja.«

»Und der Deckel hat nachgegeben?«

»Ja.«

»Und dein Arm geriet in die Kette?«

»Ja. Gott, es tut mir leid, Mr Gwynne. Das alles tut mir schrecklich leid. Ich hätte vorsichtiger sein sollen.«

»Dir muss nichts leidtun, Brek«, versichert er mir. »Wir sind diejenigen, denen leidtut, was dir passiert ist. Du warst heute ein sehr tapferes Mädchen. Dafür sind wir dir dankbar.«

Die Geschworenen verurteilten den Hersteller in weniger als einer Stunde zu einer Strafe in Höhe von vierhundertfünfzigtausend Dollar. Ein von Mr Gwynne bestellter Gutachter sagte aus, wäre der Miststreuer korrekt konstruiert worden, hätte erst gar keine Notwendigkeit bestanden, die Abdeckung abzunehmen, um den Fehler zu beheben. Dies bedeutete, dass meine Lüge womöglich ohnehin keinen Unterschied machte.

Ein Drittel des Geldes erhielt Mr Gwynne. Ein weiteres Drittel brachte mir einen Aufenthalt in einem Internat der Quäker ein, vier Jahre an einem privaten College für Freie Kunst und drei Jahre an einer der führenden juristischen Fakultäten einer Eliteuniversität. Mit dem Rest wurden die Arztrechnungen und ein paar andere Dinge bezahlt, unter anderem ein Auslandssemester in Europa. Nur mein Großvater wusste mit Sicherheit, dass ich hinsichtlich der Abdeckung gelogen hatte, doch darüber verloren wir nie ein Wort. Er sagte aus, er könne sich nicht erinnern, ob er sie angebracht habe oder nicht, was seine Aussage nur wie eine halbe Lüge aussehen ließ. Ich vermute, mit einer vollständigen Lüge hätte er nicht leben können.

Luas war aber noch nicht fertig mit mir. »Niemand im Gerichtssaal, weder deine Eltern noch Bill Gwynne oder gar dein Großvater, wusste, dass du deine Hand absichtlich in die Maschine gehalten hast. Das hast du nur einem Menschen erzählt, Karen Busfield, und zwar zwanzig Jahre nach der Gerichtsverhandlung. Erinnerst du dich?«

»Ja«, antwortete ich. »Ich erinnere mich.«

Natürlich erinnerte ich mich. Karen Busfield, meine beste Freundin aus Kindheitstagen, die so nett und sanft war, dass sie es nicht fertiggebracht hatte, Jungs zu bestrafen, die Krebse umgebracht hatten, war Priesterin in der Episkopalkirche geworden und hatte mich gebeten, sie in einem Fall zu verteidigen, bei dem ihr die Todesstrafe drohte.

14

Ich erinnerte mich in Luas' Büro an Karen Busfields Fall, als würde sich ein Teil meines eigenen Lebens, von Haissem im Gerichtssaal präsentiert, vor mir abspulen.

Es ist spätnachts. Bo und ich haben Sarah ins Bett gebracht und sind selbst bereits eingeschlafen. Das Telefon reißt mich aus dem Schlaf. Mein Herz pocht, als ich, wegen der späten Stunde das Schlimmste befürchtend, nach dem Hörer taste.

»Ja? Hallo?«, melde ich mich benommen.

»Brek? Hi, ich bin's, Karen.«

»Karen?« Ich versuche, mich zu orientieren. »Meine Güte, wie spät ist es? Alles in Ordnung mit dir?«

»Es ist zwei Uhr nachts«, antwortet sie. »Es tut mir wirklich leid, dass ich dich so spät anrufe, aber ich stecke in Schwierigkeiten. Ich brauche einen Anwalt.«

Die vertrauten Geräusche eines Gefängnisses hallen im Hintergrund – grobe Stimmen, eine schwer ins Schloss fallende Stahltür.

»Wo bist du?«

»Fort Leavenworth«, antwortet sie.

»Leavenworth? Was machst du da? Gefangene betreuen?«

»Nein, ich bin selbst Gefangene.«

Mir wird klar, dass sie es ernst meint.

Bo dreht sich zu mir. »Was ist los?«, will er wissen.

Ich halte die Sprechmuschel zu. »Es ist Karen«, flüstere ich. »Ich glaube, sie wurde verhaftet.«

»Was?«, fragt er.

»Du bist Militärpfarrerin«, sage ich zu Karen. »Was hast du angestellt?«

»Darüber kann ich im Moment nicht sprechen«, antwortet sie.

Das bedeutet, dass das Gespräch mitgehört wird. »Gut, kannst du mir wenigstens sagen, was man dir vorwirft?«

»Tätlicher Angriff, Hausfriedensbruch und ...«

»Und was?«

»Hochverrat und Spionage.«

»Hochverrat und Spionage? Machst du Witze?«

Bo reißt die Augen auf.

»Nein, ich mache keine Witze«, erwidert sie.

Ich bin sprachlos.

»Brek, bist du noch da?«, fragt Karen.

»Bist du sicher, die haben Hochverrat gesagt?«, frage ich noch einmal.

»Ja.«

»Gut, ich komme. Und ich bringe Bill Gwynne mit.«

»Nein, komm alleine«, verlangt Karen.

»Hochverrat ist eine große Sache, Karen. Ich will dir keine Angst einjagen, aber darauf steht die Todesstrafe. Ich bringe Bill mit – und vielleicht zwanzig weitere Anwälte. Ich werde sehen, wann ich einen Flug bekomme. Wir sind da, so schnell wir können.«

»Komm alleine, Brek, hörst du?«, fleht sie. Sie klingt, als bräche sie gleich zusammen. »Bitte.«

»Gut«, lenke ich ein. »Ich tue, was du willst. Im Moment jedenfalls. Wir reden darüber, wenn ich da bin.«

»Danke«, sagt sie. »Lass dir Zeit. Kümmere dich zuerst um Sarah. Mir geht's gut. Es tut mir wirklich leid, wenn ich dir Umstände mache. Wie geht's ihr?«

»Sarah geht es gut. Du bist es, um die ich mir Sorgen mache.«

»Es tut mir wirklich leid …«

»Kein Problem«, beruhige ich sie. »Das ist meine Arbeit. Ich packe eine Tasche. Brauchst du irgendwas?«

»Nur dich«, sagt Karen. Als sie anfängt zu weinen, höre ich Stimmen im Hintergrund. »Sie sagen, ich muss jetzt auflegen.«

»Es wird alles wieder gut«, versichere ich ihr. »Ich komme, so schnell ich kann. Sei stark. Und, Karen, egal was du tust, beantworte keine Fragen, verstanden? Sag ihnen, du bestehst auf deinem Recht zu schweigen, bis du mit deiner Anwältin gesprochen hast.«

»Okay. Danke, Brek. Ich muss jetzt Schluss machen. Tschüs.«

Ich lege auf.

Bo ist mittlerweile ebenfalls hellwach. »Sie verklagen eine Pfarrerin der Luftwaffe wegen Hochverrats und Spionage?«, vergewissert er sich. »Du machst wohl Witze. Dir ist hoffentlich klar, dass das in den überregionalen Zeitungen auf Seite eins kommt.«

»Ich weiß«, antworte ich düster. »Aber du darfst die Geschichte nicht bringen. Karen hat mich als ihre Anwältin angerufen. Mein Gespräch mit ihr als meine Mandantin war vertraulich. Die Tatsache, dass du zufällig neben mir im Bett schläfst, ändert nichts daran.«

»Aber …«

»Versprich es mir, Bo«, verlange ich. »Die Sache ist ernst. Ich verstehe, warum du eine solche Geschichte als Erster rausbringen willst, aber du darfst auf keinen Fall darüber berichten oder jemandem eine Info zuschieben. Ich kann Karen nicht als Anwältin vertreten, wenn ich mir Sorgen machen muss, dass alles, was ich in meinem eigenen Haus sage, am nächsten Tag in der Presse erscheint.«

»Okay«, stimmt er enttäuscht zu. »Aber mach dich darauf gefasst, dass du es mit vielen anderen Reportern zu tun bekommst, Typen, die nicht so nett sind wie ich. Du wirst täglich im Fernsehen sein, vielleicht sogar noch öfter als ich.«

»Prima, dann ersetze ich vielleicht die Wetterfee.«

»Werde jetzt mal nicht übermütig.«

»Kannst du dich um Sarah kümmern, solange ich weg bin?«

»Klar, das schaffen wir schon. Dafür habe ich dann bei dir was gut.«

Ich küsse ihn auf die Wange. »Danke. Ich werde deine Hilfe brauchen, um das durchzustehen.«

»Du kriegst alles von mir, was du brauchst.« Er gibt mir einen Kuss zurück auf die Stirn, blickt mir in die Augen und grinst. »Tritt ein paar Anwälten in den Arsch. Ich will stolz auf dich sein.«

Ich umarme ihn und gehe unter die Dusche.

Später am Morgen fliege ich nach Kansas City und fahre mit einem Mietwagen nach Fort Leavenworth, wo ich am späten Nachmittag eintreffe. Zwei weibliche Wachen führen Karen, die mit einem orangefarbenen Gefängnisoverall bekleidet ist, in Handschellen in einen kleinen Raum, der für Anwaltsbesuche mit einem kleinen Tisch und zwei Stühlen ausgestattet ist. Karen sieht furchtbar aus – blass und ausgemergelt, dunkle Ringe unter roten geschwollenen Augen, als hätte sie tagelang weder geschlafen noch etwas gegessen. Sie setzt sich mir gegenüber und wirft mir ein schwaches Lächeln zu. Die Aufseherinnen verlassen den Raum und verriegeln die Tür hinter sich, damit wir uns ungestört unterhalten können, behalten uns aber durch ein Fenster im Auge.

»Ach, meine Liebe«, beginne ich, meine Tränen nur mit Mühe zurückhaltend, und lege meine Hand auf ihre. Eine der Aufseherinnen klopft an die Scheibe und deutet auf ein Schild, auf dem »Körperkontakt nicht gestattet« steht. Karen funkelt die Frau böse an, doch ich gehorche und lege meine Hand in den Schoß. Schweigend sehen wir einander an.

»Es tut mir wirklich leid, dass du wegen mir so weit anreisen musstest«, sagt sie schließlich. »Wie war dein Flug?«

»Gut. Keine Probleme. Wie kommst du hier zurecht? Wirst du gut behandelt?«

Sie blickt nach unten und zieht an ihrem Overall. »Sie haben mir meine Halsbinde weggenommen.«

»Keine Sorge«, beruhige ich sie. »Wir holen sie dir zurück. Ich treffe mich heute noch mit dem US-Staatsanwalt. Vielleicht kriege ich die Sache geklärt oder kann zumindest eine niedrige Kaution aushandeln. Du bist Priesterin, die nicht vorbestraft ist, von dir geht offensichtlich keine Bedrohung aus, und Fluchtgefahr besteht auch nicht.« Ich blicke auf meine Uhr. »Wir haben nur eine Dreiviertelstunde. Erzähl mir, was passiert ist.«

Karen gähnt und reibt sich die Augen. »Ich wurde zwei Tage lang verhört. Ich konnte überhaupt nicht schlafen.«

»Was?«, frage ich beunruhigt. »Zwei Tage lang verhört? Hat man dir nicht gesagt, dass du ein Recht auf einen Anwalt hast?«

»Doch«, antwortet sie, »aber ich habe gesagt, ich bräuchte keinen.«

»Du dachtest, du bräuchtest keinen!«, blaffe ich, selbst ein bisschen angespannt, nachdem ich mitten in der Nacht aufgeweckt wurde und von Pennsylvania nach Kansas gereist bin. »Man wirft dir Hochverrat und Spionage vor, und du glaubst, du brauchst keinen Anwalt? Warum hast du mich dann überhaupt angerufen?«

»Bitte schrei mich nicht an«, bittet Karen.

Ich hole tief Luft. »Tut mir leid. Es ist nur so, dass es jetzt viel schwieriger ist, dich zu verteidigen, nachdem du schon zwei Tage mit ihnen gesprochen hast. Hast du was zugegeben?«

»Natürlich nicht … zumindest nichts, dessen ich mir bewusst bin.«

»Genau das ist der Punkt«, halte ich fest. »Nach zwei Tagen ohne Schlaf haben sie dir weiß Gott was für eine Aussage entlockt. Ab jetzt also kein Wort mehr!«

»Okay, kein Wort mehr.«

»Gut, jetzt erzähl mir, was passiert ist.«

Sie spielt mit ihren Fingern, sieht mich an und wendet den Blick wieder ab.

»Ich kann dir nicht helfen, wenn du nicht mit mir redest, Karen.«

»Ich weiß.«

Ich warte, doch sie schweigt immer noch. Ich sehe ihr

an, dass sie sich erniedrigt fühlt. »Gut«, sage ich schließlich. »Weißt du was? Ich erzähle dir etwas, das ich noch nie jemandem erzählt habe, etwas, das *ich* einmal falsch gemacht habe.«

»Du hast nie etwas falsch gemacht«, erwidert Karen.

»Doch.« Ich ziehe an dem leeren Ärmel meines Kostüms – dasselbe Kostüm, das ich bei meiner Ankunft in Schemaja trug. Ich trage es an diesem Tag, weil ich bei meinem Treffen mit dem US-Staatsanwalt so selbstbewusst wie möglich wirken will. »Siehst du das?« Ich zeige ihr den leeren Ärmel, bevor ich ihr erzähle, wie ich meinen Arm verlor und bei der Verhandlung einen Meineid geleistet habe. Am Ende meiner Geschichte lächelt sie dankbar und mitfühlend – wie eine Priesterin.

»Du warst damals noch ein Kind«, sagt sie mit sanfter Stimme. »Dir wurde bereits vergeben. Weißt du das?«

»Ja«, sage ich. »Das weiß ich. Und dir wurde auch bereits für das vergeben, was auch immer du getan hast. Weißt du das auch?«

Wieder lächelt sie und trocknet sich die Augen. »Ja, ich denke schon.«

»Gut, jetzt erzähl mir, was passiert ist.«

»Okay.« Sie nimmt all ihre Kraft zusammen. »Also, da du meine Anwältin bist, kann ich dir das wohl erzählen … ich bin Geistliche für diejenigen, die den roten Knopf drücken.«

»Für wen?«

»Die Luftwaffensoldaten, die in den Atomraketensilos sitzen. Du weißt schon, diejenigen, die den Knopf für den Start der Interkontinentalraketen drücken müssen, sobald der Präsident den Befehl dazu gibt.«

»Wirklich?« Ich bin beeindruckt. »Ich dachte, du wärst

Militärgeistliche für die einfachen Soldaten und ihre Familien, oder so was.«

»War ich auch. Weißt du noch, wie ich dir vor einem Jahr erzählt habe, man werde mich an die Minot Air Force Base in North Dakota versetzen?«

»Ja.«

»Minot ist ein Militärstützpunkt mit einsatzbereiten Minuteman-Interkontinentalraketen. Wegen der Sensibilität ihres möglichen Einsatzbefehls und der besonderen Sicherheitsprüfungen, denen ich mich unterziehen musste, durfte ich von diesem Teil meiner Arbeit einschließlich der Betreuung dieser Soldaten und ihrer Familien niemandem etwas erzählen. Man will nicht, dass die Russen oder Nordkoreaner Geistliche zu Spionagezwecken missbrauchen.«

»Interessant. Und was ist passiert?«

»Ich bin gegen Atomwaffen«, antwortet Karen.

»Das könnte ein Problem sein, ist aber noch kein Hochverrat«, erwidere ich.

»Nun, ich habe einigen der Soldaten erzählt, dass es falsch ist, eine Atomrakete zu zünden, und sie sich weigern sollten, wenn sie den Befehl dazu erhalten.«

»Moment mal«, unterbreche ich sie. »Wenn du ›falsch‹ sagst, meinst du falsch wie in falsch, wenn wir nicht zuerst angegriffen werden, oder?«

»Nein«, antwortet Karen, »auch bei einem Vergeltungsschlag.«

»Wenn also die Russen oder Nordkoreaner die USA mit Atomraketen beschießen, dürfen wir nicht reagieren?«

»Wir müssen vergeben, Brek. Wir dürfen Gewalt nicht mit Gewalt erwidern.«

»Aber genau das tut das Militär«, sage ich ungläubig. »Sie

halten Gewalt mit Gewalt in Schach. So funktioniert das beim Militär, und das ist ihre Daseinsberechtigung. Warum bist du Militärpfarrerin geworden, wenn du nicht mit dem übereinstimmst, was sie tun?«

Karen macht ein verdutztes Gesicht. »Würdest du einen Arzt fragen, warum er im Krankenhaus arbeitet, obwohl er Krankheiten nicht mag? Wir gehen dorthin, wo wir am meisten gebraucht werden, Brek. Ärzte arbeiten im Krankenhaus, weil dort Kranke sind, und Anwälte gehen in Gefängnisse, um dort Menschen zu helfen, die eines Verbrechens angeklagt sind. Niemand braucht mehr Hilfe bei der Ausübung von Gewaltfreiheit und Vergebung als Soldaten – und niemand beim Militär muss mehr darüber lernen als Menschen, die die Welt in einem Racheakt zerstören können.«

Ich bin erstaunt – es geht immer noch um die Gerichtsverhandlung wegen der Krebse. »Das klingt theoretisch alles ganz nett«, merke ich an. »Aber die beste Möglichkeit, einen Nuklearkrieg abzuwenden, ist, unseren Feinden klarzumachen, dass sie dasselbe Schicksal erleiden, wenn sie den ersten Schritt tun.«

»Aber wenn wir angegriffen werden, hat die nukleare Abschreckung per definitionem versagt«, widerspricht sie. »Wozu soll dann der Vergeltungsschlag noch gut sein?«

»Ich kann dir nicht folgen«, sage ich.

»Nehmen wir an, wir werden heute Nachmittag von Atomwaffen angegriffen«, erklärt Karen. »Das passiert dann trotz unserer Drohung von Vergeltung und gegenseitiger Zerstörung. Mit anderen Worten, unsere Drohung von Vergeltung hat nicht funktioniert – sie hat den Angriff nicht abgewendet.«

»Kann sein.«

»Wenn der Angriff also nicht abgewendet wurde, würde dank einer bereits fehlgeschlagenen Strategie die Welt mit einem Vergeltungsschlag zerstört werden. Das ist unlogisch und unmoralisch.«

Verärgert kratze ich mich am Kopf in dem Versuch, ihrer Logik zu folgen. »Sieh mal, ich bin nicht hier, um über nationale Nuklearstrategien zu diskutieren. Ich bin hier, um dich gegen den Vorwurf des Hochverrats und der Spionage zu verteidigen. Es gibt in diesem Land das Recht auf freie Meinungsäußerung, ein Recht, das wir übrigens mit Atomraketen schützen, und dies bedeutet, dass du alles sagen kannst, was du willst, egal, ob jemand zustimmt oder nicht. Deswegen verstehe ich immer noch nicht, warum du hier bist und was du falsch gemacht hast. Den Soldaten zu sagen, sie sollen die Raketen nicht zünden, kann eine Pflichtverletzung, aber noch keinen Hochverrat darstellen. Du hast keinen Krieg gegen die USA angezettelt oder unseren Feinden geholfen oder sie unterstützt.«

Karen blickt zu den Aufseherinnen. »Da ist noch etwas«, flüstert sie beinahe. »Ich bin in einen der Raketensilos hinuntergegangen.«

»Was? Du bist eingebrochen?«

»Nein, einer der Offiziere in meiner Gemeinde, Sam – ich meine Captain Thompson, einer der Soldaten, die auf Befehl den Knopf drücken, ließ mich mitgehen, als er mit Captain Brian Kurtz Dienst in der MAF hatte.«

»Was bedeutet MAF?«

»*Missile Alert Facility*, so heißen die unterirdischen Raketenleitsysteme. Mit jedem MAF werden zehn Minuteman-Raketen gesteuert.«

»Hatte er die Genehmigung, um dich dorthin mitzunehmen?«

»Er hatte eine Sondergenehmigung. Normalerweise besteht eine Mannschaft aus zwei Personen, die vierundzwanzig Stunden unter der Erde bleiben, doch die Luftwaffe hat untersucht, ob Mannschaften aus drei Personen, die sich in längeren Schichten gegenseitig ablösen, besser wären, so dass es nicht ganz so ungewöhnlich war, dass ich dabei war. Und ich war bereits für den Hochsicherheitsbereich überprüft worden, weil ich ihre Seelsorgerin bin. Ich wollte sehen, wie es dort unten zugeht, um die Situation besser zu verstehen. Du hast ja keine Ahnung, unter welchem Stress die Soldaten stehen, wenn sie stundenlang dort sitzen und den Finger auf dem Knopf halten. Sie haben Fragen und brauchen jemanden, mit dem sie reden können.«

»Das kann ich mir vorstellen«, sage ich, »aber eine MAF zu betreten ist noch kein Hochverrat.«

Karen hält den Blick auf mich gerichtet. »Es wurde Alarm ausgelöst, während wir dort unten waren. Ein Satellit fing angeblich ein Signal auf, laut dem zwei nordkoreanische ICBMs gezündet worden waren. Laut Protokoll mussten Sam und Brian ihre Raketen in fünf Minuten startklar machen.«

»Wow. Und haben sie dich gebeten zu gehen?«

»Ja.«

»Und bist du gegangen?«

»Kann man so nicht sagen. Was da unten passiert, ist ziemlich schräg, Brek. Die MAF-Kapseln hängen an riesigen Stoßdämpfern wie Eigelb in einem Ei, damit sie einen Nuklearschlag überstehen. Sie klappern ziemlich laut herum, deswegen mussten sich Sam und Brian zuallererst an ihre Sitze anschnallen. Dann fing alles an zu rumpeln und zu zittern, als die riesigen Luftschutzbunkertüren über den Raketen zur Seite glitten. Das konnten wir auf den Bildschirmen beobachten. Innerhalb weniger Sekunden zeigten die Raketenspitzen zum Himmel.«

»Das klingt wirklich schräg«, bestätige ich.

»Das war es auch.«

»Und dann?«

Karen holt tief Luft und stößt sie wieder aus. »Sam bat mich zu gehen, doch ich blieb wie angewurzelt stehen. Sie waren dabei, in fünf Minuten Millionen unschuldiger Menschen zu töten. Das war einfach unfassbar. Ich war in der Position, die Sache aufzuhalten und die Jungs zu retten. Vielleicht setzte mich Gott auf diesen Platz, damit ich genau das tun sollte. Ich hatte eine moralische Verpflichtung, Brek. Ich konnte es nicht zulassen.«

Ich schüttle den Kopf.

»Nicht ich bin hier kriminell«, fährt Karen fort. »Unter anderen Voraussetzungen wäre ich eine Heldin, weil ich diese Menschen gerettet hätte, und Sam und Brian wären als Terroristen verhaftet worden, weil sie eine Massenvernichtungswaffe zünden wollten. Aber in dieser verrückten Welt bin ich diejenige, die angeklagt wird, weil ich versucht habe, sie aufzuhalten. Das ist doch krank. Als stünden die Menschen unter Drogen oder unter einem Fluch, oder so was. Sie erkennen den Wahnsinn hinter diesem System nicht. Jemand muss sie aufwecken, bevor es zu spät ist.«

Karens Blick bohrt sich in meine Augen. »Das verstehst du doch, oder?«, vergewissert sie sich. »Bitte sag mir, dass wenigstens du das verstehst.«

Ich verstehe es nicht, doch ich will mich nicht mehr mit ihr streiten. »Okay, Karen«, gebe ich nach, »ich verstehe es.«

»Ich muss dich wohl auch erst noch wachrütteln«, überlegt sie. »Das ist in Ordnung. Es ist noch Zeit.«

»Hör mal, es ist wirklich nicht wichtig, was ich denke, Karen. Wichtig ist nur, ob das, was du dort unten im Raketensilo getan hast, als Hochverrat gilt. Bisher würde ich das verneinen. Gibt es noch mehr?«

»Ja«, antwortet sie. »Als ich mich weigerte zu gehen, rief Sam die Sicherheitspolizei der Luftwaffe an, um mich nach oben bringen zu lassen. Während er das tat, konzentrierte sich Brian auf seine Checkliste, um die Sprengköpfe scharf zu machen und die Raketen abzuschießen. Er war völlig abgeklärt und methodisch, als würde er auf dem Boden in seinem Wohnzimmer sitzen und ein Möbelstück zusammenbauen. Er schien überhaupt nicht zu verstehen, dass er den Anweisungen folgte, wie er Millionen von Menschen töten könnte. Das war absurdes Theater in Reinform. Wenn nach einem Atomkrieg eine andere Rasse die Erde bevölkern und zufällig eine Aufnahme davon sehen würde, würden sie es nicht glauben. Die Menschheit, die bereit ist, sich auszulöschen, nur um für Gerechtigkeit zu sorgen. Unglaublich. Ist das nicht offensichtlich? Ich musste etwas tun. Der Countdown für das Ende der Welt hatte begonnen. Wir waren noch vier Minuten davon entfernt.«

Ich will ehrlich nicht wissen, was als Nächstes passierte. Karen ist so entrüstet, dass ich befürchte, sie hätte die beiden Soldaten angegriffen. Doch ich bin ihre Anwältin und habe keine Wahl. »Was hast du dann getan?«, frage ich.

»Ich habe ihn geschüttelt.«

»Du hast ihn wirklich nur geschüttelt? Du hast ihm dabei nicht etwa das Genick gebrochen?«

»Das ist nicht lustig, Brek«, erwidert Karen.

»Ich wollte nicht lustig klingen. Ich will mir nur Klarheit verschaffen. Wie habe ich mir ›geschüttelt‹ genau vorzustellen?«

»Ich habe ihn von hinten an den Schultern gepackt und ihn geschüttelt. Ich wollte ihn aufwecken. Genau das habe ich dir doch gesagt. Sie waren wie in Trance. Sobald sie den Fahrstuhl besteigen, um nach unten in den Silo zu fahren, setzen rationale Gedanken und Moral aus, und sie geraten in Trance. Jemand muss sie aufwecken.«

»Hast du sie verletzt?«

»Natürlich nicht«, höhnt Karen. »Sieh mich an. Ich wiege knapp über fünfzig Kilo. Diese Typen sind beide über eins achtzig groß. Er hat nicht mal gemerkt, dass ich ihn schüttle. Als wäre ich gar nicht da, Brek. Er ging seine Checkliste durch, betätigte Schalter, bestätigte immer wieder Zündcodes, prüfte Messgeräte und Monitore. Als ich einen Tag vorher mit ihm zusammen war, spielte er mit seinen beiden kleinen Kindern in der Kindertagesstätte der Kapelle, tollte mit ihnen lachend über den Boden und nahm sie in die Arme. Aber unten im Silo verwandelte er sich in eine Maschine – eine Todesmaschine. Das war beängstigend. So etwas hatte ich noch nie gesehen.

Als ich es nicht schaffte, ihn aufzuwecken, trat ich vor ihn. Ich nahm die Checkliste zur Seite und packte ihn an den Handgelenken. ›Brian‹, sagte ich und blickte in seine Augen. ›Ich bin's, Karen. Wach auf, Brian, wach auf. Das kannst du nicht tun. Du kannst nicht Millionen von Menschen töten. Selbst wenn du überlebst, wirst du dir das nicht verzeihen können. Sie sind Menschen wie du und ich. Sie sind Mütter und Väter und kleine Kinder wie deine. Sie haben Familien wie du und ich. Sie haben Träume. Bitte, Brian, wach auf‹, flehte ich.«

Karen starrt in die Luft, während sie die Situation noch einmal durchlebt. Der Schmerz auf ihrem Gesicht ist greifbar. Ich denke an Bo und Sarah, an meine Eltern und Großeltern. Tränen treten mir in die Augen. Jetzt verstehe ich sie. Sie hat mich wachgerüttelt.

»Was hat er gemacht?«, frage ich.

Karen sieht mich ernst an. »Es war furchtbar, Brek. Er schob mich so kräftig zur Seite, dass ich auf dem Boden landete. Dann schnallte er sich ab, zog seine Waffe – sie müssen eine tragen –, stellte sich über mich und richtete die Waffe mit beiden Händen auf mich. ›Raus hier!‹, schrie er mich mit wildem Blick an. ›Du störst bei der Installierung einer Nuklearrakete! Ich bin befugt, tödliche Gewalt einzusetzen! Jetzt mach, dass du hier verschwindest, sonst erschieße ich dich!‹«

»Oh, mein Gott, Karen«, sage ich nur.

»Ich sah zu Sam rüber, ob er mir helfen würde, aber er drehte sich nicht einmal um. Er ging einfach seine Checkliste weiter durch und bereitete die Sprengköpfe und Raketen vor. Bevor ich vom Boden wieder aufstehen konnte, stürmten zwei Sicherheitspolizisten mit gezogenen Waffen durch die Tür. Es war vorbei. Sie legten mir Handschellen an und führten mich nach draußen. Ich wurde ein paar Stunden lang unter der Erde festgehalten, bis FBI- und CIA-Agenten eintrafen. Sie brachten mich am Abend mit dem Flugzeug hier nach Leavenworth und haben mich seitdem verhört. Sie halten mich für eine Spionin oder Doppelagentin, oder so was. Das ist genauso absurd. Offenbar war das Ganze ein falscher Alarm, und es wurde keine nordkoreanische Rakete gezündet, sonst würden wir uns jetzt hier nicht unterhalten.«

Ich blicke Karen mit sperrangelweit geöffnetem Mund an. »Ich bin froh, dass er dich nicht erschossen hat.«

Karen streicht sich das Haar aus dem Gesicht. »Ich auch. So, das ist also passiert. Wirst du meinen Fall übernehmen?«

Mein schockierter Blick verwandelt sich langsam in ein bewunderndes Grinsen. So verrückt die Sache auch klingt, hat Karen alles für ihre Überzeugung riskiert. »Also«, beginne ich, »auf dem Flug hierher dachte ich an mindestens zwanzig verschiedene Möglichkeiten, was dich wegen Hochverrats in den Knast gebracht haben könnte, aber nicht an Atomsprengköpfe. Wie du gesagt hast, Ärzte gehen in Krankenhäuser, Anwälte in Gefängnisse und Priester scheinbar in Raketensilos.«

»Scheint so«, erwidert Karen stolz.

»Aber es besteht immer das Risiko, dass wir dem Geschehen zu nahe kommen und uns mit der Krankheit unserer Patienten anstecken.« Ich strecke die Hand aus und ergreife die von Karen, so dass die Aufseherinnen gezwungen sind, wieder ans Fenster zu klopfen. Es ist mir egal. »Ja, Karen«, sage ich. »Natürlich übernehme ich deinen Fall.«

An all das erinnerte ich mich, während ich in Luas' Büro saß und auf die Ankunft des neuen Antragstellers wartete. Luas schwieg mittlerweile. Er hatte sein Ziel erreicht, mich so tief in das Geheimnis meines eigenen Lebens zu verwickeln, dass ich mich wahrscheinlich nicht mehr in dem Leben einer anderen Seele verlieren konnte. Das dachte ich zumindest.

Eine dritte Flamme leuchtete in dem dunklen Raum auf, als Luas ein Streichholz entfachte, um seine Pfeife anzuzünden. Plötzlich wurde die Tür geöffnet, und das gesichtslose Wesen in grauer Robe aus dem Gerichtssaal erschien. Mit unterwürfiger Stimme fragte es, ob wir bereit seien.

»Ja«, antwortete Luas und stieß eine Rauchwolke aus. »Ich glaube, Miss Cuttler ist jetzt so weit. Bitte schicke Amina Rabun herein.«

15

Das Leben von Amina Rabun zog in einem einzigen Moment vor meinen Augen vorbei und endete siebenundsechzig Jahre nach seinem Beginn in der Morgendämmerung eines Tages, der wie jeder andere Tag war. Unsere Befragung von Amina Rabun bestand nur darin, dass wir dasaßen und ihren Lebensbericht empfingen. Es brauchten keine Fragen gestellt und keine Kommentare abgegeben zu werden, weil die Erinnerungen von Amina Rabun in sich vollständig waren.

Trotzdem schnappte ich zunächst nur ein paar Fetzen ihres Lebens auf, wie ich es auch bei den Seelen in der Bahnhofshalle getan hatte. In gewisser Hinsicht war die Begegnung mit Amina Rabuns Seele in Luas' Büro, als blätterte ich nur zufällig ein paar Seiten eines Romans durch. Ich verweilte bei einem Augenblick am Beginn ihrer Kindheit in Deutschland vor dem Zweiten Weltkrieg, als ihr Vater sie an einem warmen Sommerabend auf einer Baumschaukel in den Armen hielt und ihr Lieblingslied sang. Alles in diesem Moment wirkte sicher und friedlich, so frisch und vielversprechend für ein hübsches, kleines Mädchen und ihren liebevollen Vater. Doch dann schummelte ich und blätterte zur letzten Seite des Buches vor, als Amina Rabun in den Vereinigten Staaten verbittert ihren letzten Atemzug tat. Wie hatte ihr Leben diese unglückliche Wendung nehmen können? Irgendwo in der Mitte der Geschichte fand ich einen bedeutungsvollen Abschnitt, wo sich unser beider Leben kurz gekreuzt hatte – als sie die Klage erhalten hatte, die ich im Namen von Bos Mutter gegen sie erhoben hatte, um eine Wiedergutmachung für die Verbrechen zu erwirken, die die Familie Schrieberg durch die Familie Rabun erlitten hatte. Dass ich diese Frau, über deren Leben bald geurteilt werden würde, kannte, war erschreckend – nicht nur wegen der Bedeutung des Jüngsten Gerichts, sondern auch weil ich bis in ihr Innerstes, in ihre Gedanken, Gefühle und Erinnerungen blicken konnte.

Wie gesagt, ich bekam nur kurze Kapitel, Schnappschüsse zu sehen. Amina Rabuns Leben, die Entscheidungen, die sie getroffen hatte, die Welt, in der sie gelebt hatte, oder die Menschen, die Teil ihrer Welt waren, würde ich erst verstehen, wenn ich alle Seiten von Anfang bis Ende gelesen haben würde. Dies würde dauern. Und in seinem Bemühen, mir dabei zu helfen, mein Leben von dem anderer Seelen zu trennen, hatte Luas es geschafft, mich neugieriger auf mein eigenes zu machen, von dem ich gerne noch einzelne Kapitel gelesen hätte. Ich hatte keine Schwierigkeiten, mich von Amina Rabun zu distanzieren, zumindest am Anfang nicht. Unser Treffen dauerte gleichzeitig einen winzigen Augenblick und ein ganzes Leben. Das Wesen aus dem Gerichtssaal erschien schon bald wieder an der Bürotür und begleitete Amina Rabuns Seele zurück in die Bahnhofshalle, wo sie mit den anderen Seelen warten sollte, bis ihr Fall erneut aufgerufen wurde.

Luas sah mich argwöhnisch im flackernden Kerzenlicht an. Er versuchte abzuschätzen, wie ich zurechtgekommen war. »Wer bist du?«, fragte er.

»Ich bin Brek Abigail Cuttler«, antwortete ich stolz. »So schwer war das gar nicht.«

»Gut, sehr gut. Schauen wir, ob es auch so bleibt. Neue Präsentatoren laufen immer Gefahr, den Abstand zu den Seelen zu verlieren. Präsentationen können sehr verwirrend sein und die Wahrnehmung verzerren. Ich möchte, dass du bei deiner Urgroßmutter bleibst, bis du dich vollständig daran gewöhnt hast, ein anderes Leben in deinem eigenen zu beherbergen.«

»Gut«, stimmte ich zu, da ich ohnehin nicht wusste, wohin ich sonst gehen sollte. Dies war einer der Vorteile in Schemaja – keine Pläne, keine Verabredungen.

Luas erhob sich und blies die Kerzen aus. »In ein paar Tagen werde ich sehen, wie es dir geht, und mit dir den Fall besprechen.«

»Prima«, sagte ich.

Wir verließen das Büro und gingen den unendlich langen Flur zurück. Etwa auf halbem Weg zur Bahnhofshalle wurde eine Tür geöffnet, und ein gutaussehender junger Anwalt in dunkelblauem Anzug und weißem Hemd mit blaugold gestreifter, locker gebundener Krawatte trat heraus, als hätte er gerade seinen Arbeitstag beendet. Seine runde Drahtgestellbrille, die auf seiner steilen Nase ständig nach unten rutschen wollte, schien seine volle Aufmerksamkeit zu beanspruchen. Er bemerkte uns nicht und stieß beinahe rückwärts mit Luas zusammen, als er die Tür schloss.

»He, vorsichtig«, warnte Luas, der ihm auswich, bevor er stehen blieb. »Ach, Tim Shelly, das hier ist Brek Cuttler.«

Tim streckte seine rechte Hand aus, zog sie aber verschämt zurück, als er bemerkte, dass ich keine rechte Hand hatte, und tanzte mit mir den gleichen seltsamen Tanz, den ich aus meinem Leben zur Genüge kannte. Er wirkte sehr freundlich, doch ich hatte irgendwie ein ungutes Gefühl, als hätte ich ihn vor langer Zeit als Menschen kennengelernt, der er jetzt nicht zu sein schien.

»Brek ist unsere neueste Rekrutin«, erklärte Luas. »Sie hat gerade ihren ersten Antragsteller kennengelernt.« Luas wandte sich zu mir. »Tim ist auch nicht sehr viel länger hier als du, Brek. Er hatte allerdings einen viel schwierigeren Start. Bei seiner ersten Begegnung mit einer Antragstellerin, einer Kellnerin, identifizierte er sich vollständig mit ihr und wollte meine Bestellung zum Frühstück aufnehmen – pochierte Eier und Toast, aber denk daran, Tim: natürlich ohne Butter. Erst als er anfing, mit mir zu flirten, erreichten wir eine vollständige Trennung der Persönlichkeiten.«

Tim wirkte verlegen, doch ich fand die Geschichte urkomisch. Es fühlte sich gut an, wieder zu lachen. Es war lange her.

»Da hast du einen guten Fang gemacht, Luas«, stimmte ich ein.

»Mach dich nicht über mich lustig«, wehrte sich Luas. »Tim, oder vielmehr die Antragstellerin, war an mir nur interessiert, weil sie ihren Freund eifersüchtig machen wollte, der sich am anderen Ende der Theke mit einer hübschen Frau unterhielt.«

Tim nickte zustimmend. »Ich kam mir wirklich verloren vor. Ich brauchte eine Weile, um ihre Erinnerungen von meinen zu trennen.«

»So, ich muss mich um einige administrative Dinge kümmern«, sagte Luas. »Tim kennt den Weg nach draußen. Wärst du so nett, Miss Cuttler hinauszubegleiten?«

»Selbstverständlich«, antwortete Tim.

»Wunderbar. Sie braucht immer noch die Augenbinde, wenn sie die Bahnhofshalle betritt.«

»Alles klar.«

»Wie gesagt, Brek, wir treffen uns demnächst, damit ich sehe, wie es dir geht«, fuhr Luas fort. »Sophia weiß, wie man mich erreicht, wenn es Schwierigkeiten gibt. Bitte bemühe dich nicht, Miss Rabuns Fall zu beurteilen. Dazu ist später noch Gelegenheit. Gewöhne dich nur an ihre Erinnerungen und Gefühle. Die können einen überwältigen, wie du bereits weißt. Du solltest dich vor allem entspannen. Sophia wird bei dir sein. Bist du sicher, dass alles in Ordnung ist?«

»Ja … ja, es geht mir gut«, antwortete ich.

»Wenn sie anfängt, Bestellungen fürs Frühstück aufzunehmen, wissen wir, wer daran schuld ist«, frotzelte Tim.

»Schuldig im Sinne der Anklage.« Luas verbeugte sich in gespielter Entschuldigung. »Ich muss los.«

Wir blickten ihm hinterher, bis er in einem der Büros verschwunden war.

»Wie lange bist du schon hier?«, fragte ich, erpicht darauf, dass Tim mir von seinen Erfahrungen und allem erzählte, was er über Schemaja wusste.

»Hm, das weiß ich gar nicht so genau«, antwortete er.

»Geht mir nicht anders«, erwiderte ich. »Es gibt keine Uhren und Kalender. Das war für mich der schwierigste Teil beim Übergang.«

Wir machten uns auf den Weg Richtung Bahnhofshalle.

»Hast du bereits eine Präsentation durchgeführt?«, wollte ich wissen.

»Nein, nur zugesehen«, antwortete Tim. »Luas hat gesagt, die nächste würde ich alleine durchführen.«

»Hat er zu mir auch gesagt … nach Amina Rabun. Sind

das alles Büros von Präsentatoren? Es scheint Tausende zu geben.«

»Ja, meins wurde mir eben erst zugewiesen. Weiter hinten gibt es noch viele leere Büros. Wo wohnst du?«

»Im Haus meiner Urgroßmutter – oder in dem, an das ich mich als ihr Haus erinnere.«

»Nett. Gleich nach meiner Ankunft wohnte ich mit meinem Vater zusammen in einem Zelt. Wir sind immer zusammen in Kanada zur Jagd gegangen. Er starb ein paar Monate vor meiner Ankunft hier.«

»Das tut mir leid«, sagte ich. »Oder vielleicht doch nicht ... du hast ihn ja jetzt schließlich zurück.«

Tim zögerte. »Ja. Es war toll, ihn gleich am Anfang hier zu sehen, und er hat mir wirklich dabei geholfen, mich einzugewöhnen, aber jetzt ist er wieder weg.«

»Weg? Wohin?«

»Ich weiß nicht. Eines Tages sagte er nur, ich sei bereit, selbständig hier zu leben, aber wir würden uns wiedersehen. In dem Moment wurde mir klar, dass wir hier überall wohnen können, wo wir wollen. Du brauchst nicht bei deiner Urgroßmutter zu bleiben.«

»Was heißt das, überall?«

»Na, überall, wo du es dir vorstellen kannst ... also, ich habe bisher im Kehlsteinhaus in Berchtesgaden und in Hitlers Bunker in Berlin gewohnt – ich interessiere mich sehr für Nazi-Geschichte.« Die Wahl seiner Wohnorte kam mir seltsam vor, und mir fielen Harlan Hurley, *Die Elf* und ihre endlose Begeisterung für alles ein, was Hitler betraf. Doch vielleicht war er damit auch nicht seltsamer als diejenigen, die am Wochenende in Leinenzelten wohnten und den Bürgerkrieg nachspielten. »Eine Zeitlang habe ich auch im

Weißen Haus, in Graceland und West Point gewohnt«, fuhr Tim fort. »Ich bin Bomber und Kampfjets geflogen und mit Panzern gefahren. Und ich bin mit dem Spaceshuttle gereist. Du brauchst dir nur irgendwas vorzustellen, dann kannst du es auch tun.«

»Wow, das ist toll. Ich dachte, man kann nur an die Orte gehen, an denen man in seinem Leben war. Was anderes habe ich bisher nicht probiert.«

»Nein, überall, egal, wohin. Ich zeige es dir, wenn wir draußen sind. Hier drin funktioniert es nicht.«

Als wir wieder die Tür zur Bahnhofshalle erreichten, öffnete Tim einen Behälter neben der Tür und nahm eine Augenbinde heraus, die er mir um den Kopf legte. Wieder spähte ich heimlich darüber hinweg auf die Seelen, als wir die Halle durchquerten. Ich hatte das Gefühl, als gingen wir durch eine Bibliothek, auf deren Regalen eine zufällige Auswahl von Fotos aus Tausenden von Autobiographien standen, die zwar von jeweils einer anderen Hand geschrieben waren, aber immer dieselben Wahrheiten, Leiden und Freuden widerspiegelten. In der Vorhalle auf der anderen Seite rückte ich, nicht mehr so verwirrt und geschwächt wie zuvor, die Augenbinde wieder zurecht.

Obwohl ich mich wegen Tim etwas unsicher fühlte, spürte ich zum ersten Mal seit meiner Ankunft in Schemaja einen Funken Hoffnung hinter meiner Angst, als würde mich, während ich krank im Bett lag, ein Freund mit seinem Besuch erfreuen. Als ich die Augenbinde vom Kopf riss, rannten Tim und ich förmlich los wie zwei Schulkinder.

Durch die Bäume hindurch sah ich das Dach von Nanas Haus. Der Bahnhof grenzte im Westen irgendwie an Nanas Grundstück. Der Zugang dazu war kaum mehr als ein zarter Lufthauch zwischen zwei Ahornbäumen, die schon während meiner Kindheit dort gestanden hatten.

War das Tor zum Himmel vielleicht schon immer so nah gewesen?, fragte ich mich.

Doch natürlich waren wir weiß Gott nicht in Delaware oder im Haus meiner Nana. All das entstand ganz spontan in meinem Kopf. Ich hörte sogar ein paar Autos auf der Straße vorbeifahren.

Tim blickte sich um. »Hübsches Plätzchen. Also, wohin willst du gehen?«

»Äh …«

»Nimm einfach irgendeinen Ort, du kannst sie alle sehen.«

»Also, gut …« Auf Kommando fiel mir nichts ein, bis mir ohne besonderen Grund *Vom Winde verweht* in den Sinn kam. »Tara«, platzte ich heraus.

»Da war ich noch nie«, sagte Tim. »Wie sieht es denn aus?«

Plötzlich waren wir da, standen auf dem weinroten Läufer, der sich durch die Eingangshalle des Herrenhauses und die breite Treppe hinaufwand. Kristallleuchter klimperten leise im sanften Luftzug, der die grünen Samtvorhänge des Salons aufbauschte und den süßen Nachmittagsgeruch von Magnolien, Apfelblüten und frischgemähten Wiesen hereinwehte. Die Köpfe nach rechts und links drehend, traten wir hinaus, schritten die sonnenüberflutete Veranda mit den weißgestrichenen Säulen entlang und wieder zurück ins Esszimmer mit dem funkelnden Teeservice und den glitzernden Gläsern.

Es war egal, dass Tara nur eine Beschreibung in einem Roman oder ein Schauplatz in einem Film war, genauso wie es den Lesern und Zuschauern egal gewesen war. Es war auch egal, dass ich mich nicht an die genauen Einzelheiten aus dem Buch oder dem Film erinnerte. Mein Geist stellte mir alles zur Verfügung, was ich zu sehen, zu fühlen und zu riechen erwartete. Ich war leicht außer Atem, als wir die letzte Treppenstufe erreichten, und spürte tatsächlich einen Schmerz, als ich mit dem Schienbein gegen die Ecke einer Waschkommode stieß. Die Dinge um uns herum waren tatsächlich nicht nur Illusion. Alles war da, nur Rhett und Scarlett fehlten natürlich. Ich hüpfte auf ihrem Bett und kicherte wie ein kleines Mädchen, berauscht von einem wahr gewordenen Traum. Tim hatte weder das Buch gelesen noch den Film gesehen und konnte meine Begeisterung nicht teilen, doch ich zerrte ihn durch alle Räume, als zeigte ich ihm begeistert ein Filmstudio. »Hier hat sie diesen Nordstaaten-Halunken erschossen«, kreischte ich beinahe. »Und hier hat Rhett sie verlassen.«

Zurück im Salon, betrachteten wir auf dem Kaminsims ein Flaschenschiff. Sobald mein Geist dieses Schiff wiedererkannte, ersetzten meine Gedanken die Plantage mit dem Meer und das Herrenhaus mit dem Rumpf und den Masten einer Karavelle aus dem sechzehnten Jahrhundert auf hoher See. Und plötzlich standen wir auf dem Deck, gekleidet wie zwei absurde Geschäftsleute, die ein Schiff ohne Mannschaft gechartert hatten. Eine riesige Welle ließ das Schiff im Sturm nach Backbord kippen, so dass wir in der salzigen Gischt auf Händen und Knien nach Steuerbord krabbeln mussten.

»Vielleicht solltest du mich das nächste Mal warnen, bevor du an ein Schiff denkst!«, rief er. Als wir vom Kamm einer Welle in die Tiefe stürzten, schlingerte das Schiff nach Steuerbord. Tim knallte flach aufs Deck, doch ich hatte das

Wellental kommen sehen und mich gegen das Schott gestemmt.

Mühsam rappelte er sich wieder auf. »Denk an eine ruhige See!«, forderte er mich auf.

Das tat ich, woraufhin sich das Meer sogleich beruhigte, als hätten zwei riesige, aus dem Himmel ragende Hände das Ozeanlaken glattgezogen und die endlose Oberfläche wie zu einer Glasscheibe erstarren lassen. Die Wolken verzogen sich, und die Sonne kam heraus. Tim setzte sich aufs Deck, wo ich mich zu ihm gesellte. In der Ferne sahen wir so etwas wie eine kleine Karibikinsel.

»Mein Großvater nahm mich immer zum Segeln in die Chesapeake Bay mit, als ich noch ein Kind war«, erklärte ich. »Manchmal schlief ich bei ihm am Ruder ein und träumte, ich wäre einer der ersten Entdeckungsreisenden, der sich auf dem Meer verirrt hatte.«

Eine tropische Brise ließ das Boot schaukeln und kühlte die von der Sonne erhitzte Luft ab. Die Stille wurde nur von in der Ferne schreienden Möwen und dem leise gegen das Schiff plätschernden Wasser durchbrochen, während wir auf der glatten Oberfläche dahintrieben. Erschöpft streckte ich mich in der Sonne aus, den Kopf gegen einen Lukendeckel gestützt.

Bald schon schlief ich in diesem Paradies ein. In meinen Träumen kehrte ich in die Chesapeake Bay zurück. Mein Opa Bellini brachte mir auf seinem Boot das Segeln bei. Es war windig und warm, ein perfekter Tag. Der sonnenverbrannte Oberkörper meines Großvaters brachte etwas Farbe zu dem makellos weißen Fiberglas der Lukeneinfassung rund ums Cockpit. Eine ausgeblichene blaue Kapitänsmütze schirmte seine Augen ab, deren Blick er zwischen der Fock und einem Seezeichen an Land hin- und herwandern ließ. Dorthin sollte ich unser Boot steuern, um unseren Kurs voll auszunutzen. Sobald wir außer Sichtweite der Anlegestelle in Havre de Grace gewesen waren, hatte er mir erlaubt, die Rettungsweste abzulegen, die anzuziehen mich meine Eltern gezwungen hatten, weil man mit einem Arm eigentlich nicht schwimmen kann.

Doch mein wunderschöner Traum von der Segeltour mit meinem Großvater verwandelte sich plötzlich in einen Alptraum – den Alptraum, von dem Amina Rabun oft aufgewacht war. Weil ich Amina Rabuns Erinnerungen als meine eigenen erlebte, erlebte ich diesen Alptraum, als wäre ich Amina.

In diesem Alptraum spielen mein kleiner Bruder Helmut und ich – als Amina – neben einem Sandkasten, den unser Vater aus farbigen Backsteinen hinter unserem großen Haus gebaut hat. Dieses steht auf einem großen Grundstück am Rande des Waldes außerhalb von Kamenz im Osten Deutschlands. Papas Firma beschäftigt viele gute Maurer. Die Mauern des Sandkastens sind auf drei Seiten mit Mustern von Enten und Blumen verziert, die vierte Seite geht in eine breite gemauerte Terrasse über, an deren Ende ein gemauerter Grill steht. Beete mit Rosen, Nelken und Begonien säumen zwei Seiten des Sandkastens, vorne erstreckt sich der sattgrüne Rasen.

Trotz seiner Besessenheit, mit der unser Vater die Terrasse und den Rasen pflegt, schwebt über dem Sandkasten ein Gestank, der mir die Lust zum Spielen nimmt. Ich sage Helmut, er soll sich ebenfalls von dem Sandkasten fernhalten, doch er rennt gedankenlos hinein. Bald versinkt er bis zum Hals wie in Treibsand.

»Hilfe, Amina! Hilf mir!«, ruft er.

Ich strecke die Hand nach ihm aus, doch als ich über den Rand in den Sandkasten blicke, merke ich, dass er keinen Sand enthält. Stattdessen greifen Tausende schwarze Arme von vermoderten Kadavern wie sich windende Schlangen nach Helmut, ziehen ihn hinab in das riesige Grab, das bis tief in die Erde reicht, als stünde der Sandkasten über dem Tor zur Hölle. Ich rufe Papa zu Hilfe, während ich, so fest ich kann, an Helmuts Hand ziehe, doch gegen die Kraft dieser zahllosen Arme komme ich nicht an.

Dann war der Alptraum zu Ende. Als ich erwachte, befand ich mich nicht mehr auf dem Segelboot meines Großvaters oder dem Schiff in der Karibik, sondern lag im Gras vor Nanas Haus in Delaware und blickte zu ihr und Tim Shelly hinauf, die neben mir knieten.

»Brek, alles in Ordnung?«, fragte Nana.

Ich versuchte zu verstehen, was passiert war. »Ich glaube schon«, antwortete ich.

Lächelnd streichelte Nana meine Schulter. »Du erinnerst dich an deinen Namen, das ist ein gutes Zeichen.«

Ich setzte mich auf und blickte mich um. »Ich hatte gerade einen ganz furchtbaren Traum«, erklärte ich.

»Hier bist du jetzt sicher, mein Kind«, beruhigte mich Nana und wandte sich zu Tim. »Danke, dass du sie hergebracht hast. Ich kümmere mich um sie.«

Tim erhob sich, um zu gehen. »Kein Problem«, sagte er und blickte mich mit kalten Augen von oben herab an.

Schon als wir uns zuerst begegnet waren, hatte ich ein ungutes Gefühl, hatte Herzlosigkeit und Kälte gespürt. Ich wusste, ich kannte ihn von irgendwoher, doch ich konnte mich nicht erinnern. »Danke, Tim«, verabschiedete ich mich.

Er ging zwischen den Bäumen hindurch zum Bahnhof.

Nana spürte meine Sorge. »Beunruhigt er dich?«, fragte sie.

Ich setzte mich auf und strich das Gras von meinem Rock. »Ja. Ich habe das Gefühl, ich kenne ihn, kann mich aber nicht erinnern woher. Er gibt allerdings vor, jemand anderer zu sein.«

»Es wird dir wieder einfallen, wenn du bereit bist«, erwiderte Nana und half mir aufzustehen. »Es gibt einen Grund, warum man in Schemaja einen bestimmten Antragsteller oder Präsentator trifft. Du musst herausfinden, warum du Toby Bowles, Amina Rabun und Tim Shelly hier begegnet bist. Je eher du das tust, desto schneller wirst du dich anpassen. Und desto schneller erhältst du die Gelegenheit zu gehen.«

16

Amina Rabuns Bruder Helmut starb im Alter von sieben Jahren und drei Monaten, aber nicht in einem Sandkasten. Eine Fünfzentnerbombe knallte durchs Dach der Turnhalle seiner Schule und tötete alle, die sich dort aufhielten. Den alten Männern, die keine Kinder in der Schule hatten und daher die Szene fasziniert, aber objektiv betrachten konnten, fiel auf, wie das Geröll kreisförmig von der Einschlagstelle nach außen geschleudert worden war. Das allerdings interessierte die hysterischen Mütter und Väter oder die Gemeinderäte und die Stadtbevölkerung nicht. Wir alle hatten die über uns kreisenden Bomber und das Knallen der Flugabwehrwaffen gehört. Helmut war am liebsten übers Seitpferd und auf dem Trampolin gesprungen.

Die Bombe, die die Dresdner Knabenschule am 22. April 1943 um 09:32 Uhr traf, zerlegte und opferte die zweiunddreißig kleinen Jungs sofort, die darin spielten, und verstreute ihre Arme, Beine und andere Körperteile mehrere hundert Meter von dort entfernt, wo sie zuvor noch zusammengehört hatten. Nazi-Funktionäre sammelten die Überreste auf und verteilten sie auf Tüchern in gleich große Haufen, einen für jede Familie, die glaubte, an diesem Tag einen Sohn in der Turnhalle verloren zu haben. Mit tröstenden Worten verkündeten sie während der Trauerfeier, dass die Kinder das höchste Opfer für ihr Vaterland gebracht hätten und wir alle sehr stolz auf sie sein sollten. Trotz der dunklen Locken, die aus unserem kleinen Tuch herausragten, weinten wir und beteten, als läge unser kleiner blonder Helmut vor uns. Mama, die in Ohnmacht fiel, musste fortgetragen und eine Woche lang mit Beruhigungsmitteln versorgt werden.

Meine Nase kitzelt. Ich hebe meine rechte Hand, greife aber daneben, versuche es noch einmal, greife wieder daneben, fuchtle, als würde ich eine Fliege verscheuchen. Mein Arm pulsiert und fühlt sich gleichzeitig taub an. Phantomschmerzen. Der Geist meines Unterarms verfolgt mich jede Nacht, gaukelt mir im Schlaf vor, er würde sich wieder an meinen Körper anfügen und die Funktionen ausüben, die ein Unterarm eben ausübt, zum Beispiel kitzelnde Nasen kratzen und Fliegen verscheuchen. Mit dieser Täuschung übt er Rache an mir wegen meiner Unachtsamkeit am Miststreuer, indem er genau in dem Augenblick verschwindet, in dem ich am Morgen meine Augen öffne, so dass ich immer wieder aufs Neue voller Schrecken mit ansehe, wie ein bandagierter Stumpf über mir zittert wie ein zerbrochener Schlagbaum im Sturm. Der Stumpf deutet wahllos auf die achtundsiebzig quadratischen Deckenplatten in meinem Krankenhauszimmer. Ich habe sie oft gezählt und weiß genau, dass es achtundsiebzig sind. Schwester Debbie, die an diesem Morgen Dienst hat, betritt das Zimmer und drückt den Stumpf wieder nach unten. Schmerzen zucken wie Blitze in mein Hirn und von dort zu meinen Stimmbändern. Sie entschuldigt sich.

»Zeit fürs Frühstück und noch ein bisschen Morphium.« Sie nennt mich Schätzchen und bemuttert mich.

Luas und Nana sitzen am Fußende meines Bettes. Ich weiß nicht, was sie hier tun. Ihre Münder bewegen sich, doch ich höre sie nicht, deswegen achte ich nicht auf sie. Haferschleim tropft von einem Löffel, der von Fingern gehalten wird, die noch nicht daran gewöhnt sind, Löffel zu halten, und läuft an meinem Kinn hinab. Schwester Debbie serviert mir das Betäubungsmittel nach dem Frühstück, injiziert es direkt in die intravenöse Kanüle, über die ich immer noch mit den Flüssigkeiten versorgt werde, die ich im Transporter meines Großvaters und in der Notaufnahme verloren habe. Der Mohnextrakt taucht mich in einen warmen, wohligen Schlaf, aus dem ich immer ungern zurückkehre.

Auf Vorschlag von Vater Mushlitz vereinbarten alle Eltern der in der Dresdner Schule getöteten Jungs, als Zeichen ihres gemeinsamen Verlusts ihre grausamen Päckchen in einem Massengrab zu beerdigen. Alle außer meinem Papa.

»Mein Sohn wird sein eigenes Grab bekommen!«, wütete er, ohne sich darum Gedanken zu machen, dass nur Gott alleine feststellen könnte, in welchen Tüchern Helmut lag. »Er wird nicht wie ein Tier begraben! Wie ein gemeiner Jude! Er wird im Familiengrab auf dem Friedhof außerhalb von Kamenz beerdigt!«

Papa gab seinen Angestellten den Auftrag, ein Grabmal aus dem Beton und den verbogenen Stahlträgern der zerbombten Schule zu errichten, das dem Sohn eines reichen Industriellen würdig sein und die Feigheit seiner Mörder unvergesslich machen sollte.

»Es muss dreimal so groß sein wie alle anderen Grabmäler auf dem Friedhof! Und ich will es sofort haben!«

Er gestattete sich nur zwei Tage, um Helmut zu begraben und zu trauern. Dann kehrte er nach Polen zurück, weil die Kriegseinsätze, wie er erklärte, dort verstärkt worden waren, obwohl wir das Land bereits erobert hatten. »Das Dritte Reich benötigt dringend die erfahrenen Dienste von Jos. A. Rabun & Söhne auf verschiedenen Gebieten der nationalen Sicherheit, über die ich nicht reden kann«, erklärte Papa. Nach seiner ersten Polenreise hatte er aufgehört zu lächeln. Sein Blick war finsterer geworden, als fühlte er sich von etwas oder jemandem verfolgt.

In dem halben Jahrhundert, seit Großvater Rabun die Türen seiner kleinen Baufirma in der Nähe von Kamenz geöffnet hatte, war Jos. A. Rabun & Söhne zu dem mächtigen Unternehmen herangewachsen, das die Kanäle des modernen Dresdner Abwassersystems verlegte, die Straßen der Stadt asphaltierte und ihre Gebäude errichtete. Unser kleiner Familienbetrieb hatte sich zum größten Bauunternehmen Sachsens entwickelt und bescherte uns mehr als genug, um unseren Bedarf zu decken. Daher wurden die Anforderungen der Regierung von der Familie widerspruchslos hingenommen. Wir hatten weit mehr als die meisten – ausreichend Essen, schöne Kleidung, genügend Geld, um Restaurants und die Oper zu besuchen und zu reisen, obwohl Krieg herrschte. Wir lebten bequem auf dem Anwesen meines Großvaters mit dem schlossartigen Haus, den Reitställen und den Gärten, die seine Liebe zu den Alpen widerspiegelten. Andere, weniger vom Glück gesegnete deutsche Bürger hatten ein weit größeres Opfer bringen müssen.

Nachdem Papa nach Polen abgereist war, traf ich meine beste Freundin, Katharina Schrieberg, an unserem geheimen Ort auf dem Grundstück – einer Senke im Wald, vor

Blicken geschützt dank der dichtstehenden Tannen und des Dornengestrüpps. Sie war nervös und blass wie immer, ihre Finger rieben unaufhörlich über das goldene Kreuz, um ihm jeden Segen zu entlocken, der sich darin hätte verbergen können. Das Kreuz hatte ich ihr gegeben, falls Nazis sie im Wald anhalten würden. Sie war sehr besorgt, nachdem ich die letzten drei Male zu unseren Verabredungen nicht erschienen war. Als ich die traurige Nachricht über Helmut erzählte, weinte sie wie um ihren eigenen Bruder, so dass ich sie und nicht sie mich trösten musste. Natürlich hatte sie Helmut gemocht und bedauerte mich. Doch sie weinte auch wegen sich und ihrer Familie – wenn nämlich schon die mächtige Familie Rabun aus Kamenz nicht mehr sicher war, wie sollte dann die schwache Familie Schrieberg aus Dresden noch überleben können? Sie lud mich zu sich nach Hause ein, was ich gerne annahm, um wenigstens einen Moment dem Leichentuch zu entkommen, das sich mit der Fünfzentnerbombe der Alliierten über mein Leben gelegt hatte.

Das Haus, in dem die Schriebergs wohnten, war eigentlich kein Haus, sondern eine verlassene Jagdhütte, die mein Großvater im großen Wald, der sich von Kamenz bis zur tschechischen Grenze erstreckte, errichtet hatte. Bevor die Schriebergs dorthin gezogen waren, hatten sie in einem hübschen Haus im feinsten Viertel von Dresden gewohnt und mehrere Theater besessen, von denen zwei von Jos. A. Rabun & Söhne gebaut worden waren. Katharina und ich standen uns nahe. Wir hatten seit der Grundschule gemeinsam Tanz- und Geigenunterricht gehabt, und ihre und meine Eltern waren gemeinsam im Vorstand vieler städtischer und gemeinnütziger Organisationen gewesen, bis die Nazis die Juden aus solchen Positionen vertrieben hatten.

Doch dann buchten die Schriebergs 1942 plötzlich eine Überfahrt nach Dänemark, nachdem sie das damals großzügige, aber dennoch beleidigende Angebot meines Onkels Otto angenommen hatten, ihnen ihre Theater und ihr Haus sowie sämtliches Hab und Gut für insgesamt fünfunddreißigtausend Reichsmark abzukaufen, bevor sich die Regierung alles unter den Nagel reißen konnte. Sie hatten Verwandte in Dänemark, die sie aufnehmen wollten, doch als sich die Nachricht verbreitete, die Nazis würden fliehenden Juden an den Bahnhöfen auflauern, sie in geschlossene Güterwaggons stecken und nach Polen verfrachten, änderten sie ihren Plan und suchten ein Versteck in der Nähe. Katharina nahm Kontakt mit mir auf und erkundigte sich wegen der Jagdhütte.

In manchen lauen Sommernächten hatten wir beide dort übernachtet und über die Jungs geredet, die wir heiraten würden. Seit Kriegsbeginn war die Hütte von meiner Familie nicht mehr genutzt worden, so dass ich ihrer Familie erlaubte, dort zu bleiben, und ich und Katharina anfingen, uns an unserem geheimen Ort zu treffen. Ich brachte Körbe und manchmal einen kleinen Leiterwagen voll mit Essen und sonstigen Vorräten mit. Sie baten mich inständig, niemandem etwas zu verraten – weder meiner Mutter noch Helmut oder, was wichtiger war, meinem Vater oder Onkel Otto. Niemandem. Ich hielt mich daran.

Katharinas Vater, Jared Schrieberg, und ihre jüngeren Brüder, Seth und Jakob, waren fleißig und gruben unter der Hütte einen Tunnel, durch den sie bei Gefahr würden fliehen können. Katharina sagte, sie würden ihre Flucht bei jedem Wetter zweimal am Tag üben und könnten innerhalb von dreißig Sekunden lautlos unter den sorgsam wieder verlegten Bodendielen verschwinden. Sie kamen und gingen durch diesen Tunnel, kochten meistens nachts, um wegen des Rauchs tagsüber keinen Verdacht zu erregen, und verrichteten ihre Notdurft weit von der Hütte entfernt, damit nichts, auch keine Gerüche, darauf hindeutete, dass hier jemand wohnte. Sie führten ein schäbiges und erniedrigendes Leben. Sie taten mir leid, doch ihre Vorsichtsmaßnahmen erwiesen sich als unnötig. Ihr Leben ähnelte dem tropischer Fische, die zwischen todbringenden Seeanemonen lebten, allein weil sie die Kühnheit besaßen, sich auf dem Grundstück eines Offiziers der Waffen-SS zu verstecken, zu der mein Onkel gehörte.

Als Katharina ihren Eltern von Helmuts Tod erzählte, weinten sie und versprachen, Schiwa für ihn zu sitzen, das jüdische Trauerritual, wie sie mir erklärten. In meiner Jugend und Unwissenheit bekam ich Panik. Ich wollte nicht, dass sie Gott mit ihren jüdischen Gebeten verwirrten und er Helmut aus Versehen in ihren jüdischen Himmel schickte. So höflich, wie ich konnte, bat ich sie, dies nicht zu tun. Als sie weiterhin darauf bestanden, wurde ich wütend. Ich hatte ihnen unter großer persönlicher Gefahr geholfen und wollte auf keinen Fall, dass sie sich in diese Angelegenheit einmischten. Meine Trauer um meinen Bruder und mein Hass gegen die unsichtbaren Mörder hatten endlich ein Ventil gefunden – ich schrie die Schriebergs an, um deutlich zu machen, von wem ihr Überleben abhing.

»Sprechen Sie keine jüdischen Gebete für meinen Bruder!« Alles wurde still. Katharina blickte auf den Boden und biss sich auf die Lippe, während Frau Schrieberg ihre Fingernägel in Katharinas Arm grub. Seth und Jakob blickten ihren Vater erschreckt an, erwarteten, dass er meine

Frechheit bestrafte, wie er es bei ihnen so oft getan hatte. Doch Herr Schrieberg lächelte mich nur kalt an. Goldzähne blitzten hinter seinem grau werdenden Bart, und mit seiner langen Knollennase, die sich unwillkürlich verzog, ähnelte er der Karikatur eines Juden, wie sie regelmäßig in den deutschen Zeitungen erschien. Als würde er eine versteckte Waffe aushändigen, nahm er seine schwarze Kippa von seinem dünner werdenden Haar und legte sie vor mich auf den abgenutzten Holztisch, der der Familie als Esstisch, Schreibtisch und Altar diente. Die Schriebergs würden nicht für die Seele meines Bruders beten. Ich funkelte den alten Mann an und dankte ihm mit einer gesunden Portion jugendlicher Vermessenheit, nachdem ich zum ersten Mal einen Erwachsenen eingeschüchtert hatte. Er hatte keine Wahl. Ohne ein weiteres Wort ging ich hinaus und rannte durch den Wald, bereute, zu einer solchen Taktik gegriffen zu haben, war aber gleichzeitig wie berauscht davon, meinen Willen gegenüber Menschen durchgesetzt zu haben, die älter waren als ich. Dass die Schriebergs meinen Forderungen nachgeben mussten, verlieh mir ein Gefühl der Macht und, wenigstens einen Moment lang, der Kontrolle über die unkontrollierbare Welt um mich herum. Zumindest musste ich nicht so leben wie sie. Wie Tiere.

Der Verband ist abgenommen worden. Auf der amputierten Stelle hat sich auf wundersame Weise Haut gebildet, dennoch weigere ich mich, den Stumpf meines rechten Armes anzusehen, geschweige denn zu berühren. Er macht mir Angst. Dr. Farris, der für Kinder mit amputierten Gliedmaßen zuständige Psychologe im Krankenhaus, versichert mir, das sei völlig normal.

»Ich habe viele Kinder in deiner Situation beraten, Brek«, sagt er. »Opfer von Autounfällen und von Verletzungen durch Feuerwerkskörper oder Bauernkinder wie dich. Die meisten reagieren genauso wie du. Sie glauben, das, was von ihren Armen und Beinen übriggeblieben ist, sind Monster, die sich auch den Rest des Körpers holen wollen, aber denk einfach daran, dass dies der Arm ist, mit dem du geboren wurdest. Er ist schrecklich verletzt und braucht deine Liebe und dein Mitgefühl. Du bist alles, was ihm geblieben ist. Meinst du, du schaffst das?«

»Ich werde es versuchen, aber es ist ungerecht«, weine ich.

Dr. Farris blickt auf seine Uhr. »Ups, die Zeit ist für heute um. Wir sehen uns dann nächste Woche wieder. Ich glaube, du wirst das ganz toll hinbekommen.«

Als ich den Warteraum betrete, liest meine Mutter eine Modezeitschrift. »Fertig?«, fragt sie.

»Ja.«

Luas steht vor Dr. Farris' Büro. Meine Mutter sieht ihn nicht. Er streckt lächelnd seine linke Hand aus, ohne vorher seine rechte zu nehmen, und bringt mich so zurück in Nanas Wohnzimmer in Schemaja.

»Gott sei Dank bist du wieder da«, sagt Luas. »Sophia und ich haben uns schon gefragt, ob du jemals zurückkommst.«

Ich blicke mich im Zimmer um, benommen und verwirrt von der Flut von Bildern, Gefühlen und Persönlichkeiten, die durch mich hindurchfließen. Nana bringt mir eine Tasse Tee, mit der ich mich aufs Sofa setze.

»Du hast viel Zeit bei Miss Rabun verbracht«, beginnt Luas. »Sie hat ein interessantes Leben geführt.«

Ich schiebe meine Hand in den rechten Ärmel meines

Bademantels und betaste den vertrauten Umriss meines Stumpfes, den geschrumpften Bizeps, den rauen, verkalkten Oberarmknochen, der wie eine Koralle unter einer wulstigen Schicht aus Fleisch liegt.

»Ja, das hat sie«, bestätige ich.

»Die Schriebergs haben gelogen«, sagt Luas.

»Worüber?«

»Sie haben für Helmut Schiwa gesessen.«

17

Mich von Amina Rabun zu lösen gehörte zu den schwersten Aufgaben meines Lebens – oder meines Todes. Amina Rabuns Geschichte wurde meine Geschichte. Leider war, wie so oft im Theater, auch ihr Leben eine Tragödie.

An dem verregneten Nachmittag des 23. April 1945 näherte sich ein sowjetischer Spähtrupp, der Richtung Süden nach Prag unterwegs war, und stolperte über die Familie Rabun aus Kamenz. Es war der Tag, an dem die Familie Aminas achtzehnten Geburtstag feierte.

Die Alliierten hatten im Westen Leipzig eingenommen, während die Russen sich im Osten entlang der Oder gesammelt hatten. Mit dieser Strategie machten sie eine Niederlage Deutschlands unausweichlich. Aminas Vater, Friedrich, und ihr Onkel, Otto, hatten sich bereits mit Hitlers restlichen Truppen nach Berlin zurückgezogen. Sie hatten ihren Familien allerdings geraten, Kamenz nicht zu verlassen, da sie davon ausgingen, dass die Russen nur an Berlin interessiert wären, die Amerikaner bald Dresden einnehmen würden und die alliierten Streitkräfte den russischen vorzuziehen wären, was den Umgang mit den Zivilisten betraf. Insgeheim sorgten sich die Rabun-Brüder aber auch um ihren Besitz, der, einmal verlassen, mit Sicherheit geplündert werden würde – wenn nicht durch feindliche Soldaten, dann durch die deutschen Nachbarn, denen es während Hitlers letztem verzweifelten Gefecht an allem gemangelt hatte.

Ohne sich der sich nähernden russischen Truppen gewahr zu werden, erhob sich Amina früh an diesem Tag und begann, für ihre Feier zu backen. Großvater Hetzel allerdings war noch früher aufgestanden, um ein Schwein zu schlachten und in einer Grube zu braten, die er neben der langen Garage gegraben hatte. In der Garage ruhten polierte Daimler ungenutzt auf dicken Holzblöcken, weil es kein Benzin gab. Am Mittag sorgte der herrliche Duft von Schweinebraten, Süßkartoffeln, Kohl und frischem Kuchen für Hochstimmung, besonders bei Tante Helenas vier Kindern, zwei Jungs und zwei Mädchen, die trotz des Nieselregens den ganzen Morgen draußen Verstecken gespielt und wegen des Festschmauses kein Frühstück bekommen hatten.

In dem Wissen darüber, welche Wirkung die Zurschaustellung von Wohlstand in diesen mageren Zeiten haben konnte, waren nur Familienmitglieder eingeladen worden, von denen alle bis auf diejenigen, die im Gutshaus selbst wohnten, wegen fehlender Transportmöglichkeiten nicht aufs Land kommen konnten. Daher wurde vereinbart, die Reste durch eine anonyme Spende an die Kathedrale an diejenigen Bewohner von Kamenz zu verteilen, die am meisten unter Hunger litten. Zudem wollte Amina heimlich der Familie Schrieberg etwas bringen, die in letzter Zeit wenig zu essen gehabt hatte und, nachdem sie sich schon lange nicht mehr auf koscheres Essen beschränken konnte, gerne auch Reste des Schweinefleisches annehmen würde.

Bis zum frühen Nachmittag ging alles glatt über die Bühne. Alles und jeder spielte mit – bis auf das Wetter. Dennoch war der seit dem Morgen anhaltende Regen so rücksichtsvoll, erst wie aus Eimern zu schütten, nachdem Großvater Hetzel das Schwein von seinem Scheiterhaufen genommen hatte. Kinder und Erwachsene rannten hinein, sowohl um trocken zu bleiben als auch um sich über den Festschmaus herzumachen. Sie versammelten sich im Esszimmer um einen riesigen Tisch, der mit dem besten Geschirr gedeckt und zwei großen, handbemalten Vasen voller Wildblumen aus dem Garten geschmückt war. Im Hintergrund ertönten leise Kreisler und Bach aus einem Grammophon. Neben dem Ehrenplatz am Kopfende des Tisches lagen bunt eingewickelte Geschenke, darunter auch einige Päckchen, die dem Geburtstagskind eigens von SS-Kurieren aus Berlin überbracht worden waren.

Die Vorfreude war kaum mehr auszuhalten, bis endlich das grinsende Schwein auf einer monströsen Silberplatte unter frenetischem Applaus die Bühne betrat. Das braungebratene Tier war noch völlig intakt und lag friedlich auf einem weichen Bett aus Garnierungen, als wäre es dort eingeschlafen. Bevor es ans Essen ging, wurde erst mit einem perfekt gereiften Johannisberger Rheingau auf die schöne, junge Amina angestoßen, dann auf die Köche und schließlich auf die sichere Rückkehr von Friedrich und Onkel Otto und ein rasches Kriegsende. Im Schutz der lauten Stimmen und der Musik schlichen sich die sowjetischen Spähtrupps von drei Seiten ins Haus. Die Familie Rabun hatte keine Möglichkeit, sich zu verteidigen oder zu fliehen.

Die Soldaten trieben die Geburtstagsgäste nach draußen in den Regen. Nachdem sie das Haus durchsucht hatten, um sicherzugehen, dass sie niemanden übersehen hatten, trennten sie Herrn Hetzel und die beiden sechs und zwölf

Jahre alten Jungs von der Gruppe. Ohne Vorwarnung und ohne zu zögern, ohne ihnen die Gelegenheit zum Protest oder zum Gebet zu geben, erschossen sie die drei an Ort und Stelle, als handelte es sich um eine reine Routineangelegenheit. Aminas Mutter und Tante wurden als Nächste erschossen, während sie den anderen zu Hilfe eilten. So blieben nur noch Amina Rabun und ihre verblüfften Cousinen, Bette und Barbara, acht und zehn Jahre alt, wie Statuen vor Schreck erstarrt übrig. Sie warteten auf die nächste Gewehrsalve, die sie mit ihren getöteten Familienmitgliedern vereinen würde, doch sie wurden verschont.

Zwei Schüsse hallten unvermutet aus der Richtung, wo die Schriebergs in der Hütte im Wald lebten. Die Soldaten ließen sich auf den Boden fallen und erwiderten das Feuer mit einer furchteinflößenden Salve aus ihren Schnellfeuerwaffen. Amina und ihre Cousinen standen regungslos im Kreuzfeuer und wagten nicht einmal zu atmen. Dann wurde alles still. Aus der Richtung, wo die beiden Schüsse abgegeben worden waren, sah Amina, wie ein Mann, der amerikanischer Soldat zu sein schien, mit erhobenen Händen auf sie zukam. Der Anführer schickte dem Amerikaner zwei seiner Soldaten entgegen, während die anderen auf Position blieben. Mehrere Minuten verstrichen. Schließlich hörte Amina, wie einer der Soldaten ihnen auf Russisch etwas zurief, und der Befehlshaber wies seine Männer an aufzustehen. Ein paar Minuten später kehrten die beiden russischen Soldaten zurück. Einer von ihnen brachte eine einfache zweiläufige Schrotflinte mit, die aussah wie eine derjenigen, die Aminas Vater immer zur Jagd mitgenommen hatte.

Lachend zeigten die beiden Soldaten ihrem Anführer und ihren Kameraden die erbeutete Waffe. Während sie sich auf die Schultern klopften und sich gegenseitig beglückwünschten, schienen sie alle gleichzeitig denselben Gedanken zu haben, und wandten sich langsam zu Amina, Barbara und Bette, die sich immer noch nicht gerührt hatten.

Gierig blickten die Männer von den Mädchen zu ihrem Befehlshaber und zurück zu den Mädchen und grölten noch lauter, um ihrem Verlangen Nachdruck zu verleihen. Amina wusste sofort, was sie wollten. Der Befehlshaber sah von den Mädchen zu den Männern und schüttelte in gespielter Missbilligung den Kopf, was die Männer nur noch mehr anstachelte. Schließlich drehte er den Mädchen wie Pontius Pilatus den Rücken zu und rieb sich die Hände. Amina, Barbara und Bette wurden jeweils in ein anderes Zimmer des Gutshauses gezerrt und die ganze Nacht über geschlagen und vergewaltigt.

Im Morgengrauen befahl der Anführer seinen Männern weiterzuziehen.

Amina stolperte aus ihrem Zimmer, um ihre Cousinen zu suchen. Die ältere, Barbara, fand sie benommen und blutend, aber zum Glück noch lebend vor. Sie wusste bereits, dass die jüngere, Bette, tot war. Als die betrunkenen und vollgefressenen Russen Amina erlaubt hatten, auf die Toilette zu gehen, war sie kurz in Bettes Zimmer gehuscht. Bette war bereits tot gewesen. Sie war nackt, ihr Körper kalt und blau angelaufen, ihr Gesicht bis zur Unkenntlichkeit eingeschlagen gewesen, weil sie sich den russischen Befehlen widersetzt hatte, mit dem Weinen aufzuhören. Selbst danach hatte Amina gehört, wie die Soldaten noch dreimal zu ihr ins Zimmer gegangen waren.

Ich weinte lange um Amina Rabun und ihre Familie. Ich weinte um sie mehr, als ich nach dem Verlust meines Arms je um mich geweint hatte. Ich durchlebte jeden grässlichen Augenblick mit ihr. Ich glaubte, im Schmerz der Seele von Amina Rabun sterben zu müssen, falls das Sterben im Tod möglich wäre.

Ich verbrachte lange Zeit allein auf der Veranda von Nanas Haus. Ich trauerte, erholte mich, versuchte, einen Sinn in dem zu erkennen, was Amina Rabun während ihres und was ich während meines eigenen Lebens durchgemacht hatte. Ich suchte nach einem Sinn in dem ewigen Kampf der Jahreszeiten von Schemaja um einen Platz in dem überfüllten Himmel, als würden Vierlinge im Bauch einer Frau miteinander raufen. Die Tage eines ganzen Jahres kondensierten zu einem einzigen verwirrenden Moment, in dem die Natur gegen die Zeit rebellierte. Die Apfelbäume, auf die ich als Kind geklettert war, streckten ihre Äste in alle vier Jahreszeiten gleichzeitig aus. Wie auf einem unvollständigen Gemälde blühten einige Äste im Frühling, andere waren mit satten Blättern und Äpfeln oder welk werdendem Laub behangen oder kahl wie im Winter. Ein ständiger Wechsel und dennoch dasselbe. Endlos wie die Generationen der Menschheit. Trauern Bäume um den Verlust ihrer Frühlingsknospen, oder freuen sie sich darauf, dass bald wieder welche sprießen?

Eines Tages setzte sich Nana zu mir auf die Veranda. »Du hast mir gesagt, ich soll herausfinden, warum ich Amina Rabun, Toby Bowles und Tim Shelly begegnet bin«, sagte ich.

»Stimmt«, antwortete sie. »Und, hast du?«

»Katharina Schrieberg, Aminas beste Freundin, wurde Bos Mutter, meine Schwiegermutter«, antwortete ich.

»Ja.«

»Amina rettete Katharina vor den Nazis. Ohne Amina hätte es Bo nie gegeben. Ich hätte ihn nie kennengelernt, und Sarah wäre nie geboren worden.«

Nana nickte.

»Toby Bowles rettete Katharina vor den Russen. Ohne ihn hätte es Bo nie gegeben. Ich hätte ihn nie kennengelernt, und Sarah wäre nie geboren worden.«

Wieder nickte Nana.

»Aber ich habe Katharina überzeugt, Amina und Barbara zu verklagen, um ihr Erbe zu retten.«

»Stimmt, das hast du getan«, bestätigte Nana.

»Ich hatte keine Ahnung, dass Amina und Barbara von den Soldaten vergewaltigt worden waren oder dass die Soldaten ihre Familie umgebracht hatten.«

»Stimmt, davon hattest du keine Ahnung«, bestätigte Nana auch diesmal.

»Und Amina wusste nicht, dass es Katharinas Vater war, der aus dem Wald auf die Soldaten geschossen und sein Leben verloren hatte, um sie und ihre Familie zu retten.«

Wieder nickte Nana. »Die Menschen auf Erden verurteilen einander oft, ohne alle Tatsachen zu kennen«, bemerkte sie.

Ich dachte einen Moment darüber nach. »Aber das passiert hier in Schemaja auch«, fiel mir auf. »Wir können auf der Erde die Gedanken der Menschen nicht lesen, aber hier steht uns alles zur Verfügung, und trotzdem wird nur mit der Hälfte der Tatsachen über Fälle geurteilt. Nichts hat sich geändert. Das verstehe ich nicht. Welche Entschuldigung hat Gott dafür?«

Nana tätschelte meinen Arm. »Nur der höchste Richter

kann diese Frage beantworten. Vielleicht werden die Tatsachen, wer was wann getan hat, unwichtig, wenn über die Seele eines Menschen gerichtet wird.«

Schweigend saßen wir einen Moment nebeneinander und beobachteten die sich miteinander verschmelzenden Jahreszeiten.

»Bo wurde nach Toby Bowles benannt«, fuhr ich fort. »Katharina verlor den Zettel mit seinem Namen darauf, doch sie erinnerte sich an den Klang seines Nachnamens – Bowles, Boaz. Beinahe hätte sie den richtigen Namen verwendet.«

»Stimmt. Beinahe«, bestätigte Nana.

»Aber ich weiß immer noch nicht, warum mir Tim Shelly begegnet ist. Ich weiß nicht, wie er in diese Geschichte passt, und ich erinnere mich nicht, woher ich ihn kenne.«

»Das wirst du, wenn du bereit bist, mein Kind«, sagte Nana. »Das wirst du, wenn du bereit bist.«

Ein paar Tage später kam Tim Shelly zu Besuch. Ich ging gerade hinter Nanas Haus am Brandywine River spazieren und hatte in den jeweiligen Wintergebieten eine Reihe Schneemänner am Ufer gebaut. Würdevoll und resolut bewachten sie den Fluss und mich und leisteten mir Gesellschaft. Plötzlich sprang Tim hinter einem von ihnen hervor und jagte mir eine Heidenangst ein. Ich ging immer allein spazieren.

»Keine Sorge, ich tue dir nichts«, höhnte er, als hätte er genau das vorgehabt. In dem Moment erinnerte er mich an Prügel-Wally, der die Krebse getötet und dem ich einen Kinnhaken verpasst hatte, nachdem er mich zu Boden gestoßen hatte. Kannte ich ihn daher, und verwendete er jetzt vielleicht einen falschen Namen?

»Du bist nicht zufällig Wally Miller, oder?«, fragte ich.

»Nein. Wer soll das sein?« Tim wirkte ehrlich verwirrt.

»Spielt keine Rolle«, wiegelte ich ab.

Ich ging weiter am Ufer entlang, gefolgt von Tim. Er hatte alles Bedrohliche abgelegt und erzählte von seiner Mutter. Er vermisse sie schrecklich. Seine Eltern seien Pilzzüchter gewesen, und nach dem Tod seines Vaters hätten sie den Hof und die einzige Einkommensquelle verloren. Er mache sich Sorgen, wie seine Mutter jetzt seinen Tod verkrafte. Sie sei zu alt, um noch eine Arbeit zu finden. Tim sei alles gewesen, was ihr geblieben war, und jetzt sei auch er tot. Wie sie wohl damit zurechtkomme?

An einem Frühlingsstreifen blieben wir vor einer Stelle stehen, an der gelbe Narzissen blühten und ein großer Baum entgegen allen Gesetzen der Schwerkraft über den Fluss ragte. Tim schien in diesem Moment verletzlich zu sein wie ein kleiner, verlorener Junge. Er tat mir leid.

»Wünschst du dir manchmal, deinen Mann und deine Tochter wiederzusehen?«, fragte er.

»Ständig.« Tränen traten mir in die Augen wie immer, wenn ich an Bo und Sarah dachte. »Ich vermisse sie so sehr, dass ich an manchen Tagen nicht einmal mehr aufstehen kann«, sagte ich. »Ich habe keine Fotos von ihnen, keine Briefe, nichts, was lebende Menschen normalerweise haben. Ich gäbe alles, um sie wiederzusehen.«

»Ich vermisse meine Mutter sehr«, gestand Tim ein. »Als ich hierherkam, sagte mein Vater, wir könnten nicht zurückgehen. Wir könnten die Lebenden nicht sehen und nicht mit ihnen kommunizieren.«

»Ich weiß«, bestätigte ich. »Meine Nana hat mir das Gleiche erzählt.«

Tim brach ein paar Stückchen von der Rinde ab und warf sie in den Fluss. Wie kleine Schiffe trieben sie auf dem Wasser fort.

»Ist mit dir alles in Ordnung?«, fragte ich.

»Ja, mir geht's gut.«

Doch er wirkte jetzt nervös, als hielte er etwas zurück.

»Bist du sicher?«, bohrte ich nach.

»Ja, aber …«

»Was?«

»Genau das habe ich getan. Ich bin zurückgegangen und habe die Lebenden besucht. Ich habe meine Mutter gesehen.«

18

»Soll ich dich zu ihnen bringen?«

Elymas erschien in einem Moment, den Tim Shelly vorhergesagt hatte – in einem Moment der Verzweiflung, in dem nach vorne zu gehen so unmöglich zu sein schien wie rückwärtszugehen. Dieser Moment kam für mich auf dem Schaukelstuhl in Sarahs Zimmer. Ich war nicht mehr zu Hause gewesen, da mein letzter Besuch, mit dem ich meinen Tod widerlegen wollte, diesen in jeder Hinsicht bestätigt hatte. Mein Zuhause lockte mich genauso mit dem Versprechen auf Freude und Hoffnung, wie dies ein Kasino bei einem Spielsüchtigen tut, dann aber nur für Schmerzen und Enttäuschung sorgt. Auch Tim war immer wieder zur Pilzzucht seiner Familie zurückgekehrt, die genauso verlassen war wie Sarahs Zimmer. Das machte Elymas' plötzliches Erscheinen gleichzeitig überraschend und willkommen.

Elymas war älter und weit weniger gut beieinander als Luas. Er hatte ein narbiges, langes Gesicht, und um seinen verwitterten Körper schlackerte eine grünkarierte Hose, die an den Füßen Falten warf und die er ein gutes Stück über der Hüfte mit einem modrigen braunen Gürtel festhielt. Ein mit Essen bekleckertes gelbes, falsch geknöpftes Hemd schlabberte um seine Schultern, so dass die linke höher zu sein schien als die rechte. Außerdem brauchte er, um sein

Gleichgewicht halten zu können, einen Gehstock mit vier Gummifüßchen. Er war vollkommen blind. Seine glasigen weißen Augen sahen furchterregend aus.

»Soll ich dich zu ihnen bringen?«, wiederholte er von der Tür zu Sarahs Zimmer aus. Er wirkte viel zu schwach, um mir diesen ungeheuerlichen Gefallen tun zu können. Ein leichter Wind würde reichen, um diesen Körper wie einen Fetzen Papier fortzuwehen.

Ich hatte geweint, den Verlust meiner Tochter und meines Lebens betrauert. »Aber man sagt doch, es sei nicht möglich ...«

»Du hast nicht richtig zugehört«, erwiderte Elymas. »Es hieß, es sei nicht möglich, das Bewusstsein von einem Reich in das andere zu lenken. Aber niemand sagte, du könntest mit diesem Reich nicht interagieren. Soll ich dich zu deinem Mann und deiner Tochter bringen?«

»Aber ...«

Der alte Mann klopfte kräftig mit dem Stock auf den Boden. »Zweifle nicht an meinen Worten! Viele warten auf meine Dienste. Sag endlich, ob du sie sehen möchtest.«

»Ja, ja, unbedingt.«

»Dann öffne deinen Geist für mich, Brek Abigail Cuttler. Öffne deinen Geist, und du wirst sie sehen.«

Die Augen des alten Mannes weiteten sich, bis sie sein gesamtes Gesicht und schließlich auch mich einnahmen. Ich spürte eine plötzliche Bewegung in der Dunkelheit seiner Augen, als würde ich durch den Weltraum geschleudert werden. Zwei kleine Lichtpunkte tauchten in der Ferne auf, näherten sich aus entgegengesetzten Richtungen und strahlten einen warmen, weichen Glanz aus wie Flammen zweier Kerzen, die von gegenüberliegenden Seiten eines

Zimmers auf mich zugetragen und größer wurden. Plötzlich erschienen Sarah und Bo, und zu ihren Füßen bellte Macy, unser Hund! Die drei waren umgeben von einem strahlend blauen Himmel, von Pappeln und Eschen, einer Schaukel, einer Rutsche, einem Jogging-Kinderwagen. Der Spielplatz in der Nähe unseres Hauses! Ich traute meinen Augen nicht.

Sarah krabbelte auf mich zu. Ich hob sie hoch, drückte sie an mich, schob meine Nase in ihr Haar, sog ihren süßen Duft in mich hinein. Sie klammerte sich an meinen Hals und drückte ihr Gesicht an meines. Meine Tränen liefen an ihrer Wange hinab. Dann legten sich Bos starke Arme um uns. Sein Samstagsbart kratzte über meine Wange, und ich roch den frischen Schweiß auf seinem Rücken von seinem langen Lauf durch die Stadt und über den Campus zum Spielplatz. Er trug seine ausgebleichte blaue Laufhose und ein T-Shirt mit einer großen roten »10« auf dem Rücken. Macy winselte und sprang hoch, weil sie meine Aufmerksamkeit haben wollte.

»Ich vermisse dich so sehr«, flüsterte Bo. »Manchmal denke ich, ich schaffe es nicht.«

»Ich weiß«, flüsterte ich. »Mir geht es genauso.«

Ich wandte ihm mein Gesicht zu. Wir küssten uns, blickten uns in die Augen und küssten uns wieder, länger, leidenschaftlicher. Sarah wand sich, weil sie zur Schaukel zurückwollte. Bo und ich lächelten uns enttäuscht, aber glücklich an. Er schnallte sie auf der Kinderschaukel an, und wir stellten uns vor und hinter sie, um sie anzustoßen. Ihr Gesicht streifte beinahe unseres, wenn sie quiekend vor Freude an uns vorbeiflog. Bo hatte ihr den Jeansstrampler und die Turnschuhe angezogen, die mir am besten gefielen, und ihr Haar oben zu einer entzückenden Fontäne zusammengebunden.

Während Sarah durch die Luft flog, erkannte ich meine eigenen Züge in ihrem Gesicht – meine Grübchen auf Kinn und Wangen, meine kleine Nase und die runden Augen – und dahinter eine ungebrochene Ahnenlinie der Familien Bellini, Cuttler, Wolfson, Schrieberg und anderer längst vergessener Namen, die in die Zeit und die Geschichte zurückgehen und dort warten, bis sie in der nächsten Generation wieder erscheinen. Dieses kleine Mädchen bewahrte ihre Erinnerungen und erhielt die Hoffnungen und Träume all dieser Familien am Leben. Ebenso wie meine.

Bo und ich unterhielten uns über Sarahs Lachen und das Quietschen der Schaukel hinweg. Er hatte gerade erst wieder angefangen zu arbeiten. Mein Tod hatte ihm sehr zu schaffen gemacht. Er und Sarah waren zuerst bei seinem Bruder und seiner Schwägerin untergekommen. Dann hatte ihn seine Mutter ein paar Wochen besucht, um ihm zu helfen, bis er sich daran gewöhnt hatte, sich allein um Sarah zu kümmern. Er hatte das Haus zum Verkauf angeboten, weil die Erinnerungen zu schmerzlich waren, und er suchte eine Stelle in einem der New Yorker Fernsehsender, um näher bei seiner Familie zu sein. Sie kämen gut zurecht, wie er behauptete. Die Arbeit lenkte ihn ab, und Sarah wachte nur noch zweimal in der Nacht auf, weil sie nach ihrer Mutter verlangte. Er hatte das Dach und den Küchenabfallzerkleinerer repariert. Bill Gwynne hatte aus der Kanzlei angerufen und Hilfe bei der Regelung meines Nachlasses angeboten, was nett von ihm war. Meine Eltern riefen ein- oder zweimal die Woche an, doch die Gespräche dauerten nicht lange und waren oft von unangenehmen Pausen gefüllt. Karen kam vorbei, um zu reden, und hatte einige Bücher über Trauerarbeit dagelassen, die manchmal halfen.

Ich versuchte, meine Gedanken zu sammeln. Es gab so viel zu sagen, nicht darüber, was seit meinem Tod passiert war, sondern darüber, was ich mir für ihre Zukunft wünschte. Bo sah so stark und gut aus in seiner kurzen Hose und dem T-Shirt, so entschlossen und unverwüstlich, wenn auch verletzt und verletzbar. Ich verliebte mich aufs Neue in ihn, stärker als zuvor. Dies wollte ich ihm sagen und Sarah, wie stolz sie auf ihren Vater sein konnte. Ich wollte ihr sagen, wie sehr es mir gefiele, wenn sie so werden würde wie er. Und wie ich. Ich wollte, dass sie mich kennenlernt und erfährt, wer ich war und welche Entwicklung ich durchgemacht hatte, welche Erfahrungen sie unbedingt machen und welche Fehler sie vermeiden sollte. Ich wollte, dass sie das Leben voll ausschöpfte, weil ich es nicht konnte. Doch während ich um diese Worte rang, wich plötzlich die Farbe aus ihren Gesichtern und mit ihr das Grün im Gras und das Blau im Himmel. Sie verschwanden vor meinen Augen.

»Nein! Nein!«, rief ich. »Bo! Sarah!«

»Wir lieben dich!«, rief Bo zurück. »Für immer …«

Dann waren sie fort.

Ich saß wieder in Sarahs Zimmer, Elymas stand in der Tür. Ich sprang auf ihn zu.

»Bring mich zurück!«, flehte ich ihn an. »Bitte, das war viel zu kurz. Bitte bring mich zurück!«

Er verzog sein Gesicht zu einem zahnlosen Lächeln. »Aber natürlich«, sagte er von oben herab. »Wir gehen zurück, Brek Abigail Cuttler. Wenn es so weit ist.«

»Nein, jetzt!«

Er wandte sich zur Treppe. »Das ist nicht möglich.«

»Warte«, bat ich. »Bitte, geh nicht.«

Mit einem Brummen wies er mich an, ihm zu folgen,

während er sich mit dem Stock den Weg die Treppe hinunter ertastete. »Hör mir gut zu, Brek Cuttler«, sagte er, unten angekommen. »Ob du deinen Mann und deine Tochter wiedersiehst, liegt allein an dir. Aber du musst wissen, es gibt Gründe, warum dir etwas anderes geraten wurde. Luas befürchtet, du erledigst deine Aufgabe als Präsentatorin nicht effektiv. Er findet, du solltest deine Energie dem Gerichtssaal widmen, und glaubt, dass du zu viel Zeit mit deiner Familie verbringen würdest. Das könnte Einfluss auf deine Arbeit haben. Sophia befürchtet, du gewöhnst dich nicht an deinen Tod, wenn du deine Familie nicht loslässt. Deswegen hat sie lieber behauptet, ein Kontakt mit deiner Familie sei unmöglich. Verstehst du das?«

Nein, das verstand ich nicht. Ich war wütend.

»Ich sehe das anders«, fuhr Elymas fort. »Ich maße mir nicht an, zu bestimmen, was für andere das Beste ist. Du kannst frei entscheiden, genauso wie auch sie es immer tun konnten. Ich komme nur, um dir deine Möglichkeiten aufzuzeigen. Ich kritisiere deine Entscheidungen nicht. Jetzt muss ich gehen.«

»Warte, bitte. Ich will sie noch einmal sehen.«

»Ja, das glaube ich dir«, erwiderte Elymas. »Aber du musst verstehen, dass Luas und Sophia wütend sein werden, wenn sie von deiner Entscheidung erfahren. Sie werden leugnen, dass es überhaupt möglich ist, und alles in ihrer Macht Stehende tun, um dich von ihrer Meinung zu überzeugen. Sie werden sagen, es wäre eine Illusion, und mich verleumden und behaupten, ich wäre nur ein Zauberer und falscher Prophet. Sie könnten sogar deine Stelle als Präsentatorin in Zweifel ziehen und verlangen, dass du Schemaja verlässt.«

»Das ist mir egal«, trotzte ich. »Ich will meinen Mann und meine Tochter wiedersehen.«

Wieder blitzte das zahnlose Lächeln auf seinem Gesicht auf. »Wir besuchen sie nur in ihren Träumen. Lass dir Zeit, Brek Cuttler. Sie werden da sein, wenn du es entscheidest. Denke über meine Worte nach.«

Dann klopfte Elymas dreimal mit seinem Stock auf den Verandaboden und verschwand.

TEIL DREI

19

Das Rathaus in Buffalo im Staat New York erhebt sich zweiunddreißig Stockwerke über dem Ostufer des Eriesees wie eine riesige Jugendstilfregatte, die einen Hafen anläuft. Schon zwanzig Seemeilen vorher richten Kapitäne den Kurs ihrer Lastkähne voller Getreide und Erz aus dem Mittleren Westen an der auffällig dicken Spitze aus. Im Büroturm allerdings wird etwas ganz anderes ausgerichtet.

Als hätten sich die Architekten einen geschmacklosen Witz geleistet, befinden sich das Standesamt und das Scheidungsgericht nebeneinander im zweiten Stock des Gebäudes – entweder als Hinweis auf die Unbeständigkeit der Ehe oder, praktischer gedacht, um Menschen eine gemeinsame Anlaufstelle zu bieten, wenn es um den Start und das Ende der wichtigsten freiwilligen Beziehung geht. Die merkwürdige Ironie dieser staatlichen Dienstleistungen entgeht Amina Rabun-Meinert nicht, während sie an den Türen der ersten Anlaufstelle vorbeigeht, durch die sie vier Jahre zuvor als Zweiundzwanzigjährige das erste Mal mit ihrem Verlobten trat, und jetzt die Tür der zweiten Anlaufstelle benutzt, wo sie ihn wieder loswerden will. Das trockene Klappern ihrer Absätze hallt wie eine telegraphierte Nachricht von der Gewölbedecke wider und reißt den jungen Angestellten aus seiner Schläfrigkeit. Er verweigert Amina den Zugang zum Gerichtssaal, weil dort im Moment noch in geschlossener Sitzung und unter Ausschluss der Öffentlichkeit über den Missbrauch einer Minderjährigen verhandelt wird. Er erklärt, der Fall *Meinert vs. Meinert* werde erst gegen halb elf aufgerufen werden. Und, nein, ihr Anwalt sei noch nicht erschienen.

»Bei schönem Wetter gehen viele Besucher hoch auf die Aussichtsplattform, wenn sie warten müssen«, informiert sie der Angestellte.

Das Wetter ist tatsächlich überraschend schön für Anfang März. Eine verirrte Warmfront aus dem Süden ist die Küste heraufgeeilt und beglückt die Städte bis Montreal hinauf mit drei aufeinanderfolgenden sechzehn Grad warmen Tagen.

»Wo ist die Aussichtsplattform?«, erkundigt sich Amina in ihrem gebrochenen Englisch mit starkem deutschen Akzent.

Der Angestellte blickt sie einen Moment verblüfft an. »Auf dem Dach«, sagt er und deutet nach oben. »Von dort haben Sie einen schönen Blick auf den See. Nehmen Sie den Fahrstuhl dort drüben bis in den achtundzwanzigsten Stock.«

»Danke«, sagt sie.

Amina klemmt sich ihre Handtasche unter den Arm und geht den Flur zurück, vorbei am Standesamt und in die Toilette, um ihr Make-up zu prüfen. Das Spiegelbild beruhigt sie.

George wird es gutgehen, redet sie sich ein. *Er versteht es. Du kannst mit ihm so nicht zusammen sein, das kannst du mit keinem Mann. Du hast ihn ermutigt, zu anderen Frauen zu gehen, was großzügig war. Und zum Dank hast du ihm Geld gegeben, damit er ein Geschäft aufbaut. Du schuldest ihm nichts. Du tust das Richtige.*

Amina zieht ihren Lippenstift nach.

Aber du hast ihn weinen sehen. Du wusstest nicht, dass Männer weinen können. Dieser Einwand kommt von einer anderen Seite Amina Rabuns, von der tröstenden, die Barbara mit geflüsterten Wiegeliedern beruhigte, nachdem die russischen Soldaten das Haus in Kamenz verlassen hatten. Amina die Tröstende erschien nur selten, und dann immer flehend und bescheiden. Amina die Überlebende – Aminas dominante Seite – verabscheut Amina die Tröstende.

Es war Amina die Überlebende, die Barbara acht Kilometer weit ins Krankenhaus von Kamenz trug und dann ins Gutshaus zurückkehrte, um ihre Mutter, ihren Großvater, ihre Tante und ihre Cousinen zu begraben. Einen Monat später identifizierte Amina die Überlebende die blutigen Leichen ihres Vaters und Onkels in einem Berliner Leichenschauhaus und beerdigte auch sie. Amina die Überlebende machte den Schweizer Anwalt ihres Vaters, Hans Stössel, ausfindig, der auf Aminas Geheiß und für einen Anteil von zwanzig Prozent die Firma Jos. A. Rabun & Söhne AG auflöste und das gesamte Vermögen der Familie Rabun – Ländereien, Ausrüstung, Fahrzeuge, Kunstsammlungen, Gold, Haus und Theatersäle der Familie Schrieberg – auf ein sicheres Schweizer Bankkonto transferierte. Es war Amina die Überlebende, die später die russischen Offiziere bestach, damit sie und Barbara am 13. Mai 1949, einen Tag nach dem Ende der Blockade, einen von einer sowjetischen Lok gezogenen Zug besteigen konnten. Und es war Amina die Überlebende gewesen, nicht Amina die Tröstende, die Captain George Meinert von der US-Armee im Hotel Heidelberg ins Bett, dann, mitsamt Barbara, auf einen Ozeandampfer und schließlich aufs Standesamt im zweiten Stock des Rathauses von Buffalo, New York, lockte.

Doch jetzt tauchen im Toilettenspiegel hinter ihr, während sie die lange Reise überdenkt und ihr Make-up auffrischt, die braunen Schultern und Arme eines anderen Mannes auf. Er trägt einen Helm mit dem roten Stern der russischen Armee, hat aber kein Gesicht. Amina Rabun kennt diesen Mann sehr gut. Seit Jahren lebt sie in Untreue mit ihm zusammen, und er begleitet sie, wohin sie auch geht. Er ist ein eifersüchtiger, grober Mann, doch schon vor langer Zeit gab sie auf, vor ihm zu fliehen, und gewöhnte sich an seine Gegenwart und seine Forderungen. Sie kann ihn täuschen, aber immer nur für kurze Zeit.

Ja, du tust das Richtige, sagt Amina die Überlebende. *Du tust das Richtige für George und Barbara, für Bette und deine Mutter, für deinen Großvater, deine Tante, deinen Vater und deinen Onkel. Für alle aus den Familien Hetzel und Rabun. Du wirst sie nicht verraten.*

An diesem Spätwintertag steht Amina Rabun auf der Aussichtsplattform des Rathauses und blickt unter einem wolkenlosen blauen Himmel über die blendend weiße Oberfläche des Eriesees. Die plötzliche Schneeschmelze, die dank der Warmfront einsetzte, lässt die dicke Eis- und Schneeschicht auf dem See brechen. Dicke Eisschollen treiben den Niagara River hinunter und gegen die massiven Brückenpfeiler der Peace Bridge zwischen den Vereinigten Staaten und Kanada. Wenn sich das Eis weigert, zu brechen und rasch weiter flussabwärts zu treiben, wird die Küstenwache Sprengstoff einsetzen, um den Stau zu beseitigen. Amina erkennt Männer, die, mit Seilen um ihre Taillen gesichert, über die schwimmenden Eisschollen gehen und lange Stäbe in die Spalten rammen, um die Schollen voneinander zu lösen.

Zwei Männer stehen Amina gegenüber und rauchen. Ihre Gesichter sind vom Schatten verhüllt, doch die Sonne lässt den Hut des kleineren Mannes wie eine graue Flanellfackel leuchten. Die Männer scheinen angeregt zu diskutieren. Einer von ihnen deutet auf eine Zeitung, die in der Mitte gefaltet ist. Amina rückt näher.

»Auf Wiedersehen, Kamerad«, sagt der Größere, der seine Zigarette über das Geländer schnippt.

Amina ist überrascht über diesen Ausdruck. Kamerad – ein Wort, das nur von Kommunisten verwendet wird. Plötzlich bekommt die Begegnung dieser beiden Männer etwas Geheimes und Gefährliches. Vielleicht sind sie Spione.

»Ja, den wären wir los«, sagt der Kleinere.

Beide lachen und gehen hinein zum Fahrstuhl.

Amina greift zur Zeitung. Auf der ersten Seite der *Buffalo Daily News* steht das Datum 6. März 1953 und die Überschrift »Stalin tot«. Ein scheinbar wohlwollender Diktator blickt Amina von dem Schwarzweißfoto entgegen. Sie lächelt über seinen Tod. Doch als sie liest, wie er starb, erstirbt auch ihr Lächeln schlagartig.

Ein Schlaganfall mitten in der Nacht? Und das beim Anführer derjenigen Truppen, die meine Familie und mein Land zerstört haben? Er hätte durch eine Kugel sterben sollen. Durch tausend Kugeln. Er hätte den langsamsten und qualvollsten Tod der Weltgeschichte sterben sollen. Aber die Nachricht ist trotzdem gut. Sehr gut. Und die Luft ist klar, der Himmel strahlend blau, die Sonne warm und der Tag voller Hoffnung. Mit Sicherheit befreit mich Stalins Tod von meinen Alpträumen, und vierundzwanzig Stockwerke unter mir wird mich ein Richter bald von den Fesseln einer Vernunftehe befreien.

Ein interessanter Zufall, findet Amina. George bat sie vor zwei Wochen, mit ihm zum Aschermittwochsgottesdienst zu gehen. Sie stimmte zu, versteht aber immer noch nicht, warum. Gab es eine Verbindung zwischen dem Tod des Bösen und einer Rückkehr des Glücks? Darauf hoffte sie jedenfalls schon lange. Amina hatte seit der Beerdigung ihres Vaters keine Kirche mehr betreten, auch nicht mit George, was ihn nur noch mehr verbitterte. George Meinert sehnte sich nach allen Insignien einer Familie, zu denen auch gehörte, dass seine schöne Frau am Sonntag in der Kirche, in der er getauft worden war, neben ihm saß. Amina verweigerte ihm nicht nur die körperliche Intimität einer Ehe, sondern auch solche kleinen Gefälligkeiten, die eine respektvolle Beziehung ausmachten.

Doch aus einem seltsamen Grund gab Amina am Tag vor Aschermittwoch, genau zwei Wochen vor ihrer Scheidung, nach. Vielleicht als Entschuldigung für die Zeiten ihrer Abwesenheit, die George so große Schmerzen bereitet hatten? Vielleicht, um seine Überzeugung zu widerlegen, dass sie, wenn sie vor einem Altar kniete, zu einem anderen Menschen werden und damit ihre Ehe retten würde? Oder vielleicht hatte sie angefangen, Gott zu vergeben? Doch der Aschermittwoch, der primitivste, makaberste Feiertag der Christen, war von einer völlig seltsamen Liturgie geprägt. Welche Eiseskälte die geflüsterten Worte des Priesters – »Denn Staub bist du, und zum Staub wirst du zurückkehren!« – ausstrahlten, um einem dann, als Erinnerung an seine grausame Botschaft, mit seinem Daumen, den er in die Asche der Palmzweige des vergangenen Jahres getaucht hatte, ein hässliches schwarzes Kreuz als Zeichen der Demütigung auf die Stirn zu malen.

Doch zu Aminas Überraschung war während des Gottesdienstes ein Wunder geschehen. Sie hatte an diesem Nachmittag eine so umstürzlerische Botschaft gehört wie nie zuvor in einer Kirche.

»In alter Zeit diente die Fastenzeit dazu, berüchtigte Sünder und Verbrecher, die aus der Kirche ausgeschlossen worden waren, mit der Gemeinde und Gott zu versöhnen«, sagte der Priester während seiner Predigt.

Während der Priester sprach, glaubte Amina, die Schreie der Büßer, die um Vergebung baten, und das freudige Weinen zu hören, wenn offene Hände statt Fäuste ausgestreckt wurden. In diesem Moment fragte sich Amina Rabun-Meinert, ob es dies war, was das Christentum der Welt bot – Versöhnung statt heiliger Male und geheimnisvoller Worte.

Am Aschermittwoch 1953 nahm Amina Rabun-Meinert dieses Angebot an – um ihrer selbst willen, ja, aber, was noch wichtiger war, um ihres Vaters und Onkels willen, deren während des Kriegs begangene Sünden unaussprechlich waren und die nicht selbst um Vergebung bitten konnten. So flehte Amina Rabun an diesem unglaublichen Aschermittwoch um Vergebung für alle Taten und Unterlassungen. Und für diesen flüchtigen Moment der Reue erwartete sie von Gott nichts Geringeres als ein Ende der Bestrafung ihrer Familie. Lange hatte sie nämlich geglaubt, die Morde und Vergewaltigungen in Kamenz wären die Bestrafung für die Sünden ihres Vaters und Onkels gewesen.

Wieder sah Amina auf die Zeitung hinab und dann über

den riesigen funkelnden See. Der Tod von Joseph Stalin war ein hübsches Symbol für einen neuen Bund mit Gott, bekräftigt durch die Milliarden winziger Regenbögen, die auf der gefrorenen Wasseroberfläche mit den Eiskristallen verschmolzen.

20

Als der Hohe Rechtsgelehrte von Schemaja befand, ich hätte mich ausreichend mit dem Leben von Amina Rabun befasst, zitierte er mich in sein Büro am Ende des endlosen Flurs, der noch anstaltsmäßiger und freudloser wirkte als bei meinem ersten Besuch – eine Art Beförderungsabteilung für Seelen. Ich ging davon aus, dass Luas der Cheftechnokrat war, obwohl ich mich nach allem, was ich in Schemaja gesehen hatte, langsam fragte, ob der Bürokrat oder sogar die Bürokratie an sich korrupt war.

Ich war wütend auf Luas, weil er mich nicht über Elymas und die Möglichkeit informiert hatte, Bo und Sarah sehen zu können. Er würde natürlich wissen, dass ich abgehauen war, da er alles über mich wusste, ohne dass ich ein Wort darüber verlieren musste. Ich erwartete, gescholten zu werden, wie Elymas mir angekündigt hatte, doch stattdessen lächelte mich Luas gütig von der anderen Seite seines Schreibtisches aus an.

»Also, wie sollen wir Miss Rabun präsentieren?«

Wir wichen uns gegenseitig aus. »So, wie sie ist«, antwortete ich.

»Natürlich«, stimmte er zu. Er trug dieselbe Kleidung wie damals, als er mich blutüberströmt und nackt am Bahnhof vorgefunden hatte: Sportjacke, Hose, am Kragen offenes

Hemd. Ich trug Jeans, ein T-Shirt und Turnschuhe, das Übliche, wenn ich am Wochenende im Büro noch ein paar Akten durchgegangen war. Luas schaukelte auf seinem Stuhl vor und zurück. Zwei dünne Rauchsäulen stiegen von den beiden Kerzen auf dem Schreibtisch und eine aus der Pfeife in seiner Hand in die schale Luft auf. »Aber welchen Teil von ihr?«, fragte er. »Wir können nicht jeden Moment ihres Lebens abspielen. Das wäre sinnlos. Als Präsentatoren gehen wir selektiver vor. Wir müssen die Entscheidungen präsentieren, die sie getroffen hat.«

Entscheidungen. Dasselbe Wort, das Haissem im Gericht zu Beginn seiner Präsentation von Toby Bowles verwendet hatte: »Er hat entschieden!« Was entschieden? In einer Bahnhofshalle mit Tausenden anderer Seelen zu warten, während Bürokraten den Algorithmus ihrer Ewigkeiten durcharbeiten?

»Welche Entscheidungen wären das?«, wollte ich wissen.

»Die Entscheidungen, von denen Jahwe einst Noah versprach, dass wir sie treffen würden«, antwortete Luas, die Pfeife zwischen die Zähne geklemmt. Er war wie besessen von Noah und der Sintflut. Alle seine Metaphern endeten schließlich damit.

»Bist du hier gelandet, nachdem du ertrunken bist?«, fragte ich mit affektiertem Grinsen.

»Nein. Ich wurde enthauptet.«

Ich sah ihn skeptisch an. »Aber du scheinst einen Kopf zu haben.«

Luas lächelte. »Nun ja, du hast ihn dorthin gesetzt, also habe ich wohl einen. Aber während meines Lebens sah ich ganz anders aus, als du mich jetzt siehst. Es gibt keine Körper in Schemaja, Brek, nur Gedanken. Du hast die Freiheit, mich so zu kleiden, wie es dir gefällt. Wenn dir der Gedanke an mich als Kombination aus den Mentoren, die du während deines Lebens geschätzt hast, nicht mehr dient, wird sich meine Erscheinung ändern.« Diese Erinnerung an die Unwiderruflichkeit meines Todes war schmerzhaft. Die meiste Zeit wirkte Schemaja wie das Leben, wie eine Art Disney World voller Wunder und Überraschungen – und manchmal voller Schrecken. Dennoch war es Leben. Die Vorstellung, dass nichts davon real war – die Kerzen, der Schreibtisch, das Büro, der Bahnhof, selbst unsere Körper –, war nicht nur schwer zu begreifen, sondern auch schwer zu akzeptieren.

»Wie ist es passiert?«, fragte ich, weil ich lieber über Luas' Tod redete als über meinen. »Ich meine, wie wurdest du enthauptet? War es ein Unfall?«

Luas paffte nachdenklich an seiner Pfeife. »Um eine solche Frage zu beantworten, muss man am Anfang beginnen. Warum hat Jahwe versprochen, die Erde nicht zu zerstören, nachdem er genau das gerade erst getan hatte?«

Wie gesagt, er war besessen. »Ich glaube, das haben wir schon besprochen, als ich herkam«, erinnerte ich ihn.

»Haben wir das? Ach ja, du hast recht. Tut mir leid. Ich habe dich mit einer anderen neuen Präsentatorin verwechselt. Dann nehmen wir den Faden dort wieder auf, wo wir ihn haben fallen lassen. Was wäre, wenn Noah nicht gehorcht hätte?«

Ich wurde ungeduldig. »Auch diese Frage wurde bereits gestellt und beantwortet, Euer Ehren.« Mit diesem Satz hatte ich vor Gericht Zeugen geschützt, die gepiesackt wurden.

»Er wäre mit den anderen getötet worden«, beantwortete Luas seine Frage selbst. »Ein ungewöhnlich hoher Preis für Ungehorsam, meinst du nicht auch?«

»Nun, die Todesstrafe ist tatsächlich die Höchststrafe.« Ich hatte schlechte Laune und wollte ihm zeigen, dass ich mich ärgerte.

»Doch dies war die Todeshöchststrafe, Brek. Nicht nur für Noah, sondern für seine Familie und die gesamte Menschheit. Ebenso wie für das Tierreich. Ungehorsam bedeutete das Ende von allem, nicht nur das von Noah. Das Risiko hätte nicht höher sein können.«

»Bei dir geht es immer nur um Entscheidungen«, merkte ich an. »Welche Entscheidung konnte Noah denn schon treffen? Eine Arche bauen oder alle sterben lassen? Die Menschen machen aus ihm eine Art Held, weil er Gottes Befehl gehorchte. Ihm wurde die größte Waffe der Welt an den Kopf gehalten. Wer hätte da nicht eine Arche gebaut? Aber er tat nur das, was jeder andere auch getan hätte, um seinen Kopf zu retten.«

Luas legte seine Pfeife in einen Aschenbecher auf dem Schreibtisch und erhob sich. »Genau. Jetzt machen wir Fortschritte. Also, wie sollen wir Miss Rabun präsentieren?«

»Was meinst du mit *genau*?«

»Was tat Noah als Erstes nach der Flut?«

»Ich weiß nicht.«

»Er brachte ein Brandopfer dar.«

Ich zuckte mit den Schultern. »Wenn du das sagst.«

»So steht es in der Bibel«, erwiderte Luas. »Warum ein Brandopfer darbringen?«

»Ich weiß nicht. Um Gott zu danken?«

Luas ging in seinem kleinen Büro auf und ab. »Korrekt. Und welchen Wert hatte sein Opfer?«

»Ich denke, was alle Opfer wert sind.«

»Wirklich?«, fragte Luas. »Dieser Mensch, Noah, war

gerade Zeuge eines Massenmordes an Millionen von Menschen und Tieren gewesen. Wie du selbst sagtest, wer wäre nicht dankbar gewesen, verschont worden zu sein? Aber sieh die Sache doch mal aus Gottes Perspektive, Brek. Was hatte Gott damit wirklich bezweckt?«

Eine gute Frage. Was hatte Gott wirklich bezweckt? Warum kümmerte er sich überhaupt um uns? »Respekt, denke ich«, antwortete ich schließlich. »Respekt. Liebe. Das Gleiche, was alle wollen.«

»Genau. War es jedoch das, was aus Noahs Brandopfer nach oben waberte? Respekt und Liebe? Oder war es etwas anderes? Der Gestank der Angst vielleicht? Die Angst vor plötzlichem Tod und Vernichtung …«

»Aber …«

»In der gesamten Geschichte herrschte die Tendenz vor, die Sintflut aus der Sichtweise der Menschheit zu lesen, aus der Sicht des Angeklagten: der Niedergang des Menschen, die Zerstörung des Menschen, der Gehorsam eines Menschen, die Erlösung eines Menschen, der Erntedank eines Menschen, das gesicherte Überleben der Menschheit. Aber vielleicht wurde die Geschichte nicht erzählt, damit wir die Lage der Menschen verstehen, die wir bereits zur Genüge kennen. Vielleicht wurde sie erzählt, um die Lage Gottes zu verstehen.

Noah baute die Arche, weil der Preis für seinen Ungehorsam inakzeptabel war. Er brachte ein Opfer dar, weil er Gott besänftigen wollte. Das tat er nicht aus Liebe zu Gott. Nicht, dass wir Noah kritisieren sollten … er tat genau das, was er tun musste. Aber bei genauerem Hinsehen erkennen wir, dass es um die Göttlichkeit an sich ging, die sich in ironischer Weise hier offenbarte und die Gesten herabwürdigte und Noahs Gehorsam und Opfer entweihte. Die Geschichte von Noah ist die Geschichte von Gottes Bedürfnis nach dem Menschen, Brek, nicht dem Bedürfnis des Menschen nach Gott. Sie erklärt auch, warum, weil wegen dieses göttlichen Bedürfnisses die Möglichkeit für das Böse zugelassen werden muss, damit es auch die Möglichkeit für Liebe gibt. Sie erklärt, warum im Anbeginn der Zeit eine Schlange im Garten Eden lebte und warum sie sich bis zum Ende aller Zeiten um unsere Füße schlängeln wird.«

»Das verstehe ich nicht«, sagte ich.

»Sieh mal. Was sich in diesen vierzig Tagen änderte, war das Wesen der Beziehung Gottes zum Menschen, nicht das Verhältnis des Menschen zu Gott«, erklärte er. »Gott änderte *seine* Sichtweise. Wir haben unsere nicht geändert. Denk einmal darüber nach. Die Menschheit hat einen schrecklichen Preis bezahlt, aber wir haben gewonnen. Jahwe erkannte das Problem in dem Moment, in dem sich das Wasser zurückzog und das Opferfeuer angezündet wurde. Durch die Bestrafung des Menschen für seinen Ungehorsam und Gottes Abwendung zerstörte die Sintflut auch die Liebe. Es ist wichtig, dass du das verstehst, Brek. Damit wahre Liebe bestehen kann, muss es auch die Möglichkeit geben, nicht zu lieben. Wenn Liebe verlangt und erpresst wird, wird sie zu Angst, und Angst ist das Gegenteil von Liebe.

So hatte Jahwe eine schicksalsträchtige Entscheidung getroffen. Er hätte die Möglichkeit der Sünde akzeptieren können, um den höheren Preis der Liebe zu erhalten, oder er hätte die falsche Anbetung der Geschöpfe, die vor Schreck nichts anderes tun konnten, aushalten müssen. Er tat Ersteres und schenkte der Menschheit die Freiheit der Entscheidung. Unser Verständnis für diesen Akt ist so entscheidend, dass Jahwe die Brechung des Lichts in die vielen Farben des Regenbogens als ewiges Symbol für unsere Freiheit erwählte, verschiedene Wege gehen zu können. Egal, wie weit wir uns entfernen, egal, wie sehr es weh tut – uns selbst oder auch Gott.«

Luas kehrte auf seinen Stuhl hinter dem Schreibtisch zurück.

»Wir alle sind Erben dieses Versprechens, Brek. Wir alle, einschließlich Amina Rabun. Doch dieses Versprechen ist sowohl ein Versprechen als auch ein Fluch. Mit der Entscheidungsfreiheit geht die Verantwortung für die jeweilige Entscheidung einher. Der Gerichtssaal ist der Ort, wo diese Entscheidungen und die Verantwortung bewertet werden. So frage ich dich erneut: Wie sollen wir Amina Rabun präsentieren?«

21

Elymas sitzt auf dem Schaukelstuhl in Sarahs Zimmer und stößt sich mit seinem Stock an einer Kante ihres Kinderbettes ab. Er erwartet mich. Ich habe meine Entscheidung getroffen. Ich muss Bo und Sarah wiedersehen. Er zeigt mir sein zahnloses Lächeln, als ich eintrete. Ich bin hier, um meinen Mann und meine Tochter zu sehen, doch ich habe das Gefühl, etwas Zwielichtiges zu tun, als würde ich Drogen kaufen.

»Soll ich dich zu ihnen bringen?«, fragt Elymas.

»Ja.«

Seine Augen weiten sich, und ich verschwinde in ihnen. Diesmal tauche ich an einem ruhigen Landfriedhof auf einem abfallenden Hügel wieder auf, der sich, im Gebet verneigt, an den bewaldeten Bald Eagle Mountain lehnt. Ich bin schon mehrmals hier gewesen. Dies ist der Friedhof in der Nähe des Hofes meines Großvaters, wo die Familie Cuttler ihre Toten beerdigt. Es ist ein hübscher Ort. Ein trauriger Ort. Die Sonne scheint an diesem Tag heiß vom Himmel herab, doch die Gräber haben kein Gefühl für die Sonne oder deren Hitze. Roteichen hüllen mit ihrem Requiem die Schlafenden ein, zeigen mit papierdünner Membran aus Chlorophyll, wie mühelos die Dunkelheit dem Licht überlegen ist. Doch die Schatten, die sich unter den Blättern bewegen, scheinen einer anderen Dunkelheit und einem anderen Licht zu entspringen. Sie flackern über die Steine und tanzen übers Gras, unabhängig von den sich wiegenden Bäumen oder den kleinen, im Wind flatternden Flaggen.

Am Ende einer Reihe gutgepflegter Gräber kniet ein über fünfzigjähriger Mann. Sein Haar fängt bereits an, lichter und sein Bauch dicker zu werden. Er ähnelt Bos Vater, Aaron, als ich ihn kennenlernte und er im Garten hinter seinem Haus Unkraut zupfte. Der Mann auf dem Friedhof hört, wie ich durchs Gras raschle, und erhebt sich. In seiner rechten Hand hält er eine kleine silberne Teetasse, in seiner linken eine schwarze Kippa. Die Tasse fällt auf den Boden, als er mich sieht, zerschlägt auf einem Silbertablett, das am Fuß eines kleinen Granitgrabsteins steht. Ich erkenne den Namen nicht. Durch den Aufschlag kippen eine silberne Teekanne und zwei weitere Tassen um. Der Inhalt ergießt sich aufs Grab.

»Brek?«

»Bo?«

Wir rennen um die Grabsteine herum, um uns zu umarmen.

»Ich wusste, du würdest heute kommen«, flüstert er.

Ich sehe ihn an. Er ist ausgemergelt, wirkt, als wäre er um Jahrzehnte gealtert, eine kraftlose Hülle des Mannes, den ich einst kannte. »Bist du krank?«, frage ich.

»Nein, warum?«

»Weil … weil du nicht gut aussiehst. Du siehst ganz anders aus als vorgestern, als wir uns trafen.«

»Vorgestern?«

»Ja, vorgestern, auf dem Spielplatz mit Sarah. Hast du das schon vergessen?«

Er hält mich auf Armeslänge von sich fern. »Das ist fünfzehn Jahre her, Brek.«

»Nein«, beharre ich. »Es war vorgestern. Du kamst gerade vom Laufen zurück, und wir haben Sarah auf die Schaukel gesetzt. Du hast mir gesagt, dass du bei David wohnst und dass dein Leben langsam wieder normal wird. Du hast eine Stelle in New York gesucht.«

»Ich erinnere mich. Das war vor fünfzehn Jahren. Schau …«

Er geht zum Grab zurück, zieht eine Ausgabe der *Centre Daily Times* unter dem Tablett hervor und zeigt sie mir. Die Überschrift lautet: »Mörder hingerichtet«. Das Datum: 21. Juli 2009.

Bo führt mich zum Stumpf einer großen Eiche am Ende der Gräberreihe, wo wir Platz nehmen. Er trägt eine faltige Stoffhose und ein Polohemd, das aussieht, als hätte er darin geschlafen. Sein Gesicht ist mit grauen Stoppeln übersät.

»Ich habe die Stelle in New York bekommen und wieder verloren«, erzählt er niedergeschlagen. »Seitdem konnte ich eine Stelle nie länger als ein halbes Jahr halten. Kein Fernsehsender wird mich je wieder nehmen. Sie haben Angst vor Menschen, die die Wahrheit sagen. Vielleicht habe ich ein bisschen zu viel getrunken und einige Abgabetermine verpasst. Aber Fernsehen ist reiner Schwindel, Brek, und Nachrichten sind es auch. Es ist alles nur Vorspiegelung falscher Tatsachen.«

Ich kann nicht glauben, wie sehr er sich verändert hat. Er ist paranoid und hat Zuckungen wie ein Drogenabhängiger oder Alkoholiker.

»Ich komme aber ganz gut zurecht. Ich bin jetzt Berater in einem Obdachlosenheim. Dort kann ich bleiben, bis ich mich etwas erholt habe. Es sind gute Menschen. Ich leite eine Gruppe der Anonymen Alkoholiker und kümmere mich um ein paar Dinge. Vielleicht mache ich einen Dokumentarfilm. Ich habe mit ein paar alten Freunden beim Sender gesprochen. Die Leute glauben, Obdachlose sind Tiere, dabei sind sie wie alle anderen auch. Sie haben ein normales Leben geführt, bis irgendwas schieflief.«

Bo streckt seine Hand nach meiner aus, doch ich ziehe sie zurück.

»Habe ich mich so sehr verändert?«, fragt er.

Dies ist nicht der Bo Wolfson, den ich kannte, der Mann, in den ich mich verliebte und der der Vater meiner Tochter ist, der brillante, entschlossene Reporter, der attraktive Sprecher der Morgennachrichten, der mit Piper Jackson von den Reklametafeln herablächelte. »Ja, sehr«, sage ich.

»Ich habe dich so vermisst, Brek«, sagt Bo. »Als ich hörte, dass Bowles, dieses Schwein, heute Morgen hingerichtet werden würde, musste ich einfach hingehen und zusehen. Keine Entschuldigung. Keine Reue. Nichts. Keiner seiner rechtsextremen Freunde der *Elf* hatte den Mumm herzukommen. Sie haben sich alle verkrochen. Es hat mir gefallen, ihn zittern zu sehen, als sie den Strom angestellt haben. Aber du hast ja auch alles gesehen. Ich wusste, dass du da warst. Ich habe dich in dem Raum gespürt.«

»Wer, Bo? Von wem redest du?«

»Otto Bowles. Bist du nicht deswegen hergekommen? Weil endlich alles vorbei ist und Gerechtigkeit geübt wurde? Jetzt kannst du in Frieden ruhen. Und ich werde neu anfangen. Mein Leben in Ordnung bringen. So alt bin ich ja noch nicht. Vielleicht mache ich auch wieder Nachrichten.

Ich wäre ein toller Produzent. Ich habe mit ein paar alten Freunden beim Sender gesprochen …«

Oh, mein Gott, natürlich! Bo weiß, wie ich starb! Ich hätte ihn schon vorher fragen sollen, doch mein Besuch war so kurz. Dies ist meine Chance, es herauszufinden.

Ich packe ihn an den Schultern und schüttle ihn hektisch. »Bo, wurde ich ermordet? Wurde ich von Otto Bowles ermordet?«

In der Ferne steigt Elymas langsam die steile Straße herauf, die den Friedhof zweiteilt. Sein schwacher Körper passt sich jedem seiner kleinen Schritte an, bevor er den nächsten geht.

»Es ist Zeit«, ruft er mit trockener, abgehackter Stimme. »Es ist Zeit, Brek Abigail Cuttler. Komm mit. Es ist Zeit.«

Bo schließt die Augen und bedeckt seine Ohren. »Nein!«, ruft er. »Nein, nicht wieder diese Stimmen!«

»Bo«, schreie ich. »Bitte, sag mir, wie ich starb. Ich muss es wissen.«

»Komm mit, Brek Cuttler«, ruft Elymas wieder. »Es ist Zeit.«

Ich blicke hinunter zur Zeitung, die auf dem Boden neben Bo liegt. Wenn fünfzehn Jahre vergangen sind, muss Sarah eine fast erwachsene Frau sein. Sie muss alt genug sein, um mir ebenfalls sagen zu können, wie ich starb. Ich sehne mich nach ihr. Mein Herz springt vor Hoffnung. Wieder schüttle ich Bo. »Bo! Schnell! Ich muss gehen. Sag mir nur, wo Sarah ist.«

Bo öffnet die Augen, lässt seine Hände sinken und sieht mich ungläubig an. »Was meinst du damit, wo Sarah ist?«

»Wo ist sie?«, flehe ich. »Beeil dich, ich muss sie sehen.«

Bo erhebt sich aus dem Gras und rennt fort, mäandert

zwischen den Grabsteinen hindurch, die Hände gegen den Kopf gepresst, als hätte er Schmerzen. Ich jage ihm hinterher.

»Warte! Warte, Bo!«, rufe ich. »Was ist los?«

»Warum tust du mir das an?«, ruft er. »Bitte, bitte lass mich einfach in Ruhe.«

Er schlägt einen Haken und kehrt zu dem Grabstein und dem umgekippten Teeservice zurück, wo ich ihn angetroffen habe. Er sinkt auf die Knie, sein Gesicht tränenüberströmt.

Elymas kommt näher. »Komm mit, Brek Cuttler«, befiehlt er. »Es ist Zeit.«

»Bo, bitte!«, schreie ich. »Bitte, es ist in Ordnung. Alles ist in Ordnung. Sag mir nur, wo Sarah ist.«

Wütend blickt er zu mir auf. »Was meinst du damit, wo Sarah ist?«, brüllt er. »Weißt du das nicht?« Er deutet auf den Grabstein. Oben eingemeißelt befindet sich ein Kruzifix, das über einem Davidsstern liegt. Diese Gotteslästerung ist zunächst verwirrend, doch irgendwie sehen die Symbole gut miteinander aus, als würden die senkrechte und die horizontale Linie den Gedanken der übereinanderliegenden Dreiecke vervollständigen und eine natürliche Schlussfolgerung darstellen, wenn man sie, ähnlich wie einen Zauberwürfel, richtig dreht. Darunter stehen auf der glänzenden Oberfläche in schwarzen großen Druckbuchstaben die Worte CUTTLER-WOLFSON. Und darunter in kleineren Buchstaben:

BREK ABIGAIL
4. Dezember 1963–17. Oktober 1994
Mutter

SARAH ELIZABETH
13. Dezember 1993–17. Oktober 1994
Tochter

Heißen Tee und Bienenhonig, den teilen wir, und noch mehr …

22

Nana Bellini stand im Garten hinter ihrem Haus tief über eine Reihe Tomatenranken gebeugt, die unter der Last reifer roter Früchte nach unten hing. Ihr silbergraues Haar, das unter dem sich verdunkelnden Himmel eines heraufziehenden Sommersturms schimmerte, hatte sie zu einem Dutt zusammengebunden. Sie summte vor sich hin, während sie einen kleinen Korb mit frischen Tomaten füllte, merkte aber, dass ich in der kühlen Frühlingsluft plötzlich neben ihr stand und sie beobachtete. In der Mitte der Reihe zwickte sie eine riesige Fleischtomate ab, die so aufgequollen war, dass die gerissene Haut das rosa Fleisch darin freilegte. Sie hielt sie hoch, um sie mir zu zeigen.

»Auch Gemüse leidet unter Überfluss ebenso wie unter Mangel«, bemerkte sie. »Einige, wie diese hier, sind prunkvoll und kühn und nehmen sich alles, was sie bekommen können. Andere nippen nur das, was sie brauchen, und freuen sich, dass sie es mit der Gemeinschaft teilen können.« Sie zog ein Gewirr aus durchschnittlich großen Tomaten auseinander und zeigte auf eine verkümmerte Tomatenstaude, die allein auf einem Flecken dürrer, gerissener Erde stand. »Und dann gibt es da noch die Asketen, die vergnügt leiden, ohne Hoffnung darauf zu haben, selbst einmal Früchte zu tragen, aber in dem Wissen, dass ihr Opfer den Boden in der nächsten Saison fruchtbarer machen wird und sie die Frucht der zukünftigen Generationen sein werden.« Sie drehte sich zu mir. »Der weise Bauer schätzt alle Früchte gleich. Wenn er eine Frucht der anderen vorzieht, leidet der gesamte Garten.«

Ich trat näher. Ich war nicht hier, um über Gartenpflege zu sprechen. »Warum hast du mir nicht gesagt, dass Sarah tot ist?«, fragte ich. »Dachtest du wirklich, ich würde es nicht herausfinden?«

Nana unterbrach ihre Arbeit und schob ihren Arm durch den Henkel des Korbes, so dass er an ihrem Ellbogen herunterbaumelte. Kleine Krümel schwarzer Erde klebten an ihren faltigen Fingern und ihrem blauen Jeansrock. »Es gab nichts zu sagen, meine Liebe«, antwortete sie. »Du wusstest es schon die ganze Zeit. Du wolltest dich nicht erinnern, weil du noch nicht bereit dafür warst.« Ich hatte ihr nichts mehr zu sagen – sie hatte mich getäuscht. Jetzt musste ich meine Tochter suchen. Sarah musste irgendwo in Schemaja sein.

Ich rannte durch den Wald zum Bahnhof, riss die Tür weit auf und rief den Seelen darin zu: »Lauft! Lauft weg, solange ihr noch die Gelegenheit dazu habt!«

Doch sie wagten nicht, sich zu bewegen. Sie sahen mich ebenso misstrauisch an, wie die Rinder meinen Großvater angesehen hatten, ohne zu blinzeln, wenn er ihnen etwas Gutes tun wollte. Es hatte eine Zeit gegeben, in der sie durch diese Tür gehuscht wären, doch damals hatten sie ihren Tod immer noch für eine Phantasie gehalten. Wie real er geworden war und wie bald schon das Jüngste Gericht über ihr Leben verhandeln würde!

Ich hatte die Bahnhofshalle ohne Augenbinde betreten, weil ich nach Sarah suchte. Welch grausame Aufgabe. In den Erinnerungen der Seelen erkannte ich, wie sie gestorben waren. Säuglinge, Kinder und Erwachsene in jeder erschreckenden Gestalt und in allen grausamen Formen des Todes hielten sich hier in der Halle auf – dahingesiecht durch Hunger und Elend, voller Blasen und Brandwunden, angenagt und verdaut, mit Löchern von Pistolenkugeln und klaffenden Wunden von Messern, blau angelaufen vom Ertrinken, aufgedunsen durch Verrottung, zerfetzt, zerhackt, zermalmt, vergiftet, getötet durch eigene und fremde Hand, gestorben durch Unfall, Krankheit, Alter, Einwirkung Gottes. Doch ihre Geschichten berührten mich nicht mehr. Jetzt interessierte mich nur noch eine Geschichte. Überall suchte ich nach Sarah, doch sie war nicht dabei. Obwohl ich mir sehnlichst wünschte, sie zu sehen, wie eine Mutter, die nach einer Katastrophe das Leichenschauhaus durchsucht, war ich erleichtert. Und dann erschreckt.

War sie bereits aufgerufen worden? War sie bereits verurteilt und ohne mich gegangen?

Hektisch rannte ich von der Bahnhofshalle fort, um sie woanders zu suchen. Mir fiel nur ein Ort ein, wo ich suchen könnte.

Mit dem goldenen Schlüssel, den Luas mir gegeben hatte, öffnete ich die Tür zum Gerichtssaal. Niemand sonst war hier. Nur Gott und ich, allein, im Heiligtum der Heiligtümer. Er hatte mir meine Tochter weggenommen. Ich war gekommen, um sie mir zurückzuholen. Ich war nicht so vertrauensselig wie Abraham und Isaak. Ich ging zum Stuhl des Präsentators und blickte den Saphirmonolithen entlang nach oben, wo ich die glatte Oberfläche nach dem Hauch eines Makels absuchte, der ein Zeichen für Anerkennung oder Mitleid sein könnte. Als ich nichts fand, fragte ich in aller Bescheidenheit angesichts meiner Nacktheit: »Kann ich sie sehen? Ich habe ihr das Leben geschenkt.«

Gott starrte weiter vor sich hin, ohne zu blinzeln und ohne zu erkennen zu geben, ob er mich oder meine Bitte wahrnahm oder ich viel zu unbedeutend war, um bemerkt zu werden.

»Wo ist sie?«, schrie ich aus voller Kehle.

Die Antwort kam als ohrenbetäubende Erschütterung von Stille – die Stille von Gottes Liebe, eingezogen in ein endloses Vakuum des Raumes, gehört von der Seele, nicht den Ohren, und auch von ihr und nicht dem Herzen beklagt. Ich blickte mich im Gerichtssaal um. Die Wände pulsierten mit der reinsten Energie des Universums, während gleich draußen, in der Bahnhofshalle, die Wände mit dem unschuldigen Blut der Menschheit besudelt waren – dem Blut derjenigen, die nach unerreichbaren Maßstäben von einem Richter verurteilt werden, der sich selbst des Verbrechens schuldig gemacht hat.

»Wo ist meine Tochter?«, schrie ich noch einmal. »Gott verdammt noch mal! Was hast du mit ihr getan?«

Gott erschuf alles.

Gott erschuf das Böse.

Gott ist alles.

Gott ist das Böse.

Gott wird das Böse bestrafen.

Daher muss Gott sich selbst bestrafen.

Ich reckte meine Arme nach oben, wie Haissem es getan hatte. Und gemeinsam mit allen Männern, Frauen und Kindern, die es seit Anbeginn der Zeit gab, rief ich:

»Ich präsentiere Gott, den Schöpfer des Himmels und der Erde … Er hat entschieden!«

Der Gerichtssaal zerbarst in eine Milliarde Pfeile aus Dunkelheit.

Ich befinde mich in einem wunderschönen Paradies. Mein Name ist Eva.

Ich bin Schöpfung, ein erster Gedanke und ein letzter, ein Anfang ohne Ende.

Ich bin ein Davor, ein Danach, ein Raum dazwischen.

Ich bin Geist, ein einzelner Atemzug Gottes.

Ich bin Liebe.

»Ich bin Liebe! Ich bin Liebe!«, singt die Luft. Auch das Wasser und die Geschöpfe, die schwimmen, kriechen, fliegen und gehen, singen es. Die Steine flüstern: »Ich bin Liebe«, während sie den Boden tragen, der »Ich bin Liebe« flüstert, und die Pflanzen trägt, die ebenfalls »Ich bin Liebe« flüstern und wiederum die Geschöpfe tragen und dabei ihre Köpfe zur Sonne heben, die »Ich bin Liebe« flüstert und das Paradies wärmt, durch das ich schreite.

Noch jemand wie ich schreitet durch dieses Paradies.

»Wir sind Liebe! Wir sind Liebe! Wir sind Liebe!«, singen wir. Und wir sind tatsächlich Liebe. Gegebene Liebe. Unendliche Liebe. Bedingungslose Liebe. Und das Wissen: Wir sind all dies. Und das Wissen: Dies ist alles, was ist.

Da bildete Gott, der Herr, den Menschen aus Staub vom Erdboden und hauchte in seine Nase den Atem des Lebens; so wurde der Mensch eine lebende Seele.
Und Gott, der Herr, pflanzte einen Garten in Eden im Osten, und er setzte dorthin den Menschen, den er gebildet hatte.
Und Gott, der Herr, ließ aus dem Erdboden allerlei Bäume wachsen, begehrenswert anzusehen und gut zur Nahrung, und den

Baum des Lebens in der Mitte des Gartens und den Baum der Erkenntnis des Guten und Bösen.
Und Gott, der Herr, baute die Rippe, die er von dem Menschen genommen hatte, zu einer Frau, und er brachte sie zum Menschen.
Und sie waren beide nackt, der Mensch und seine Frau, und sie schämten sich nicht.
Und die Schlange war listiger als alle Tiere des Feldes, die Gott, der Herr, gemacht hatte; und sie sprach zu der Frau: Hat Gott wirklich gesagt: Von allen Bäumen des Gartens dürft ihr nicht essen?
Da sagte die Frau zur Schlange: Von den Früchten der Bäume des Gartens essen wir;
aber von den Früchten des Baumes, der in der Mitte des Gartens steht, hat Gott gesagt: Ihr sollt nicht davon essen und sollt sie nicht berühren, damit ihr nicht sterbt!
Da sagte die Schlange zur Frau: Keineswegs werdet ihr sterben!
Sondern Gott weiß, dass an dem Tag, da ihr davon esst, eure Augen aufgetan werden und ihr sein werdet wie Gott, erkennend Gutes und Böses.

Die Schlange rollt sich auf einem Felsen zusammen, so dass ich sie besser sehen kann.

»Ist dies dann die einzige Möglichkeit?«, frage ich sie.

»Ja, das ist die einzige Möglichkeit«, antwortet sie. »Du sehnst dich nach der Erfahrung der Liebe. Aber Liebe kann man nur haben, wenn man auch das hat, was man nicht ist, weil man das, was Liebe ist, erst erfahren kann, wenn man vorher das kennengelernt hat, was nicht Liebe ist. Daher musst du dich von der Liebe trennen und den Bereich der Angst und des Bösen betreten.«

»Aber was ist Angst? Was ist das Böse?«

»All das, was du nicht bist.«

Adam und ich essen von der Frucht und werden all das, was wir nicht sind.

Wir hören Gottes Stimme. Adam treibt mich zwischen die Bäume hindurch, weil er sich verstecken will. Wir zittern und kichern. Wir streifen die Blätter entlang, die uns eine Gänsehaut bereiten, doch wir berühren uns auch gegenseitig und spüren unsere Wärme. Adam ist groß, stark und derb. Ich bin kleiner, schwächer und weich. Während ich ihn, der so anders ist als ich, sehe und berühre, erfahre und spüre ich mich zum ersten Mal selbst. Wir haben kein Verlangen, uns mit Gott, sondern uns miteinander zu vereinen.

Dann wird uns befohlen zu gehen.

Adam drückt seine Lippen auf meine. Ich schmelze in dem Geschmack seines Mundes. Jetzt flüstere ich: »Ich liebe dich! Ich liebe dich! Ich liebe dich!«

Jetzt befinde ich mich auf einem Feld. Man nennt mich Kain, Adams Sohn.

Der Wind auf der Erde ist heiß und treibt den Staub vor sich her. Ich schirme meine Augen ab, während ich einen Stock in den Boden ramme und Samen in die Löcher streue.

Meine Mutter hat mir von einem Ort ganz in der Nähe, aber weit entfernt, erzählt, von einem wunderschönen Ort, üppig und grün, wo es immer genug zu essen und zu trinken gebe und wo der Wind kühl und sauber sei. Sie hat mir erzählt, sie habe diesen Ort verlassen, um Liebe zu erfahren, und aus dieser Erfahrung habe sie mich hervorgebracht. Sie hat gesagt, als sie mich erschaffen und das erste Mal erblickt hatte, habe sie das gefühlt, was Gott gefühlt hatte, als er meinen Vater erschaffen hatte. Sie sagt immer, ich sei als perfektes Ebenbild Gottes erschaffen worden, weil sie und mein Vater als solche erschaffen wurden. Doch ich sehe keine Ähnlichkeit.

Abel kam nach mir. Meine Mutter und mein Vater sagen, sie lieben ihn ebenso wie mich, doch sie haben ihm das Leben immer leichter gemacht als mir. Er folgt den Herden, während ich den Boden pflüge. Er opfert für Gott die fetten Teile seiner besten Lämmer, während ich nur die spärlichen Erzeugnisse meiner Felder darbieten kann. Gott freut sich über Abels Geschenke mehr als über meine. Ich hasse Abel.

»Warum bist du so wütend?«, fragt Gott. »Bist du für mich nicht ebenso perfekt?«

»Du liebst Abel, mich aber nicht.«

»Das stimmt nicht, mein Sohn. Und wenn du an diesem Gedanken festhältst, wird er dein Untergang sein. Dennoch kannst du tun, was du willst.«

Abel ist schwach und lässt sich leicht täuschen. Ich sage ihm, ein Lamm sei verletzt, und führe ihn aufs Feld. Er sieht nicht, wie ich mein Messer herausziehe. Ich trete hinter ihn und schlitze seine Kehle auf. Ich sehe zu, wie sein Blut auf den Boden spritzt. Er hätte mir nicht Gottes Liebe wegnehmen dürfen.

Gerechtigkeit ist die süßeste Frucht in den Ländern östlich von Eden.

Der Gerichtssaal erscheint wieder. Ich bin nicht mehr allein – Luas und Elymas sitzen auf den Beobachterstühlen.

»Das war ziemlich kühn von dir, Gott vor Gericht zu stellen«, sagt Luas. »Wie lautete das Urteil?«

»Schuldig im Sinne der Anklage«, antworte ich und funkle ihn an. »Wo ist meine Tochter? Wo ist Sarah?«

»Das wirst du früh genug herausfinden, Brek Cuttler«, antwortet Elymas. Er winkt mich zu sich und Luas. »Komm, setz dich zu uns. Schau, wie Gottes Gerechtigkeit vollzogen wird.«

»Ha!«, höhnt Luas. »Du hast nichts mehr gesehen, seit ich dich für deinen Hochmut geblendet habe, du alter Bettler.«

»Das ist wahr«, stimmt Elymas zu. »Aber auch Justitia ist blind und sieht dennoch deutlicher als wir alle. Und du, Luas, wurdest einst wegen deiner Boshaftigkeit geblendet, wie ich mich erinnere. Wann wirst du aufhören zu denken, du wärst besser als ich? Wer ist der Nächste auf der Prozessliste?«

»Amina Rabun«, sagt Luas. »Hans Stössel wird ihren Fall präsentieren.« Er dreht sich zu mir. »Pass gut auf, Brek. Du wirst bald deinen ersten Mandanten präsentieren. Dies ist die letzte Phase deiner Ausbildung.«

»Und wenn ich mich weigere?«, provoziere ich ihn.

Luas schüttelt den Kopf. »Das ist nicht möglich.«

Ein älterer Mann betritt den Gerichtssaal, in der Hand einen goldenen Schlüssel wie meiner. Er ist groß und wirkt außergewöhnlich schwach und zerbrechlich, doch er trägt einen eleganten Zweireiher in europäischem Stil. Ich erkenne ihn auf Anhieb aus Aminas Erinnerungen als den Schweizer Anwalt, an den sie sich nach dem Krieg wegen der Auflösung ihres Familienvermögens gewendet hat. Ich weiß auch aus ihren Erinnerungen, dass er einige Jahre vor Amina starb.

Ich bin entsetzt, dass Hans Stössel Aminas Fall präsentiert. Auch wenn er während Aminas Leben ihr Anwalt war, trennten sie sich nicht im Guten. Er machte Amina für die Zerstörung seines Rufs und seiner Karriere und schließlich auch für seinen Tod verantwortlich. Amina hätte dem nicht widersprochen. Im Gegenteil, sie trug die Schuld an Hans Stössels Niedergang und Tod für den Rest ihres Lebens mit sich herum. Ihm zu gestatten, ihren Fall zu präsentieren, stellt einen deutlichen Interessenkonflikt dar. Er wird alles in seiner Macht Stehende tun, damit sie verurteilt wird. Die Ungerechtigkeit der Verhandlungen in Schemaja tritt noch deutlicher zutage, wird noch abschreckender.

»Ach, hallo, Hans, bitte komm rein«, begrüßt Luas ihn herzlich. Entweder ist er sich des Konflikts nicht bewusst oder in diesen verwickelt. »Wir haben dich erwartet.«

23

Die Präsentation von Amina Rabun beginnt sofort, noch bevor ich die Wahl von Hans Stössel als ihren Anwalt mit einem Befangenheitsantrag anfechten kann.

Der Gerichtssaal verschwindet, und in der gleichen Weise wie bei der theaterähnlichen Präsentation von Toby Bowles werden wir in eine andere Szene aus Amina Rabuns Leben versetzt. Diese findet im Verlegerbüro einer kleinen Zeitung im Vorort von Buffalo in New York statt, dem *Cheektowaga Register*. Amina sitzt bei geschlossener Tür hinter dem Schreibtisch und telefoniert. Sie trägt eine weiße Leinenbluse und einen knielangen Rock. Im Hintergrund dreht sich lautlos ein Tischventilator.

Amina sitzt in diesem Büro, weil Hans Stössel ihr riet, dass sie als Immigrantin und alleinstehende Frau ohne besondere berufliche Fähigkeiten, aber mit beträchtlichem Vermögen überlegen sollte, sich ein Geschäft zu kaufen, um sowohl ihr Geld als auch ihre Gedanken zu beschäftigen. Er empfahl ihr einen Blumenladen oder vielleicht eine Boutique, nichts, was zu anstrengend oder zu kompliziert wäre, doch Amina hörte, dass der unter finanziellem Druck stehende Zeitungsverlag zum Verkauf stand, und dachte, dass einen Zeitungsverlag zu besitzen interessanter wäre. Sie hatte geplant, den Herausgeber zu behalten, der den laufenden Betrieb weiterführen sollte, doch bald schon stimmte sie mit seinem redaktionellen Urteilsvermögen nicht mehr überein und warf ihn raus. Statt einen neuen Herausgeber einzustellen, entschloss sie sich, alles über das Zeitungsgeschäft zu lernen, und übernahm selbst die Leitung des Verlags. Damit würde sie ihr Leben neu beginnen und sich vielleicht leichter in ihre zweite Heimat integrieren. Wer wurde in einer Gemeinde mehr respektiert als der Herausgeber einer Lokalzeitung?

Amina schüttelt den Kopf, während sie dem Grossisten am anderen Ende der Leitung mit der Auflösung des Vertrags droht, wenn er nicht mit den von einem Konkurrenten angebotenen zehn Prozent Rabatt gleichzieht. Der Grossist, ein französischer Kanadier, hat Mühe, ihr Englisch mit deutschem Akzent zu verstehen.

Während dieses Telefonats klopft jemand an die Tür. Ein großer Mann mit Pomade im Haar steht auf der Schwelle. Hinter ihm herrscht reges Treiben in der Redaktion. Telefone klingeln, Reporter sprechen und tippen eifrig an ihren Schreibtischen. Der Mann an der Tür wirkt imposant, doch auch besorgt, als würde er wissen, dass er einer Feindin gegenübersteht, die noch gefährlicher ist als er. Dunkle Flügel aus Schweiß zeichnen sich auf seinem blauen Hemd ab, was nicht unbedingt ein Zeichen von Nervosität ist. Sowohl drinnen als auch draußen herrschen einunddreißig Grad, die relative Luftfeuchtigkeit beträgt hundert Prozent – Werte, wie sie im westlichen New York im Sommer immer gemessen werden.

Der Mann bläht seine Wangen zu kleinen rosafarbenen Ballons auf, als er tief Luft holt und sie wieder ausstößt. Mit der rechten Hand wischt er sich mit einem bereits nassen

Taschentuch über die glatte Stirn. In der linken Hand hält er einen langen Pappzylinder, wie ihn Architekten für ihre Blaupausen verwenden. Während er wartet, bis Amina ihr Gespräch beendet hat, lässt er den Blick seiner blauen Augen durchs Büro wandern wie zwei Schmeißfliegen, bis sie sich in der Ecke auf einer wunderschönen Tiffany-Lampe niederlassen. Sie streicheln die farbigen Glasblüten, schätzen ihren Wert ab und fliegen weiter zu einem gerahmten Schwarzweißfoto von Aminas Eltern an ihrem Hochzeitstag und einer Messingtafel, auf dem der *Cheektowaga Register* als beste Zeitung von New York im Jahre 1958 ausgezeichnet wird. Schließlich verweilt sein Blick auf einem Gemälde an der weißen Wand hinter Aminas Schreibtisch.

Dieses außerordentlich wertvolle Kunstwerk, ein Ölgemälde, würde man eher in einem Museum als im Büro der Herausgeberin einer Zeitung vermuten. Es ist ein Original des französischen Impressionisten Edgar Degas, ein Geschenk an Amina von einem Mann, der dem jetzigen Besucher an der Tür sehr ähnlich war und sich in einem ähnlichen Dilemma befand. Auf dem Bild ist ein Vater mit Stoppelbart, einem leichten Mantel und einer Zigarre zu sehen, der durch einen Pariser Park geht. Er ist in Begleitung seiner beiden hübsch gekleideten Töchter und ihrem Hund, und alle bewegen sich gleichzeitig in unterschiedliche Richtungen. Wenn Amina morgens das Büro betritt und das Gemälde sieht, erinnert sie sich, wie sie mit ihrem eigenen Vater samstagmorgens Dresdens breite Prachtstraße auf dem Weg zum Büro von Jos. A. Rabun & Söhne entlangspazierte und anschließend zum Mittagessen in ein kleines Café ging. Manchmal trafen sie sich in dem Café mit Katharina Schrieberg und ihrem Vater.

An der dem Gemälde gegenüberliegenden Wand in Aminas Büro steht ein Schrank aus poliertem Walnussholz mit vier Gedichtbänden aus dem Verlag Bette Press, den Amina mit dem Kauf des Zeitungsverlags gründete. Sie hatte den Verlag nach ihrer jungen Cousine benannt, die in Kamenz vergewaltigt und ermordet worden war. Auf dem Umschlag der Bände prangt in Goldblatt das Bette-Press-Verlagszeichen, ein rechteckiger Aufdruck eines kleinen Mädchens, das mitten in der Bewegung einer am dicken Ast einer Pappel hängenden Schaukel aufgenommen wurde. Ihr Haar und ihr Kleid flattern im Wind. Auf dem Regal steht der originale Holzschnitt dieses Verlagszeichens, noch immer mit der Tinte vom ersten Druck der Umschlagseiten überzogen. Es ist die Arbeit des Druckermeisters Albrecht Bosch, der in der Bauhaus-Schule studierte, bevor er vor den Nazis nach Chicago floh. Bosch überzeugte Amina, neben der Zeitung auch Bücher herauszugeben und ihn als Herstellungsleiter einzustellen. Der Entwurf des Verlagszeichens, angeregt von einer frühen Fotografie von Bette Rabun, sorgte für die notwendige Überzeugungskraft.

Der Grossist am anderen Ende der Leitung begreift schließlich die Bedeutung von Aminas Worten und gewährt die zehn Prozent Rabatt, die er, wie er sie wissen lassen möchte, von seiner Provision abzweigen wird. Sie dankt ihm zwar für sein Entgegenkommen, spürt aber keineswegs Dankbarkeit oder Mitleid. Der *Cheektowaga Register* ist sein größter Kunde, und er hat sich nur selbst einen Dienst erwiesen.

Lächelnd legt Amina den Hörer auf, zündet sich eine Zigarette an und nimmt den Mann an der Tür in Augenschein. Sie kennt ihn noch nicht, doch seine Sorge ist ihr vertraut.

Drei andere wie er traten bereits in ihr Büro, alle vermittelten die gleiche Angst, alle standen in ihrer Schuld, auch wenn sie darüber irgendwie ungehalten wirkten.

Vor zehn Tagen hieß dieser Mann Gerhardt Haber. Zwölf Jahre zuvor war er Oberst der SS-Einsatztruppen Gerhardt Haber. Diese Nachricht hatte ihr Hans Stössel in einem Telegramm mitgeteilt und gefragt, ob sie bereit sei, einer weiteren deutschen Familie zu helfen, so wie ihr einst geholfen worden war. Seit dem Fall des Dritten Reichs war die Familie Haber auf der Flucht und lebte in unzumutbaren Verhältnissen im Paraná-Tal in Argentinien. Die Nazi-Jäger hatten sie sogar in Südamerika ausfindig gemacht.

»Völlig falsch«, versicherte Stössel ihr in Bezug auf die Anschuldigungen gegen Haber als Kriegsverbrecher. Einzelheiten wollte sie nicht hören. Zu viel Wissen ist, wie sie erfahren hatte, gefährlich.

Während Amina in ihrem Büro sitzt und Haber begutachtet, ist sie sich nicht sicher, warum sie diese Risiken auf sich nimmt. Zuerst half sie Juden in Kamenz und jetzt Nazis in Amerika. Tut sie es für den Nervenkitzel, in die Geheimnisse des Lebens und des Todes vorzudringen? Warum auch immer, sie war zu dem Schluss gekommen, dass sowohl die Juden als auch die Nazis schuld an dem waren, was ihr und ihrer Familie in Kamenz passiert war, und sie redet sich ein, dass sie, könnte sie die Uhr zurückdrehen, die Schriebergs von der Gestapo auf einen Zug nach Auschwitz verfrachten und die Habers von den Nazi-Jägern nach Israel bringen lassen würde. Doch die Uhr kann sie nicht zurückdrehen.

Hans Stössel hatte Amina gebeten, Haber und seine Familie mit falschen Ausweisen und neuen Identitäten im Austausch für ein weiteres kostbares Kunstwerk zu versorgen. Sie stimmte zu, und nun war Haber hier, um die Ausweise abzuholen und die Bezahlung auszuhändigen. Die Sache war leicht für Amina. Sie sagte Albrecht Bosch, was er drucken sollte. Das tat er, ohne zu fragen. Schließlich war sie diejenige, die seinen Appetit auf immer ausgeklügeltere Druckmaschinen und weitere Schrifttypen befriedigte.

Amina zog Haber wegen der Auswahl der Namen nicht zu Rate. Nachdem sie selbst nie ein Kind bekommen hatte, bereitete es ihr große Freude, die Menschen, die Herr Stössel ihr schickte, mit neuen Identitäten zu versehen.

Sie schnippt die Asche von ihrer Zigarette. »Kommen Sie rein, und schließen Sie die Tür«, fordert sie Haber auf.

Dies tut Haber, während Amina einen Ausweis aus einer Schublade zieht und ihn begutachtet.

Gerry Hanson ist ein hübscher Name, denkt sie. *Zumindest der erste Konsonant und der erste Vokal entsprechen dem Original. Völlig unverdächtig.*

Sie reicht Haber den Ausweis zur Prüfung. Seine Augen leuchten, während er den echt aussehenden Ausreisestempel aus Buenos Aires begutachtet, der über die Klauen und Schwanzfedern eines perfekt gefälschten amerikanischen Adlers gedrückt wurde. Das Dokument ist makellos.

»Danke«, sagt er auf Deutsch.

Amina hebt ihre Augenbrauen.

»Entschuldigung«, korrigiert er sich auf Englisch und bedankt sich noch einmal in seiner neuen Sprache.

Amina deutet auf den Besucherstuhl und richtet den Tischventilator in Habers Richtung – nicht, um ihm etwas Gutes zu tun, sondern um seinen aufdringlichen Schweißgeruch zu vertreiben, der sich plötzlich im Büro breitgemacht hat. Sie zieht vier weitere Ausweise aus der Schublade und schlägt sie auf. »Sagen Sie mir noch einmal, wie Ihre Frau und Ihre Kinder heißen und wie alt sie sind«, fordert sie ihn auf.

Nur kurz verliert Haber die Kontrolle über sich, als hätte er plötzlich alles vergessen. »Hanna, 39 Jahre alt; Franz, 15; Glenda, 13; Claudia, 10.«

Amina prüft die einzelnen Ausweise und schiebt sie über den Schreibtisch zu Haber. »Hanna ist jetzt Helen«, erklärt sie, »Franz ist Frank, Glenda ist Gladys und Claudia ist Cathy.«

Haber wirkt enttäuscht. Amina runzelt die Stirn. »Gefallen Ihnen die Namen nicht?«, fragt sie.

Haber schüttelt den Kopf. »Doch, sie sind in Ordnung.« Er will die Frau, die so viel Macht über sein Schicksal hat, nicht beleidigen. Er betrachtet den Ausweis seiner jüngsten Tochter genauer. »Wenn es Ihnen nichts ausmacht«, beginnt er schüchtern, »das Geburtsdatum von Claudia – ich meine von Cathy – weicht um mehrere Jahre ab. Angesichts ihres jungen Alters könnte das auffallen.«

Amina nimmt den Ausweis zurück, prüft ihn, verzieht ihr Gesicht und wirft ihn in den Papierkorb. Haber erstarrt, fürchtet, gerade alles zerstört zu haben. Doch Amina lässt ihre Unzufriedenheit nicht an ihm aus. Sie fragt ihn nach dem korrekten Geburtsdatum, das sie auf ein Blatt Papier schreibt, und ruft ihre Sekretärin. Die erscheint augenblicklich mit einem Stenoblock in der Hand. Amina freut sich, dass ihr Gast Zeuge dieser Effizienz ist.

»Alice«, sagt sie und reicht ihr das Blatt. »Bringen Sie das bitte in die Druckerei zu Albrecht, und sagen Sie ihm, er muss das Cathy-Hanson-Dokument mit diesem Geburtsdatum noch einmal drucken. Er wird verstehen, was ich meine. Sagen Sie ihm, ich habe es eilig. Die Sache muss bis zum Nachmittag erledigt sein.« Amina erklärt nicht, worum es sich handelt, und Alice fragt nicht. Sie verlässt das Büro, woraufhin sich Haber etwas entspannt.

Er bedankt sich mit wohlgeformten Worten auf Englisch.

»Keine Ursache«, erwidert Amina.

Einen kurzen Moment lang empfindet Amina Mitleid für Haber, doch sie verdrängt dieses Gefühl rasch wieder und kehrt in die Hülle von Amina der Überlebenden zurück.

»Sie haben etwas für mich?«, fragt sie ungeduldig und blickt auf den Zylinder auf Habers Schoß.

»Ja, natürlich«, antwortet Haber.

Er stellt den Zylinder senkrecht, entfernt die Kappe und zieht eine lange zusammengerollte und schmuddelige Leinwand heraus. Eine kleine Rußwolke bildet sich. Er entschuldigt sich für den Schmutz, während er das Gemälde entrollt, das, abgesehen von den verkohlten Kanten, in gutem Zustand ist. Es zeigt eine Beerdigungsprozession unter einem grauen Winterhimmel – ein Sarg wird durch einen mit Schnee bedeckten Kirchhof in die Ruine einer gotischen Kapelle getragen. Der Name rechts unten auf dem Gemälde lautet Caspar David Friedrich.

Amina berührt lächelnd die Leinwand. Schon seit langem bewundert sie die Maler der Romantik des 19. Jahrhunderts, vor allem Friedrich, der ebenfalls in Dresden lebte. Die private Mädchenschule in Kamenz, auf die Amina ging, nur wenige Straßen entfernt von der Jungenschule, in der Helmut getötet wurde, sorgte per Erlass der Nazis dafür, dass im Unterricht vor allem die deutschen Künstler durchgenommen wurden.

»Woher haben Sie das?«, will sie wissen.

Haber zögert. »Es gehört meiner Familie«, antwortet er vage. Sein ausweichendes Verhalten erinnert Amina an die gegen ihn gerichteten Anschuldigungen, weswegen sie nicht weiter drängt.

»Es heißt, Friedrich wurde von Runge beeinflusst, aber davon erkenne ich in seinem Werk nichts«, stellt Amina fest. »Und Sie?«

»Darf ich davon ausgehen, dass Sie zufrieden sind?«, fragt Haber, weil er ihre Frage entweder übergehen will oder nicht verstanden hat.

»Ja.« Aminas Stimme klingt wieder so kalt wie zuvor, als sie den Grossisten abservierte. Sie stößt den Zigarettenrauch aus und legt die Ausweise in die Schublade zurück. »Hans hat Ihnen mit Sicherheit gesagt, dass ich die Echtheit überprüfen lassen muss. Jemand aus dem Albright-Knox-Museum wird es sich heute Nachmittag ansehen. Da ich davon ausgehe, dass es kein Problem gibt, können Sie um halb fünf Ihre Ausweise hier abholen.«

Hanson erhebt sich und ringt sich ein Lächeln ab.

»Ja«, sagt er und neigt leicht den Kopf. »Ich werde hier sein.« Er dreht sich um und verlässt das Büro. Amina schließt die Tür hinter ihm und ruft den Direktor der Gemäldesammlung an.

Aminas Büro verschwindet, und der Gerichtssaal rückt wieder in den Vordergrund. Hans Stössel steht in der Mitte. Luas, Elymas und ich sitzen hinten auf den Stühlen.

»Hältst du sie immer noch für ein Opfer?«, fragt Elymas.

»Opfer wovon?«, frage ich zurück.

Bevor Elymas antworten kann, verschwindet der Gerichtssaal erneut, und wir befinden uns wieder im Büro.

Amina stellt die entrollte Leinwand auf ihre Anrichte und lehnt Bücher gegen die Kanten, damit sie nicht umfällt. Sie tritt zurück, um sich vorzustellen, wie das Bild gerahmt aussehen wird. Jetzt, da sie es genauer betrachten kann, kommen ihr die Trauernden darauf wie ihre eigene Familie vor, als sie Helmut zu seinem Grab unter dem Denkmal aus verbogenen Trägern und Betonbrocken trugen, das sein Vater aus dem Schutt der zerbombten Schule anfertigen ließ.

»Opfer von Ungerechtigkeit«, sagt Elymas. Ich höre seine Stimme, obwohl wir uns noch immer im Büro befinden.

Amina wischt sich die Tränen aus den Augen, als sie von den Erinnerungen an diesen schrecklichen Tag eingeholt wird. All diese Jahre war sie so sehr von dem Schrecken von Kamenz eingenommen, dass sie kaum einen Gedanken für den armen Helmut übrig gehabt hatte. Sie gibt sich der Schuld für ihre Nachlässigkeit hin, und der Schuld dafür, den Buchverlag nach ihrer Cousine, Bette, und nicht nach ihrem Bruder, ihrer Mutter oder ihrem Vater benannt zu haben.

»Das Geschöpf weint«, flüstert Elymas. »Du spürst ihre Qual, Brek Cuttler. Doch wo ist das Mitleid ihres Schöpfers? Spürst du, ob es ihre Seele berührt? Zeigt der Thron wenigstens einen Anflug von Sorge? Einen zärtlichen Gedanken, ein tröstendes Wort? Wo ist Gerechtigkeit? Wann werden die Waagschalen ausgeglichen sein?«

Helmuts Tod war letztendlich ein Unfall. Die Piloten der Alliierten konnten nicht wissen, dass ihre Bomben eine Schule voller Kinder auslöschen würden. Sie blickten Helmut nicht in die Augen und richteten ihn nicht hin. Deswegen war sie bereit, ihnen zu vergeben und damit die Sache zu vergessen. Doch nicht den Sowjets. Nein, sie begingen ihr Verbrechen bewusst, ihre Gesichter zeigten das Verkommene. Ihnen konnte sie nicht vergeben. Niemals.

Dieses Selbstmitleid hält nicht lange an. Amina die Überlebende lässt dies nicht zu. Sie tupft die Mascaraflecken von ihren Wangen fort und schnäuzt sich. Sie entschließt sich, *Klostergarten im Schnee* in Gedenken an ihren Bruder Helmut auszustellen und jedem, der danach fragt, zu erklären, was dieses Bild für sie bedeutet.

Und dann kommt ihr eine Idee.

Amina plant, einen Leitartikel zum Todestag von Senator Joseph McCarthy zu schreiben. Sie bewunderte McCarthy, stimmte nicht nur philosophisch seinem fanatischen Misstrauen den Kommunisten gegenüber zu, sondern sah auch seinen ebenso fanatischen Patriotismus als Mittel, um die Aufmerksamkeit von ihrem eigenen Nazi-Erbe abzulenken. Joseph McCarthy zu nutzen ergibt in den 1950er Jahren für Amina Rabun und den *Cheektowaga Register* genauso viel Sinn, wie es dies in den 1930er Jahren für ihren Vater und Jos. A. Rabun & Söhne in Bezug auf Hitler tat. Doch es gibt noch eine tiefere emotionale Verbindung zu McCarthy, da er in ihrer Vorstellung als Einziger wirklich verstand, dass die Sowjetunion das Böse symbolisierte und ihre Opfer qualvoll leiden ließ. Dieses Verständnis stellt den Kern von Aminas in Kürze erscheinendem Leitartikel dar. Sie wird aus persönlicher Sicht erklären, was die Familie Rabun aus Kamenz an die Roten Horden verloren hatte – und das wird sie tapfer mit dem Verlust durch die Bomben der Alliierten vergleichen. Es wird ein bewegender, überzeugender, wunderbarer Leitartikel werden. Ein passender Tribut für Joseph McCarthy.

Das Licht im Gerichtssaal flackert, was heißt, dass die Präsentation von Amina Rabun zu einer anderen Szene wechselt. Ich mache mir Sorgen wegen Stössels Auswahl. Er hat Aminas gesamtes Leben in Deutschland und die Opfer, die sie für die Familie Schrieberg gebracht hat, ausgelassen. Und wie vermutet, zeigt er nur die dunkle Seite ihres Lebens und ihres Charakters. Auf Freispruch und Absolution darf sie nicht hoffen.

24

Der Schlussakt in der Präsentation von Amina Rabun beginnt. Es ist Winter, Februar 1974. Amina kehrt gerade von einem dreiwöchigen Karibikurlaub in ihre baufällige, zugige Villa in Buffalo zurück, gebaut in den 1920er Jahren von einem Schiffsbaron der Großen Seen. Sie wird von Albrecht Bosch begleitet, der bereits das zweite Mal mit ihr in den Tropen war.

Amina und Albrecht sind enge Freunde, aber kein Liebespaar, da Amina durch und durch asexuell und Albrecht durch und durch homosexuell ist. Dies erfuhren sie an dem Tag voneinander, an dem sie sich in einer fröhlichen Kneipe im Allentown-Viertel kennenlernten. Es war der zweite Jahrestag von Aminas Scheidung und zufällig der erste Jahrestag von Albrechts Trennung von dem Künstler, der ihn überredet hatte, von Chicago zu ihm nach Buffalo zu ziehen, ihn dann aber wegen eines jüngeren Mannes verlassen hatte.

So waren es die gemeinsame Nationalität und das gemeinsame Schicksal, das Amina und Albrecht zusammengebracht hatte – doch Bette Press machte sie unzertrennlich. Albrecht liebte das gedruckte Wort. Er lud jeden, der zuhören wollte, in seine magische Welt aus Schrifttypen und Druckpressen ein und erklärte ihnen mit der Leidenschaft eines Künstlers, wie eine einzelne Serife Wut entfachen oder Ruhe ausstrahlen und wie Struktur und Gewicht von Papier bedrohlich oder lyrisch, schwülstig oder tröstend sein können. Er brachte Amina den alten Kampf zwischen Lesbarkeit und Kreativität nahe, der wie keine andere Kunstform Typographie und Tradition miteinander verbindet und nur unterschwellige Neuerungen zulässt. Und wie Aminas frühe Lehrer der Romantik, appellierte er an ihren germanischen Stolz, indem er sie daran erinnerte, dass Johannes Gutenberg der Menschheit die Druckpresse schenkte. In der darauffolgenden fröhlichen Hochzeit von Papier und Tinte erlebten Amina und Albrecht die Harmonie der Gegensätze, die sich ihrem Privatleben entzogen hatte.

Im Haus ist es kalt, als die Reisenden aus den Tropen zurückkehren, was Amina wütend macht, weil sie den Hausmeister extra angewiesen hat, die Heizung zwei Tage vor ihrer Rückkehr einzuschalten. Amina bittet Albrecht, sich darum zu kümmern und außerdem im Arbeitszimmer den Kamin anzuzünden, bevor sie sich an die Post macht, die sauber auf dem großen Mahagonitisch im Esszimmer gestapelt wurde. Rasch überfliegt sie die Umschläge, sucht nach irgendwas, das wichtig oder interessant aussieht, und legt die langweiligen Rechnungen und Werbebriefe beiseite. Zwei Umschläge passen auf ihre aufgestellten Kriterien: ein großer, beigefarbener, quadratischer, aus schwerer Baumwollfaser, adressiert an »Miss Amina Rabun und Gast«, sowie ein bedrohlich aussehender Geschäftsumschlag mit einer Rücksendeadresse an »Weinstein & Goldman, Rechtsanwälte«. Sie nimmt beide Umschläge in die Küche mit, setzt Wasser für einen Tee auf und öffnet zunächst die Einladung. Zu ihrer Freude bittet die angesehene Niagara

Society sie zum ersten Mal um ihre Anwesenheit beim alljährlichen Frühlingsball – *dem* sozialen Ereignis in Buffalo.

»Albrecht!«, ruft sie.

»Was ist?«, hustet er zurück. Sein Kopf steckt im Kamin, in dem der Rauch wabert. Er hat bereits die halbe Sonntagszeitung verbraucht, das Holz aber immer noch nicht zum Brennen gebracht.

»Wir gehen auf den Ball der Niagara Society!«, singt Amina. »Lass deinen Smoking aufbügeln.«

»Nur, wenn ich bis dahin nicht erstickt bin.«

Das Telefon klingelt, als das Wasser anfängt zu kochen.

»Kannst du rangehen, Albrecht?«, fragt Amina. »Ich muss den Tee aufgießen.«

Albrecht lässt glücklich den Kamin im Stich und nimmt den Anruf im Wohnzimmer entgegen, während Amina das blubbernde Wasser in eine cremefarbene Teekanne gießt. Sie gibt die passende Menge Earl Grey hinzu und stellt die Kanne und zwei Tassen auf ein Tablett, das sie mit ins Arbeitszimmer nimmt. Nachdem sie sich eine Tasse eingeschenkt und sich in ihren Lieblingsschaukelstuhl gesetzt hat, öffnet sie den Brief der Anwaltskanzlei.

Sehr geehrte Miss Rabun,
ich vertrete Mrs Katharina Schrieberg-Wolfson in ihrer Eigenschaft als Erbschaftsverwalter des Vermögens von Mr und Mrs Jared A. Schrieberg.
Wie Sie wissen, schrieb Ihnen meine Mandantin mehrere Male bzgl. der Eigentumsrechte bestimmter Theatersäle und Immobilien in Dresden, die Ihre Familie während des Krieges den Verstorbenen für eine Summe von 35 000 Reichsmark mit einem damaligen Gegenwert von ca. 22 000 US-Dollar ab-

kaufte. Mit Sicherheit ist Ihnen bewusst, dass der Kaufpreis weit unter dem tatsächlichen Marktwert lag und der Verkauf unter dem Druck und der Drohung der Enteignung durch die nationalsozialistische Regierung und angesichts der drohenden Deportation der mittlerweile verstorbenen Familienangehörigen in die Todeslager der Nazis erfolgte. Daher war und ist der Verkauf ungültig.

Mrs Schrieberg-Wolfson strebt nun im Namen der Erbengemeinschaft die Aufhebung des Kaufvertrags und eine Rückgabe des gesamten Eigentums an. Diesbezüglich hat sie Ihnen bereits schriftlich angeboten, Ihnen den Betrag in Höhe von 22 000 US-Dollar zzgl. Zinsen ab Kaufdatum zu erstatten. Sie haben auf Mrs Schrieberg-Wolfsons Angebot nicht reagiert, woraufhin sie sich an mich wandte, damit ich die notwendigen Schritte einleite, um den Vertrag aufzuheben und das Eigentum oder dessen Gegenwert einzufordern.

Meine Nachforschungen haben ergeben, dass sich die Immobilien nicht mehr im Eigentum Ihrer Familie befinden, sondern 1949 auf Ihre Anweisung hin durch Herrn RA Hans Stössel verkauft wurden. Meine Mandantin hat mich zum Empfangsbevollmächtigten ernannt, damit ich zur vollständigen Ausgleichszahlung den Erlös dieses Verkaufs plus Zinsen abzgl. Kaufpreis für die Erbengemeinschaft entgegennehme. Unserer Meinung nach lässt sich der heutige wahre Marktwert der Immobilien auf mindestens 3 500 000 US-Dollar beziffern. Ist keine Einigung möglich, sehen wir uns gezwungen, rechtliche Schritte gegen Sie und Ihre Cousine, Miss Barbara Rabun, einzuleiten, um den Kauf für ungültig erklären zu lassen und den vollen Wert der Immobilien zurückzufordern. Wir gehen davon aus, dass eine Klage vor einem deutschen Gericht oder einem Gericht dieses Landes gute Aussichten hat.

Meine Mandantin bedauert zutiefst die Notwendigkeit, sich an die Gerichte wenden zu müssen, ist aber fest zu diesem Schritt entschlossen. Sie wird Ihnen immer dankbar sein, dass Sie ihr und ihrer Familie während des Krieges Unterschlupf gewährten, was sie in ihren Briefen an Sie stets bekräftigte. Allerdings handelt es sich in dieser Angelegenheit um einen ungerechten Kauf von Immobilien durch Ihre Familie unter extremen Bedingungen. Infolge dieses Kaufs waren meine Mandantin und die Überlebenden ihrer Familie gezwungen, im Vergleich zu dem Lebensstil, den Sie und Ihre Familie führen konnten, in ziemlich ärmlichen Verhältnissen zu leben. Mrs Schrieberg-Wolfson verlangt lediglich, dieses Unrecht aus der Welt zu schaffen. Sie trägt weder Ihnen noch Miss Barbara Rabun etwas nach.
Ich bin befugt, rechtliche Schritte einzuleiten, wenn ich von Ihnen keine Antwort auf dieses Schreiben erhalte. Angesichts Ihrer Position als Herausgeberin einer Zeitung wäre das negative öffentliche Aufsehen, das ein solcher Fall nach sich zöge, sehr unangenehm. In dieser Hinsicht haben unsere Nachforschungen ergeben, dass Otto Rabun Mitglied der Waffen-SS war und das Unternehmen Ihres Vaters, aus dem ein Großteil des Vermögens Ihrer Familie herrührte, mit dem Bau der Krematorien in Majdanek, Treblinka und Auschwitz beauftragt war. Diese außergewöhnlichen Tatbestände würden sich in einem Rechtsstreit vor der Öffentlichkeit nicht verbergen lassen.
In Erwartung Ihrer umgehenden Antwort verbleibe ich

hochachtungsvoll

Robert Goldman, Rechtsanwalt

»Wie kann sie es wagen, mir zu drohen!«, grollt Amina.

Alle Briefe, die Amina von Katharina Schrieberg erhielt, warf sie fort. Sie war zu dem Schluss gekommen, dass die Schriebergs verantwortlich für den Schrecken von Kamenz waren. Während die russischen Soldaten Mitglieder ihrer Familie töteten und sie und ihre Cousinen vergewaltigten, blieben die Schriebergs tatenlos in ihrem Versteck, der Jagdhütte der Familie Rabun, ohne ein Risiko einzugehen. Als Amina am nächsten Tag in die Hütte rannte, um Hilfe zu holen, waren sie fort. Und jetzt, nach all dieser Feigheit, nach all dem Risiko, das Amina zu ihrem Schutz eingegangen war, verlangt Katharina Schrieberg das Geld zurück und droht, Amina zu ruinieren? So eine Frechheit! Sie geht mit dem Brief zum Kamin, zündet ihn an, legt ihn auf die verkohlte Zeitung und wärmt ihre Hände über dem Feuer.

»Was treibst du da drin?«, ruft Albrecht vom Wohnzimmer aus. »Barbara ist am Telefon, willst du mit ihr sprechen?«

Diese Nachricht überrascht Amina noch mehr als der Brief, weil sie seit zehn Jahren nicht mehr mit Barbara gesprochen hat. Die Verbindung zwischen den Cousinen spannte sich an, als Amina mit Captain Meinert aus Deutschland floh und Barbara mitnahm. Barbara verabscheute die Amerikaner, weil sie schuld am Tod ihres Vaters in Berlin waren, ebenso wie Amina die Russen, die in Kamenz ihre Mutter, ihre Schwester und ihre Brüder getötet hatten. Ihr Hass nahm während der Jahre in den Schulen von Buffalo zu, in denen sie als das kleine Waisenkind der »Krauts«, deren Eltern bekommen hatten, was sie verdient hatten, beschimpft und erniedrigt wurde. Als sie achtzehn wurde, schnappte sie sich ihr Erbe und verschwand. Danach hörte

Amina nur gelegentlich von ihr und wusste wenig über ihr Leben. Der Anruf an diesem kalten Samstag im Februar ist wie ein Schock für sie.

»Was will sie, Albrecht? Ist alles in Ordnung?«

»Alles bestens!«, ruft Albrecht zurück. »Barbara hat heute Morgen einen Jungen auf die Welt gebracht! 3316 Gramm! Sie nennt ihn Otto Rabun-Bowles! Du bist Großmutter oder Großtante, oder so was, Amina! Hier, sprich mit ihr!«

Der Gerichtssaal erscheint wieder. Das gesichtslose Wesen aus dem Monolithen steht neben Hans Stössel.

»Eine Entscheidung wurde getroffen«, verkündet das Wesen gefühllos und mit der hohlen Stimme eines Prüfers, der sagt, die Zeit sei abgelaufen. Die Präsentation von Amina Rabun ist beendet, ohne dass eine vollständige Darstellung ihres Leben gezeigt wurde.

25

»Wir gehen heute Abend aus«, sagte Nana zu mir.

Wir saßen am späten Nachmittag im Arbeitszimmer ihres Hauses. Sie las, man glaubt es kaum, den *Farmer's Almanach* von 1897, ihrem Geburtsjahr. Ich stickte einen Weihnachtssocken für Sarah und schob gerade eine Nadel durch den Stoff.

»Wohin?«, fragte ich. Wir waren noch nie ausgegangen.

Ich hatte den Socken begonnen, als ich mit Sarah schwanger gewesen war, und wäre bis zu ihrem zweiten Weihnachtsfest fertig geworden. Ich hatte die Arbeit daran wieder aufgenommen, als ich nach Hause gegangen war, um Elymas nach der Präsentation von Amina Rabun zu treffen. Ich wollte, dass er mich Bo wiedersehen ließ, doch Elymas war nicht aufgetaucht. Meine Auflehnung gegen Sarahs Tod hatte eine Bühne gefunden, indem ich etwas für Sarah tat. Ich hatte beschlossen, so zu tun, als lebte sie noch – als lebten wir beide noch. Jeden Morgen hatte ich ihr Fläschchen vorbereitet und das Badewasser einlaufen lassen. Ich hatte ihre Kleider und ihre Bettwäsche gewaschen. Ich war zur Tagesstätte, dann zur Arbeit, am Abend zurück zur Tagesstätte und zum Supermarkt gefahren. Alle Orte waren leer gewesen. Geisterstädte. Der Zivilwagen der Polizei hatte seine Scheinwerfer aufblinken lassen und war wieder im Rückspiegel verschwunden, als ich weitergefahren war. Als die Einsamkeit zu stark geworden war, war ich zu Nana zurückgekehrt, im Gepäck den Socken, den ich fertigsticken wollte.

»Es ist eine Überraschung«, antwortete Nana, die Lippen zu einem Lächeln verzogen. Dies war sogar das erste Mal, dass wir seit meiner Rückkehr sprachen. Mehrere Tage hatten wir verbracht, in denen wir schweigend aneinander vorbeigegangen waren.

»Ich glaube nicht, dass ich noch weitere Überraschungen vertrage«, widersprach ich.

»Elymas hat eine Schwäche für Überraschungen«, erwiderte Nana. »Das macht wohl einen Teil seines Charmes aus. Aber ich würde nicht allem vertrauen, was er sagt und tut.«

Ich sah sie an. »Sollte ich dir vertrauen?«

»Du solltest der Wahrheit vertrauen, mein Kind.«

Ich legte meine Stickarbeit zur Seite. »Und was ist die Wahrheit, Nana?«

»Die Wahrheit ist das, was dir ein Gefühl von Ruhe und Liebe vermittelt, mehr nicht.«

»Was du sagst, ergibt keinen Sinn.«

»Doch. Das ist der einzige Sinn. Die Wahrheit ist nie Wut oder Angst. Das sind Illusionen, in denen Elymas zu Hause ist.«

Ich griff wieder zu meiner Stickerei, bildete mit dem Faden eine Schlaufe und schob die Nadel durch den Stoff. Ich arbeitete gerade am Zeh eines Engels, der eine Trompete blies.

»Er hat behauptet, du würdest ihn einen falschen Propheten nennen«, sagte ich.

»Er hat auch behauptet, ich würde außer mir sein, aber das bin ich nicht. Du hast die Freiheit, falschen Propheten zu folgen, wenn du willst. Irgendwann entlarven sie sich ganz von allein. Die Wahrheit ist immer ganz nah.«

»Ich sah Bo und Sarah mit eigenen Augen. Ich hielt sie in meinen Armen.«

»Ich weiß, meine Liebe, ich weiß. Und du bist auf einer Karavelle gesegelt und durch Tara gegangen, und alles um uns herum wirkt so real. Aber es verschwindet alles. Gegenstände und Körper sind nicht real. Es sind Symbole, und Symbole sind unbeständig. Das Leben ist unbeständig.«

»Bos Leben wurde zerstört.«

»Das behauptet Elymas. Aber wer kann das schon sagen? Ist Bo näher an der Wahrheit, wenn er in einem Obdachlosenheim arbeitet oder vor einer Fernsehkamera sitzt?«

»Was ist mit ihr passiert? Was ist mit mir passiert? Was verheimlichst du mir?«

»Ich verheimliche dir nichts. Du bist diejenige, die die Wahrheit um sich herum nicht sehen will.« Sie schloss den Almanach und drückte sich aus ihrem Sessel nach oben. »Wenn du bereit bist hinzusehen, wirst du es sehen. Aber jetzt ist es Zeit, uns fertigzumachen.«

»Wofür?«

»Du wirst ein Abendkleid brauchen.«

Damit hatte sie mein Interesse geweckt. »Wo soll ich denn so was in Schemaja finden?«

Sie sah mich verschlagen an wie eine Großmutter, die ihre Enkelin mit einem angekündigten Geschenk, mit dem sie nicht rausrücken will, ungeduldig macht. »In deinem Schrank.«

Ich ging nach oben und öffnete den Schrank im Zimmer

meiner Mutter. Dort hingen fünf verschiedene Abendkleider – wunderschöne Seide, Satin und Kreppgewebe mit passenden Strümpfen und Schuhen. Ich war begeistert. Nana stand an der Tür und beobachtete mich.

»Die sind wunderschön«, schwärmte ich und hielt sie nacheinander vor mich. »Willst du mir nicht sagen, wohin wir gehen?«

»Das kann ich nicht. Es ist eine Überraschung.«

Sie setzte sich aufs Bett, während ich die Kleider anprobierte und mich vor ihr drehte. Alle passten perfekt, doch am meisten gefiel uns das schwarze Seidenkleid mit Trägern und dem tief ausgeschnittenen Oberteil, bei dem meine Schultern und mein Rücken am besten zur Geltung kamen. Ich hatte tatsächlich Spaß.

In Nanas Zimmer vollführten wir dieselbe Prozedur und wählten für sie ein bunteres Kleid mit hochgeschlossenem Halsausschnitt. Sie nahm zwei Perlenketten und zwei Paar passende Ohrringe aus einem Schmuckkästchen und reichte mir jeweils eins. Vor dem Spiegel gaben wir ein eindrucksvolles Paar ab. Keine von uns benötigte eine Haarbürste oder Schminke. Frisur und Teint sind in Schemaja immer perfekt.

Wir verließen das Haus, als die Letzte der vier Sonnen aus den vier Jahreszeiten gerade hinter den Baumwipfeln unterging. Nana führte mich durch die Hintertür hinaus und zu Fuß durch den Wald zum Bahnhof. Beim Betreten der Vorhalle hörte ich seltsam mystische und widerhallende Geräusche wie von rauschendem Wasser oder wehendem Wind, von lachenden Delphinen und singenden Vögeln, von sprechenden Kindern und seufzenden Eltern, von allen lebenden und sterbenden Geschöpfen. Es waren die Töne eines Orchesters. Ein handgeschriebener Zettel auf der Tür kündigte an: »EMPFANG FÜR NEUE PRÄSENTATOREN«. Wir traten ein.

Alle Antragsteller waren fort, und mit ihnen die statische Entladung ihrer Erinnerungen und die traurigen, erschreckenden, aber manchmal auch schönen Beschaffenheiten ihres Todes. Auf einer erhöhten Bühne neben der Anzeigetafel, auf der nur ankommende, aber keine abfahrenden Züge gelistet waren, schwebten vier gesichtslose Spielmänner, die aussahen wie das Wesen aus dem Gerichtssaal und mit langen grauen Soutanen bekleidet waren. Zwei spielten Instrumente, die wie Violinen aussahen, eins spielte einen Bass und das andere ein Cello, das in rosiggrünen, violetten und blauen Farbtönen vibrierte. Vor der Bühne trieben sich formell gekleidete Männer, Frauen und Kinder herum. Einige von ihnen verfolgten die Vorstellung mit Horsd'œuvres und einem Glas Champagner – oder Milch für die Kinder – in den Händen, andere standen in kleinen Gruppen beieinander und lachten und unterhielten sich.

In den vier Ecken der Halle standen Banketttische voll mit Pasteten, Kaviar, Käse, Obst und anderen Köstlichkeiten, daneben befanden sich Theken, die mit Wein, Schnaps und anderen Erfrischungen ausgestattet waren. Eine kleine Armee gesichtsloser, graugekleideter Wesen bediente Tische und Theken und räumte die leeren Gläser und Teller der Gäste fort. Ein traumhaft schöner, riesiger und eine Reihe kleinerer Kronleuchter tauchten den Raum in ein warmes, funkelndes Licht. Ich versuchte mich zurechtzufinden, während ich mich umsah. Luas löste sich aus der Menge, hübsch gekleidet in einem einreihigen Smoking.

»Herzlich willkommen!«, begrüßte er uns. »Wir haben

auf euch gewartet!« Er umarmte uns beide, dann wandte er sich um und deutete mit seinem Arm über die Menge. »Großartig, nicht wahr?«

»Ja«, rief ich ihm über den Lärm hinweg zu.

»Und das alles dir zu Ehren, meine Liebe. Du hast mit Bravour bestanden und bist bereit für deinen ersten Mandanten. Ich muss sagen, wir haben eine hervorragende Gruppe neuer Präsentatoren. Zeit für ein wenig Vergnügen, bevor die Arbeit beginnt. Ihr seht beide wundervoll aus.«

»Danke«, sagte ich. »Aber ich habe wirklich nicht das Gefühl, als wäre ich schon bereit, den Abschluss zu machen oder jemanden zu präsentieren. Ich verstehe ja kaum den Prozess … und ich glaube nicht, dass ich den Ergebnissen zustimmen kann.«

»Keine Sorge, Brek«, versicherte mir Luas. »Jeder ist beim ersten Mal nervös. Du wirst das hervorragend meistern.«

Nana zwinkerte Luas zu. »Brek war sehr misstrauisch wegen heute Abend«, sagte sie. »Sie hat mich so bedrängt, dass ich beinahe die Überraschung ausgeplaudert hätte.«

»Hat sie das?«, wollte Luas wissen. »Ich weiß, sie kann ganz schön neugierig sein. Genau das gefällt uns an ihr.«

»Ich habe da noch eine Frage«, sagte ich. »Was habt ihr mit all den Antragstellern getan? Vor ein paar Tagen war die Halle voll von ihnen.«

»Und auch das ist wie üblich eine scharfsichtige Frage. Habe ich es dir nicht gesagt, Sophia?« Luas wandte sich wieder an mich. »Sie sind immer noch hier. Komm, ich zeige sie dir.«

Wir verließen die Bahnhofshalle durch den Hinterausgang und schlossen die Türen. »Gut, jetzt öffne sie wieder«, wies er mich an.

Plötzlich war die Musik fort, ebenso die Musiker, das Essen, die Tische, die Kronleuchter und die wunderschönen Gäste. Stattdessen schwebten die Antragsteller – Tausende greller Kugeln voller Erinnerungen – durch das düstere schwefelgelbe Licht der Bahnhofshalle.

»Wie funktioniert das?«, fragte ich Luas.

»Schöpfung ist eine Frage der Sichtweise und der Entscheidung«, erklärte er. »Was jemand sehen will, wird zu dem, was jemand zu sehen in der Lage ist. Du hast noch nie gesehen, wie die subatomaren Teilchen in den Möbeln deines Wohnzimmers pulsieren, ebenso wenig, wie der winzige Partikel deines Wohnzimmers in den sich wie Windräder drehenden Galaxien des Universums verschwindet, doch das bedeutet nicht, dass subatomare Partikel und Galaxien nicht existieren. Deine Macht als Präsentatorin wächst, Brek, du wirst immer mehr von dem sehen, was es zu sehen gibt, als würdest du durch ein Mikroskop und ein Teleskop blicken.«

Während wir zwischen den Kugeln hindurchgingen, sah ich einen in Lumpen gekleideten Mann mit hervortretenden Augen und rasiertem Schädel. Er sah mich an und gleich wieder zur Seite. Ihm folgte ein junges Mädchen, ebenfalls in Lumpen gekleidet. Ihr Blick war gequält und herausfordernd, und ihr rechter Arm fehlte. Sie erinnerte mich an mich als kleines Mädchen.

»Sind das Präsentatoren?«, fragte ich Luas. »Sie scheinen nicht für die Feier angezogen zu sein.«

»Nein, sie sind Seelen wie all die anderen, doch bis jetzt kannst du nur einen kleinen Teil ihrer Erinnerungen sehen.«

»Vielleicht könnte ich dieses kleine Mädchen präsentieren«, überlegte ich. »Wir beide scheinen etwas gemeinsam zu haben.«

»Das ist nicht möglich«, erwiderte Luas. »Das Mädchen hat bereits einen Anwalt, und auch dein erster Mandant wurde schon ausgewählt.«

26

Meine neuen Kollegen – die vielen ehrenwerten und alteingesessenen Mitglieder des Hohen Gerichts von Schemaja – waren erpicht darauf, mich auf meiner Abschlussfeier kennenzulernen und mir Geschichten ihrer ersten Präsentation zu erzählen. Beunruhigenderweise berichteten alle von Fällen, in denen die Verhandlung beendet wurde, bevor sie mit der Verteidigung beginnen konnten, auch wenn sie es über scheinbar ewige Zeiten hinweg immer wieder versucht hatten.

Constantin zum Beispiel, ein älterer Mann mit schwarzen Zähnen und Narben im Gesicht, erzählte, er habe die Seele eines Polizisten präsentiert, dessen Pflicht und Freude es gewesen war, Gefangene durch Folter zu einem Geständnis zu zwingen. »Er war ein außergewöhnlich grausamer Mensch«, erklärte Constantin. »Trotzdem hält es der Richter für angebracht, die Präsentation immer zu beenden, bevor ich das Gericht informieren kann, dass er ausgesetzte Tiere in seiner Wohnung versorgte.«

Eine andere Präsentatorin, Allee, eine schwangere Jugendliche mit geschwollenen Wangen und Händen, präsentierte die Seele eines jungen Mannes, der seine Freundin verlassen hatte, nachdem sie von ihm schwanger geworden war. »Er riskierte sein Leben, um ein Kind aus einem brennenden Nachbarhaus zu retten«, berichtete sie. »Ständig versuche ich, diesen Vorfall im Gerichtssaal vorzubringen, doch so weit kommt es nie. Wahrscheinlich glaubt Gott, das zählt nicht.«

Ich verlor Luas und Nana in der Menge aus den Augen und ging allein zum Büfett. Mit den anderen Präsentatoren zu sprechen machte mich unsicher und nervös, so dass ich lieber alleine war. Nachdem ich mich bedient hatte, ging ich in eine der Ecken der Halle zu einer Steinskulptur, die mir bisher nicht aufgefallen war – eine Kugel mit völlig glatter Oberfläche, so groß wie ich und der Weltkugel sehr ähnlich. Oben auf der Kugel stand die winzige Statue einer Frau mit langem Haar und Rock, vor ihr waren drei ebenso winzige, doppelflügelige Steintüren aufgereiht.

Als ich die Frauenstatue genauer betrachtete, ordnete sich die Skulptur irgendwie um, so dass ich die drei Doppeltüren vor mir sah, als wäre ich jetzt die Statue. Über dem ersten Durchgang befand sich ein Schild mit der Aufschrift »SELBST«, auf einem anderen stand »ANDERE« und auf dem dritten »GEIST«. Alle drei Doppelflügeltüren waren verspiegelt, so dass ich mich in jeder Tür sehen konnte, wobei die linken und rechten Türflügel jeweils ein anderes Bild wiedergaben.

Die linken Türflügel zeigten das Bild von mir, wie ich mich immer hatte sehen wollen: größer, markantere Wangenknochen, vollere Brüste und zwei vollständige Arme. Diese Brek Cuttler war witzig und klug, eine liebende Mutter, hervorragende Anwältin, ergebene Tochter, perfekte Liebhaberin, herausfordernde Gegnerin im Tennis, vollendete Geigenspielerin und wunderbare Köchin. Sie war das perfekte Exemplar einer Frau, beneidet um ihre perfekte Karriere, ihren perfekten Körper, ihren perfekten Verstand, ihren perfekten Mann, ihre perfekten Kinder und ihr perfektes Haus.

Der rechte Flügel jeder Doppelflügeltür zeigte ein weit weniger bezauberndes Bild von mir. Diese Brek Cuttler war runder und einfacher, hatte unreine Haut, dünne Lippen, kleine Brüste und dünnes Haar, und ihr fehlte der rechte Arm. Dennoch wirkte sie edler und weniger verzweifelt als die Frau auf den Spiegelbildern der Türflügel daneben. Diese Brek Cuttler definierte sich durch alles, was die andere Brek Cuttler nicht war: unterstützend statt wetteifernd, spirituell statt intellektuell, vergebend statt herablassend, schmeichelhaft statt Schmeicheleien einfordernd, vertrauenswürdig statt gefürchtet. Sie war völlig wehrlos und damit völlig unzerstörbar, abhängig von allem und daher völlig unabhängig.

»Liebe mich«, flehte die perfekte Brek Cuttler in allen drei Flügeln links. Hinter ihr im Spiegel waren die Insignien ihres Erfolgs zu sehen – die ehrfürchtigen Blicke von Männern und Frauen, die schönen Kleider, das schöne Haus, die mächtigen Freunde und Titelträger, die Luxusurlaube, die begehrten Einladungen, die rücksichtslosen Siege. Ihr eigentümlich kleiner Zwilling im Türflügel rechts sagte nur: »Ich bin.« Hinter ihr wurden die Insignien ihrer Freiheit gezeigt – dargestellt durch das Universum von der kleinsten Mücke bis zum am hellsten leuchtenden Stern, jedes Ding auf seine eigene Weise und in seiner eigenen Zeit perfekt.

Die magische Skulptur teilte meine Miniaturoffenbarung in drei Teile, und jede Einzelne von uns trat vor, um unsere Entscheidung zwischen den drei Türen zu treffen. An den

Türen wurden wir von Eltern, Lehrern und Freunden begrüßt. Alle deuteten nach links, woraufhin wir durch den jeweils linken Flügel traten, hinter denen wir weitere drei Doppelflügeltüren vorfanden, für die dieselben Entscheidungen notwendig waren. Unter derselben Führung gingen wir nach links, und wieder nach links, und wieder und wieder und wieder, wie es uns beigebracht worden war, bis wir uns schließlich aus uns selbst heraus dafür entschieden. Die Skulptur drehte sich langsam wie ein Felsen, der einen Hügel hinaufgeschoben wurde, während sich die Türen öffneten und schlossen.

Plötzlich verwandelte sich die Skulptur zurück in die große Kugel, von der ich kein Teil mehr war. Ich stand daneben, blickte auf die Oberfläche wie auf die Erde aus großer Höhe, sah ein Labyrinth aus Türen, Pfaden und Entscheidungen, die die Oberfläche durchkreuzten wie unzählige Flüsse und Straßen.

Die tiefe, aber sanfte Stimme eines Mannes ertönte rechts hinter mir und erschreckte mich. »Eine Reisende, die in eine Richtung aufbricht, kehrt schließlich an den Ausgangspunkt zurück und sieht ihn erneut zum ersten Mal.«

Ich drehte mich um. Vor mir stand ein eindrucksvoll exotischer Mann mittlerer Statur und mittleren Alters. Er war dünn, hatte glatte, dunkle Haut und schwarze Augen und trug weder Hemd noch Schuhe. Stattdessen hatte er einen regenbogenfarbenen Dhoti im Stil der hinduistischen Asketen um seine Hüfte und Beine gewickelt, und sein Kopf war mit einer Kappe aus kleinen goldenen Perlen bedeckt. Sein unergründliches Gesicht strahlte Frieden aus wie das eines buddhistischen Mönchs während seiner Meditation. Er war wunderschön.

»Oh, hallo«, grüßte ich ihn. »Ich habe dich gar nicht bemerkt.«

»Gefällt sie dir?«, fragte er.

»Ja, sehr interessant, aber auch ein bisschen beunruhigend.«

Die Kugel drehte sich, so dass meine drei virtuellen Vertreterinnen am anderen Ende verschwanden.

»Die Zeit führt nur in eine Richtung, von der man nicht abweichen kann«, erklärte der Mann. »Aber es kann, je nachdem, wie man sich entscheidet, viele mögliche gegenwärtige Momente geben.«

»Wie kann es viele gegenwärtige Momente geben?«, zweifelte ich. »Gibt es nicht nur eine Gegenwart?«

»Ja«, antwortete der Mann, »aber sie enthält alles, was möglich ist. Wenn ein beliebiger Punkt auf der Oberfläche, auf dem die Figur gerade steht, den gegenwärtigen Moment darstellt, ist der von ihrem Standpunkt aus hinter ihr liegende Teil die Vergangenheit, und was vor ihr liegt, die Zukunft. Also, angenommen, du würdest von ihrem momentanen Standpunkt aus eine längs verlaufende Linie um die Kugel ziehen – wie den Äquator auf einem Globus –, dann würde diese Linie alle möglichen Orte auf der Oberfläche der Kugel darstellen, wo die Reisende stehen kann und sich immer noch innerhalb des gegenwärtigen Moments befindet. Die Türen stellen die Entscheidungen dar, die sie dahingehend treffen muss, wo entlang der Linie sie stehen will.«

Ich war verwirrt. »Wenn das der Bildhauer sagen will, ist mir das entgangen.«

»Ich glaube nicht, dass das alles ist, was er sagen wollte«, erwiderte der Mann. »Wir haben bisher nur zwei Dimensionen der Kugel angesprochen – Zeit, dargestellt durch die

Drehung der Kugel, und Raum, dargestellt durch die Oberfläche. Wir haben nur eine flache Scheibe beschrieben, fürchte ich – die eine Hälfte eines Pfannkuchens.«

»In Geometrie bin ich noch nie gut gewesen.«

Der Mann lächelte. »Es muss eine dritte Dimension geben, die der Kugel Volumen und den Dimensionen Zeit und Raum eine Bedeutung verleiht. Der Nullmeridian, von dem ich sprach und der den gegenwärtigen Moment darstellt, verläuft nicht nur über der Oberfläche. Er verläuft auch unter der Oberfläche, durch den Kern der Kugel, und verleiht ihr Tiefe und Form. Diese Tiefendimension repräsentiert die möglichen Erkenntnisebenen der Reisenden zu einem gegebenen Zeitpunkt – die Bedeutungsebenen von Raum und Zeit. Ihre Wahrnehmung mag sehr einfach und rudimentär sein. In diesem Fall liegt ihre Erkenntnis der eigenen Zeit und des eigenen Raums nah an der Oberfläche. Oder sie besitzt eine umfassendere Erkenntnis ihrer Zeit und ihres Raums und all deren Nuancen. In diesem Fall besitzt sie eine tiefer liegende Erkenntnis, die sich nahe des Kerns befindet.

Bedeutung ist auch eine Frage der Entscheidung. Wir können dieselbe aktuelle Realität auf viele verschiedene Arten wahrnehmen. Daher kann sich unsere Reisende zwar nicht für eine bestimmte Zeit entscheiden, weil diese Entscheidung von der Rotation der Kugel festgelegt wird, aber sie kann ihren Raum im gegenwärtigen Moment und die Ebene ihrer Wahrnehmung wählen. Auf diese Weise erfährt sie aus einer potentiell unendlichen Anzahl an Orten entlang der Linie des gegenwärtigen Moments die Realität in drei Dimensionen, was ihrer Realität, entsprechend der Tiefe ihrer Wahrnehmung, eine potentiell unendliche Anzahl von Bedeutungen verleiht.«

Das war mir alles zu hoch. Ich war hier, um meine Aufnahme als Präsentatorin zu feiern, nicht, um mich in einer philosophischen Exegese von Zeit, Raum und Wahrnehmung zu ergehen. Ich ließ meinen Blick über die Menge gleiten, suchte nach Luas und Nana und nach einem höflichen Ausweg aus dem Gespräch.

»Ich heiße Gautama«, stellte sich der Mann vor, der scharfsichtig seine linke Hand ausstreckte.

»Brek Cuttler.« Ich war verlegen, weil er mich bei meinem Versuch ertappt hatte, ihm zu entkommen.

Einer der gesichtslosen Diener kam, um mir meinen leeren Teller abzunehmen.

»Ja, ich weiß, wer du bist«, erwiderte Gautama. »Ich hoffe, ich habe dich nicht gelangweilt. Ich persönlich bin während einer Reise mehr an den kleineren Schritten interessiert, doch hin und wieder Abstand zu nehmen, um das Ganze zu betrachten, kann sehr nützlich sein. Zum Beispiel erklärt es die Gegenwart der Antragsteller, die sich im Moment hier zwischen uns befinden, und unsere Unfähigkeit, uns wegen unserer gewählten Ebene der Wahrnehmung gegenseitig zu sehen.«

»Erklärt das, warum jede Präsentation im Gerichtssaal beendet wird, bevor eine Verteidigung aufgebaut werden kann? Ich vermute, das hast du auch so wahrgenommen.«

»Ich bin kein Präsentator«, sagte Gautama. »Ich bin Bildhauer … unter anderem.«

Die Sache wurde mir noch peinlicher. »Hast du diese Skulptur angefertigt?«

»Ja, gefällt sie dir?«

»Natürlich«, antwortete ich. »Sie ist faszinierend … aber ein bisschen einschüchternd.«

»Wir treffen nicht gerne Entscheidungen. Wir ziehen es vor, dass andere sie für uns treffen. Aber Entscheidungen halten alles am Laufen. Sie sind die Energie, die das Universum antreibt. Etwas zu erschaffen heißt, einfach auszuwählen, zu entscheiden. Selbst die Zehn Gebote sind Entscheidungen – zehn Entscheidungen, die jeder Mensch in jedem Moment der Zeit treffen muss und die das, was wir sind und sein werden, ausmachen, auch wenn sie sich auf drei reduzieren lassen, was ich hier versucht habe darzustellen.«

»Drei?«

»Ja. Die ersten vier Gebote sind lediglich Entscheidungen über den Heiligen. Werden wir Gott – oder den Geist oder die Wahrheit, welches Wort auch immer du dafür nehmen willst – anerkennen, oder werden wir materielle Dinge anbeten und uns für die unbeständige Welt entscheiden? Werden wir Gott, die schöpferische Kraft, um Hilfe rufen, um anderen zu schaden oder sie zu zerstören, oder werden wir sie wie uns selbst lieben? Nehmen wir uns die Zeit, um Schöpfung und Wahrheit anzuerkennen, oder werden wir all unsere Zeit verbrauchen, um endlichen Zwecken nachzujagen? Die restlichen sechs Gebote betreffen Entscheidungen über andere und uns selbst. Mord, Diebstahl, Ehebruch, das Verhältnis zu den Eltern, zur Familie und zur Gemeinschaft. Sie zeigen, wie sich jemand hinsichtlich anderen entscheidet. Ob jemand eifersüchtig ist oder die Wahrheit verbirgt, sind letztendlich Entscheidungen, die einen selbst betreffen.«

»Eine interessante Sichtweise«, merkte ich an.

Gautama wandte sich der Menge zu. »Dein Verständnis dieser Sache ist entscheidend, da dies die Entscheidungen sind, die im Gerichtssaal präsentiert werden müssen. Allein aus diesen Entscheidungen wird das Urteil beim Jüngsten

Gericht gefällt und über die Ewigkeit bestimmt. Das Gericht ist anspruchsvoll und hart. Man könnte sogar behaupten, der Richter ist unversöhnlich.«

»Die Präsentationen sind nie vollständig«, widersprach ich. »Man könnte auch behaupten, der Richter ist ungerecht.«

»Uns steht es nicht zu, diese Weisheit in Frage zu stellen. Aber du könntest dich fragen, wie oft dieselben Entscheidungen präsentiert werden müssen, bis die Geschichte korrekt erzählt wurde.«

»Ich glaube, seit meiner Ankunft in Schemaja ist mir außer meiner Urgroßmutter noch niemand begegnet, der kein Präsentator ist. Du hast gesagt, du seist unter anderem Bildhauer. Was bist du sonst noch?«

»Ich helfe Antragstellern, sich und ihre Entscheidungen wiederzuerkennen. Deswegen befindet sich meine Kugel hier in der Bahnhofshalle.«

Wir drehten uns wieder zur Kugel. »Ich verstehe immer noch nicht die Spiegelbilder an der Tür«, sagte ich. »Ich habe zwei Versionen von mir gesehen.«

»Beruhen nicht alle Entscheidungen auf persönlichen Wünschen? Sind nicht alle Wünsche Spiegelungen dessen, wer wir sind oder zu werden wünschen? Wir könnten die drei durch die drei Doppelflügeltüren dargestellten Entscheidungen auf einen Kern reduzieren und schlussfolgern, dass alle Dinge im Leben auf Entscheidungen beruhen, die sich auf die Schöpfung selbst beziehen. Das könnten wir dann noch weiterführen und folgern, dass alle Dinge auf den Entscheidungen der Schöpfung beruhen, die wiederum die Schöpfung selbst betreffen. Mit anderen Worten, Brek, wir sind Gottes Mitschöpfer. Auf der höchsten Ebene der

Realität auf der Kugel, an den Polen, an denen wir beginnen und zu denen wir zwangsläufig zurückkehren, gibt es nur ein Hier und Jetzt. Im Verlauf der Schöpfung – und während wir Entscheidungen treffen – fließt der ganze Rest davon fort und kehrt dorthin zurück. Die Reise um die Kugel ist ein Kreis.«

Plötzlich trat Tim Shelly wankend zwischen mich und Gautama. Er stank nach Alkohol, seine Augen waren glasig, und seine Fliege hing ihm lose um den Hals.

»Hey, toller Stein!«, nuschelte er und deutete auf die Kugel. Dann legte er mir die Hand auf die Schulter und ließ sie in ungebührlicher Weise über meinen Rücken nach unten gleiten. »Nimm dir eine andere, Gautama«, sagte er. »Brek gehört mir.«

Ich wich entsetzt zurück.

»Dir scheint der Abend zu gefallen, mein Sohn«, erwiderte Gautama, der sich weder von Tims Bemerkung noch von seinem betrunkenen Zustand beeindrucken ließ.

Tim packte mich und versuchte, mich auf die Lippen zu küssen.

»Tim, hör auf!«, rief ich und schob ihn fort. »Was ist nur in dich gefahren?«

»Was ist los, Brek? Bist du zu gut für mich?«, höhnte er.

»Ich glaube, es ist Zeit für dich, nach Hause zu gehen, mein Sohn«, riet ihm Gautama.

»Warum? Damit du sie haben kannst?«, hielt er dagegen. Er zwinkerte ihm zu und stupste ihm mit dem Zeigefinger in die Schulter. »Ich habe dich beobachtet … ich weiß, ihr alten spirituellen Typen habt's immer noch voll drauf.«

Gautama lächelte, sagte aber nichts, als hätte er es mit einem unartigen Kind zu tun.

»Das Problem ist, auch du bist ihr nicht gut genug«, fuhr Tim fort. »Sie treibt's nur mit jüdischen Jungs. Zufällig weiß ich, dass sie Beschnittene mag. Na, ich würde sagen, es ist Zeit, dass sie herausfindet, wie sich ein echter Mann anfühlt. Warte, bis du an der Reihe bist, Gautama, dann sehen wir, was sie denkt. Es wird nicht lange dauern.«

Als Tim auf mich zusprang, schrie ich auf, doch Gautama trat vor und wirbelte ihn herum.

»Gute Nacht, meine Tochter«, sagte er und führte Tim am Arm fort. »Genieß den Rest des Abends.«

27

Völlig aufgewühlt verließ ich den Empfang. Zum ersten Mal in Schemaja fürchtete ich um meine Sicherheit. Doch gab es überhaupt etwas, wovor man Angst haben musste? Kann eine menschliche Seele vergewaltigt werden? Oder kann man ihr auf andere Weise schaden? Tim Shelly sah aus wie ein Mann mit dem Körper eines Mannes. Ich hatte seine Hand auf meinem Rücken gespürt, auf meinem Körper. Aber nichts davon existierte – und irgendwie doch. Wie konnte Antisemitismus selbst im Tod fortbestehen? Ich war nicht jüdisch und hatte Tim gegenüber nicht erwähnt, dass Bo es war. Woher wusste er es, und warum spielte es eine Rolle? Das ergab alles keinen Sinn.

Tims Art, mich anzusehen, hatte etwas Kaltes und Böses. Was war mit diesem netten Kerl passiert, der dachte, er sei eine Kellnerin, und der mit seinem Vater gezeltet hatte – der Kerl, der mit mir in Tara gewesen, mit mir auf der Karavelle gesegelt und besorgt darüber war, wie seine Mutter mit seinem Tod zurechtkam? Vielleicht stand er einfach nur unter dem Einfluss von Alkohol … aber wie kann eine menschliche Seele Alkohol zu sich nehmen, geschweige denn sich davon beeinflussen lassen?

Ich ging den langen Flur mit den Büros entlang. Eine Eiseskälte durchfuhr mich, als ich an Tims Büro vorbeikam, die aber nichts war im Vergleich zu dem Stich, den ich spürte, als ich meinen Namen an der Tür neben der seinen entdeckte, eingraviert auf einem nagelneuen Schild: »Brek Abigail Cuttler, Präsentatorin«.

Die Tür war unverschlossen. Das Büro sah genauso aus wie das von Luas: kleiner Schreibtisch, zwei Stühle, zwei Kerzen, keine Fenster. Ich war nicht die Erste, der dieses Büro zugewiesen worden war: Die beiden Kerzen waren ungleichmäßig abgebrannt. Wachs war an ihnen und über die Messingständer heruntergelaufen. Es war ein beengender, kleiner Raum, ein Beichtstuhl in einer verfallenen Kathedrale. Die Luft war schwer und feucht, beladen mit den Sünden derjenigen, die hier ihr Leben ausgeatmet hatten. Doch es war meins. Ich zündete die Kerzen an, schloss die Tür und setzte mich, das Alleinsein genießend, hinter den Schreibtisch.

Und schon wurde an die Tür geklopft.

Tim?

Leise huschte ich um den Schreibtisch herum und klemmte den Gästestuhl unter den Türknauf.

Wieder wurde geklopft. »Darf ich bitte eintreten?«, meldete sich eine asiatisch klingende, fremde Mädchenstimme.

»Wer ist da?«, fragte ich und schob den Stuhl noch fester unter den Türknauf.

»Ich heiße Mi Lau. Ich kannte deinen Onkel Anthony. Ich habe gesehen, wie du vom Empfang weggegangen bist.«

»Anthony Bellini?«, vergewisserte ich mich.

»Ja. Darf ich reinkommen?«

Ich zog den Gästestuhl von der Tür und öffnete sie. Was draußen auf dem Flur stand, war so grässlich und abstoßend, dass ich vor Schreck zurückzuckte und die Tür wieder zuknallte. Ein junges Mädchen stand nämlich dort, ihr Körper bis zur Unkenntlichkeit verbrannt und immer noch rauchend, als wären die Flammen eben erst gelöscht worden. Der größte Teil ihrer Haut fehlte, gebrochene Knochen und zerfetztes Gewebe, das sich wie Speck in der Pfanne rollte, ragten heraus. Wo ihr rechtes Auge fehlte, prangte ein riesiges Loch, an der Stelle ihres Mundes standen zwei Reihen gebrochener Zähne ohne Lippen, Wangen oder Gaumen. Nur ein einzelner weißer Kieferknochen schien vor dem Ruß der Flammen verschont worden zu sein. Der Gestank verbrannten Fleisches durchdrang den Flur und jetzt auch mein Büro.

»Bitte entschuldige mein Aussehen«, sagte das Mädchen durch die Tür hindurch. »Mein Tod war nicht sehr angenehm. Deiner auch nicht, wie ich sehe.«

Ich blickte an mir hinab und sah mich, wie Mi Lau mich – und ich selbst mich bei meiner Ankunft in Schemaja – gesehen hatte. Nackt, drei Löcher in meiner Brust, blutüberströmt. Wieder öffnete ich die Tür. Mi Lau und ich blickten einander an, taxierten uns wie zwei Ungeheuer in einem Horrorfilm. Offensichtlich konnten wir nicht miteinander kommunizieren oder auch nur beieinander sein, wenn unsere Wunden alles waren, das wir sehen konnten. Deswegen spielten wir wie alle anderen auch bei dem Versteckspiel mit und sahen im anderen nur das angenehme Hologramm des Lebens, wie es unseren Wünschen und Vorstellungen nach gewesen sein müsste.

In diesem gefilterten und gebrochenen Licht hatte sich Mi Lau plötzlich in ein wunderschönes junges Mädchen mit topasfarbener Haut, großen braunen Augen und langem, dichtem schwarzen Haar verwandelt, das, frisch, strahlend und rein, kurz davor war, zu einer jungen Frau heranzureifen. Sie trug ein hübsches rosafarbenes Kleid, das die Grausamkeit ihres Todes noch grausamer und unversöhnlicher machte.

»Es tut mir sehr leid, dass dich meine Erscheinung verängstigt hat.« Sie sprach in dem rhythmischen, locker schwirrenden Gitarrenklang der Vietnamesen, doch irgendwie verstand ich ihre Worte, als lauschte ich einem versteckten Dolmetscher.

»Nein, ich bin diejenige, die sich entschuldigen muss«, wehrte ich ab. »Ich habe niemanden erwartet, und dann, na ja … stimmt, du hast mich erschreckt. Komm bitte rein.«

Mi Lau setzte sich auf den Besucherstuhl, die Hände im Schoß gefaltet. Ich schloss die Tür und kehrte an meinen Platz hinter dem Schreibtisch zurück.

»Woher kennst du meinen Onkel Anthony?«, begann ich. »Er starb, bevor ich geboren wurde.«

»Wir lernten uns während des Krieges kennen«, antwortete Mi Lau. »Und er ist auch einer meiner Mandanten.«

»Mein Onkel steht hier vor Gericht? Kann ich ihn sehen?«

»Ja, du kannst zu seiner Verhandlung kommen. Ich präsentiere seinen Fall jeden Tag.«

»Der Richter beendet sie, bevor du fertig bist?«

»Ja, wie die anderen.«

»Das ergibt keinen Sinn«, erwiderte ich. »Warum führt man dann noch eine Verhandlung durch?«

Mi Lau schwieg.

»Wie habt ihr euch im Krieg kennengelernt?«, fragte ich schließlich. »Was für ein Mensch war er?«

»Dein Onkel kam mit anderen Amerikanern in mein Dorf auf der Jagd nach den Vietcong. Die Vietcong hielten sich bei uns auf. Wir hatten keine andere Wahl. Meistens waren es Jungs. Sie ließen uns in Ruhe und taten uns nichts. Als die Amerikaner kamen, wurden sie erschossen, während sich meine Familie in einem Tunnel unter der Hütte versteckte. Meine Mutter ging immer als Erste hinunter, dann meine Schwester, ich und zuletzt mein Vater. Aber die Soldaten überraschten uns, und diesmal war ich die Letzte. Der Tunnel war eng, und wir mussten auf dem Bauch rutschen. Wir hörten die Maschinengewehre, die lauten Stimmen der Amerikaner und die Schreie der Vietcong-Jungs. Meine Schwester und ich hielten uns die Ohren zu, und uns schlotterten die Knie.«

»Das muss schrecklich gewesen sein«, sagte ich.

»Ja. Aber die Kämpfe dauerten nicht lange. Bald schon war alles ruhig, bis eine heftige Explosion den Boden erschütterte. Dreck fiel auf mein Haar, und ich hatte Angst, der Tunnel könnte einbrechen. Mein Vater sagte, die Amerikaner würden die Tunnel in unserem Dorf sprengen, und wir müssten schnell raus. Ich krabbelte zum Eingang, und in dem Moment sah ich deinen Onkel. Er kniete mit einer Granate in der Hand über dem Loch. Daran erinnere ich mich deutlich. Um seinen Hals hing ein Kruzifix, bei dem die rechte Seite abgebrochen war. Ich dachte noch, das sieht aus wie ein kleiner Vogel mit abgebrochenem Flügel. Ich lächelte ihn an. Ich war so naiv, dass ich dachte, die Amerikaner wären da, um uns zu helfen, weil sie unsere Freunde wären. Aber er lächelte nicht zurück. Er sah mich mit furchtbaren hasserfüllten Augen an, zog den Zünder der Granate und warf sie ins Loch. ›Nein! Nein!‹, schrie ich. ›Wir sind hier unten!‹ Die Granate rollte zwischen meine Beine. Sie war kalt und glatt wie ein Stein im Fluss. Ich sah nach oben, wo sich dein Onkel abwandte und sich die Ohren zuhielt. Und dann explodierte sie.«

Mi Lau sprach ohne Wut oder andere Gefühle, als würde sie davon erzählen, wie sie Reis auf einem Feld pflanzte. Ich senkte beschämt den Kopf. »Es tut mir so leid. Das wusste ich nicht.«

»Danke«, sagte Mi Lau. »Aus den Präsentationen weiß ich alles über deine Familie. Es scheinen nette Menschen zu sein. Komisch, dein Onkel war vor deiner Geburt davon überzeugt, du würdest ein Junge werden, aber er war so glücklich, als er erfuhr, dass du ein Mädchen warst.«

»Mir wurde gesagt, er sei als Held gestorben.«

»Vielleicht ist er das«, räumte Mi Lau ein, »aber Helden leben nur in den Köpfen der Menschen. Nachdem alle Tunnel in unserem Dorf gesprengt worden waren, zog er mit ein paar anderen Soldaten los, um Marihuana zu rauchen. Er sagte lachend zu ihnen: ›Das Beste daran, dass wir heute Morgen diese Tunnel voller Schlitzaugen gesprengt haben, ist, dass sie schon begraben sind und wir jetzt den ganzen Nachmittag Zeit haben, um dieses Zeug zu rauchen.‹ Eine Stunde später ging er los und schoss sich selbst in den Kopf. Vielleicht war es heldenhaft, sich das Leben zu nehmen, damit er es anderen nicht mehr nehmen konnte.«

Ich brauchte lange, um zu begreifen, was sie gesagt hatte.

»Wie kannst du ihn vertreten, wenn er dich und deine Familie getötet hat?«, fragte ich. »Es tut mir leid, was er getan hat, aber wie kannst du in seiner Verhandlung gerecht sein? Also, ich meine, natürlich würdest du wollen, dass er verurteilt wird – und das sollte er vielleicht auch. Deswegen ist er wahrscheinlich noch hier.«

Mi Lau kniff die Augen zusammen und richtete sich entrüstet auf. »Ich präsentiere Anthony Bellinis Leben genau so, wie er es gelebt hat. Ich kann nicht ändern, was er getan hat, und ich verzerre die Präsentation in keiner Weise. Luas überwacht uns sehr genau und bestraft jeden Präsentator, der versucht, das Ergebnis zu beeinflussen.«

»Aber wie kannst du ihm nach dem, was er dir angetan hat, überhaupt gegenübertreten?«

»Er kann mir nichts mehr antun, und es geht mir besser, wenn ich weiß, dass Gerechtigkeit geübt wurde. Im Gerichtssaal wird jede Schuld eingestanden … es gibt keine Lügen. Manche behaupten, Schemaja ist dort, wo sich Jesus drei Tage lang nach seinem Tod aufhielt, bevor er in den Himmel auffuhr und alle Seelen präsentierte, die je gelebt hatten. Ich glaube, Schemaja ist dort, wo die letzte Schlacht zwischen Gut und Böse ausgetragen wird. Man darf nicht zulassen, dass das Böse gewinnt. Es darf sich nicht verstecken oder verkleiden, es muss ausgerottet und zerstört werden, und alle, die Böses tun, müssen bestraft werden.«

Als sich Mi Lau erhob, verwandelte sie sich plötzlich wieder in das Mädchen, dessen Körper von der Granate meines Onkels verstümmelt worden war. »Ich muss jetzt gehen«, verabschiedete sie sich. »Willkommen in Schemaja. Du wirst hier Gott dienen. Du wirst der Gerechtigkeit dienen.«

28

Am nächsten Morgen wachte ich mit dem nussig-süßen Duft von irischem Haferbrei in der Nase auf. Diesen köstlichen Duft hatte ich nicht mehr gerochen, seit Großmutter Cuttler ihn für meinen Großvater und mich auf dem Hof zubereitet hatte. Ich ging nach unten, wo Nana Bellini, bereits angezogen, am Werkeln war. Sie gab mir einen Kuss auf die Stirn und stellte eine Schüssel mit dampfendem Haferbrei vor mich auf den Küchentisch.

»Für heute brauchst du eine handfeste Grundlage«, sagte sie.

Irgendwie wirkte sie anders. Ihr Blick schien in die Ferne zu schweifen, war beinahe melancholisch. So hatte ich sie noch nie erlebt.

»Danke«, sagte ich, erfreut über dieses Frühstück. »Geht's dir gut?«

»Ja. Es ist nur so, dass die Zeit für mich gekommen ist, zu gehen, und ich bin traurig, dass wir uns trennen müssen.«

»Gehen? Was meinst du mit ›gehen‹? Wohin?«

»Einfach gehen, mein Kind, weitergehen. Du kamst verwundet und verängstigt hier an, aber auch wenn noch etwas von dem Schmerz und der Angst in dir ist, wirst du davon nicht mehr bestimmt. Du hast dich von dem Schock des Todes erholt. Deswegen war ich hier – um dir zu helfen.

Du bist jetzt Präsentatorin. Du brauchst Raum, um Erfahrungen zu sammeln, um deine Gedanken auszubreiten und zu prüfen, um zu lernen und zu verstehen. Die nächsten Schritte wirst du selbstständig machen. Du bist bereit, und ich bin stolz auf dich. Wir sind alle stolz auf dich. Du gibst uns Hoffnung.«

Ich geriet in Panik. »Nimm mich mit«, flehte ich. »Ich will keine Präsentatorin sein. Hier gibt es keine Gerechtigkeit. Onkel Anthony, Amina Rabun, Toby Bowles ... sie sind schon verurteilt, noch bevor ihre Präsentatoren den Gerichtssaal betreten. Jeden Tag werden die gleichen Verhandlungen geführt und die gleichen Urteile gefällt. Das ist ... das ist die Hölle, nicht der Himmel.«

Nana holte noch etwas Kaffee. »Vielleicht wurdest du hergebracht, um genau dies festzustellen. Vielleicht braucht Gott dich, um die Sache wieder in Ordnung zu bringen.«

»Aber Gott hat es erschaffen, und Gott ist der Richter. Er ist derjenige, der die Verhandlungen beendet, bevor die Verteidigung beginnen kann. Nur er kann das in Ordnung bringen.«

»Das ist nicht Gottes Art«, widersprach Nana. »Wir können alle frei entscheiden. Du kannst entscheiden, was für eine Präsentatorin du sein willst, genauso wie du entscheiden konntest, was für ein Mensch du sein wolltest.«

»Ich will aber überhaupt keine Präsentatorin sein.«

Nana setzte sich neben mich. »Diese Entscheidung wurde bereits getroffen, mein Kind. Du hast dich entschlossen hierherzukommen. Die Frage ist nicht, ob du Präsentatorin sein willst, sondern wie du diese Rolle ausfüllst. Das ist etwas, was du für dich selbst entscheiden musst. Dir wird es anders gehen, nachdem du deinen ersten Mandanten kennengelernt hast. Die Antragsteller brauchen dich, Brek. Lass sie nicht im Stich.«

»Aber du lässt mich im Stich.«

»Das stimmt nicht. Ich habe alles getan, was ich konnte. Der Rest liegt an dir.«

Ich war noch nicht bereit. Ich wusste, ich war geerdet, und das hatte ich ihr zu verdanken, dieser bemerkenswerten Frau, die mich in ihre Obhut genommen hatte, als ich dem Schoß meiner Mutter entsprungen war, und die mich wieder in ihre Obhut genommen hatte, als ich dem Schoß des Lebens entsprungen war.

»Wohin wirst du gehen?«, fragte ich. »Werde ich dich wiedersehen?«

»Oh, ich könnte es nicht so beschreiben, dass du es verstehen würdest«, antwortete Nana. »Aber ich kann dir sagen, dass ich an einen Ort gehe, den ich selbst auswähle und mitgestalte, wie jeden Ort. Ich weiß nicht, wo er sich befindet oder wie er aussieht, aber ich weiß, dass es ein Gedanke ist, zu dem ich gehe – ein Gedanke, von dem ich denke, dass er wie alle erzeugten und umsorgten Gedanken in einer winzigen Ecke des Universums erkennbar wird, so dass er erfahren werden kann. Schöpfung übersteigt alles, mein Kind. Eine Million-Milliarde Entscheidungen werden zu einer Million-Milliarde Schöpfungsakten.«

»Aber ich habe dich schon einmal verloren, Nana«, protestierte ich. »Ein zweites Mal ertrage ich das nicht.«

Mit leisen, besänftigenden Lauten tat sie genau das, was ich am meisten brauchte – sie ließ einen letzten kurzen, wunderbaren Augenblick meiner Kindheit wiederaufleben. Sie drückte mich an sich, drückte mein Gesicht an die faltige Haut ihrer Wange. Sie gestattete mir, das starke Klopfen ihres Herzens noch einmal zu hören und den süßen Duft ihrer Haut einzuatmen. In ihrer Umarmung fühlte ich mich wieder sicher. »Hast du nichts gelernt, mein Kind?«, fragte sie. »Siehst du das nicht? Geh in meinen Garten, wenn du Zweifel hast. Lerne von den Pflanzen, die dort leben und sterben und wieder zum Leben erweckt werden. Und denk daran, Kind, denke immer daran, dass ich hier war, um dich zu empfangen, als du dachtest, ich wäre schon lange, lange fort. Du hast Bo und Sarah nicht verloren, Brek. Und auch mich wirst du nie verlieren. Liebe lässt sich nicht zerstören.«

29

Ich wollte nichts zu tun haben mit den schäbigen Vorgängen im Gerichtssaal. Lieber wollte ich die Ewigkeit allein verbringen, weswegen ich Schemaja verließ, als auch Nana ging.

Auch wenn Tim Shelly sich an mich herangemacht hatte, hatte er mir einen großen Gefallen getan, indem er mir zeigte, dass ich die Kraft besaß, allein mit Hilfe meiner Gedanken jederzeit überallhin zu gehen. So beschloss ich, genau das zu tun, und startete meine Weltreise, auf der ich Dinge sah und tat, die nie ein Mensch in seinem ganzen Leben je geschafft hatte oder schaffen würde. Ich ließ die Sache langsam angehen, erholte mich an den exklusivsten Stränden von Barbados, der französischen Riviera, den griechischen Inseln, Tahiti, Dubai und Rio de Janeiro. Ich lebte das Leben einer reichen, berühmten Frau, schlief in den exklusivsten Villen und Hotels, segelte auf den luxuriösesten Jachten, flog in Privathubschraubern, fuhr in den teuersten Limousinen, speiste in den schicksten Restaurants, trank den teuersten Champagner, kaufte in den edelsten Juweliergeschäften und Boutiquen ein und gewann und verlor Millionen von Dollar in den exklusivsten Kasinos. Es war ein traumhaftes Leben, wie im Himmel. Ich tauchte vor den Korallenriffen der Galapagosinseln, erklomm auf jedem

Kontinent die höchsten Gipfel, fuhr durch die Sahara, segelte rund um die Welt, paddelte im Kanu den Amazonas und den Nil von einem Ende zum anderen, marschierte die Chinesische Mauer entlang, besuchte den Nord- und den Südpol und ging in Afrika auf Safari.

All das machte Spaß – eine Zeitlang. Doch überall, wohin ich ging, war ich allein – an den Stränden, in den Villen, in den Flugzeugen und den Kasinos. Es gab niemanden, mit dem ich hätte mein Glück teilen, und niemanden, den ich wenigstens aus der Ferne hätte neidisch machen können. Ich stellte mir vor, dass sich Gott so gefühlt haben musste, bevor er den Menschen erschaffen hatte. Konnte es in diesem ganzen Universum etwas Schlimmeres geben, als all das hier mit niemandem teilen zu können? Während ich allein von einem Weltwunder zum nächsten reiste, vom Ozean über die Wüste in die Berge, verstand ich, warum Gott bereit war, jedes Risiko in Kauf zu nehmen – selbst Ablehnung, Leid und Krieg, wie Luas gesagt hatte –, nur um sich der Freude hingeben zu können, wenn ein menschliches Wesen außer Atem sagt: »Oh, mein Gott … jetzt sieh dir das an!«

Ja, dank dieser Reise war ich in der Lage, Tim Shelly, Mi Lau, Luas und Elymas und dem, was ich als Tragödie und Ungerechtigkeit im Gerichtssaal betrachtet hatte, aus dem Weg zu gehen, doch ich musste meine Erfahrungen mit dem Leben nach dem Tode ebenso dringend mit jemandem teilen, wie ich meine Erfahrungen mit dem Leben selbst hatte teilen müssen. Vielleicht sehnte ich mich wie Gott immer verzweifelter nach einem anderen, nach einem Begleiter in meinem Paradies.

So wurde mir immer klarer, warum die Schlange zu Eva

gesagt hatte, erst durch das Risiko, die Möglichkeit des Bösen werde das Leben reicher und würden Zufriedenheit und Freude erst ermöglicht werden. Auf eine Art war ich in den Garten Eden zurückgekehrt und hatte ihn für ebenso unzureichend empfunden, wie Eva dies getan hatte, weil es im Paradies nur das Perfekte gab. Ohne ihr Gegenteil kann Perfektion nicht verstanden oder erfahren werden, so wie das Licht einer Kerze direkt vor der Sonne nicht erkannt oder erfahren werden kann, bis sie aus dem Sonnenlicht fortgenommen und in die Dunkelheit gestellt wird. Ich war wieder bereit, aus dem Paradies vertrieben zu werden und dieses Risiko einzugehen – selbst das Risiko, von Tim Shelly angegriffen und an alles erinnert zu werden, was ich verloren hatte – meinen Mann, meine Tochter, mein Leben, meine Welt. Ich war sogar bereit, das Risiko in Kauf zu nehmen, dass Seelen in ungerechter Weise für schuldig befunden wurden und ihre Strafe bis in alle Ewigkeit abbüßen mussten.

Und so kehrte ich, wie Gautama gesagt hatte, zu dem Ort des Beginns meiner Reise zurück und sah ihn erneut zum ersten Mal. Ich war bereit für meinen ersten Mandanten. Doch insgeheim hoffte ich wie schon immer seit meiner Ankunft in Schemaja, dass dies der Tag sein würde, an dem man mir sagte, das alles sei ein seltsamer, schrecklicher Traum, aus dem ich endlich aufwachen solle.

30

Luas antwortete nicht, als ich an seine Bürotür klopfte. Stattdessen erschien das Wesen aus dem Gerichtssaal im Flur und informierte mich, der Hohe Rechtsgelehrte sei beschäftigt und würde sich mit mir treffen, sobald ich meinen ersten Mandanten kennengelernt hätte. Ich solle in mein Büro gehen und warten.

Ich tat, was mir das Wesen aufgetragen hatte. Bald brachte es mir einen Antragsteller aus dem Gerichtssaal und zog die Tür hinter sich zu. Ich hatte beschlossen, dem Antragsteller den Rücken zuzukehren und die Wand hinter mir anzusehen. Ich wollte die Erforschung der Vergangenheit meines Mandanten hinauszögern und zunächst versuchen, ob wir nicht wie zwei Seelen miteinander kommunizieren könnten, die aus einer gemeinsamen Heimat vertrieben und einem gemeinsamen Schicksal überlassen worden waren. Ich würde meinen Mandanten nicht leichtfertig die Erinnerungen rauben oder verlangen, dass sie im anderen Raum warteten, während ich mit ihrem Schöpfer über ihre Ewigkeit verhandelte. Sie würden die Gelegenheit erhalten, sich an ihrer Verteidigung zu beteiligen und mit eigenen Worten zu erklären, was in ihrem Leben passiert war und warum.

So blieben wir, mein erster geistlicher Mandant und ich, einen Moment am Abgrund zur Ewigkeit sitzen.

»Hast du Angst?«, fragte ich.

»Ja«, antwortete eine männliche Stimme zögernd.

»Ich verstehe. Ich werde alles tun, um dir zu helfen.«

Doch auch ich hatte Angst. Jeder Anwalt hat Zweifel, und was im Gerichtssaal von Schemaja auf dem Spiel stand, war weit größer als das, was in jedem anderen Gerichtssaal der Welt riskiert wurde.

Wie kann ich die Last von jemand anderem ertragen, wenn mir schon meine eigene zu schwer ist? Wie kann ich es wagen, das Konto eines anderen zu bereinigen, wenn meine eigene Schuld unbezahlt bleibt?

»Ich glaube nicht, dass mir jemand helfen kann«, sagte er. »Ich habe etwas Schreckliches getan.«

Seine Stimme war kaum hörbar, klang resigniert und hoffnungslos. Ich konnte diese Verzweiflung nicht unbeantwortet lassen, ganz gleich, welche Dämonen mich jagten oder was er getan hatte. Sein Schuldgeständnis weckte nicht nur mein Mitleid, sondern machte mir auch klar, dass es diesen Fall schon immer gegeben und ich mich mein ganzes Leben lang auf ihn vorbereitet hatte. Er war der Grund, warum ich auserwählt worden war, Seelen vor dem Jüngsten Gericht zu verteidigen. In diesem Moment schien sich das Geheimnis meines eigenen Lebens und meines Lebens danach unerwartet im Leiden einer anderen Seele zu enthüllen. Ich würde mich verpflichten, meine Mandanten vor Elend und Ungerechtigkeit zu bewahren. Ich würde sie vor dem Thron Gottes erlösen.

Froh über diese Entdeckung, konnte ich der Seele hinter mir nicht mehr den Rücken zukehren. Ich sehnte mich danach, sein Gesicht im Licht der Wahrheit zu sehen, alles über sein Leben zu erfahren, was ich konnte, das Gute und das Schlechte. Ich würde meinen Segen geben, nicht verurteilen, und alles in meiner Macht Stehende tun, damit ihm alle Vorteile zugutekommen und alle Zweifel ausgeräumt werden würden. Ich würde um der Gerechtigkeit willen mit der Partisanenstimme einer Anwältin im Gerichtssaal sprechen und selbst meine eigene Bestrafung riskieren. Ich würde nie zulassen, dass dieser Seele das passierte, was mit Toby Bowles, Amina Rabun und meinem Onkel Anthony passiert war.

Dies waren die Versprechen, die ich mir abnahm, als ich mich meinem Mandanten zuwandte – Versprechen, die ich vielleicht schon Jahre zuvor als junges Mädchen gegeben hatte, als eine Transportkette meinen Körper verunstaltet und mein Leben neu geordnet hatte. Ich wusste jetzt, dass ich nach Schemaja gebracht worden war, um diesen heiligen Schwur zu erfüllen und vielleicht für meine eigene Rettung zu sorgen.

Doch als ich mich umdrehte, um diese wunderschöne, hilflose Seele zu begrüßen, der ich meine ganze Hingabe, meine Liebe, meine Ewigkeit widmen würde, saß ich plötzlich einem ganz anderen Gesicht gegenüber. Es war das bösartige Gesicht eines Mörders, nicht das unschuldige eines Opfers.

Nein … nein, nicht er. Bitte … bitte, lieber Gott, nicht er!

Doch es war zu spät.

Der Mann, der mich ermordet hatte, war gestorben und nach Schemaja gekommen.

Jetzt hatte seine Seele von meinem Inneren Besitz ergriffen. Und ich hielt sein Schicksal in meinen Händen.

TEIL VIER

31

Otto Rabun-Bowles wusste nichts von seiner turbulenten Familiengeschichte, als er in der Halbzeitpause des Footballspiels benommen am Spielfeldrand saß. Die ganze Zeit über war er von Kindern in die Mangel genommen worden, die fast doppelt so groß waren wie er. Er flehte seinen Vater, Tad, an, ihn nicht wieder aufs Spielfeld zu schicken. Doch der reagierte, wie dessen Vater dem kleinem Tad gegenüber reagiert hatte – er schimpfte mit Otto, weil er sich wie ein Kleinkind benahm, und wies ihn an, wieder aufs Feld zu gehen.

Dies war der Moment, in dem Toby Bowles, Ottos Großvater, die Bühne betrat. Nachdem sich Ottos Vater und Großvater seit mehr als zehn Jahren nicht mehr gesehen hatten, würde dies das erste und einzige Mal sein, in dem Otto diesen alten Mann sehen würde. Toby Bowles, der früher so gefühllos gewesen war, stieg von der Tribüne herab, um sich für seinen Enkel einzusetzen und Tad zu bitten, Otto eine Pause zu gönnen. Otto war verwundert über diesen gefallenen Engel, über den er nur schreckliche Dinge gehört hatte, der aber seinem Vater so verblüffend ähnlich sah. Plötzlich kam er ihm wie sein einziger Freund auf der Welt vor. Otto liebte ihn auf Anhieb.

Doch Tad wurde wütend. Wie konnte sein Vater es wagen,

unaufgefordert hier aufzukreuzen und ihn zu kritisieren? Die Worte, die zwischen den beiden fielen, waren grob – Worte, die fünfzehn Jahre zuvor hätten gesagt werden müssen, als man sie noch verstanden und die Liebe zwischen den beiden noch einiges geheilt hätte. Doch jetzt landeten sie wie Hammer auf den Schlagbolzen zweier Revolver. Tad wurde es zu viel. Ein kräftiger Stoß genügte, und der alte Mann stürzte vor Otto und den anderen Zuschauern zu Boden.

Voller Hass auf seinen Vater kniff Otto die Augen zusammen. Verblüfft und verlegen zog sich Großvater Toby am Geländer hoch, verließ das Stadion und wurde von Otto nie wieder gesehen. Vier Jahre später rief Tads Mutter, Claire, an, um mitzuteilen, Toby sei an einem Herzanfall gestorben. Damit war Otto die Gelegenheit genommen worden, eine Verbindung zu seinem Großvater väterlicherseits aufzubauen.

Und so kam es, dass ich die Erinnerungen eines Lebens, enthalten in der Seele des Mannes, der mich ermordet hatte, als Vehikel nutzte, mit dessen Hilfe ich langsam und gewissenhaft die Verbindungen zwischen seinem, meinem und dem Leben derjenigen Seelen aufdecken konnte, die mir in Schemaja begegnet waren – was ich laut Nana tun musste, wenn ich diesem Ort je entkommen wollte. Komischerweise brauchte ich Otto Bowles' Erinnerungen, um mich durch das Leben nach dem Tod führen zu lassen, weil ich seit meiner Ankunft in Schemaja nicht bereit gewesen war, die Erinnerungen an meinen und Sarahs Tod zuzulassen. Und selbst wenn ich mich an alles erinnert hätte, wäre mir nie bewusst geworden, wie eng mein Leben mit dem vieler anderer Menschen verknüpft gewesen war.

Voller Erstaunen wurde mir klar, dass es bei der ersten Verhandlung, der ich in Schemaja beigewohnt hatte, um die Seele von Toby Bowles gegangen war, den ich in meinem Leben nicht kennengelernt hatte, obwohl er, als Retter meiner Schwiegermutter in Kamenz, nicht nur für die Existenz meines Ehemannes und damit auch meiner Tochter verantwortlich war, sondern als Otto Bowles' Großvater auch für die meines eigenen Mörders. Doch auch dies waren nur die ersten von vielen erstaunlichen Verbindungen, die ich zwischen meinem und Otto Bowles' Leben herausfand, Verbindungen, die uns schicksalhaft im Leben und jetzt im Tod zusammengeführt hatten.

Otto Bowles' Eltern lernten sich in einem Nachtklub in New Jersey kennen, wo Ottos Mutter, Barbara Rabun, als immer noch attraktive achtunddreißigjährige Kellnerin arbeitete. Viele Jahre später erklärte Barbara ihrem Sohn, dass etwas in den traurigen braunen Augen und dem verlegenen Lächeln seines Vaters sie veranlasst hatte, ihn halten und beschützen zu wollen. Im Alter von sechsundzwanzig Jahren erinnerte er sie vage an ihren älteren Bruder, der in Kamenz von russischen Soldaten hingerichtet worden war. Er schien anders zu sein als die anderen jungen Männer in der Bar, die, nachdem ihnen der Alkohol schließlich eine Stimme gegeben hatte, nur »Gib mir was zu essen«, »Wo ist das Klo?« und »Schlaf mit mir« sagen konnten.

Dennoch ließ Tad Bowles' Anziehungskraft auf Barbara nach, als sie mit Otto schwanger wurde. Eigentlich hatte sie bis zu dem Morgen, an dem sie Otto zur Welt brachte, alle Männer einschließlich Tad nur als Jagdopfer gesehen, denen sie wie ein Wilderer nachstellte, nur um anschließend ihre dummen, verwunderten Köpfe wie Trophäen an die Wände ihrer Erinnerungen zu nageln. Nach Ottos Geburt taugten Männer und insbesondere Tad auch dafür nicht mehr. Sie hatte das bisschen geerntet, was die männliche Spezies der Welt zu bieten hatte – diesen wertvollen Dünger, den sie so unbekümmert verschleuderten. Nun wurde der kleine Otto ihre schönste Trophäe, ihr Anfang und ihr Ende. Jede Kontraktion ihrer Gebärmutter hauchte neues Leben in ihre seit langem tote Familie, deren Existenz von ihren heiligen Wehen abhing. Nicht einen Tag während Ottos Kindheit würde sie ihn vergessen lassen, dass das Überleben der Familie Rabun aus Kamenz von ihm abhing. Er war das unersetzliche Bindeglied zwischen all jenen, die vor ihm da gewesen waren und nach ihm kommen würden.

Otto akzeptierte diese Verantwortung bereitwillig, doch sein Vater, der kein Rabun war, wurde in dieses wichtige Geheimnis nicht eingeweiht. Bis zur Klage, die Bill Gwynne und ich gegen Amina und Barbara Rabun im Namen meiner Schwiegermutter, Katharina Schrieberg-Wolfson, einreichten. Die überraschenden Enthüllungen in der Klageschrift über die Familie aus Kamenz versetzten Tad Bowles einen schweren Schock. Barbara hatte ihm nur erzählt, die meisten Mitglieder ihrer Familie seien während des Krieges getötet worden, sie habe eine bescheidene Summe geerbt, und eine Cousine in Buffalo, mit der sie keinen Kontakt mehr hatte, habe ihr bei der Flucht aus Deutschland geholfen, bevor die Sowjets den Eisernen Vorhang geschlossen hatten. Dass Barbaras Vater und Onkel reich gewesen waren und diesen Reichtum aus den Todeslagern und der Enteignung von Juden angehäuft hatten, dass Barbara von sowjetischen Soldaten vergewaltigt und ihre Familie ermordet worden war und sie diese Geschichte vor ihm geheim gehalten hatte – all das hinterließ bei Tad ein Gefühl der Angst und des Verrats.

Diese Angst allerdings besänftigte Tads verwundetes Ego, weil Barbaras Mangel an Gefühlen in der Ehe sich nun anders als mit seiner eigenen Unzulänglichkeit erklären ließ. Er hatte eine Schwindlerin geheiratet, wenn nicht gar noch schlimmer, weswegen er derjenige war, der die Scheidung einreichte, auch wenn er noch schnell sein viertes Auto in ebenso vielen Ehejahren mit dem schmutzigen Geld der Rabuns kaufte. Natürlich hätte sich Barbara ohnehin von ihm scheiden lassen, genauso, wie sich Amina von George Meinert hatte scheiden lassen. Als Tad jedoch andeutete, er werde vielleicht das Sorgerecht für Otto beantragen, drohte sie, ihn zu zerstören. Er wusste, dass sie dazu in der Lage wäre, und überließ ihr den gemeinsamen Sohn. Eine Woche nach Ottos zwölftem Geburtstag packte sie in dem Haus neben Tads Versicherungsbüro in New Jersey ihre Sachen und zog mit Otto in Aminas kleine Villa in Buffalo, um den in der Klage aufgestellten Behauptungen entgegenzutreten und den Namen ihrer Familie reinzuwaschen.

Die Klage gegen Amina und Barbara Rabun einzureichen war für meine Schwiegermutter nicht leicht gewesen. Zwölf Jahre zuvor, als Otto 1974 auf die Welt gekommen war, hatte sie aus Dankbarkeit für die Risiken, die Amina auf sich genommen hatte, um ihre Familie während des Krieges zu schützen, beschlossen, die durch ihren früheren Anwalt, Robert Goldman, ausgesprochene Drohung, Amina und Barbara zu verklagen, nicht wahr zu machen. Doch als frischgebackene Anwältin und Ehefrau von Katharinas einzigem Sohn, Bo, der auch der rechtmäßige Erbe des Schrieberg-Vermögens war, überzeugte ich sie, sich die Sache noch einmal zu überlegen.

Ich argumentierte, dass die Rabuns nicht nur das Erbe von Katharina und ihrem Bruder gestohlen hatten – was man vielleicht außer Acht lassen könnte, da Amina sie mit Sicherheit vor dem Tod gerettet hatte –, sondern auch das Erbe der Kinder und Enkel von Katharina und ihrem Bruder. Justitia konnte dieses Unrecht doch nicht so einfach übersehen. Diese zukünftige Generation hatte Anspruch auf ihren Anteil am Vermögen, das ihre Vorfahren angehäuft hatten – genauso wie zukünftige Generationen der Familie Rabun einen Anspruch auf ihren Anteil am Vermögen ihrer Vorfahren hatten.

Ich betonte Katharina gegenüber auch, dass wir Amina keinen finanziellen Schaden zufügen würden, nur weil wir den Vermögenswert zurückforderten. Aminas Vermögen beruhte auch auf dem Erbe ihrer Familie und auf ihrem Erfolg als Verlagseigentümerin. Reparationszahlungen für die Familie Schrieberg würden, wenn überhaupt, nur einen geringen Einfluss auf Aminas üppigen Lebensstil haben. Katharina hingegen lebte, weil ihr ein ähnliches Erbe entgangen war, in vergleichsweise ärmlichen Verhältnissen. Außerdem versicherte ich ihr mehrmals, dass wir Amina und Barbara Rabun nur dem Namen nach verklagen würden. Es war Otto Rabun gewesen, Aminas Onkel, der als SS-Mitglied den Schriebergs das Vermögen entzogen hatte. Wir wollten unsere Klageschrift so abfassen, dass er als Übeltäter dastehen würde, nicht seine Nichte oder Tochter. Nachdem auch Bo, dem die Aussicht auf ein ansehnliches Erbe immer mehr gefiel, bei Katharina nachgehakt und sie ermutigt hatte, gab sie schließlich nach.

Bill Gwynne und ich reichten umgehend Klage gegen Amina und Barbara ein. Bill war ein Meister seines Fachs. Ich sah ihm ehrfürchtig zu und half ihm hinter der Bühne. Nach einer Strafandrohungskanonade gemäß der Haager Konvention erhielten wir aus deutschen Archiven und Privatakten Kopien von Verträgen, die von Aminas Vater für den Bau der Krematorien in Auschwitz und Majdanek unterzeichnet worden waren. Als gleichermaßen vernichtendes Dokument erhielten wir die Kopie eines 1941 auf Aminas Vater ausgestellten Patents für die verbesserte Bauweise von Krematorien. Das Erste dieser Art war in Auschwitz eingesetzt worden und zeichnete sich durch eine Verbesserung der Luftstromtechnik und des Aschenabtransports sowie der Verwendung neuer Materialien aus, dank derer eine höhere Temperatur erzielt werden konnte. Das Ergebnis war eine beträchtliche Kapazitätssteigerung. Amina erkannte die Form des Backsteinsandkastens, den ihr Vater für sie und Helmut gebaut hatte. Diese widerliche Ähnlichkeit und die Fotos von Tausenden von Leichen im Lager verfolgten Amina für den Rest ihres Lebens in ihren Träumen.

Obwohl diese Dokumente für unsere Forderung nach einer Entschädigung für die Theater und Häuser der Familie Schrieberg rechtlich nicht relevant waren, schlugen sie in der Presse Wellen, so dass sich der Fall umgehend zu unseren Gunsten entwickelte. Wir hatten, wie versprochen, unsere Behauptungen sorgfältig auf Otto Rabun ausgerichtet, doch Amina und Barbara Rabun wurden als Nachkommen von Nazis zur Zielscheibe der öffentlichen Wut. Schon bald wurde die Herausgeberin des preisgekrönten *Cheektowaga Register* in den Medien als Kriegsverbrecherin gehandelt, und jüdische Gruppen riefen zu einem Boykott ihrer blutbefleckten Zeitung und Bücher der Bette Press auf.

Katharina war erschrocken und wütend auf Bill und mich, weil wir es so weit hatten kommen lassen. Doch der Geist ließ sich nicht zurück in die Flasche locken, und Bill blieb ungerührt. Im Eifer des Gefechts könnten sich nun mal gewisse Dinge ereignen, erklärte er, und manchmal gebe es Kollateralschäden. Amina und Barbara hätten sich zu jedem Zeitpunkt die öffentliche Bloßstellung ersparen können, wenn sie schon Jahre zuvor auf Mr Goldmans Angebot einer einvernehmlichen Einigung eingegangen wären. Wir hatten alles getan, was wir konnten, um die Bloßstellung zu vermeiden.

Die durch die Anklage ausgelösten öffentlichen Angriffe verletzten Amina und Barbara zutiefst, schweißten die beiden Cousinen nach ihrer jahrelangen Trennung allerdings umso enger zusammen. Sie hatten im Krieg weit Schlimmeres durchgemacht, und indem sie sich dieser Herausforderung gemeinsam stellten, fanden sie die Liebe und das Vertrauen wieder, auf das sie sich während jener schrecklichen Tage, Wochen und Monate nach den Ereignissen in Kamenz gestützt hatten. Außerdem mussten sie an die Zukunft von Barbaras zwölfjährigem Sohn denken. Da Amina sich weigerte, Kinder zu bekommen, war er die einzige Hoffnung auf eine zukünftige Generation der Familie Rabun. Als Zeichen der Versöhnung bat Barbara ihre Cousine Amina, Ottos Patentante zu werden. Sie nahm freudig an.

Da das Überleben der Familie auf dem Spiel stand, klammerten sich die beiden Frauen aneinander und stellten sich dem Sturm. In Interviews und Leitartikeln erklärten sie, Amina habe das Leben der Familie Schrieberg unter Einsatz ihres eigenen Lebens gerettet; die Familie habe für den Kauf der Theater den damals angemessenen Betrag bezahlt und somit auch das Überleben der Familie Schrieberg gesichert; und die Sowjets hätten nur ein paar hundert Meter von der Hütte, in der die Schriebergs Schutz gefunden hatten, Amina, Barbara und Bette vergewaltigt und ihre Familie getötet. Doch diese Geschichten aus dem Mund der Angeklagten zu hören änderte nicht viel an der öffentlichen Meinung. Amina und Barbara Rabun wurden von der Öffentlichkeit nicht verurteilt, weil sie in unrechter Weise den Schriebergs das Geld vorenthielten, worüber sich niemand aufzuregen schien, sondern weil sie symbolisch für den Holocaust verantwortlich gemacht wurden.

Doch es war nicht die von Bill Gwynne und mir angestrebte Klage, die Amina und Barbara Rabun den vernichtenden Schlag versetzte, sondern Aminas ehemalige Sekretärin, Alice Guiniere. Da sie jetzt ihre anspruchsvolle Arbeitgeberin als Ungeheuer sah, das aufgehalten werden musste, erzählte sie dem Bezirksstaatsanwalt von dem geheimnisvollen Besuch eines Mr Gerry Hanson im Büro ihrer Chefin. Alice verfügte auch über den weggeworfenen Ausweis der Vereinigten Staaten mit der neuen Identität von Mr Hansons Tochter und deren falschem Geburtsdatum sowie über die Druckfahnen von fünf Ausweisen mit den neuen Identitäten seiner Frau und seiner anderen Kinder. Sie habe, wie sie erklärte, diese Druckfahnen in der Druckerei von Bette Press aus dem Papierkorb gezogen und behalten, weil ihr die Sache damals nicht ganz geheuer vorgekommen sei.

Rasch wurden Ermittlungen eingeleitet, und eine Anklagejury befand die Anklage für rechtens. In einer Pressekonferenz enthüllte der Generalstaatsanwalt die wahre

Identität von Gerry Hanson als Gerhardt Haber, einem international gesuchten Kriegsverbrecher, und gab bekannt, Amina Rabun und Albrecht Bosch würden wegen Behinderung der Justiz, Versteckens von gesuchten Verbrechern und Fälschung öffentlicher Dokumente angeklagt, wofür sie eine Haftstrafe von jeweils bis zu dreißig Jahren zu erwarten hätten.

Da sich die gesamte Energie auf die strafrechtliche Verteidigung konzentrierte, rief Aminas Anwalt in der Kanzlei von Bill Gwynne an, um den Zivilprozess mit einem Angebot beizulegen. Angesichts all dessen, was Amina widerfahren, und all dessen, was in Kamenz vorgefallen war, wies Katharina Schrieberg-Wolfson uns an, das Angebot in Höhe von vierzig Prozent unserer ursprünglichen Forderung sofort anzunehmen und den Streit damit zu beenden.

In Aminas letztem Leitartikel als Herausgeberin des *Cheektowaga Register* – diesen Posten legte sie am Tag ihrer Verhaftung nieder – brachte sie zum Ausdruck, dass ihr dafür, dass sie den Schriebergs in Deutschland mehr oder weniger in der gleichen Weise geholfen hatte wie den Habers in den Vereinigten Staaten, in Deutschland der Tod durch Erschießen gedroht hatte. »Jede gute Tat wird irgendwann bestraft«, schloss sie den Artikel. »Doch ob eine Tat gut oder schlecht ist, ergibt sich nicht aus der Schwere oder der Natur der Tat selbst, sondern vielmehr daraus, wie groß der Hass denjenigen gegenüber ist, für die diese Tat verübt wurde.«

Amina Rabuns Rolle als Patentante passte Otto ganz gut. Sie wurde die Märchenfee, die ihm den Luxus bot, der zu sein, der er sein wollte – und ihn bedingungslos zu lieben und sanft auf dem Weg seiner Träume zu begleiten.

Tante Amina ermutigte Otto, aber drängte ihn nie. Als er kein Interesse an Baseball, Football oder Hockey – eine Gotteslästerung in einer nur eine Brückenlänge von der kanadischen Grenze entfernt liegenden Stadt – zeigte, ließ sie ihn gewähren. Als Otto eine Neigung zur Musik zeigte, kaufte Tante Amina ihm ein Klavier und finanzierte einen Privatlehrer. Als er sich für Vögel begeisterte, ließ sie ihm hinter ihrer Garage ein kleines Vogelhaus bauen. Obwohl er ein bisschen zu alt dafür war, las sie ihm jeden Abend auf Deutsch und Englisch etwas vor und ging mit ihm in Museen, Aquarien, Vergnügungsparks und Kinos. Sie nahm ihn samstagmorgens auch mit in den Verlag, so wie ihr Vater in Dresden sie immer mit in sein Büro genommen hatte. Dort zeigte ihm ihr Freund Albrecht Bosch, der aus der Villa ausgezogen war, nachdem er einen neuen Freund gefunden hatte, wie man Bücher und Karten druckte und dass man nicht unbedingt einsam und unglücklich sein musste, nur weil man »anders« war.

Amina und Otto wurden enge Freunde, und Amina schirmte ihn vor den Exzessen seiner Mutter ab. Barbara, zerstört von der Vergangenheit und darüber, was hätte sein können, bestand darauf, dass die männliche Seite der Rabuns ihren Lebensunterhalt damit verdienen sollte, Erde zu schaufeln und Beton zu gießen, sich mit anderen Männern zu prügeln und im Wald Tiere zu töten. Ottos Unfähigkeit, diesen Anforderungen gerecht zu werden, stellte für sie eine ständige Quelle der Enttäuschung dar.

Die Anklage von Tante Amina schlug in Ottos Leben wie eine Bombe ein. Plötzlich hatte er seine liebste Freundin verloren und war gezwungen, ganz alleine die Erniedrigung seiner Familie in einer Schule zu ertragen, in der wie in allen

Schulen Erbarmen ein seltenes Gut war. Das bisschen Mitgefühl, das Barbara noch aufbringen konnte, war rasch durch die Tortur aufgebraucht, ihre Cousine zu verteidigen und an deren Stelle den Verlag zu leiten. Ottos einzige andere Hoffnung auf Unterstützung, sein Vater, hatte wieder geheiratet und erwartete mit seiner neuen Frau ein Kind. Der Abstand zwischen den Besuchen in New Jersey wurde immer größer, bis nur noch der Abstand blieb.

Otto zog sich in sich selbst zurück, in eine zumeist stille, auf ein handliches Ausmaß beschränkte Welt, in der er sich gegen Ursachen, Auswirkungen und Anklagen abschottete. Er tauchte aus seiner Welt nur auf, wenn es notwendig war, um auf real werdende Drohungen seiner Mutter zu reagieren, um in Prüfungen seine Auffassungsgabe für Konzepte und Zahlen zu beweisen, die weit über die seiner Klassenkameraden hinausging, und um wöchentlich mit Tante Amina zu korrespondieren und sie einmal im Monat in einem Frauengefängnis in der Nähe von Rochester zu besuchen.

Doch das Gefängnis verwandelte Tante Amina in eine andere Frau. Sie war nicht mehr die Patentante, die Otto bewundert hatte. Sie war am Boden zerstört wegen des Verrats durch Katharina Schrieberg, Alice Guiniere und fast alle anderen Menschen in ihrem Leben; entehrt durch die Nazi-Vergangenheit ihres Vaters; verschmäht von der Öffentlichkeit; verachtet, eingesperrt und beinahe bankrott. Sie verbitterte, wurde mürrisch und zeigte erste Anzeichen einer klinischen Depression.

Ein kleiner Hoffnungsschimmer für Amina, Barbara und Otto war das Angebot des Staatsanwalts, durch eine Zusammenarbeit die Haftstrafe von dreißig auf drei Jahre zu verkürzen – womit sie, um genau zu sein, am Wochenende ihres siebenundsechzigsten Geburtstags wieder auf freiem Fuß sein würde. Dazu würde sie lediglich alles offenbaren müssen, was sie über die Organisation wusste, die ehemaligen Nazis zur Flucht verholfen hatte. Dies würde bedeuten, ihren engen Freund und Anwalt, Hans Stössel, den israelischen Nazi-Jägern auszuliefern.

Einen solchen Verrat zu begehen schreckte Amina ab. Sie ging nicht davon aus, dass Nazis unschuldig oder eines besonderen Schutzes würdig waren. Vielmehr glaubte sie, dass alle Menschen Mitgefühl verdienten und jemand irgendwo anfangen müsste. Um dieser naiven Idee willen hatte sie ihr Leben riskiert und einer verfolgten jüdischen Familie geholfen, und später einer Nazi-Familie, als diese an der Reihe gewesen war. Hatte sie jemanden bevorzugt? Amina hatte in ihrem Leben allerdings viel mehr als die meisten Menschen erlitten. Es war zu viel verlangt, den Rest ihres Lebens im Gefängnis zu verbringen, um einen guten Freund zu beschützen, dem sie alles verdankte. Sie hatte bereits genug dafür bezahlt, dass sie andere beschützt hatte. Nun war es an der Zeit, sich selbst zu schützen und ihre Vergangenheit ein für alle Mal hinter sich zu lassen. Außerdem wollte sie die Zeit mit Otto verbringen, bevor er ein erwachsener Mann sein würde. Und so stimmte sie einer Zusammenarbeit zu.

Auf der Grundlage von Aminas Zeugenaussage vor der Anklagejury wurde Hans Stössel während eines Londonurlaubs festgenommen und nach Israel ausgeliefert. Er verlor seine Heimat, seine Familie, seine Anwaltslizenz und sein Vermögen. Er starb innerhalb eines Jahres in einer israelischen Gefängniszelle an einer Lungenentzündung.

Obwohl Hans Stössel einige Jahre vor Amina Rabun starb, saß er seine Zeit in Schemaja ab. Als ihm Amina schließlich nach Schemaja folgte, wurde er auserwählt, ihre Seele vor dem Jüngsten Gericht zu präsentieren. Dieser Verhandlung hatte ich mit selbstgerechter Empörung beigewohnt, angefeuert von dem offensichtlichen Interessenkonflikt und der Tatsache, dass Hans Stössel nur die Hälfte ihres Falls präsentieren konnte. Doch meine Einwände gegen die in den Gerichtsverhandlungen herrschende Ungerechtigkeit lösten sich auf, als ich Otto Bowles' Seele präsentieren sollte.

32

Als ich im Gedächtnis meines Mörders kramte, erfuhr ich unter anderem, dass es die als Ungerechtigkeit empfundene Inhaftierung seiner Tante Amina war, die ihn dazu veranlasste, sich seinem Familienerbe zu widmen. Seltsamerweise, überraschenderweise, empfand ich kurzzeitig so etwas wie Verständnis und Zuneigung für Otto, als ich in diese Momente seines Lebens eintauchte.

Seine Briefe, die er Tante Amina ins Gefängnis schickte, wurden schnell zu Fragebögen für seine in Gedanken geschriebene Geschichte, mit der er den Namen Rabun reinwaschen wollte. Er flehte sie an, ihm haarklein das Leben ihrer niedergegangenen Familie zu erzählen, angefangen bei Joseph Rabun, dem Patriarchen und Gründer des Unternehmens, das seinen Namen trug und der einst eine Quelle des Stolzes und jetzt der Schande war. Amina widersetzte sich zunächst seiner Neugier, weil sie die Erinnerungen nicht verkraftete. Da Otto jedoch nicht lockerließ, öffnete sie sich nach und nach und entdeckte für sich, dass die Briefe, in denen sie sich mit der Vergangenheit beschäftigte, eine wirkungsvolle Therapie gegen ihre tiefe Depression waren.

Barbara hingegen war überglücklich angesichts der plötzlichen unersättlichen Neugier ihres Sohnes. Sie deutete dies als ersten Schritt, mit dem er sein Schicksal erfüllte, sich als Retter der Familie Rabun zu beweisen. Als Ausdruck ihrer Begeisterung und Entschlossenheit, ihn zu ermutigen und zu unterstützen, fuhr sie mit Otto zu dessen sechzehntem Geburtstag zehn Tage nach Deutschland. Zufällig fiel diese Reise mit der Wiedervereinigung des Landes nach dem Zusammenbruch des kommunistischen Regimes zusammen und bescherte ihnen somit den Luxus, Kamenz, Dresden und Berlin ungehindert besuchen zu können.

Sie begannen mit einem Besuch der schlecht gepflegten Familiengräber auf dem Friedhof außerhalb von Kamenz. Hier lagen Ottos Großmutter, Urgroßvater, Tante und Onkel, die von den sowjetischen Soldaten ermordet worden waren. Ehrfürchtig standen sie vor dem übergroßen Denkmal für den kleinen Helmut Rabun, errichtet aus den verbogenen Trägern seiner Schule, die von der Bombe der Alliierten zerstört worden war.

So herzzerreißend dieser Besuch für Otto und seine Mutter auch war, verblasste er im Vergleich zu Barbaras Schmerz und Schrecken, als sie die Ruinen des einst so großartigen Anwesens erblickte, auf dem die Rabuns gelebt und wo sich die unaussprechlichen Grausamkeiten ereignet hatten. Die Qualen seiner Mutter hinterließen bei Otto einen tiefen Eindruck. In diesem Moment schwor er sich, das in der Vergangenheit geschehene Unrecht wieder zu richten und die Würde und den Ruhm der Familie Rabun wiederherzustellen. Zum ersten Mal akzeptierte er offen erkennbar den Auftrag seiner Mutter als seinen eigenen.

Otto kehrte von dieser Reise als veränderter junger Mann zurück, nachdem er die Welt entdeckt hatte, zu der er, wie er glaubte, wirklich gehörte. Leider existierte der größte Teil dieser Welt nur in der Vergangenheit. Die Welt der Stille, in die sich Otto zurückzog, begann, sich mit Stimmen zu füllen – mit den Bitten verarmter deutscher Arbeiter, die sich in den 1920er Jahren nach dem Ersten Weltkrieg erniedrigt fühlten, mit den leeren Hypothesen deutscher Intellektueller und den gebrochenen Versprechen deutscher Politiker in den 1930er Jahren, den strategischen Entscheidungen der Feldmarschälle und den grausamen Befehlen der KZ-Wärter in den 40ern. Während Ottos Klassenkameraden von der Schule nach Hause rannten, um sich vor den Fernseher zu setzen oder ins Kino zu gehen, rannte Otto in die Bibliothek, um mehr über die Geschichte des deutschen Volkes zu lesen. Wie ein Mann, der zu verhungern drohte, verschlang er deutsche Texte, Geschichten, Biographien und Romane.

Als die geschriebenen Worte allein nicht mehr reichten, um ihn in die Welt hineinzuversetzen, in die er gehörte, begann er, sein Zimmer mit Gegenständen anzufüllen: Familienfotos von Kamenz in silbernen Rahmen, ein Backstein aus dem für Amina und Helmut von ihrem Vater gebauten Sandkasten, vergilbte Blätter aus den Geschäftsberichten der Firma Jos. A. Rabun & Söhne. Bald erweiterte er seine Sammlung mit den Erinnerungsstücken aus den gigantischen Tagen des Dritten Reichs – eine rote Flagge mit dem mächtigen Hakenkreuz, Karten von Europa, die zeigten, was war und hätte werden können, eine heißbegehrte Armbinde samt Kappe der Hitlerjugend. Als Ottos Zimmer mit diesen und ähnlichen Gegenständen überzuquellen drohte, ließ er seine Vögel aus dem Vogelhaus frei, das er in ein kleines Museum und einen Schrein verwandelte. Er begann, Waffenausstellungen statt Bibliotheken zu besuchen, wo sich rasch herumsprach, dass sich ein junger betuchter Sammler für echte deutsche Militärausrüstung und Waffen interessierte. Bald boten Vermittler und Händler ihre Waren an, und Otto bewaffnete einen kleinen Zug arischer Schaufensterpuppen mit deutschen Bajonetten, Pistolen, Gewehren und sogar einigen untauglich gemachten deutschen Maschinenpistolen und Granaten – alles Kriegsbeute, Mitbringsel von amerikanischen Soldaten und an den Meistbietenden verkauft.

Barbara, die von ihren eigenen Dämonen verfolgt wurde, konnte nicht unterscheiden zwischen Familienstolz und dem, was sich für ihren Sohn zu einem gefährlichen, romantischen Fanatismus entwickelte. Glücklich finanzierte sie mit dem schwindenden, aber immer noch ansehnlichen Vermögen der Familie Rabun Ottos Hobby und mit diesem die Wiedergeburt ihrer frühen Kindheit. Sie nahm auch aktiv an Ottos Leben teil, indem sie zerrissene Militäruniformen flickte, mit ihm zu Vorträgen und Ausstellungen zum Zweiten Weltkrieg ging, seltene Sammlerstücke für ihn als Geschenk kaufte und Waffenhändlern versicherte, dass ihr Sohn die Waffen mit ihrem vollen Einverständnis erwarb und von ihr finanziell unterstützt wurde. Auch Amina, der Otto seine Sammlung nach ihrer Entlassung aus dem Gefängnis als Willkommensgruß zeigte, fand nichts Schlimmes an der Leidenschaft ihres Patenkindes. »Tausende von Jungs sind doch von solchen Sachen begeistert«, überlegte sie. »Und abgesehen davon, ist es nicht Zeit, sich mit der Vergangenheit zu versöhnen, statt vor ihr davonzulaufen?«

Ottos Sammlung deutscher Kriegsandenken und die Bekanntheit von Amina Rabun machten ihn in gewisser Hinsicht berühmt, als sein Highschool-Abschluss nahte. Amina ermutigte ihn, hin und wieder Besucher in die Villa einzuladen. Normalerweise kamen nur neugierige Jugendliche, doch manchmal auch eifrige Sammler und selbst Museumskuratoren, die ihre eigene Ausstellung erweitern wollten. Dank dieser Verbindungen und dank Tante Aminas Rückkehr tauchte Otto langsam aus seiner Phantasiewelt wieder auf, in die er sich zurückgezogen hatte.

Eines Nachmittags kam Tim Shelly zu Besuch in die Villa, ein untersetztes Scheusal, das nur ein Jahr älter war als Otto. Er hatte dünne Lippen und blassblaue Augen, und sein Haar war so kurz geschoren, dass die Kopfhaut zu sehen war. Tim kam in Begleitung seines Vaters, Brian. Die beiden hätten, abgesehen vom Alter, fast Zwillinge sein können. Sie seien, wie sie erklärten, nach einem Jagdausflug in Kanada auf der Durchfahrt auf dem Weg nach Hause zu ihrer Pilzzucht in Pennsylvania. Sie hätten von Ottos Sammlung gehört und würden sie gerne sehen. Sie waren sogar bereit, Eintrittsgeld zu bezahlen.

Otto bekam Angst. Tim sah aus wie einer der Jungs, die ihn aus Jux zu Boden werfen und ihm einen Tritt in die Rippen verpassen würden. Er versuchte noch rasch, sich eine Ausrede auszudenken, doch sein Kopf war wie leergefegt. Schließlich führte er sie widerwillig nach hinten zum Vogelhaus. Sobald Brian und Tim den Schrein betraten und das erste Ausstellungsstück erblickten – einen SS-Offizier in voller Uniform –, nahmen ihre Gesichter einen feierlichen, ehrfurchtsvollen Ausdruck an, als beträten sie das Allerheiligste einer Kirche. Mit großen Augen und offenstehenden Mündern betrachteten sie die verschiedenen Ausstellungsstücke, zeigten mit den Fingern darauf und drückten flüsternd ihre Begeisterung aus, während Otto erklärte, was die Stücke bedeuteten und wie er sie erworben hatte. Otto belohnte den Respekt der beiden damit, dass er Brian gestattete, seinen wertvollsten Besitz in die Hand zu nehmen, eine Luger mit den Initialen »H.H.«, von der behauptet wurde, sie wäre Heinrich Himmler abgenommen worden, als ihn die britischen Truppen verhaftet hatten. Brian neigte den Kopf und umfasste die Waffe mit seinen großen Händen, als empfinge er ein heiliges Sakrament. Dann sagte er etwas völlig Unerwartetes: »Wir wollten dir noch sagen, dass wir das, was man deiner Patentante Amina angetan hat, für ein Verbrechen halten.«

Ottos Herz machte einen Hüpfer. Zum ersten Mal drückte ein Fremder sein Mitgefühl für das aus, was geschehen war.

»Lügen«, sagte Brian und spannte mit gekonntem Zucken seines Handgelenks den Hahn. »Und mit der größten Lüge überhaupt fängt alles an ... der Holocaust-Lüge.«

Brian zielte mit der Pistole auf Tim und befahl ihm, die Hände zu heben, doch Tim versetzte seinem Vater einen Schlag gegen das Handgelenk, entriss ihm die Waffe und richtete sie auf ihn. Um seinem Sohn in nichts nachzustehen, reagierte er ebenso schnell, indem er Tims Handgelenk packte, es hinter dessen Rücken bog und ihn entwaffnete. So nahm er seinen Sohn in den Schwitzkasten, während er ihm die Waffe an die Schläfe drückte. Otto sah dem Schauspiel bewundernd und vergnügt zu.

»Okay«, keuchte Tim. »Du hast gewonnen ... diesmal.«

Brian betätigte den Abzug, so dass der Hammer mit einem hohlen Klick auf den Schlagbolzen traf.

»Keine Gnade«, schimpfte er mit seinem Sohn. »Du hättest mich erledigen sollen, als du die Gelegenheit dazu hattest. Du hast gezögert. Wie oft habe ich dir das schon gesagt?« Er nahm ihn noch einmal kräftig in die Mangel, bevor er ihn losließ und Otto anlächelte. »Es gab keine Vernichtungslager«, sagte er. »Die Juden haben alles erfunden, um Palästina kontrollieren zu können, und seitdem behaupten sie das immer wieder, um die Welt zu kontrollieren. Wir werden angegriffen und merken es nicht einmal. Wenn wir nicht aufwachen und etwas dagegen tun, landen wir noch in den Vernichtungslagern der Juden.«

Otto traute seinen Ohren nicht. Er hatte lediglich davon geträumt, seine Familie zu entlasten, indem er beweisen wollte, dass Friedrich und Otto Rabun nicht wissentlich an der Vergasung von Juden teilgenommen hatten, doch jetzt behauptete Brian Shelly, es wäre gar niemand vergast worden.

»Woher wissen Sie, dass der Holocaust eine Lüge ist?«, fragte Otto, der Angst hatte, die Antwort könnte ihn nicht überzeugen.

»Ein Freund arbeitet an einem Dokumentarfilm zu diesem Thema. Er sagt, es gibt keinen Beweis für die Existenz von Gaskammern. Mit dem Schwindel rechtfertigen die Juden den Staat Israel, und die Alliierten und die Russen nutzten diese Behauptung, um nach dem Krieg das deutsche Volk zu demoralisieren und für Frieden zu sorgen. Wenn der Dokumentarfilm fertig ist, wird er die Juden als das entlarven, was sie sind – Lügner.«

Otto lud Brian und Tim ein, zu bleiben und ein deutsches Bier mit ihm zu trinken, weil er mehr über den Dokumentarfilm erfahren wollte. Sie nahmen die Einladung an, doch es war Otto, der den Mund kaum zubekam, weil er glücklich war, den beiden, mit einigen Ausschmückungen, erzählen zu können, wie Jos. A. Rabun & Söhne Dresden errichtet und sein Großvater und Großonkel Hitler geholfen hatten, das Dritte Reich aufzubauen.

Brian und Tim hingen an Ottos Lippen. Sie sagten, sie hätten noch nie direkt mit einer echten Nazi-Familie zu tun gehabt. In ihrer Aufregung baten sie Otto sogar, er möge doch etwas in der hart klingenden deutschen Sprache sagen, um es noch authentischer zu machen. Nach dem Bier, das er bereits getrunken hatte, war Otto überglücklich, mit seinem Wissen prahlen zu können, und stellte einen nicht ganz wahren Satz zusammen, der die Gäste beeindruckte: »*Mein Großvater, Otto Rabun, war Mitglied der SS und kannte Hitler gut. Er beriet mit Hitler über Operationen in Osteuropa und empfing persönlich das Eiserne Kreuz von dem Führer.*« Anschließend übersetzte er den Satz für sie.

Brian und Tim waren zutiefst beeindruckt und verrieten Otto im Gegenzug, dass sie einer geheimen, exklusiven Gruppe der Vereinigten Staaten angehörten, die Menschen wie die Rabuns als Helden und Märtyrer verehrten. Jemand wie Otto mit seiner arischen Herkunft und seinem arischen Blut sei bestens geeignet, ein wichtiges Mitglied dieser Gruppe oder gar einer ihrer Anführer zu werden.

Otto fühlte sich geschmeichelt und war erstaunt. Noch nie zuvor hatte jemand so mit ihm gesprochen. Ihre Worte und Wärme linderten den Schmerz, den ihm die Verletzungen und Ungerechtigkeiten seines Lebens zugefügt hatten, und öffneten sein Herz, um zu empfangen und empfangen zu werden.

Noch lange würde sich Otto Rabun-Bowles an diesen prächtigen Abend erinnern. Als Amina nach unten kam, weil es Zeit war, das Haus für die Nacht abzuschließen, grüßten Brian und Tim sie wie eine Königin und baten sie, sich mit ihnen fotografieren zu lassen. Da sie bereits im Nachthemd war, lehnte sie ab.

»Sie müssen mir mehr über diese Gruppe erzählen«, bat Otto auf dem Weg zum Wagen. »Über die Leute, die sich wehren. Wie kann ich der Gruppe beitreten?«

Brian reichte ihm die Hand. »Wir nennen uns *Die Elf*. Und du hast es gerade getan.«

33

Um 00:01 Uhr binden zwei Wachen eine übelriechende Ledermaske um den Kopf und über das Gesicht von Nr. 44371. Sie ist beinahe ein Segen, diese Maske, weil sie wie eine Erinnerung die letzten Eindrücke und Atemzüge anderer Männer zusammenhält, deren Namen ebenfalls Nummern wurden. Auf diese Weise flüstert sie dem nächsten Mann zu, dem sie aufgesetzt wird, dass er nicht allein ist. Nr. 44371 weiß, was ihn erwartet. Eigentlich weiß er so ungefähr alles, was es über die Kunst der Hinrichtung durch elektrischen Strom zu wissen gibt. Wahrscheinlich mehr als der Henker selbst.

Nr. 44371 weiß zum Beispiel, dass die Idee der Hinrichtung durch elektrischen Strom aus der Stadt stammt, in der er selbst einmal lebte – Buffalo, New York. In den 1880er Jahren begann ein kreativer Zahnarzt, Versuche mit Strom an Tieren durchzuführen, nachdem er den Unfalltod eines Betrunkenen beobachtet hatte, der über einen unter Strom stehenden Draht gestolpert war. Nr. 44371 weiß auch, dass der geliebte Erfinder der elektrischen Glühbirne, Thomas Edison, das Prinzip der Hinrichtung von Verbrechern durch elektrischen Strom unterstützte, um seinem Erzrivalen, George Westinghouse, die Kontrolle über die Stromindustrie zu entreißen, indem er nachweisen wollte, dass

Westinghouses Wechselstromsystem weit gefährlicher war als seine eigenen Gleichstromleitungen, auch wenn sie in anderen Bereichen schlechter abschnitten. Edison war so entschlossen, die Öffentlichkeit gegen Westinghouse aufzubringen, dass er die Presse einlud, der Hinrichtung von einem Dutzend unschuldiger Tiere durch eintausend Volt aus einem Westinghouse-Wechselstromgenerator beizuwohnen, und damit den Begriff »Elektrokution« prägte.

Im darauffolgenden Jahr unterstützte Edison erfolgreich die New Yorker Legislative, Westinghouses Wechselstromspannung für den ersten elektrischen Stuhl zu verwenden. Er hoffte, dass anschließend niemand mehr darauf erpicht sein würde, zu Hause Wechselstrom zu nutzen. Westinghouse hingegen tat alles, damit sein Strom nicht zur Hinrichtung von Menschen verwendet wurde, und weigerte sich, den Generator an die Gefängnisbehörde zu verkaufen. Er bezahlte sogar den ersten Seelen, die auf dieses Todesgerät gesetzt werden sollten, die Kosten für die Berufungsverhandlungen. Er verlor diese Berufungen, und die Verurteilten verloren ihr Leben. Letztendlich aber gewann er die Kontrolle in der Stromversorgung.

Ja, Nr. 44371 weiß gut über diese besondere Geschichte des elektrischen Stuhls Bescheid, die jetzt durch seinen Kopf blitzt. Er beschäftigte sich lange und intensiv mit ihr, bis er nicht mehr so oft schlucken und blinzeln musste, wenn er die Worte »elektrischer Stuhl« hörte. Er betäubte sich gegen die Angst vor seinem eigenen Tod, indem er darin badete. Mit mehr als morbider Neugier las er über den Fall von William Kemmler, dem nach dem Mord an seiner Lebensgefährtin in Buffalo die Ehre zuteil wurde, als Erster auf Edisons Stuhl Platz nehmen zu dürfen. Damit stellte sich für Nr. 44371 die Frage, welche besondere Beziehung Buffalo zum Zahnarzt, zum elektrischen Stuhl, zu Kemmler und zu seinem eigenen Leben hatte.

Im Jahre 1890 lehnte der Oberste Gerichtshof der Vereinigten Staaten William Kemmlers Antrag auf ein Haftprüfungsverfahren gemäß des *Habeas Corpus Act* mit der Begründung ab, der Tod durch elektrischen Strom verstoße nicht gegen das verfassungsrechtliche Verbot grausamer oder unüblicher Bestrafung. Mit dieser Rechtfertigung verloren die Bürger des Staates New York keine Zeit, um ihr neues Spielzeug auszuprobieren. Sie legten Kemmler zwei Elektroden an, eine an seinem Kopf, die andere in seinem Lendenwirbelbereich, und jagten siebzehn Sekunden lang einen Westinghouse-Wechselstrom von siebenhundert Volt durch seinen Körper. Zeugen berichteten, der Delinquent habe heftig gezittert und gezuckt, Rauchwolken seien aufgestiegen, und es habe nach verbranntem Stoff und Fleisch gerochen. Sie verpassten ihm eine zweite Dosis von eintausendunddreißig Volt, diesmal über zwei Minuten. Eine Obduktion ergab, dass Bill Kemmlers Gehirn zu einem gut durchgebratenen Stück Fleisch ausgehärtet und das Fleisch um seine Wirbelsäule herum verkohlt war. Unter den Beobachtern an diesem historischen Tag im Gefängnis von Auburn befand sich auch der angewiderte George Westinghouse, der beim Hinausgehen bemerkte: »Mit einer Axt hätte man das besser hinbekommen.«

Die Technik wurde verbessert.

Die Wachen versicherten Nr. 44371, er werde gleich am Anfang eine tödliche Spannung von zweitausend Volt erhalten, anschließend zwei weitere von eintausend Volt. Jeder Stromstoß dauere etwa eine Minute, die Pausen dazwischen zehn Sekunden. Seine Körpertemperatur werde in dieser Zeit auf etwa sechzig Grad ansteigen, was zu heiß sei, um ihn anzufassen, aber nicht so heiß, um zu qualmen wie der arme Bill Kemmler. Sein Oberkörper werde sich heben und Schaum aus seinem Mund treten, sein Haar und seine Haut würden brennen, er werde wahrscheinlich Kot in seine Hose absondern, und seine Augen würden vermutlich trotz der engsitzenden Ledermaske, die ihm die Wachen gerade aufgesetzt hatten, aus ihren Höhlen platzen wie bei einer überraschten Zeichentrickfigur.

Ja, Nr. 44371 weiß alles, was es zu wissen gibt, und jetzt, mit der Maske über seinem Kopf, scheint er zu viel zu wissen. Er weiß, dass trotz mehr als einhundert Jahren langer Übung die Perfektion in der Kunst der »Elektrokution« noch nicht erreicht wurde. Als man ihm die kalten Elektroden an seine rasierten Beine anlegt, wird der Gedanke an die verpfuschte Exekution im Jahre 1990 von Jesse Tafero in Florida unerträglich. Während der ersten beiden Zyklen stiegen Rauch und dreißig Zentimeter hohe Flammen aus Jesses Kopf. Der Leiter des Beerdigungsinstituts, der in dieser Sache einige Erfahrungen hatte, war der Meinung, bei dem etwa handgroßen verkohlten Bereich auf der oberen linken Seite des Schädels handele es sich um Verbrennungen dritten Grades. Aber natürlich war Jesse tot.

Die Wachen ziehen die Lederriemen um Oberkörper und Taille von Nr. 44371 fest, der jetzt anfängt, schneller zu blinzeln und kräftiger zu schlucken.

Zu Beginn des einundzwanzigsten Jahrhunderts, als die Gesellschaft aus menschlichen Gründen nicht einmal mehr tollwütige Hunde auf diese Weise vernichtet – und der elektrische Stuhl in den meisten Bundesstaaten bereits seinen

Platz in den Horrormuseen neben den Gerätschaften, mit denen Bäuche aufgeschlitzt oder Menschen auf dem Scheiterhaufen verbrannt wurden, und neben Folterbank, Galgen und Guillotine gefunden hatte –, hätte sich Nr. 44731 einer solch brutalen Art der Hinrichtung nicht mehr aussetzen müssen. Vier Jahre vor seinem Todesurteil nämlich hatte der Gouverneur von Pennsylvania ein Gesetz unterzeichnet, mit dem die Todesspritze zur bevorzugten Hinrichtungsmethode in den Commonwealth-Staaten wurde. Doch der Tod auf dem »Old Sparky«, wie der elektrische Stuhl auch genannt wurde, war die Bedingung, auf die Nr. 44371 bestand, nachdem er sich in seiner Vereinbarung mit dem Bezirksstaatsanwalt in zwei Fällen der Entführung und in zwei Fällen des vorsätzlichen Mordes für schuldig bekannt und unwiderruflich auf alle seine Berufungsrechte verzichtet hatte. Als seine Anwälte sich weigerten, ihn bei seinem Ansinnen zu unterstützen, entzog er ihnen ihr Mandat.

»Eine tödliche Spritze könnte das Bewusstsein der Gesellschaft benebeln, so dass sie nicht merkt, was sie mit mir vorhat«, erklärte er kühn den anderen Todeskandidaten auf seinem Flur. »Aber die lasse ich mir nicht geben! Ich hoffe, mein Körper verbrennt und brennt dieses Gefängnis gleich mit nieder! Ich will, dass die Geschichte sich daran erinnert, was mir und der Familie Rabun aus Kamenz angetan wurde! Haben die Märtyrer im Kolosseum ihren Glauben geleugnet? Oder Jesus? Würde sich die Welt heute noch an sie erinnern, wenn sie nach einem Nadelstich benebelt in den Tod hinübergeglitten wären? Als die Menschheit Jesus ans Kreuz nagelte, nagelte sie sich selbst ans Kreuz. Und wenn die Menschheit mich auf dem elektrischen Stuhl hinrichtet, richtet sie sich selbst auf dem elektrischen Stuhl hin!«

Solcher Art waren die Worte, mit denen Nr. 44371 seinen Mut – oder seinen Wahnsinn – ausdrückte.

Der Bezirksstaatsanwalt war mehr als erfreut darüber, eine Sondergenehmigung vom Gericht zu erwirken, um dem ungewöhnlichen Antrag von Nr. 44371 nachzukommen. Doch trotz des Schuldanerkenntnisses und der unterzeichneten Sondergenehmigung waren fünfzehn Jahre vergangen, weil weder Nr. 44371 noch der Bezirksstaatsanwalt die Möglichkeit von Nebenanträgen seitens der Gegner des elektrischen Stuhls in Betracht gezogen hatten. Nun sind endlich alle Berufungsanträge abgewiesen worden. Der Hinrichtungsbefehl ist unterzeichnet, Old Sparky wurde aus dem Horrormuseum geholt und in die Todeskammer gebracht, die Frist für einen Vollstreckungsaufschub ist verstrichen, und nach langem Warten wird der Wunsch von Nr. 44371 erfüllt. Doch jetzt ist er derjenige, der Zweifel hat.

Nach all den Jahren, in denen er alles über Hinrichtungen auf dem elektrischen Stuhl las, hat er in diesen letzten, schrecklichen Momenten seine Panik nicht mehr unter Kontrolle. Die Ledermaske stinkt vom Erbrochenen anderer toter Männer, die Kupferkappe drückt in seinen rasierten Schädel, die Elektroden schneiden in seine Beine, und seine Hüften und Gliedmaßen sind zu fest an das raue Holz geschnallt. Er stellt sich vor, wie der Strom in seinen Schädel jagt und sein Hirn explodieren lässt wie eine Bombe, bevor er die Wirbelsäule hinabrast und seine Eingeweide mit ungeheurer Hitze miteinander verschmelzen und implodieren lässt. Er stellt sich vor, wie ein wahnsinniger Dämon mit seiner Seele in den Klauen von seinen Beinen springt und in der Erde verschwindet. Und dann ist alles aus.

Nr. 44371 hört die Atemzüge der Wachen, die jetzt lauter

sind als seine eigenen. Seine Lungen haben Angst vor dem Atmen, weil der nächste Atemzug der letzte sein könnte.

»Mount Nittany«, murmelt er entmutigt, in dem Versuch, seinen letzten Blick aus seinem Zellenfenster auf den Berg heraufzubeschwören, bevor man ihn gestern in die Isolierzelle brachte. Er hat gehofft, die Erinnerung an diesen letzten Blick auf die Welt könnte ihn in seinen letzten Momenten beruhigen. Und ja, ja, der Zettel! Er hält ihn immer noch in der Hand, ein Ausschnitt aus einer Zeitung, den er seit Jahren in seiner Brieftasche verwahrt hat.

Aber was stand darauf? Wie lauten sie, die Worte? Nr. 44371 hat sie bereits vergessen.

»Doug! Doug!«, ruft er.

»Ich bin hier«, sagt der Wachmann, der beruhigend klingen will, aber selbst mit Nervosität, Angst und seinem schlechten Gewissen zu kämpfen hat. Diese letzten Momente sind von einem Mitgefühl zwischen Insasse und Gefängniswärter geprägt. Sie kennen sich schon so lange, wissen aber auch, dass die Arbeit erledigt werden und jeder seinen Teil dazu beitragen muss. Keiner trägt es dem anderen nach.

»Doug, ich kann es nicht lesen. Lies es mir vor, Doug.«

Nr. 44371, dessen Arme an den Stuhl geschnallt sind, versucht, mit dem Zettel in seinen Fingern zu winken und mit dem Kopf darauf zu deuten, doch er kann sich nicht bewegen.

»Nur noch eine Sekunde«, sagt der Wachmann und dreht sich zu dem schmalen Schlitz in der Wand, hinter der der Henker steht und blinzelt. »Ich denke … ja, sieht aus, als wären sie jetzt so weit.«

»Warte!«, drängt Nr. 44371. »Bitte, Doug. Ich kann mich

an die Worte nicht mehr erinnern. Ich habe dir doch nie Probleme gemacht.«

»Okay, okay«, beruhigt ihn Doug. »Ich muss dir den Zettel jetzt sowieso wegnehmen.« Er greift danach. »Nur noch eine Sekunde«, sagt er zum Henker.

»Lies vor, Doug«, wimmert Nr. 44371. »Lies vor.«

»Alles?«, fragt Doug.

»Nein, nur das Unterstrichene«, antwortet Nr. 44371.

»Okay, hör zu:

»Jede gute Tat wird irgendwann bestraft, doch ob eine Tat gut oder schlecht ist, ergibt sich nicht aus der Schwere oder der Natur der Tat selbst, sondern vielmehr daraus, wie groß der Hass denjenigen gegenüber ist, für die diese Tat verübt wurde.«

Nr. 44371 holt tief Luft und lächelt unter seiner Maske.

»Danke, Doug«, sagt er. »Jetzt erinnere ich mich. Du steckst ihn mir in die Tasche, wenn es vorbei ist, ja? Wie du es mir versprochen hast?«

»Klar, Otto«, erwidert Doug, erleichtert, dass der Gefangene sein Schicksal angenommen zu haben scheint. »Klar, wie versprochen.«

34

Im Leben wie im Tod hatte sich Nana rührend um ihre üppigen Töpfe mit rosa und weißem Immergrün, Fleißigen Lieschen, Tagetes, Farnen und einem Dutzend anderer Pflanzen auf ihrer Veranda gekümmert. Rund um ihr Haus hatte sie Efeu und Glyzinien gepflanzt, die an der Balustrade hinaufkletterten wie spielende Kinder. Die Blumen verströmten ihren Duft, lockten Kolibris und Hummeln an, die die im Schatten schlummernden Katzen ärgerten. Wie der Garten hinterm Haus war die vordere Veranda ein eigenes kleines Ökosystem und eine Parabel fürs Leben.

All das änderte sich, als Nana Schemaja verließ, so dass ich mich allein um das Haus kümmern musste. Doch als Luas mich nach meiner ersten Begegnung mit Otto Bowles besuchte, war bereits alles verdorrt und abgestorben. In den Töpfen befand sich nur Erde, vermischt mit vertrockneten Stengeln und Wurzeln. Das Treppengeländer hing durch und schwankte gefährlich in den Windböen, entsandt von der Gewitterwolke, die die vier Jahreszeiten Tag und Nacht belästigte wie ein mörderischer Liebhaber. Die Fenster im Haus waren zerbrochen, der Lack blätterte von den Rahmen ab. Alles sah aus, als hätte hier jahrzehntelang niemand gewohnt. Es gab keine Katzen und Vögel, keine Farbe. Nur Eintönigkeit. Mein Schemaja war grau geworden.

Seit dem Tag, an dem Otto Bowles' Seele mein Büro betreten und meine Seele infiziert hatte, hatte ich weder Luas gesehen noch das Haus verlassen. Wie benebelt war ich aus meinem Büro und weiter den langen Flur entlanggewankt, durch die Bahnhofshalle, die Vorhalle und den Wald hindurch, die Verandastufen hinauf und ins Haus hinein. Dort blieb ich hinter verschlossenen Türen, durchlebte entsetzt und fasziniert immer wieder sein Leben. Mein Körper alterte mit dem Haus. Mein Haar wurde grau, dünn und spröde. Mein Gesicht zog sich zu dem verängstigten Ausdruck einer alten Frau zusammen, war kaum mehr als ein Schädel, aus dem die Kinn-, Kiefer- und Stirnknochen wie seltsame Knöpfe herausragten. Meine Lippen, runzelig und hart wie in der Sonne vertrocknete Würmer, verschwanden im zahnlosen Krater meines Mundes. Ich schlief am Tag und wachte in der Nacht auf, weil ich den arthritischen Schmerz meiner spröden Gelenke kaum aushielt.

Ich wusste, es war Luas, als ich das Klopfen an der Tür hörte. In all den Jahren hatte mich niemand besucht. Er war sicher gekommen, um mir zu sagen, ich solle die Präsentation nicht länger hinauszögern. Otto Bowles wartete in der Bahnhofshalle auf die Präsentation seines Falles, und Gott wartete im Gerichtssaal, um über seine Seele zu richten.

Zu meiner äußeren Erscheinung verlor Luas kein Wort. Er lächelte nur – sein wissendes Großvaterlächeln, mit dem er mich auch bei meiner Ankunft in Schemaja begrüßt hatte, als wollte er sagen: *Ja, meine Tochter, du hast gelitten, und es ist schwierig, aber Worte meinerseits würden es nur schlimmer machen.* Ich bot ihm einen Platz auf der Veranda an.

»Wie geht es dir, Brek?«, fragte er.

»Ich würde den Schalter noch einmal umlegen«, antwortete ich mit der zitternden Stimme einer alten Frau, schwach, aber trotzig. »Bis er nur noch Asche wäre.«

Der dunkle Amboss der Gewitterwolke zog über den Himmel dahin. Ich stellte mir vor, wie ich mich fühlen würde, wenn ich aus dem heißen Feuer gezogen und mit dem Hammer bearbeitet würde.

»Nero Claudius beging Selbstmord«, sagte Luas. Er kniff sein Gesicht zusammen, als er in seinen Taschen nach Streichhölzern für seine Pfeife suchte. »Im Gegensatz zu Mr Bowles nahm er der Welt damit die Chance, für Gerechtigkeit zu sorgen.«

»Dann hat Gott also doch einen Sinn für Humor«, stellte ich fest. »Satan ist ein Anwalt mit einem Aktenkoffer in der Hand. Womit haben wir das verdient?«

Luas zündete ein Streichholz an, das im düsteren Licht orange aufflackerte. Der weiße Rauch seiner Pfeife, zu schwach, um mit dem Wind aufzusteigen, waberte über die Seiten nach unten.

»Ich habe gejohlt, als der heilige Stephanus gesteinigt wurde«, sagte Luas. »Ich denke also, ich habe es verdient. Aber das hier ist nicht die Hölle, Brek. Der Richter muss sich unserer Treue und Selbstbeherrschung sicher sein. Wenn wir bei der Präsentation der Seelen, die wir am meisten verachten, unvoreingenommen sind, kann sich der Richter sicher sein, dass wir alle Antragsteller leidenschaftslos präsentieren. Wir dürfen den Gerichtssaal nur mit reinen Motiven betreten – wir dürfen niemanden bevorzugen und keine Gefühle zeigen. Das Urteil fällt Jahwe. Er allein bestimmt, wie Otto Bowles und Nero Claudius die Ewigkeit verbringen.«

Ein blauer Blitz zuckte übers Tal, gefolgt von einem lauten Donner. Eine Damhirschkuh und ihr Kitz schlichen auf Zehenspitzen durch den Streifen weißen Schnee, der die Wiese bedeckte, und spitzten ihre Ohren zum Himmel, verwirrt über den lauten Donner an einem solchen kalten Tag in ihrem Teil von Schemaja.

Oh, gib acht, wünschte ich der Hirschkuh aus ganzem Herzen, von Mutter zu Mutter. *Hier ist es nicht sicher. Zuerst sind sie hinter deinem Kitz her, dann hinter dir. Traue niemandem. Verlass dich auf nichts. Lauf. Lauf einfach weg!*

»Ich tat alles, um Menschen einem gerechten Urteil zuzuführen«, fuhr Luas fort. »Doch eines Tages war ich wie geblendet von dem Gedanken der Vergebung. Ich weiß nicht, wie es passierte. Ach, es war eine völlige Umkehr: Ich begann, den Menschen von der Vergebung zu predigen und sie zu kritisieren, wenn sie sich an die Gerichte wandten.«

»Du hast eine Menge Menschen in die Irre geführt«, merkte ich an.

»Stimmt«, bestätigte er. »Das wurde mir klar, als ich Elymas kennenlernte. Als er mir drohte, konnte ich nicht einfach nur die andere Wange hinhalten. Ich blendete ihn, so wie ich geblendet worden war. Er ist deswegen noch immer sauer, obwohl ich mich schon tausendmal entschuldigt habe. Ich kehrte zum alten Gesetz des Auge um Auge zurück. Ich kann dir gar nicht sagen, wie gut sich das anfühlte. Zu dem Zeitpunkt war es jedoch zu spät. Die Römer sperrten mich als Staatsfeind ein. Doch ich wollte nicht kampflos aufgeben, wie Jesus es getan hatte. Ich forderte als römischer Bürger mein Recht auf eine Gerichtsverhandlung. Als mir eine gerechte Anhörung verweigert wurde, wandte ich mich an Nero Claudius. Er stand damals in einem guten Ruf. Niemand wusste, dass er sich eines Tages als Sadist aufführen würde. Den Rest kennst du. Nero und ich treffen uns hier, im Leben nach dem Tod, jeden Tag. Selbst mächtige Herrscher bekommen hier ihre gerechte Belohnung.«

Die Sturmwolken verzogen sich und enthüllten vier Monde am Nachthimmel – einen Viertelmond, einen Halbmond, einen Dreiviertelmond und einen Vollmond, jeder vor der zur Jahreszeit passenden Sternenkonstellation, was den Himmel zu einem astronomischen Kauderwelsch verunstaltete. Die Luft kühlte ab, so dass ich einen von Nanas Schals enger um mich wickelte. Fledermäuse flatterten über den Bäumen und jagten Insekten hinterher. Aus der Ferne hörte ich die Rufe eines Uhus, die Schreie eines Ziegenmelkers und das Bellen eines einsamen Hundes – Laute, die ich als Kind an vielen Abenden auf dieser Veranda gehört hatte.

»Otto Bowles kann für sich selbst im Gerichtssaal sprechen«, sagte ich. »Er hat seine Entscheidungen getroffen. Er braucht keinen Anwalt. Er braucht einen Henker.«

Luas klopfte am Geländer die Asche aus seiner Pfeife. »Vielleicht«, sagte er. »Aber nicht Otto Bowles braucht unsere Hilfe im Gerichtssaal, sondern die Gerechtigkeit. Präsentatoren sorgen für den Abstand, mit dem für den Angeklagten und den Ankläger, für das Geschöpf und den Schöpfer, die Gerechtigkeit erst möglich wird. Anwälte sind die vielen Farben in dem Versprechen des Regenbogens, wenn er im Horizont der Ewigkeit verblasst.«

»Ich bin die Anklägerin, Luas«, korrigierte ich ihn. »Eine Gerichtsverhandlung ist nicht mehr nötig, weil ich ihn bereits für schuldig befunden habe. Es ist Zeit, dass für Gerechtigkeit gesorgt wird.«

35

Ich stehe mit Sarah auf dem Arm im Supermarkt an der Kasse und warte auf eine Verkäuferin. Sarah wird immer hektischer und schwerer, und ich immer ungeduldiger.

»Hallo? Hallo!«

»Komme gleich«, ruft eine Frau aus dem Lager.

Die Verkäuferin schiebt sich durch die Schwingtüren, eine junge Frau Anfang zwanzig und übergewichtig mit zu viel Schminke im Gesicht und einem zu engen T-Shirt. Sie wirft ihr Haar zurück, entschuldigt sich und lächelt Sarah an, der sie mit zwei ihrer dicken Finger sanft am Händchen zieht.

»Wie alt bist du denn?«, fragt sie.

Ich halte meinen Kopf nah an Sarah wie eine Bauchrednerin. »Sag, ich bin zehn Monate alt.«

»Was für ein großes Mädchen«, sagt die Verkäuferin. »Ich habe zwei kleine Jungs, eins und drei. Sie würden sich sicher freuen, ein hübsches, kleines Mädchen wie dich kennenzulernen. Wie heißt du, mein Schatz?«

»Sarah«, antworte ich wieder für sie.

»Hallo, Sarah. Das ist aber ein hübscher Name.«

Die Verkäuferin lässt Sarahs Hand los und berührt ihre Nase. Sarah reagiert, indem sie ebenfalls ihre Hand ausstreckt und nach der Nase der Verkäuferin greift. Wir lachen. Ich drücke Sarah an mich und gebe ihr einen Kuss auf die Wange. Die Angestellte zieht die Milch zur Kasse.

»War's das für heute?«

»Das war's.«

»Tüte?«

»Ja, bitte.«

Ich bezahle. Im Wagen lasse ich die Kassette dort weiterlaufen, wo wir aufgehört haben: *»Es ist fast zwanzig nach sechs, sagt Teddybär, Mama kommt gleich nach Hause, ich freue mich sehr. Heißen Tee und Bienenhonig, für Mama und ihr Baby ...«* Sarah lässt sich, ohne Anstalten zu machen, in ihren Kindersitz schnallen.

Es ist ein kühler Herbstabend und um halb sieben bereits dunkel. Ein paar andere Autos kommen uns entgegen, ansonsten ist die Straße frei, bis im Rückspiegel ein einzelner Wagen auftaucht und uns verfolgt. Nach einer Kurve geht es leicht bergab, wo ich an Geschwindigkeit zulege, und wir kommen an einen langen verlassenen Straßenabschnitt, der von Maisfeldern und Wiesen gesäumt wird. Das Fernlicht des Wagens hinter uns blitzt auf, und ein rotes Blinklicht blendet meine Augen, das von unten an der Windschutzscheibe kommt. Es muss sich um ein Zivilfahrzeug der Polizei handeln. Bo hat mich vor den Radarfallen auf diesem Straßenabschnitt gewarnt, so dass ich darauf geachtet habe, unterhalb der Geschwindigkeitsbegrenzung zu bleiben. Mit meinem teuren Jurastudium im Rücken, plane ich bereits meine Verteidigung, als ich auf den Standstreifen fahre. Die Polizisten konnten meine Geschwindigkeit nicht mit einem Radargerät gemessen haben, während sie mir folgten, daher würden sie sich auf ihren eigenen Tachometer berufen müssen. Ich werde bei der Verhandlung also eine Kopie der

Tachometerzulassung verlangen. Diese Zulassungen sind für gewöhnlich abgelaufen, womit es ein Leichtes für mich sein wird, einem Strafzettel zu entkommen. Man muss nur wissen, wie. Doch selbst wenn ich die Geschwindigkeit überschritten habe, dann nicht über einen längeren Zeitraum. Sie müssen sie mindestens auf einer Strecke von hundertfünfzig Metern messen. Ich werde morgen noch einmal herkommen und den Abstand von der Kurve bis zu der Stelle messen, an der sie ihr Warnlicht eingeschaltet haben. Das können keine hundertfünfzig Meter sein.

Als der Polizist seine Wagentür öffnet, halte ich bereits meine Versicherungs- und Zulassungspapiere in der Hand. Sarah beginnt zu weinen, weil ich die Musik ausgeschaltet habe, doch das könnte ein Vorteil sein. Vielleicht lässt er mich wegen Sarah und meines Arms in Ruhe. Ich bin mir nicht zu schade, Mitleid zu erheischen.

Im Gegenlicht des Scheinwerfers sehe ich im Spiegel nur die Silhouette des Polizisten mit der sich an seiner Hüfte abzeichnenden Waffe. Er ist klein, dünn und leicht o-beinig, nicht der große, kräftig gebaute Streifenpolizist, wie man ihn sich normalerweise vorstellt. Ich ermahne mich, nichts Belastendes zu sagen, und lasse das Seitenfenster herunter. Seltsamerweise bleibt der Polizist an der hinteren Tür stehen und versucht, sie zu öffnen.

»Hier bin ich«, sage ich, höflich wie immer zur Polizei. Irgendwie scheint er die hintere Tür mit der vorderen zu verwechseln.

Er streckt seinen Arm durch mein offenes Fenster und entriegelt die hintere Tür, steigt ein und knallt die Tür wieder zu.

»Was ist denn los?«, frage ich unschuldig. Er hat sicher einen guten Grund für sein Verhalten. Vielleicht hat er Angst, vom vorbeifahrenden Verkehr angefahren zu werden, wenn er neben meinem Wagen steht.

»Tun Sie, was ich Ihnen sage, Mrs Wolfson, dann passiert niemandem was.« Seine Stimme klingt jung und ruhig.

Woher kennt er meinen Namen?

Ich blicke in den Rückspiegel und sehe eine an meinen Kopf gehaltene Waffe. Der Junge, der diese Waffe hält, kann höchstens knapp über zwanzig sein, er hat helle Haut und dünne, fast weibliche Lippen, seine Wangen sind mit einem dünnen Flaum überzogen. Sein Kopf ist rasiert, und er trägt ein Armeehemd. Ich habe ihn noch nie zuvor gesehen.

»Raus aus meinem Wagen!«, schreie ich, wütend über seine Dreistigkeit. Die Waffe und die Bedrohung, die von ihr ausgeht, habe ich noch nicht vollständig begriffen.

Ein wütendes Grinsen blitzt über sein Gesicht. Er zielt mit der Waffe auf Sarah, es folgen ein lauter Knall und ein orange leuchtender Blitz. Die Zeit wird so langsam wie ein durch Wasser sinkender Stein. Ich merke, dass ich schreie, höre aber nichts, weil meine Ohren betäubt sind.

»Sarah! Sarah!«

Ich versuche, nach ihr zu greifen, doch der Junge rammt mir die Waffe seitlich ins Gesicht und drückt meinen Kopf nach vorne. Die Hitze vom Lauf brennt auf meiner Wange, und der bittere Geruch von Schießpulver steigt mir in die Nase. Aus dem Augenwinkel sehe ich den zum nächsten Schuss gespannten Hahn. Die Waffe hat eine seltsame Form. Sie erinnert mich an eine, die ich in Filmen über den Zweiten Weltkrieg gesehen habe.

»Fahren Sie los!«, befiehlt er mir. »Sofort!«

Doch ich bin außer mir vor Panik und schreie immer noch

»Sarah! Sarah!«. Ich drücke gegen die Waffe an, lasse den Lauf über meine Wange gleiten wie eine Rasierklinge. Jetzt kann ich Sarah sehen. Sie blutet nicht … und … ja, Gott sei dank … sie schreit noch! Der Schuss muss neben ihr im Sitz gelandet sein.

Wieder rammt mir der Junge die Waffe ins Gesicht. Der Schmerz dringt bis in meine Nebenhöhlen, meine Nase fängt an zu bluten.

»Losfahren!«, brüllt er. »Sofort!« Er kurbelt das Fenster nach unten und winkt dem Wagen hinter uns zu. Die Lichtsirene wird ausgeschaltet, und der Wagen fährt an uns vorbei. »Folgen Sie ihm.«

Ich versuche, den Schalthebel zu betätigen, doch ich zittere so heftig, dass der Stumpf meines rechten Arms vom Hebel rutscht. Der Junge greift nach vorn und schiebt ihn ruckartig in die Fahrposition. Der Wagen rollt los. An einem Stoppschild biegen wir nach links auf die Route 22. Bei jedem uns entgegenkommenden Fahrzeug drückt mir der Junge die Waffe gegen den Kopf, um mich daran zu hindern, auf uns aufmerksam zu machen. Ich halte hektisch nach einem Polizeifahrzeug oder einer Tankstelle Ausschau, an der ich hinausfahren kann, um Hilfe zu suchen. Sarah, erschreckt vom Schuss, schreit ununterbrochen aus voller Kehle.

»Sie soll aufhören!«, schreit mich der Junge an.

»Bitte, lass uns gehen«, versuche ich es auf die vernünftige Tour. »Du kannst meinen Wagen und meine Handtasche haben, egal, was du willst. Aber lass uns bitte einfach gehen.«

»Es geht nicht um Geld«, erwidert der Junge. »Fahren Sie weiter.« Er legt Sarah seine freie Hand über den Mund, was sie nur noch lauter schreien lässt.

»Du tust ihr weh!«, kreische ich, hysterisch, weil er mein Kind anfasst. »In der Babytasche auf dem Boden ist ein Fläschchen. Gib es ihr, aber lass sie los.«

Der Junge kramt nach der Flasche und hält sie in Sarahs Mund. Sie trinkt den Rest vom Nachmittag, schreit noch einmal auf, trinkt weiter und beruhigt sich schließlich.

Alles geht so schnell, dass ich keine Zeit zum Nachdenken habe. In Ardenheim biegen wir auf eine Seitenstraße ab, von dort geht es weiter über einen alten Holzabfuhrweg in die Berge. An dem Wagen, dem wir folgen, werden die Scheinwerfer ausgeschaltet, und der Junge befiehlt mir, auch meine auszuschalten. Im Dunkeln fahren wir in den Wald hinein und halten an. Der Fahrer des Wagens vor uns steigt aus. Im Mondlicht sehe ich, dass er ungefähr gleich alt ist wie der Junge hinter mir, aber größer und muskulöser. Auch sein Kopf ist rasiert, und auch er trägt ein Hemd in Tarnfarben. In einer Hand hält er eine Waffe, in der anderen eine Videokassette. Er öffnet meine Tür und zerrt mich am linken Arm aus dem Wagen. Der Junge hinten steigt mit Sarah aus und gibt sie mir, dann nimmt er dem größeren Jungen die Kassette ab, setzt sich hinters Lenkrad meines Wagens, legt die Videokassette auf den Beifahrersitz und setzt mit meinem Wagen rückwärts in einen Pinienhain, bis er hinter Ästen verschwunden und von dem schmalen Weg aus nicht mehr zu sehen ist. Kurz darauf kehrt er zu Fuß zurück. »Okay, Tim, weiter geht's«, sagt er zu dem größeren Jungen.

Der Größere, der, wie ich jetzt weiß, Tim heißt, schubst mich zum anderen Wagen.

»Bitte«, flehe ich, »ihr habt meinen Wagen und mein Geld. Lasst uns doch einfach hier. Ich erzähle niemandem was davon.«

»Maul halten«, zischt Tim und rammt mir seine Waffe in den Rücken.

Langsam befürchte ich, dass sie mich entführen und vergewaltigen wollen.

»Bitte, bitte, tut das nicht«, bettle ich.

»Maul halten, habe ich gesagt!«, schreit Tim und schleudert mich gegen den Wagen, so dass Sarah, die ich vor mir halte, gegen das Metall knallt. Wieder beginnt sie zu weinen.

»Ich habe Ihnen gesagt, Mrs Wolfson, wenn Sie tun, was man Ihnen sagt, wird niemand verletzt«, sagt der Kleinere. »Jetzt steigen Sie ein.«

»Soll ich wieder fahren, Otto?«, fragt Tim.

»Ja.«

Jetzt weiß ich auch den Namen des Kleineren und dass er der Anführer der beiden ist.

Ich setze mich mit Sarah auf dem Schoß hinten in den Wagen und versuche, sie zu beruhigen. Otto setzt sich neben uns und drückt mir seine Waffe zwischen die Rippen. Tim rutscht hinters Steuer und fährt rückwärts den Holzabfuhrweg zurück. Er schaltet die Scheinwerfer erst wieder ein, als wir den Highway erreichen und nach Süden auf die Route 522 abbiegen, dann auf die Route 322 nach Osten Richtung Harrisburg. Sarah beruhigt sich, eingelullt vom Schaukeln des Wagens und weil ich sie fest an mich drücke. Ich versuche, mich daran zu erinnern, ob es an den nächsten Ausfahrten Polizeistationen gibt, und an das, was ich über Selbstverteidigung gehört habe. Mir fällt nur ein, dass man nie mit jemandem im Auto mitfahren sollte. Sarah fest an mich gedrückt, lege ich meine Hand auf den Türgriff, bereit, bei der erstbesten Gelegenheit aus dem Auto zu springen. Wäre ich allein, wäre ich aus dem fahrenden Auto gesprungen, aber dieses Risiko kann ich mit Sarah nicht eingehen.

Die Kilometer fliegen an uns vorbei. Otto und Tim reden weder miteinander noch mit mir. Sie verhalten sich diszipliniert und effizient, als hätten sie alles gut einstudiert. Als handele es sich nicht um einen Jux, den sich zwei aufsässige Teenager gerade erst ausgedacht haben. Sie riechen nicht nach Alkohol, und sie nuscheln nicht beim Sprechen. Otto sieht immer wieder nach hinten, ob wir verfolgt werden. Tim schaltet das Radio ein, lässt bei leiser Lautstärke einen Countrymusik-Sender laufen. Sarah schläft schließlich ein. Ich bin dankbar, dass sie keine Ahnung hat, was mit ihr passiert. Otto entspannt sich leicht und lockert seine starre Haltung, bleibt aber immer noch wachsam und drückt mir den Lauf seiner Waffe seitlich zwischen die Rippen, sobald wir langsamer fahren.

»Ich habe noch Geld auf der Bank«, flüstere ich ihm zu. »Eine ganze Menge. Das könnt ihr alles haben, wenn ihr uns gehen lasst. Wenn ihr die Sache jetzt beendet, bekommt ihr keine Schwierigkeiten.«

Otto sagt nichts. Fünf Minuten vergehen, dann zehn und fünfzehn. Wir fahren auf einem vierspurigen Highway weiter nach Süden Richtung Harrisburg.

»Warum tut ihr das hier?«, frage ich.

»Warum?«, fragt Otto ungläubig, ohne den Blick von der Straße vor uns abzuwenden. »Weil Harlan Hurley heute verurteilt wurde. Wegen Ihrem jüdischen Mann hat er fünfzehn Jahre bekommen, deswegen.«

»Harlan Hurley?«

»Ja, gucken Sie kein Fernsehen? Ihr jüdischer Mann war

am Gericht und hat schadenfroh vor seiner Fernsehkamera darüber berichtet.«

Rasierte Köpfe, Hemden in Tarnfarben … ich beginne zu verstehen.

»Ihr seid Mitglieder der *Elf*?«, frage ich. Mein Entsetzen könnte nicht größer sein. Ich möchte ihm sagen, dass ich Brek Cuttler heiße, nicht Brek Wolfson, dass ich Katholikin und nicht Jüdin bin und auch Sarah keine Jüdin ist, weil sie dafür eine jüdische Mutter haben müsste. Aber damit würde ich meinen Mann und meinen eigenen Glauben verraten. Ich würde Gott verraten. In diesem Moment frage ich mich, was ich getan hätte, wäre ich von den Nazis verhört worden. Hätte ich ihnen gesagt, ich wäre keine Jüdin, um mich und Sarah zu retten und zuzulassen, dass sie Bo mitnehmen?

Ein Wagen der Staatspolizei überholt uns. Ich spüre die Waffe nicht mehr auf meinen Rippen und hebe die Hand, um dem Polizeiwagen ein Zeichen zu geben, was Otto aber bemerkt. »Schauen Sie, Mrs Wolfson, Ihr Baby mag das neue Spielzeug, das ich ihm gegeben habe«, sagt er. Die Mündung der Waffe steckt in Sarahs Hand. Ich gebe meinen Versuch auf.

»Warum tut ihr das?«, frage ich erneut, als der Polizeiwagen vor uns verschwindet. »Die Regierung lässt Hurley nicht frei, nur weil ihr uns entführt habt. Wenn es um die Verurteilung von Verbrechern geht, lässt sie sich nicht erpressen.«

»Weil jemand die Wahrheit erzählen muss«, antwortet Otto.

»Worüber?«

»Über den Holocaust … über meine Familie.«

»Bist du Harlan Hurleys Sohn?«

»Nein, ich bin der Sohn von Barbara Rabun. Amina Rabuns Patensohn. Erinnern Sie sich an sie, Mrs Wolfson?«

Mein Gott, von diesem Jungen hat Bo mir heute am Telefon erzählt. Hier geht es nicht um ein Urteil oder um eine politische Aussage, es geht um Rache.

Wir lassen Harrisburg und dann Lancaster hinter uns, biegen schließlich vom Highway ab und fahren weiter durch die hügelige Landschaft von Chester County Richtung Delaware. Eine Viertelstunde später befinden wir uns auf einer gewundenen Nebenstraße, auf der die an uns vorbeifliegenden Schilder auf die Orte Kennet Square, Lenape und Chadds Ford hinweisen. Die knorrigen, alten Eichen entlang der zweispurigen Straße johlen uns zu, werfen tanzende Schatten mit ihren winkenden Ästen wie Verdammte, die uns am Eingang zur Hölle begrüßen. Auf unserem Weg in den Abgrund peitscht das Laub in roten, gelben und orangefarbenen Flammen auf uns zu. Mir ist schlecht vor Angst, und meine Gedanken überstürzen sich. *Wie lange wird es dauern, bis Bo die Polizei ruft? Er erwartet uns spätestens um acht zurück, und dann ruft er wahrscheinlich auf der Arbeit und in der Tagesstätte an, um nach uns zu fragen. Vielleicht denkt er sich noch, dass wir im Supermarkt oder im Einkaufszentrum waren. Zehn Uhr – es gibt keinen Grund, dass wir so lange fortbleiben. Erst wird er wahrscheinlich meine Eltern anrufen, dann den Fernsehsender, ob sie etwas von einem Unfall wüssten, und dann die Polizei. Die wird die Information wohl aufnehmen, aber als Ursache für mein Fernbleiben eher häuslichen Streit vermuten und abwarten. Wer weiß, wann man anfangen wird, nach uns zu suchen, wahrscheinlich erst morgen.*

Die Kurven nehmen zu, der Straßenbelag wird immer schlechter. Wir fahren jetzt eine steile Schotterstraße hinab durch einen Wald bis zu einem zerfurchten Weg, der durch ein offenes, überwuchertes Feld führt, dann wieder in einen Wald und einen noch steileren Weg hinab. Es gibt keine Straßenlaternen oder Stromleitungen mehr. Der Himmel ist pechschwarz – keine Sterne und kein Mond, die uns Hoffnung und Trost spenden könnten. Das letzte Haus liegt bereits mehrere Kilometer hinter uns verschlafen in der kühlen, vom Duft nach Ernte, moderndem Laub und Äpfeln geschwängerten Luft. Wieder gerate ich in Panik.

Sie werden uns töten! Sie haben uns ins Niemandsland gebracht, um uns zu töten!

»Hör zu«, flehe ich ihn an. »Es tut mir leid, was deiner Mutter und Patentante passiert ist. Ich werde alles tun, um es wiedergutzumachen. Versteh das doch, es war das Gericht, das sie ins Gefängnis gesteckt hat. Wir waren das nicht. Wir hatten keinen Einfluss …«

Otto rammt mir die Waffe so heftig zwischen die Rippen, dass ich keine Luft mehr bekomme.

Der Weg endet vor einem verfallenen einstöckigen Schlackensteingebäude, das wie ein Geschwür aus dem Boden ragt. Die Streifen aus schwarzem Schimmel und die abblätternde weiße Farbe an den fensterlosen Mauern lassen es wie die Haut eines Aussätzigen aussehen. Es wirkt wie ein verlassenes Industriegebäude und hier auf dem Land völlig fehl am Platz. Der widerliche Gestank nach Dung und Pilzen macht die Luft schwer, so dass ich Mühe habe zu atmen.

Etwa zwanzig Meter weiter bleiben wir stehen. Tim lässt den Motor laufen, zieht seine Waffe und betritt das von den Scheinwerfern beleuchtete Gebäude. Otto wartet nervös im Wagen mit mir, bis Tim wieder an der Tür erscheint, ein »Alles klar«-Zeichen gibt und wieder im Haus verschwindet. Otto steigt aus und befiehlt mir, mit Sarah ebenfalls auszusteigen. Um Zeit zu schinden, tue ich so, als müsste ich meine Kostümjacke richten.

Das ist vielleicht unsere einzige Chance.

Otto wartet an der offenen Wagentür, den Blick zum Gebäude gerichtet, während der Motor immer noch läuft. Er könnte mich leicht davon abhalten, über die Lehne nach vorne zu klettern.

Ich muss ihn vom Wagen weglocken.

Vorsichtig lege ich Sarah in den Fußraum, wo sie sicher sein wird. Sie rührt sich und blickt zu mir nach oben. Unter der Deckenbeleuchtung spiegelt sich in ihren Augen ihre Liebe zu mir, als wüsste sie, was ich vorhabe und als dankte sie mir, dass ich für sie mein Leben riskiere. Sie versucht, so tapfer zu sein. Ich liebe sie von ganzem Herzen. Tränen treten mir in die Augen.

Zitternd steige ich aus dem Wagen. Otto hat den Blick immer noch nicht vom Gebäude abgewendet. Er ist nur ein kleines Stück größer als ich und nicht annähernd so einschüchternd wie Tim. Jetzt weiß ich, was ich tun muss. Mit der linken Hand halte ich mich am Türrahmen fest und ramme Otto mit aller Kraft mein Knie zwischen seine Beine. Darauf war er nicht gefasst, und er sackt stöhnend zusammen.

Es hat funktioniert!

Ich schlage die Tür zu, springe auf den Fahrersitz und drücke mit dem Ellbogen beide Türverriegelungen nach unten. Als ich mit der linken Hand um das Lenkrad herumgreife, um den Rückwärtsgang einzulegen, kommt Tim so schnell aus dem Haus gerannt, dass er, als ich endlich aufs Gaspedal trete, bereits die Fahrertür erreicht hat und mit seiner Waffe direkt auf meinen Kopf zielt. Wieder verlangsamt sich die Zeit, schneidet die letzten Momente meines Lebens in kleine Abschnitte, die für den Rest der Ewigkeit gespeichert werden. Die Erinnerung wird von der Realität entkoppelt und umfasst alles, was zuvor passiert ist – die Hände, die mich gebadet haben, als ich aus dem Schoß meiner Mutter geboren wurde, und mich als kleines Kind umarmten; meinen Mann, meine Familie, meine Freunde, meine Tochter … die Momente und Erinnerungen, die Brek Abigail Cuttler geworden sind. Doch in dem Moment, in dem Tim abdrücken will, springt Otto vom Boden zu ihm auf. Der Schuss geht daneben und verhallt wirkungslos in der Dunkelheit.

Plötzlich setzt das Leben wieder ein, und das in Echtzeit mitsamt dem notwendigen Adrenalin und dem Wunsch zu leben. Der Wagen röhrt rückwärts, auf mein Zuhause und die Sicherheit und auf all das zu, was wir erschaffen haben. Doch bei dieser Geschwindigkeit verliere ich auf dem schmalen Weg die Kontrolle über den Wagen und knalle gegen einen Baum. Sarah beginnt zu wimmern. Ich schlage den Schalthebel in den Vorwärtsgang und trete wieder aufs Gaspedal, lenke direkt auf Otto zu, der auf Knien auf uns zielt. Er gibt vier Schüsse ab. Der Wagen wird langsamer, reagiert kaum noch. Er hat einen der Vorderreifen durchschossen. Den Bruchteil einer Sekunde überlege ich auszuweichen, um ihn nicht zu überfahren, weil er mein Leben gerade zweimal verschont hat. Doch wir sind in der Zeit erstarrt, Otto Bowles und ich, gesteuert vom Instinkt und unserem Überlebenstrieb. Wieder drücke ich aufs Gaspedal, steuere direkt auf ihn zu, doch in letzter Sekunde lässt er sich zur Seite rollen, und ich lande in einem Misthaufen.

Entschlossen, unsere Freiheit wiederzugewinnen, lege ich den Rückwärtsgang ein und drücke aufs Gas. Plötzlich ein ohrenbetäubender Knall, die Heckscheibe explodiert, Glasscherben hageln ins Wageninnere. Otto liegt auf dem Kofferraum, den Oberkörper durchs Heckfenster geschoben, und zielt im Polizeistil mit ausgestreckten Armen auf Sarah, die im Fußraum hinter den Vordersitzen liegt. Ich trete auf die Bremse und bringe den Wagen zum Stehen.

»Zwingen Sie mich nicht, das zu tun!«, schreit Otto. »Zwingen Sie mich nicht, das zu tun!« Sein Oberkörper hebt und senkt sich, jeder Muskel in seinem Körper ist angespannt.

»Tu es!«, ruft Tim von der anderen Seite des Wagens, die Augen im Wahn weit aufgerissen. »Tu es, sofort!«

Otto zögert. In diesem Moment der Unentschiedenheit schalte ich den Motor aus und reiche Otto den Schlüssel nach hinten.

»Nimm«, sage ich kaum hörbar mit zitternder Stimme, verzweifelt darauf bedacht, ihn zu beruhigen. »Bitte. Sie ist doch nur ein Baby.«

36

»Also, wie lange bist du schon Mitglied bei der *Elf*?«, fragte Otto Bowles den bärtigen, gutgekleideten dunkelhaarigen Mann, der ihm an dem kleinen Cocktailtisch gegenübersaß. Er nippte während des Gesprächs an seinem Bier, ein Auge immer auf das Baseballspiel auf dem Fernseher über der Bar gerichtet.

»Ich bin eigentlich kein Mitglied«, erwiderte der Mann. Er stieß, am Spiel nicht interessiert, den Rauch seiner Zigarette aus. »*Die Elf* unterstützt, was ich tue, und ich unterstütze, was sie tut.«

Es war später Nachmittag im Sommer, draußen schien die Sonne, und die Bar war ansonsten leer. Otto war noch nicht volljährig und dürfte keinen Alkohol trinken, doch Trudy, die Besitzerin der Bar am Fuß eines Berges zwischen Huntingdon und Altoona, schenkte ihren Kunden ohne Rücksicht auf deren Alter Alkohol aus. Sie war eine füllige Frau mit leuchtend rotem Haar. An diesem Nachmittag sah sie sich von ihrem Platz hinter der Bar das Spiel im Fernsehen an und wartete auf Gäste. Der Mann, der gegenüber von Otto saß, war eindeutig volljährig, trank aber Mineralwasser mit einem Strohhalm.

»Ja!«, freute sich Otto und ballte seine Hand zur Faust, als ein Läufer über das Schlagmal rannte. »Da haben die *Pirates* am Ende vom Spiel gerade noch mal gepunktet. Sie holen auf.« Er schluckte sein Bier und rülpste so, wie er glaubte, dass an Sport interessierte Männer rülpsten.

»Du musst aber zugeben, Sam, ein paar Typen von der *Elf* haben sich ziemlich hochgeschaukelt«, fuhr Otto fort. »Ich bin der Deutscheste von allen und tierisch stolz auf mein Erbe, aber ich glaube, die gehen mit ihrem Rassistenkram ein bisschen zu weit. Ich habe viel über den Zweiten Weltkrieg gelesen. Der hat Deutschland erst die Probleme gemacht. Wenn Hitler weniger extrem gewesen wäre und den Ball im Auge behalten hätte, wäre der Krieg wahrscheinlich völlig anders ausgegangen. Dann wäre Deutschland anstelle der Vereinigten Staaten heute die Supermacht.«

»Möglich«, räumte Sam ein. »Aber Hitler kam gerade dank seiner Exzentrizität und seiner Exzesse so weit. Wer weiß, vielleicht war er nicht exzessiv genug. Die extremen Gedanken des einen sind die Offenbarung und der Ruf nach Revolution des anderen. Jedenfalls haben die Mitglieder der *Elf* mir geholfen. Ich bin ihnen was schuldig.«

Otto griff nach seinem Bier und wandte sich wieder dem Baseballspiel zu. Er wünschte, er hätte das Thema nicht angeschnitten. Er genoss die Kameradschaft der *Elf*, die paramilitärische Ausbildung und die Paintball-Kriegsspiele – und natürlich die Tatsache, dass alle ihn wegen seiner Familienvergangenheit wie etwas Besonderes behandelten. Doch ihre rasende Wut auf Juden und Schwarze ließ sie wie einen Haufen Fanatiker und Spinner aussehen. Dass Sam sie verteidigte, machte ihn wohl auch zum Fanatiker, was enttäuschend war, weil Otto jemanden suchte, der genauso dachte wie er. Bisher hatte Sam vernünftiger gewirkt als die anderen. »Woher stammst du?«, wechselte er das Thema.

»New York.«

»Ich meine deine Familie. Woher stammt der Name Samar Mansour ... Frankreich?«

»Nein, Palästina«, sagte Sam.

Otto betrachtete Sam genauer. Jetzt erkannte er auch das Arabische in dessen Gesicht, den dichten schwarzen Bart und die dunkle Haut. Aber woher hatte er diese blauen Augen? Otto hatte nie zuvor einen Araber kennengelernt, und er konnte sich nicht vorstellen, wie die Mitglieder der *Elf* es fertigbrachten, gerade einem Araber zu helfen. Sie hassten jeden, der nicht weiß und Christ war. Vielleicht lag es daran, dass Sam mit seiner unnahbaren Art, seiner gepflegten Ausdrucksweise, den gebügelten blauen Hemden und schwarzen Hosen eher wie ein Europäer statt wie einer aus dem Nahen Osten aussah – eher wie jemand aus London oder Paris oder vielleicht auch Berlin. »Wann kam deine Familie hierher?«, wollte Otto wissen, den Blick auf den Fernseher gerichtet.

»Mein Vater kam rüber, als er ungefähr so alt war, wie du jetzt bist. Er war einer der palästinensischen Flüchtlinge ... seine Eltern wurden 1948 im Krieg von Juden getötet.«

Otto sah ihn an, dann wieder zum Spiel.

»Die meisten Palästinenser blieben im Nahen Osten«, fuhr Sam fort. »Aber nach dem Krieg bekam mein Vater eine Arbeit, bei der er die Ausrüstung eines amerikanischen Archäologen für eine Ausgrabung nach Jerusalem bringen musste. Er hieß Mijares, ein Professor vom Juniata College. Jedenfalls war er sehr reich und sehr großzügig, und er mochte meinen Vater. Wahrscheinlich hielt er meinen Vater für ziemlich schlau, weil er ihm anbot, ihn hier auf eigene Kosten aufs College zu schicken. Mein Vater nahm an. Er besuchte die Columbia University, heiratete eine Amerikanerin und blieb. Ich wurde in New York geboren.«

Sam bedeutete Trudy, ihnen noch eine Runde zu bringen.

»Kommt sofort, Schätzchen«, sagte sie und zog, dankbar, etwas tun zu können, zwei Gläser unterm Tresen hervor.

»Eine Flüchtlingsgeschichte wie viele andere auch«, merkte Sam an. »Unterscheidet sich nicht sehr von der deiner Familie.«

Otto dachte das Gleiche. Als er sein Glas leerte, tropfte etwas Bier auf sein T-Shirt. »Kennst du unsere Geschichte?«, fragte er, während er am Nachbartisch zu einer Serviette griff.

»Ich weiß alles über eure Familie«, antwortete Sam. »Brian Shelly hat mir ein bisschen was erzählt, und ich habe über die Rabuns recherchiert. Eigentlich ist das niemandem klar, aber Deutsche und Araber haben vieles gemeinsam.« Und dann fuhr er auf Deutsch fort: *»Das ist, warum ich Sie kennenlernen wollte.«*

Otto machte ein überraschtes Gesicht. *»Sprechen Sie Deutsch?«*

»Wenig.«

»Wie viele Male sind Sie in Deutschland gewesen?«

»Ich habe ungefähr ein Jahr dort verbracht.«

Sie wechselten wieder ins Englische, als Trudy die Getränke an den Tisch brachte.

»Wollt ihr was vom Grill?«, fragte sie. »Ich kann euch ein paar Burger machen.«

Sam schüttelte den Kopf. »Willst du was, Otto?«, fragte er. »Bist eingeladen.«

»Nein danke«, lehnte Otto ab.

»Sagt einfach Bescheid«, erwiderte Trudy leicht enttäuscht. Sie kehrte zu ihrem Hocker hinter der Bar zurück, um sich das Spiel weiter anzusehen.

»Das mit Brian ist schade, was?«, sagte Otto.

»Ja«, stimmte Sam zu. »Er war noch viel zu jung für einen Herzanfall. Aber man weiß nie.«

»Die Beerdigung war echt hart. Tim und seine Mutter hat's übel getroffen. Und zu allem Überfluss scheint Brian den ganzen Besitz verpfändet und seine Lebensversicherung nicht mehr bezahlt zu haben. Tim hat gesagt, sie müssen ihr Haus und die Pilzzucht verkaufen, um die Schulden zu bezahlen. Er wohnt eine Weile bei mir.«

»Er kann sich glücklich schätzen, dich zum Freund zu haben«, erwiderte Sam. »Für dich muss es auch hart gewesen sein, als du deine Patentante verloren hast. Sie war eine tolle Frau. Ich habe ihre Zeitungsartikel sehr bewundert. So lange ist es noch gar nicht her, oder?«

Otto nickte verlegen und wandte den Blick ab. »Etwa ein Jahr – und weniger als ein Jahr nach ihrer Entlassung aus dem Gefängnis. Das Gefängnis hat sie umgebracht.« Mit vom Schmerz getrübten Gesicht, peinlich berührt, weil er Gefühle zeigte, sah er zum Fenster hinaus. »Und was genau tust du für *Die Elf*?«, wechselte er erneut das Thema.

»Ich mache einen Dokumentarfilm über den Holocaust. Ich werde beweisen, dass er eine Lüge der Alliierten und Juden ist.«

Im Fernsehen erzielten die *Pirates* einen weiteren Run. Sam blickte auf, doch plötzlich schien Otto am Spiel weniger interessiert zu sein. »Dann bist du derjenige?«, fragte Otto. »Brian erzählte mir, jemand würde einen Dokumentarfilm über den Holocaust machen, aber mehr als das verriet er nicht.«

Sam blickte Otto an und grinste wie der Spieler, der gerade den Run erzielt hatte. »Das war eine Zeitlang ein Geheimnis«, erklärte er. »Nur ein paar Typen wussten davon. Brian, Harlan Hurley. Harlan ist bei der Finanzierung eine große Hilfe.«

»Echt? Der Typ, der für den Schulbezirk arbeitet?«, fragte Otto nach. »Er wirkt immer ziemlich still.«

»Stille Wasser sind tief. Er hat das Geld von der …« Sam hielt plötzlich inne. »Sagen wir, er hat eine kreative Methode gefunden, um meine Arbeit zu finanzieren. Man braucht eine Menge Geld, um einen Dokumentarfilm gut hinzubekommen – Ausrüstung, Kameraleute, Reisekosten, Studiomiete. Ich bin gerade mit dem Schnitt fertig geworden. Ist echt toll geworden. Je mehr ich über deinen Hintergrund erfuhr, desto mehr dachte ich, dich könnte das Projekt interessieren. Deswegen wollte ich mich heute mit dir treffen.«

»Kann ich ihn sehen?«, fragte Otto neugierig.

»Klar, bald.«

»Wo hast du gelernt, Dokumentarfilme zu drehen? Bist du Filmemacher?«

»Nein«, antwortete Sam. »Das ist mein erster Film, aber ich lerne schnell, und ich hatte eine erfahrene Mannschaft. Das sollte meine Doktorarbeit in Geschichte am Juniata College werden – als Stipendiat des Mijares Fellowship. Aber der Leiter der Abteilung für Geschichte ist Jude. Logisch, dass er nicht glücklich über mein Thema oder meine Schlussfolgerungen war. Er gab mir die Möglichkeit, entweder ein neues Thema zu wählen oder das College ohne Abschluss zu verlassen. Ich ging. Harlan und einige andere hörten davon und finanzieren das Projekt mittlerweile einige Jahre.«

»Wow. Bewundernswert, dass du eins der strittigsten Themen der Welt aufgegriffen hast«, lobte Otto. »Aber es wird hart sein, die Leute zu überzeugen, dass der Holocaust eine Lüge war. Versteh mich nicht falsch … nichts würde mich glücklicher machen, als herauszufinden, dass er eine Lüge war, aber ich habe die Bilder gesehen und die geschichtlichen Dokumente gelesen. Ich war auch in einigen der Lager. Meine Familie hat die Verbrennungsöfen gebaut. Es gibt viele Beweise, die widerlegt werden müssen.«

Sam machte ein nachdenkliches Gesicht. »Aber du glaubst doch nicht wirklich, dass deine Familie oder deine Landsleute Millionen ihrer eigenen Leute kaltblütig ermorden würden, ob sie Juden sind oder nicht, oder? Das ergibt keinen Sinn. Die Deutschen waren keine Barbaren, sie waren Europäer.« Er legte eine Pause ein, in der er eine Serviette sorgfältig zu einem Dreieck faltete, anschließend in ein noch kleineres. »Ich habe Geschichte studiert, Otto«, fuhr er fort. »Dabei habe ich gelernt, dass die Menschen, die ein Zeichen auf dieser Welt hinterlassen, diejenigen sind, die Schwarz in Weiß und Weiß in Schwarz verwandeln. Genau an der Grenze zwischen den Gegensätzen finden wir die Energie, etwas zu erschaffen oder zu zerstören.« Er zerknüllte die Serviette, als wollte er seine Aussage bekräftigen. »Winzige Atome spalten sich zu weltverändernden Bomben. Tektonische Platten verschieben sich, und neue Kontinente entstehen. Politiker wandeln Frieden in Krieg und Krieg in Frieden. Religionen wandeln Sünder in Heilige und Heilige in Sünder. Daran darfst du nicht zweifeln: Ob die Taten von Menschen gut oder schlecht sind, hängt von unserer Entscheidung ab, aus welchem Blickwinkel wir die Sache betrachten wollen.«

Jetzt schlug das Bier bei Otto zu, und langsam machte ihm die Sache Spaß. Er spürte ein warmes Kribbeln auf den Lippen und an der Stirn. Sam schien doch nicht wie befürchtet ein Extremist zu sein, sondern ein ziemlich rationaler Mann, ein Mann der Logik und Vernunft.

Otto mochte philosophische Diskussionen und die Herausforderung, sich mit gebildeten Menschen zu unterhalten. Er glaubte, er wäre gut auf dem College gewesen, wenn er die Gelegenheit dazu bekommen hätte. Er dachte sogar darüber nach, eine Hochschule zu besuchen, vielleicht auf eine Universität in Deutschland zu gehen. Seit seinem Highschool-Abschluss vor einem Jahr hatte er nicht viel getan, außer in der Villa in Buffalo oder auf dem Trainingsgelände der *Elf* im Wald nahe von Huntingdon herumzuhängen. Die meisten Mitglieder der *Elf* waren verärgerte Männer aus der Gegend, arbeitslos oder unterbeschäftigt. Sie fuhren Pick-ups, tranken Bier, liebten Waffen und hassten Juden und Schwarze, konnten aber nicht sagen, warum. Doch sie hatten Otto in ihr Vertrauen gezogen und ihm gezeigt, wie man die komplizierten Satellitentelefone, E-Mail-Verschlüsselungen und abgelegenen Server benutzte, mit deren Hilfe sie mit anderen rechtsextremen Gruppen im ganzen Land kommunizieren konnten. Vielleicht, dachte Otto, würde er Computertechnik studieren. Ihn beeindruckten die mathematische Genauigkeit und Eindeutigkeit, und Computer als unvoreingenommene Geräte schenkten ihm die bedingungslose Anerkennung, die er benötigte.

»Denk doch mal an all die großen Männer«, fuhr Sam fort. »Einstein zeigte, dass Masse Energie ist und umgekehrt. Das meine ich mit Weiß in Schwarz und Schwarz in

Weiß umwandeln. Galileo zeigte, dass sich die Erde um die Sonne dreht. Kolumbus zeigte, dass die Erde rund ist. In der gesamten Geschichte der Menschheit erinnern wir uns von den Milliarden von Menschen, die je auf diesem Planeten gelebt haben, höchstens an ein paar tausend. Warum? Weil sie den Widerspruch als Meißel eingesetzt haben, um einen vorherrschenden Glauben zu zerstören und neue Welten zu schaffen. Deswegen erinnern wir uns an sie … und ich möchte, dass man sich an mich genauso erinnert.«

»Ziemlich interessant«, kommentierte Otto. »Ich denke, ich stimme dir zu, aber das beweist noch nicht, dass der Holocaust eine Lüge war.«

Sam blickte zum Fernseher hinauf. »Zwei sind draußen.« Er nahm einen Schluck von seinem Bier, stellte das Glas auf den Tisch und sah Otto direkt in die Augen. »Beweisen? Was sind schon Beweise? Und wer fragt danach?« Er lächelte. »Ich kenne dich, Otto Bowles. Ich weiß, was du willst. Ich bin genau so wie du.«

Otto war verwirrt und fasziniert.

»Ich bin kein Rassist oder religiöser Eiferer, genauso wenig wie du«, fuhr Sam fort. »Wir sind praktische Menschen mit einem praktischen Problem. Die schlichte Wahrheit lautet: Der Ruf des deutschen Volkes und deiner Familie wurde zerstört, und dem Volk von Palästina und meinen Eltern wurden die Häuser fast zur selben Zeit weggenommen. Abgesehen von dieser Zeitgleichheit könnte man denken, die beiden Ereignisse hätten nichts miteinander zu tun. Sie ereigneten sich bei unterschiedlichen Völkern in unterschiedlichen Teilen der Welt. Aber es gibt einen gemeinsamen Nenner.«

»Offenbar die Juden«, antwortete Otto zaghaft. Wieder

machte er sich Sorgen, Sam könnte wie die anderen sein. »Aber ich dachte, wir seien uns gerade einig gewesen, dass wir keine Rassisten sind.«

»Sind wir auch nicht«, bestätigte Sam. »Wir sind rationale Denker, die überlegen, ob unsere Probleme eine gemeinsame Ursache und eine gemeinsame Auswirkung haben. Lass uns kurz über Israel reden. Zwischen dem Jahr 70 nach Christus und 1948 gab es kein Israel. Dieser Staat entstand erst drei Jahre, nachdem die Alliierten den Zweiten Weltkrieg gewannen. Aber vor dem Jahre 70 gab es Israel. Was war damals die Grundlage für seine Existenz?«

»Keine Ahnung«, antwortete Otto. »In israelischer Geschichte kenne ich mich nicht aus.«

»Es ist ganz einfach«, sagte Sam. »Die Juden erzählten der Welt eine phantastische, unglaubliche Geschichte, die eine Zeitlang jeder hinnahm. Sie sagten, Gott habe Abraham in einem persönlichen Gespräch Palästina versprochen. Keine Zeugen, nichts Schriftliches, keine Übertragungsurkunde oder so was. Nur die Behauptung eines Mannes, Gott sei vom Himmel heruntergekommen und habe gesagt, das Land gehöre jetzt ihm und seinen Nachkommen, weil sie von Gott auserwählt seien und vor ihren Feinden geschützt werden sollten. Diese Geschichte fanden die Juden überraschenderweise so unwiderstehlich, dass sie sich etwa dreitausend Jahre an dieses Land klammerten. Doch dann kamen die Römer und sagten: ›Ihr macht wohl Witze! Uns hat Gott nicht gesagt, dass ihr hier wohnen dürft!‹ Deswegen haben sie die Juden verjagt.«

»Wird wohl so sein«, sagte Otto, der wieder zum Fernseher hinaufblickte.

»Es stimmt«, fuhr Sam fort. »Und in den nächsten zweitausend Jahren gab es kein Israel. Existierte überhaupt nicht. Aber 1948 bekamen die Juden ihr Land plötzlich zurück. Warum? Was war passiert?«

Otto hörte schon nicht mehr zu.

»Komm schon, Otto, wie bekamen die Juden Israel zurück?«, wiederholte Sam. »Was passierte 1948, in dem Jahr, das zweitausend Jahre Geschichte veränderte?«

»Keine Ahnung«, antwortete Otto, der an der Frage nicht interessiert war.

»Sie erzählten der Welt eine neue phantastische, unglaubliche Geschichte. Diesmal handelte sie von den Deutschen und den Rabuns, nicht von Gott.«

Mit dieser Bemerkung hatte er Otto wieder geködert, der sich vom Bildschirm abwandte und Sam wieder ansah.

»Der Holocaust«, erklärte Sam weiter. »Die frühen Juden erfanden eine Geschichte, in der sie einen Anspruch auf Palästina hatten, weil Gott sie auserwählt hatte, um sie gegen ihre Feinde zu schützen. Dann verloren sie das Land an die Römer, und nach zweitausend Jahren, in denen sie versuchten, es zurückzubekommen, merkten sie, dass sie eine neue Geschichte erfinden mussten. Die Juden sind ziemlich schlaue Leute. Ihre neue Geschichte ist genau das Gegenteil der ersten. Diesmal sagen sie, sie hätten Anspruch auf Palästina, weil ihre Feinde sie vernichten wollen und Gott sie nicht beschützen will oder kann. Das ist echt genial. Ein Geniestreich.«

Otto seufzte. »Das Problem bei deiner Analyse ist, dass sie die Wahrheit sagen. Sie sollten tatsächlich vernichtet werden.«

Sam schüttelte enttäuscht den Kopf. »Kapierst du das denn nicht? Es geht hier nur um Glaube, Otto, nicht um

Wahrheit. Ob der Holocaust tatsächlich geschehen ist oder nicht, spielt keine größere Rolle als die Frage, ob Gott tatsächlich Abraham ein Versprechen gegeben hat oder nicht. Schwarz in Weiß und Weiß in Schwarz. Die Frage im Moment lautet: Welche Rolle spielen die Deutschen und die Familie Rabun aus Kamenz in dieser neuen Geschichte? Ich sage dir, welche. Sie brandmarken euch als üble, verabscheuungswürdige Schlächter, denen man nicht trauen kann, und als Inkarnation des Bösen. Überall sprießen Holocaust-Museen aus dem Boden, um jedem Kind von nun an bis in alle Ewigkeit zu erzählen, wie abscheulich und unmenschlich ihr seid. Und welche Rolle spielt mein Volk, das Volk der Palästinenser, in dieser Geschichte, das in dem Land lebte, das die Alliierten ihm wegnahm und den Juden gab? Wir sind sogar noch weniger wert als die Deutschen! Wir sind es nicht einmal wert, als Volk anerkannt zu werden, das ein Recht auf eine Heimat hat. Wir sind Flüchtlinge, ebenso abscheulich und unmenschlich. Ich habe dir ja gesagt, Deutsche und Araber haben vieles gemeinsam.«

Otto war fasziniert. Zum ersten Mal in seinem Leben hatte er jemanden kennengelernt, der wie er selbst einen berechtigten Grund hatte, wütend zu sein – jemanden, der genauso viel gelitten hatte wie er selbst, wenn nicht sogar mehr. »Du hast recht«, stimmte er zu. »Du hast absolut recht! Ist das der Grund, warum sich Leute aus eurem Volk auf israelischen Marktplätzen in die Luft jagen? Weil sie euch euer Land weggenommen haben?«

»Nein.« Sam zündete sich eine Zigarette an und stieß angewidert eine Rauchwolke aus. »Wir begehen diese Selbstmordattentate, weil wir dumm und ungebildet sind und es nicht besser wissen. Damit verletzen wir nur uns selbst, nicht die Juden. Ich habe eine Zeitlang in Libanon mit ihnen trainiert. Sie sind wahnsinnig … aber, das muss ich zu ihrer Verteidigung sagen, es ist das, was Menschen in ihrer Verzweiflung tun. Siehst du irgendwo Juden, die sich in die Luft jagen? Oder Deutsche? Oder sonst jemanden? Natürlich nicht. Klar, die Juden haben zweitausend Jahre daran gearbeitet, um Palästina zurückzubekommen, während wir erst fünfzig Jahre um unser Land kämpfen. Wer weiß, vielleicht haben die Juden im ersten Jahrhundert Selbstmordattentate auf die Römer verübt, als sie verzweifelt waren. Man braucht Zeit, um die Realität und den Weg von hier nach da zu erkennen. Geschichte ist in gleichem Maße abhängig von der Gegenwart wie von der Vergangenheit und hängt mehr von Emotionen als von Tatsachen ab. Geschichte und Wahrheit sind das, was wir in ihnen sehen wollen, Otto. Aber da stecken wir in einem Dilemma. Wie lösen wir das Problem?«

»Keine Ahnung«, antwortete Otto.

Sam zwinkerte. »Ich denke, die Antwort liegt direkt vor unserer Nase, Otto. Wir müssen dieselbe Taktik anwenden wie die Juden. Wir brauchen unsere eigene Geschichte. Aber das kann nicht irgendeine sein. Es muss eine große Geschichte sein, die über jeden Glauben erhaben ist – wie Gottes geheimes Versprechen, oder eine Verschwörung, um eine Gruppe von Menschen von der Erdoberfläche verschwinden zu lassen. Wenn du ein großes Ziel erreichen willst, brauchst du eine große Geschichte. Die Geschichten der Juden funktionierten so gut, weil sie von epischem Ausmaß sind, völlig phantastisch und so unglaublich unglaubhaft, dass eigentlich niemand so einen Schwachsinn erzählen würde, es sei denn, es wäre wirklich wahr.«

»Moment mal«, hielt Otto ihn verwirrt auf. »Hast du nicht gerade gesagt, das wäre gelogen?«

»Nein«, antwortete Sam. »Ich sagte, die Wahrheit ist irrelevant. Es geht nur um Glaube. Die Wahrheit ist das, was die Menschen dafür halten. Als jeder an die Geschichte glaubte, dass Gott das Gelobte Land Abraham versprochen hatte, wurde das ihre Wahrheit, und die Juden lebten dort tausend Jahre. Als keiner mehr an diese Geschichte glaubte, entsprach sie nicht mehr der Wahrheit, und die Juden wurden vertrieben. Zweitausend Jahre vergehen, und jetzt, wo jeder die Geschichte glaubt, die Deutschen hätten versucht, die Juden auszurotten, ist das die neue Wahrheit, und die Juden dürfen wieder in Israel leben. So weit verstanden? Was ist der nächste logische Schritt?«

Otto dachte einen Moment darüber nach. Er stimmte nicht darin überein, dass man mit der Wahrheit so leichtfertig umgehen konnte, doch die Begründung hatte etwas Verführerisches. »Hm, der nächste Schritt könnte sein, dass die Juden wieder vertrieben werden, wenn keiner mehr an den Holocaust glaubt.«

Sam lächelte. »Ich habe doch gesagt, dass wir gleich ticken.«

»Aber wie bringst du die Menschen dazu, nicht mehr an den Holocaust zu glauben, wenn er tatsächlich stattgefunden hat?«

Ein unheimliches Grinsen blitzte auf Sams Gesicht auf. »Auf die gleiche Art, wie die Juden die ganze Welt glauben ließen, Gott hätte ihnen das Gelobte Land versprochen, obwohl das gar nicht so war.«

Otto war noch verwirrter. »Und das heißt?«

»Mit einer Geschichte!«, rief Sam. »Das habe ich doch gerade erklärt. Die Deutschen und die Palästinenser brauchen eine große, phantastische, unglaubliche Geschichte. Neue Geschichte, neuer Glaube, neue Wahrheit.«

»Und wie lautet die neue Geschichte?«

»Die beste Art, sich einer Verschwörung zu widersetzen, ist, eine noch größere Verschwörungstheorie aufzustellen. Laut der Geschichte der Juden gab es eine Verschwörung, um die Juden zu vernichten. Was machen wir jetzt? Wir behaupten genau das Gegenteil – dass es eine noch größere Verschwörung unter den Alliierten gab. Sie erfanden den Holocaust, um die Deutschen als Dämonen zu brandmarken und den Nahen Osten zu übernehmen.«

Otto schüttelte den Kopf. »Warum sollten die Alliierten das tun?«

»Weil die Deutschen zwei Weltkriege begannen, die Millionen Menschen das Leben kosteten, und die Alliierten sie beschuldigen und ruhigstellen mussten, damit sie erst gar nicht auf die Idee kamen, so etwas noch einmal zu tun. Und weil die Alliierten im Nahen Osten ein freundschaftliches Bündnis errichten wollten, um ihre Ölversorgung zu sichern, mit der die westliche Zivilisation erst möglich wurde.«

Sams Worte gewannen für Otto immer mehr an Überzeugungskraft. »Ich glaube, jetzt verstehe ich das. Aber es klingt trotzdem ziemlich weit hergeholt.«

»Natürlich ist es weit hergeholt«, erwiderte Sam. »Das ist das Geniale daran. Und das war über die Jahrhunderte hinweg das Geniale an den Geschichten der Juden. Die Geschichte muss so weit hergeholt sein, damit sie glaubhaft ist. Du brauchst nur zu beweisen, dass es möglich ist, eine Verschwörungstheorie in die Welt zu setzen. Das ist das

Entscheidende. Mit Gottes Versprechen an Abraham war es einfach – man musste nur behaupten, Gott hätte mit Abraham sozusagen unter vier Augen gesprochen. Spricht Gott mit Menschen unter Ausschluss der Öffentlichkeit? Vielleicht, vielleicht auch nicht, die meisten hielten das zu Moses' Zeiten jedenfalls für möglich. Das Gleiche mit dem Holocaust: War es möglich, dass die Deutschen Millionen von Juden ermordeten? Klar, es gab Konzentrationslager, ein Großteil Europas stand unter Kriegsrecht und befand sich in einem verdammten Krieg.«

Otto blickte wieder zum Fernseher. »Der Schlagmann ist eine Niete«, stöhnte er. »Sie haben verloren.« Er drehte sich zu Sam zurück. »Wie hätten die Alliierten den Holocaust erfinden können? Kein Ereignis in der Geschichte wurde je umfassender dokumentiert als der Holocaust.«

»Ganz leicht«, sagte Sam. »Definitionsgemäß geht es im Krieg darum, seine Feinde zu töten. Ist es also nicht interessant, dass es vor dem Zweiten Weltkrieg so etwas wie ›Kriegsverbrechen‹ gar nicht gab? Davor waren Massenmorde im Krieg ganz normal. Aber als die Alliierten den Zweiten Weltkrieg gewannen, taten sie etwas, das noch nie zuvor getan worden war. Sie erfanden für gewisse ›besondere‹ Arten des Tötens den Begriff des Kriegsverbrechens, stuften den Mord der Deutschen an Juden als Kriegsverbrechen ein und stellten die Deutschen vor Gericht – obwohl die Deutschen auch ein paar Millionen Russen und die Japaner Millionen von Chinesen abschlachteten und die Alliierten deutsche Städte zerbombten und Atombomben auf Japan warfen. Keiner dieser Morde war ein Kriegsverbrechen, nur die Morde der Deutschen an den Juden waren etwas Besonderes und erhielten eine besondere Bestrafung.

Natürlich war Deutschland nicht in der Lage, sich zu verteidigen, weil es besiegt worden war. Also konnten die Alliierten den Holocaust erfinden? Natürlich. Sie befreiten die Lager, sie kontrollierten die Beweise, sie führten die Prozesse durch. Motiv und Gelegenheit, Otto. Und es gibt eine Menge weiterer Erklärungen, warum Unmengen an Juden in Konzentrationslagern starben, in denen sie nicht vorsätzlich vergast wurden. So, verstehst du? Wenn wir unser beider Probleme – den Ruf der Deutschen wiederherzustellen und den Palästinensern ihre Heimat zurückzugeben – lösen wollen, spielt es nicht im mindesten eine Rolle, ob sich der Holocaust tatsächlich ereignet hat oder nicht. Es muss nur jemand anfangen, den Glauben mit einer neuen Geschichte in Zweifel zu ziehen.«

»Phantastisch«, schwärmte Otto, dessen Bewunderung für Sam immer größer und er selbst vom Bier immer betrunkener wurde. »Das ist genial.«

»Danke«, sagte Sam, erfreut über das Kompliment.

»Wie sieht der nächste Schritt aus?«, fragte Otto.

Ein zuversichtliches Lächeln zeigte sich auf Sams bärtigem Gesicht. »Man kann eine Geschichte nicht besser erzählen als mit einem Film. Wir leben in einer visuellen Welt, und sehen heißt glauben. Genau das habe ich mir zunutze gemacht. Ich habe einen Dokumentarfilm gedreht, der die neue Geschichte von den Deutschen und den Palästinensern erzählt, eine Geschichte, die den Verlauf der Geschichte selbst ändern wird.« Plötzlich verschwand Sams Zuversicht. »Das heißt, wenn ich das Geld auftreiben kann, um ihn an die Öffentlichkeit zu bringen. Es bringt nichts, wenn ihn niemand sieht. Einen Film in Umlauf zu bringen ist extrem teuer.«

Jetzt lächelte Otto zuversichtlich. »Ich habe Geld«, sagte er mit vom Bier leicht undeutlicher Stimme. »Meine Patentante hat alles mir und meiner Mutter hinterlassen. Sie war sehr reich.«

»Echt?« Sam täuschte Überraschung vor.

Otto richtete sich auf. »Ich rede nicht gerne darüber, aber ich könnte wahrscheinlich alle Mitglieder der *Elf* kaufen und verkaufen. Wie viel brauchst du? Ich will, dass dein Dokumentarfilm auf der ganzen Welt gezeigt wird.«

Trudy schaltete den Fernseher auf die Abendnachrichten auf Channel 10 um. Triumphierende Musik ertönte, eine Montage aus Bildern aus Pennsylvania blitzte auf und endete damit, dass die Kamera auf den gutaussehenden, bereits angegrauten Sprecher zoomte.

»Guten Abend«, begrüßte er die Zuschauer mit einem amtlichen Bariton. »Footballstar O. J. Simpson wird wegen des Mordes an seiner Exfrau und deren Freund verhört, und Präsident Clinton ist bereit, seinen Plan für eine nationale Sozialreform zu verkünden ... doch die große Geschichte heute Abend auf Action News wird unsere exklusive verdeckte Ermittlung mit der erschreckenden Enthüllung sein, dass Tausende von Dollar des Lehrplan- und Lehrbuchbudgets aus dem Schulbezirk Snow Creek abgezweigt und einer rassistischen Vereinigung zugeschoben wurden. Mutmaßlich verantwortlich dafür ist der Finanzbuchhalter des Schulbezirks, der Mitglied dieser Vereinigung ist.«

»Oh, mein Gott«, stöhnte Sam. »Kannst du das lauter stellen?«, rief er Trudy zu.

»Und hier unser Enthüllungsjournalist von Action News, Bo Wolfson ...«

Trudy drehte den Ton lauter, während die Kamera auf Bo

Wolfson schwenkte, der neben dem Nachrichtensprecher saß.

»Danke, Rob«, sagte er, bevor er direkt in die Kamera blickte. »In den vergangenen sechs Monaten führte Action News eine verdeckte Ermittlung bei einer geheimen örtlichen rassistischen Vereinigung durch, die unter dem Namen *Die Elf* bekannt ist und in der Nähe von Huntingdon ein paramilitärisches Trainingslager unterhält. Während unserer Ermittlungen fanden wir heraus, dass einer der führenden Mitglieder dieser Gruppe Harlan Hurley ist. Hurley ist zufällig auch Finanzbuchhalter des Schulbezirks Snow Creek. Im Rahmen unserer Ermittlungen hatten wir Einblick in die öffentlichen Bücher und Aufzeichnungen des Schulbezirks und fanden heraus, dass fast einhunderttausend Dollar an Steuergeldern, die dem Lehrplan- und Schulbuchbudget des Schulbezirks zugewiesen wurden, an TechChildren gezahlt wurden, eine Scheinfirma, deren Eigentümer *Die Elf* ist. Wir erfuhren auch, dass dieses Geld verwendet wurde, um einen Dokumentarfilm zu drehen, in dem behauptet wird, der Holocaust, in dem während des Zweiten Weltkriegs von den Nazis mehr als sechs Millionen Juden ermordet wurden, wäre eine Lüge. In einem Interview konfrontierten wir heute Mr Hurley mit diesen Behauptungen und einer heimlichen Videoaufnahme seiner Teilnahme bei einem Treffen der *Elf* vor wenigen Monaten, bei dem über den Dokumentarfilm gesprochen wurde.«

Sam und Otto blickten einander ungläubig an, als auf dem Bildschirm die Fassade der Snow Creek Highschool gezeigt wurde, danach der Eingangsbereich und schließlich Harlan Hurley, ein großer Mann mittleren Alters mit bereits lichtem Haar, kinnlosem Gesicht und leicht aufgedunsener weißer Haut. Er schielte leicht und trug ein zu enges weißes Hemd mit kurzen Ärmeln und eine blaugepunktete Krawatte. Breit grinsend saß er hinter seinem Tisch, aufgeregt wegen seiner Viertelstunde Ruhm, ohne eine Ahnung davon zu haben, was gerade geschah.

»Mr Hurley«, fuhr Bo nach ein paar einleitenden Fragen fort, »kennen Sie ein Unternehmen namens TechChildren?«

Hurleys schielendes Auge sah unwillkürlich zur Decke. Er dachte nach, um Zeit zu gewinnen. »Ja«, antwortete er mit einem jetzt gezwungenen Lächeln. »Ich glaube, ich habe davon gehört.«

»Was ist TechChildren?«

»Nun ja, sie stellen wohl Schulbücher und anderes Unterrichtsmaterial her.«

»Macht der Schulbezirk Snow Creek Geschäfte mit TechChildren?«

»Da bin ich mir nicht sicher. Wir machen mit so vielen Firmen und Verlagen Geschäfte. Sie fragen am besten Mrs Biddle, die für unsere Lehrpläne zuständig ist.« Dank dieses Ablenkungsmanövers entspannte sich Hurley leicht, und sein Lächeln entkrampfte sich. »Kann ich Ihnen sonst noch irgendwie weiterhelfen, Mr Wolfson? Wir sind besonders zufrieden mit unserem neuen Budget, das gerade verabschiedet wurde.«

»Mr Hurley, Sie unterschreiben doch alle Schecks für den Schulbezirk. Ist das richtig?« Bo wollte sich nicht ablenken lassen.

Hurley räusperte sich. »Ja, ja, natürlich. Ich bin der Finanzbuchhalter. Ich bezahle den, den mir der Direktor als Zahlungsempfänger nennt.«

»Haben Sie je von einer Organisation mit dem Namen *Die Elf* gehört?«

Hurleys Gesicht wurde rot, doch sein Lächeln blieb, als wäre er gerade gegen einen Laternenpfahl gelaufen und wollte vor anderen Passanten so tun, als hätte er es mit Absicht getan.

In Trudys Bar wurde Sam Mansour immer nervöser. All seine Pläne schienen sich vor seinen Augen aufzulösen. »Das glaube ich nicht«, stöhnte er. »Das glaube ich einfach nicht.«

»Nein, noch nie davon gehört«, erwiderte Hurley zu Bo. »Ist das auch ein Schulbuchverlag?«

»Nein«, antwortete Bo. »*Die Elf* ist eine rassistische Vereinigung. Sind Sie sicher, dass Sie noch nie von ihr gehört haben?«

»Absolut sicher«, schnauzte Hurley mit lauter werdender Stimme. »Was hat das hier mit dem Schulbezirk Snow Creek zu tun? Worauf wollen Sie hinaus?«

Die Kamera schwenkte auf Bo, der Hurley voller Verachtung anstarrte, erpicht darauf, ihm den Todesstoß zu versetzen. »Ich will darauf hinaus, Mr Hurley, dass TechChildren eine Scheinfirma ist, tätig für eine rassistische Vereinigung namens *Die Elf*, an die Sie illegal fast einhunderttausend Dollar aus dem Topf des Schulbezirks umgelenkt haben. Und dass Sie, Sir, ein Rassist sind.«

Hurley strafte Bo mit einem bösen Blick. »Das ist eine infame Unterstellung, Mr Wolfson. Sie fügen den Kindern dieses Schulbezirks damit einen ungeheuerlichen Schaden zu.«

»Sie leugnen also diese Anschuldigungen?«, fragte Bo.

»Natürlich leugne ich sie!«

»Sehr schön. Ich würde Ihnen gerne eine Videoaufnahme

zeigen, Mr Hurley, und Ihnen dann die Gelegenheit geben, einen Kommentar dazu abzugeben.«

Bo zeigte auf einen kleinen Bildschirm, der auf Hurleys Schreibtisch gestellt worden war. Eine schlecht beleuchtete Aufzeichnung flackerte auf, und aus dem Lautsprecher drangen gedämpfte Stimmen, als wäre das Mikrophon in einer Tasche versteckt gewesen. Doch es war deutlich zu erkennen, dass Harlan Hurley in einem Raum voller Männer saß, die ihren Blick auf einen vor einer Hakenkreuzfahne auf und ab schreitenden Mann gerichtet hielten.

Otto, der dies in Trudys Bar mit ansehen musste, schüttelte den Kopf, erleichtert, dass er genau diese Veranstaltung nicht besucht hatte und sein Gesicht nicht auf der ganzen Welt mit Hurley und dem Rest der Gruppe in Verbindung gebracht werden konnte.

»Meine arischen Brüder«, sagte der Mann vorne. »Heute ist ein großer Tag! Heute sind wir bereit, den Kindern und den Menschen dieser Nation die Wahrheit zu verkünden. Unser besonderer arischer Bruder aus der arabischen Welt, Samar Mansour, hat gerade seinen Dokumentarfilm fertiggestellt, in dem er beweist, dass der Holocaust nichts als eine Lüge der Juden ist, was wir ja bereits wussten.«

Otto blickte zu Sam hinüber, der mit offenem Mund zum Fernseher starrte. Dort, auf dem Video, erhob sich Sam, um den Applaus von Hurley und den anderen Mitgliedern der *Elf* entgegenzunehmen und ihnen für ihre Unterstützung zu danken.

»Es ist Zeit, dass Araber und Arier ihre Kräfte gegen ihren gemeinsamen Feind vereinen«, sagte Sam zur Versammlung. »Dieser Dokumentarfilm ist ein erster Schritt zu einer, wie ich hoffe, langen und erfolgreichen Zusammenarbeit. Mein Beitrag zum Kampf gegen die Juden sind keine weiteren Selbstmordattentate, wie sie meine tapferen palästinensischen Brüder verüben, die ihr eigenes Leben für unser Ziel opfern. Nein, ich habe vor, nicht nur ein paar Ziegelsteine des Staates Israel zu zerstören, sondern das Fundament, auf dem der Staat Israel errichtet wurde. Keine Gaskammern, kein Israel!«

Die Versammelten brachen in Applaus aus.

Trudy hinter der Bar blickte vom Fernseher zu Sam und wieder zurück. Ihr dämmerte es, dass sie hier wie dort denselben Mann sah.

»Es ist vorbei«, sagte Sam zu Otto. »Wahrscheinlich sucht man bereits nach mir. Ich muss los.« Er legte einen Zwanzigdollarschein auf den Tisch und ging, gefolgt von Trudys Blick, hinaus.

Otto wandte sich wieder dem Fernseher zu, wo sich Harlan Hurleys Gesicht zu einem hässlichen Etwas verzog, wie es das Hakenkreuz auf der Flagge war. »Manchmal müssen Menschen dafür eintreten, was richtig ist, und korrigieren, was falsch ist«, sagte er zu Bo. »Eines Tages werden Sie verstehen, dass ich beides getan habe, und die Menschen dieses Schulbezirks werden aus mir einen Helden machen. Und jetzt verschwinden Sie aus meinem Büro.«

37

Wie komisch es für mich ist, das Leben durch die Augen eines Mannes zu betrachten. Durch die Augen meines Mörders.

Wie komisch es ist, seine Stimmung und Besessenheit zu erleben, seine Trauer und seine Freude. Ein Baby zu sehen und nicht das Verlangen zu spüren, es in den Armen zu halten, aber eine schöne Frau zu sehen und sie mit jeder Faser zu wollen. Wie komisch, Otto Bowles zu sein, der eine Kugel in den Sitz neben Sarah schießt und sie schreien hört. Seine intensive, fast sexuelle Befriedigung zu spüren, weil er vollständige Kontrolle und Dominanz über mich ausübt, und gleichzeitig meinen erschreckten Blick zu sehen. Meinen Kopf zu sehen, der sich nur leicht bewegt, während ich am Steuer sitze und die Straße entlangfahre. Auf dem Rücksitz zu spüren, wie mein weicher Körper dem Lauf der Waffe nachgibt. Mich und alles, wofür ich einstehe, zu verachten und sich gleichzeitig körperlich von mir angezogen zu fühlen und mir vorzustellen, wie es wäre, mit mir zu schlafen. Wie komisch es ist, mir zuzuhören, wie ich um das Leben meiner Tochter und mein eigenes flehe, und einen Augenblick lang Mitleid mit mir zu haben und mich zu fragen, ob ich eine Mutter mit ihrem Kind hätte entführen sollen. Die letzten Tage meines Lebens in meiner Todeszelle zu zählen, mit meinem Tod Frieden zu schließen, über ihn nachzudenken und mich ihm zu stellen, dann, auf einen Stuhl geschnallt und unter Strom gesetzt, ihm anheimgegeben zu werden.

Und wie komisch es ist, zu sehen, wie unglaublich unbedeutend Sarah und ich in Otto Bowles Leben waren, wie wenig wir tatsächlich zählten. Für Otto Bowles waren Sarah und ich Symbole, keine Menschen, ein Mittel, um ein Ziel zu erreichen. Mehr nicht.

Und so konnte ich, indem ich durch die Augen meines Mörders sah, die Logik einer Entführung verstehen, weil ich durch diese Augen sehen konnte, wie alle Hoffnungen für die Familie Rabun aus Kamenz schwanden, als mein Mann seine Aufnahme von Harlan Hurley und Samar Mansour im Fernsehen zeigte, wo sie mit den gebogenen Eisenspitzen eines Hakenkreuzes ihre Initialen in den Baum der Geschichte eingravierten.

Für uns waren diese Tage anders, sie waren magisch und glorreich gewesen. Die Geschichte wurde von den nationalen Sendern aufgegriffen, und wir schmissen eine Party. Nie überlegten wir, welchen Einfluss die Geschichte auf Hurley, Mansour oder die anderen Mitglieder der *Elf* haben könnte, weil sie Symbole für uns waren, keine menschlichen Wesen. Sie repräsentierten *unseren* unsichtbaren Feind: den Schläger um die Ecke, den falschen Propheten auf der Kanzel, den zerstörerischen Gedanken, der das Gefüge unserer Gesellschaft zerstört. Wie der kleine David hatte *mein* Bo das große Untier ermordet, und wir waren stolz. Wir hatten keine Ahnung, dass zur gleichen Zeit, in der wir diesen wunderbaren Sieg feierten, Samar Mansour eine Videokassette mit seinem Dokumentarfilm in einen gefütterten Briefumschlag schob und folgende Nachricht beilegte:

Otto,
Die Wahrheit ist das, was wir als Wahrheit sehen wollen.
Vielleicht sehen wir uns nie wieder.
Streue die Samen aus.
Dein Freund,
Sam

Am nächsten Morgen verhaftet die Polizei Harlan Hurley wegen mehrerer Fälle von Diebstahl, Post- und Überweisungsbetrug und organisierter Kriminalität. Die Jagd auf Samar Mansour endet mit der Bestätigung, dass er außer Landes geflüchtet ist, wahrscheinlich in den Libanon. Als Otto die Videokassette zwei Tage später in Buffalo erhält, wartet er, bis seine Mutter schlafen gegangen ist, und legt in seinem Zimmer die Kassette in den Rekorder.

Samar Mansours Dokumentarfilm ist, wie angekündigt, gut aufgebaut und gut gemacht. Er beginnt mit einer finsteren starren Abfolge historischer Schwarzweißfotos: Männer in Nazi-Uniformen, verängstigte Gesichter von Frauen und Kindern, die in Zugwaggons geladen werden, elektrische Zäune rund um Konzentrationslager, Gefängnisbaracken, Duschen, Berge verwesender Leichen, Schornsteine, Verbrennungsöfen. Die Bilder wechseln immer schneller, bis sie in einen schwarzen Bildschirm münden.

Aus dieser Dunkelheit ertönt der traurige Ruf einer Oboe, der erste Klang, den wir in dem Dokumentarfilm hören, ein Klagelied als Begleitung zu dem langsamen Marsch der zahllosen Titel von Büchern, Artikeln und

Filmen zum Holocaust – jeden Titel, den Sam Mansour während seiner Recherchen finden konnte. Als der letzte über den Bildschirm läuft, wird die Oboe von dem symphonischen Dröhnen aus Wagners *Walküre* geschluckt, bis das höhnische Gesicht Adolf Hitlers die Bildfläche ausfüllt. Schließlich erscheint der Titel des Dokumentarfilms in weißen Buchstaben über einer Luftaufnahme von Auschwitz. Die Kamera stürzt sich hinunter auf die rötlichen Venen rostender Gleise, die ins Lager führen, und auf den Bahnsteig, auf den Millionen Füße ihre letzten Schritte gingen: *Was geschah?*

Die Kamera zoomt Samar Mansour heran, der auf diesem Bahnsteig steht. Er trägt dieselben schwarzen Hosen und dasselbe blaue Hemd wie in Trudys Bar. Die Farbe seines Hemdes passt zu der seiner Augen. Sein dichtes schwarzes Haar ist sorgfältig gekämmt, und er wartet auf uns, die Zuschauer. Seine Stimme passt zur Rolle: gebildet, bedeutungsschwer, gebieterisch, glaubhaft. Ironischerweise sieht er mehr wie ein Rabbi als wie ein palästinensischer Doktorand aus, der versucht, den Holocaust zu widerlegen, was seine vorgetäuschte Glaubwürdigkeit unterstützt. Lächelnd stellt er sich als Sam Mansour vor, fördert damit den freundlichen akademischen Eindruck von Unvoreingenommenheit und Emotionslosigkeit. Er stellt den Zuschauern eine sehr ernste Frage: Was geschah? Er spricht in die Kamera, während er zu den Duschen geht, erklärt den Zweck des Films und versichert uns, er verfolge nichts weiter als die Wahrheit. Während er seine Beweise vor uns ausbreitet, bittet er uns, mit ihm die vielen Lücken in der Logik und Beweiskette zu überspringen, doch er kommt immer wieder auf die »Wahrheit« zurück, immer auf die Wahrheit. Er beharrt darauf und verlangt von uns zu glauben, er würde nur in unserem Interesse handeln.

Filmisch gesehen, mit den parabolischen Kameraeinstellungen, den bedrohlichen Wachturmscheinwerfern und den Hallraum-Klangeffekten – als würde alles im Duschraum eines Konzentrationslagers gesprochen werden –, versetzt der Film den Zuschauer auf erstaunliche Weise in die finstere Zeit zurück. Otto ist, als er den Film in seinem Zimmer zum ersten Mal sieht, wie hypnotisiert. Sams Fähigkeiten als Filmemacher und Ottos eigener verzweifelter Wunsch, zu glauben, vernebeln seinen Blick für die impliziten Warnungen in Sams Bitte um Vertrauen und – eine harte Probe für die Vernunft – die offensichtlich grundlose Behauptung einer Verschwörung und Vertuschung.

Ja, nur Ottos verzweifelter Wunsch, die Familie Rabun aus Kamenz durch Umschreiben der Geschichte mit einem glücklichen Ausgang für die Deutschen und die Juden zu entlasten, konnte ihn dazu bringen, die sorgfältig einbalsamierte Leiche der aufgezeichneten Nazigeschichte zu verraten, die er während der langen Jahre von Tante Aminas Gefängnisaufenthalt vorsichtig und ergeben ausgrub. Nur die Sehnsucht nach und der Einfluss von Gerechtigkeit, dieser berauschendsten und gefährlichsten aller Drogen, konnte Otto Bowles dazu bringen, den Massenmord an 360 000 Juden in Kulmhof, 250 000 in Sobibor, 600 000 in Belzec, 360 000 in Majdanek, 700 000 in Treblinka und 1100 000 in Auschwitz zu leugnen, als wären Leben und Tod nur eine Frage der Verschiebung von Launen und Vorlieben. So kam es, dass Otto Bowles in Sam Mansours »Dokumentarfilm« – sofern er auch nur annähernd als ein solcher und nicht als die bloße Verbreitung von Lügen bezeichnet werden konnte – genau das sah, was er sehen wollte: die Erfüllung seines Traumes, in dem der Ruf seiner Familie rehabilitiert wurde.

Bo hatte gewartet, bis das Interview mit Harlan Hurley gesendet war, um mir zu erzählen, dass er die Abende an den Wochenenden, an denen er angeblich im Sender Bereitschaftsdienst hatte, vor dem Gelände der *Elf* im Wald in einem gemieteten Transporter gesessen und, in der Hand sein Telefon, auf dem Schoß die Schrotflinten meines Großvaters, darauf gewartet hatte, dass Bobby Wilson, sein Produzent, mit diesem Video lebendig herauskam – und auch bereit gewesen war, Bobby bei Bedarf herauszuholen. Ich rang ihm das Versprechen ab, nie wieder so etwas Dummes zu tun.

Zur Belohnung für ihren Ermittlungserfolg und das Risiko, das sie auf sich genommen hatten, wurde Bobby zum Produktionsleiter befördert, und Bo erhielt das Angebot, die Morgennachrichten und später, mit etwas mehr redaktioneller Erfahrung, auch die Mittags- und schließlich Fünfuhrnachrichten moderieren zu dürfen. Wir waren begeistert. Menschen im Supermarkt und im Einkaufszentrum baten Bo um Autogramme. Plötzlich war ich die Frau einer lokalen Berühmtheit. Wir hatten eine glückliche Zeit: Die Kanzlei, in der ich arbeitete, wuchs, unsere Tochter entwickelte sich prächtig, und Bos Traum, Nachrichtensprecher bei einem größeren Sender zu werden, wurde immer greifbarer.

Während der Wirren um Hurleys Verhaftung und Sam Mansours Flucht war Otto so geistesgegenwärtig gewesen, die Sicherheitsrechner, Verschlüsselungscodes und Passwörter der *Elf* an einem sicheren Ort zu verwahren. Die Idee, Sarah und mich zu entführen, um die Fernsehsender zur Ausstrahlung des Dokumentarfilms zu zwingen, kam später. Ihm muss zugutegehalten werden, dass er nie vorgehabt hatte, uns etwas anzutun. Das war Tim Shellys Idee gewesen.

38

Das Gebäude im Wald, zu dem Otto Bowles und Tim Shelly mich und Sarah an jenem Freitagabend im Oktober 1994 gebracht hatten, war das ursprüngliche Pilzzuchthaus auf der alten Shelly-Farm in der Nähe von Kennett Square. Es war von Tims Urgroßvater, Clifton Shelly, in den 1930er Jahren gebaut worden, als die meisten Pilze noch wild gesammelt worden waren und die kommerzielle Pilzzucht in den Kinderschuhen steckte.

Wie sein Vater und Großvater vor ihm, war Clifton Shelly Milchbauer gewesen. Doch er hatte mit der Pilzzucht herumexperimentiert, als er erkannte, dass der Bedarf nach essbaren Pilzen weit über dem lag, den die geübten Pilzsammler decken konnten, die in den feuchten Wäldern die schattigen Plätze unter Bäumen nach ihnen absuchten. Um diese Bedingungen nachzubilden und zu beaufsichtigen, baute er am Fuß einer verlassenen Schlucht, vor neugierigen Blicken geschützt und in der Nähe eines Teichs gelegen, ein fensterloses Haus. Der Teich lieferte ausreichend Wasser, und das Eis aus dem Winter nutzte er, um im Sommer das Pilzhaus kühl zu halten. Bald wurde er durch reiche Ernten gesegnet, die er auf dem Markt verkaufte. Menge und Beschaffenheit der Pilze versetzten die anderen Händler und Pilzsammler in Staunen. Als sich die Verfahren der

Pilzzucht verbesserten und die Gewinne stiegen, ersetzte er seine Melkstände und Kornspeicher durch Pilzzuchthäuser und überließ das ursprüngliche Gebäude am Fuß der Schlucht seinem Schicksal, weil es für die Produktion in großem Stil zu klein und zu abgelegen war.

Tim Shelly ging davon aus, dass wahrscheinlich niemand von dem alten Gebäude wusste, vor allem nicht das große Agrarunternehmen mit Sitz in Kalifornien, das die Pilzzucht seiner Familie nach dem Tod seines Vaters bei einer Auktion ersteigert hatte. Es lag, tief im Wald versteckt, weit entfernt von den anderen Gebäuden und war mittlerweile von Gebüsch umgeben. Tim hatte Otto vorgeschlagen, Sarah und mich dorthin zu bringen, als Otto die Idee mit der Entführung gehabt hatte. An einem derart abgelegenen Ort, überlegte er, würde man uns mit Sicherheit nicht aufspüren, und die fensterlosen Backsteinmauern würden eine Flucht unmöglich machen. Otto kontrollierte das Gebäude und dachte, es könnte funktionieren, doch um sicher zu sein, fuhr er tags und nachts zu unterschiedlicher Zeit dorthin und hielt sich sogar mehrere Tage in einem Nebengebäude auf, um zu kontrollieren, ob jemand auftauchte. Es kam keiner.

In diesem Außengebäude, einem alten Lagerschuppen aus Holz mit zwei Fenstern, hielten sich Otto und Tim nach der Entführung auf. Sie hatten es zuvor mit Lebensmitteln ausgestattet, die mehrere Wochen reichen würden, sowie einem Generator, zwei Rechnern der *Elf*, einem Satellitentelefon und mehreren Kisten mit Sturmgewehren und Munition aus dem Bestand der *Elf*. Sie bedeckten den Wagen, mit dem wir angekommen waren, mit einer Plane, auf die sie Pilzerde schaufelten, um ihn aus der Luft unsichtbar zu machen. Nach unserer Ankunft schickte Otto aus der Nähe dieses Außengebäudes von einem der Rechner eine E-Mail an Bo. Im Anhang befand sich ein Foto, das er von Sarah und mir im Pilzzuchthaus aufgenommen hatte.

Otto unternahm keinen Versuch, seine Identität zu verbergen – er wollte die Welt wissen lassen, wer er war und warum er all das tat. Doch mit Hilfe der Verschlüsselungssoftware konnte er unseren Standort geheim halten, indem er die Mail von einem Server zum anderen weiterleitete sowie die Nachrichtenköpfe und Signaturen löschte, so dass die Nachricht am Ende aussah, als käme sie aus Indien. Ottos einzige Forderung war, Sam Mansours Dokumentarfilm von einem nationalen Sender zur Hauptsendezeit ausstrahlen zu lassen. Wenn das geschehen würde, versprach er, würden Bo und die Welt Zeugen unserer sicheren Rückkehr werden, und Otto würde sich freiwillig der Polizei stellen. Er erklärte, die Videokassette liege auf dem Beifahrersitz meines Wagens, der in einem Pinienwäldchen gleich abseits des alten Holzabfuhrwegs in Ardenheim stand. Er forderte kein Geld, auch nicht Hurleys Freilassung aus dem Gefängnis. Er bat nur darum, die Welt möge in Betracht ziehen, dass die Judenvergasungen durch die Nazis eine Erfindung seien und seine Familie und das deutsche Volk fälschlicherweise des Völkermords bezichtigt wurden. Bo als Fernsehreporter dürfte diese Bitte nicht allzu viele Umstände bereiten. Otto gewährte ihm drei Tage, um die notwendigen Vorkehrungen zu treffen.

Otto ließ mit keinem Wort erkennen, dass unser Leben bedroht war, und eigentlich ging er auch immer davon aus, dass uns nichts passieren würde. Er war so von der Objektivität des Films überzeugt, dass er glaubte, die Sender wären ganz scharf darauf, ihn zu zeigen, wenn sie ihn erst einmal selbst gesehen hatten. Und er hatte auch nichts dagegen, als Ausgleich für die Entführung ins Gefängnis zu wandern. Der Gedanke, als Märtyrer sein Leben in den Dienst einer Sache zu stellen, gab diesem einen höheren Sinn und ließ ihn nicht mehr los. Felsenfest ging er davon aus, innerhalb weniger Stunden eine Antwort von Bo mit dem Sendedatum und der Sendezeit zu erhalten. Um die Übertragung des Dokumentarfilms kontrollieren und die Berichterstattung zu unserer Entführung verfolgen zu können, hatte er einen tragbaren Fernseher mitgenommen.

Obwohl ich Otto während meines Fluchtversuchs zwischen die Beine getreten hatte, freute er sich, wie glatt die Sache am ersten Abend gelaufen war. Sarah und ich wurden ins Pilzhaus gesperrt, und schon nach einer Stunde traf eine E-Mail von Bo ein, in der er versprach, alles zu tun, um das Video auf Sendung zu bringen, und Otto bat, uns wieder freizulassen. Zwei Stunden später verbreiteten die Sender die Nachricht von der Entführung mit Fotos von Sarah und mir sowie Fotos von Otto, Harlan Hurley, Tim Shelly und Sam Mansour. Die Tatsache, dass Bo Fernsehreporter und ich Anwältin war und dass Sarah und ich von Rassisten entführt worden waren, die den Holocaust widerlegen wollten, entfachte einen Mediensturm. Die Aussicht auf einen geheimnisvollen Dokumentarfilm über den Holocaust, eine internationale Jagd auf einen flüchtigen Araber und Ottos Computerkenntnisse, dank derer er unser Versteck geheim halten konnte, machten aus der Geschichte eine Sensation. Am nächsten Morgen wurden im Fernsehen Fachleute zu Neonazi-Gruppen, zum Holocaust, zu Geiselnahmeverhandlungen und dem Internet befragt, und in Gesprächsrunden wurden christliche, jüdische und islamische Gelehrte an einen Tisch gesetzt, die über die eigentlichen Gründe für die Existenz von Gruppen wie *Die Elf* diskutierten. Genau diese Art von internationaler Medienbeachtung hatte sich Otto gewünscht.

Ottos einzige Sorge war, wie seine Mutter, Barbara Rabun, mit dieser Nachricht umgehen würde. Sie weigerte sich, den Journalisten, die ihre Villa in Buffalo belagerten, Interviews zu geben. Doch zu Ottos Überraschung brachten einige Sender am Samstagabend ausgewogene und sogar feinfühlige Hintergrundberichte über Barbara, Amina und die Familie Rabun aus Kamenz – wie Amina die Familie Schrieberg in Deutschland gerettet hatte, wie sowjetische Truppen die Familie Rabun niedergeschossen und Amina und Barbara vergewaltigt hatten, und welchen Verlauf der Streit um die Immobilien und den Besitz der Schriebergs genommen hatte. In einigen Kommentaren wurde sogar ein fast einfühlsames Bild von Otto gezeichnet und gefragt, warum er uns wegen des Holocaust-Dokumentarfilms entführt haben könnte, was Ottos Überzeugung, das Richtige getan zu haben, nur stärkte.

Denn schließlich wollte er nur Gerechtigkeit. Er begann, sein Tun mit Aminas mutigen Heldentaten in Deutschland zu vergleichen, die damals nicht sehr viel jünger gewesen war als er jetzt. Er sah sogar Sarah und mich so, wie Amina die Familie Schrieberg gesehen hatte, und versorgte uns »in heroischer Weise« mit dem zum Überleben Notwendigen: Wasser, Essen, Babynahrung, Windeln und eine karge, aber sichere Bleibe im Wald – zwei verletzbare Fische zwischen tödlichen Seeanemonen. Otto fragte sich: »Beschütze ich im Grunde genommen nicht diese Frau und ihr Kind vor denjenigen, die ihnen schaden könnten? Vor Männern wie Tim Shelly und den Mitgliedern der *Elf*, die ihnen eines Tages hinterherjagen und sie umbringen würden? Sind sie nicht sicherer, wenn die Welt dank dieses Dokumentarfilms die Wahrheit erfährt?«

Sarah schlief, während ich am ersten Tag unserer Gefangenschaft in diesem widerlichen, stinkenden Pilzhaus wach lag. Das einzige Licht stammte aus kleinen Spalten und Lücken rund um die Tür, und als Toilette diente ein Eimer in der hintersten Ecke. Ich wusste nichts von dem Dokumentarfilm und ging davon aus, dass wir entführt worden waren, um Harlan Hurley aus dem Gefängnis freizupressen. Wahrscheinlich suchten die Polizei und das FBI mittlerweile nach uns. Wir brauchten nur abzuwarten, bis sie uns fanden, und alles vermeiden, was Otto und Tim provozieren würde. Ich betete zu Gott, er möge uns von unseren Feinden befreien. Und sie vernichten.

Als Sarah aufwachte, fütterte ich sie, wechselte ihre Windeln und sang ihr immer wieder *Heißer Tee und Bienenhonig* vor. Ich erzählte ihr Geschichten über ihren Daddy, ihre Großeltern und Urgroßeltern, selbst über ihre Ururgroßmutter, Nana Bellini. An Nana Bellini hatte ich lange nicht mehr gedacht, und die Erinnerung an sie beruhigte mich. Wir spielten »Backe, backe Kuchen« und kuschelten uns in unseren Schlafsack. Sarah war so brav und tapfer. Sie machte kein Theater und weinte nicht. Ich glaube, sie genoss den engen Kontakt zu mir und die Dunkelheit, vielleicht eine Erinnerung an die Zeit in meinem Bauch.

Otto und Tim kamen abwechselnd, um nach uns zu sehen. Wie beim berühmten Psychologieexperiment an der Stanford University den Kommilitonen die Rollen von Gefangenen und Aufsehern zugewiesen worden waren, ergötzte Tim Shelly sich in der Rolle des Aufsehers. Er schob mich herum, bellte Befehle, sagte obszöne Dinge oder warf unser Essen auf den Boden. Er hatte offenbar selbst keine Überzeugungen, handelte nur nach dem, was andere ihm gesagt hatten, doch für diese anderen würde er sterben – für jeden, den er in dem Vakuum, das der Tod seines Vaters und die Verhaftung von Harlan Hurley hinterlassen hatten, wie ein Kind bewundern konnte. Er war Söldner, kein Märtyrer.

Otto durchschaute diesen Zusammenhang und nutzte ihn aus, spielte mit Tims Phantasien über Schlachten und Kameradschaft unter Waffenbrüdern. Otto benötigte Tims Hilfe – seine Muskeln und sein Fachwissen über Waffen –, um seinen Plan durchzuziehen. Um sein Ziel zu erreichen, log er Tim in fast jeder Hinsicht an. Er behauptete Tim gegenüber, sie würden uns bis zu Harlan Hurleys Freilassung gefangen halten, und die Verhaftung und die Entführung würden den lang vorbereiteten Rassenkrieg auslösen. Tim würde ein großer Soldat in diesem Krieg werden, sagte Otto voraus, ein Held. Im Falle eines Scheiterns, versprach Otto, würden ihnen die Kontakte seiner Familie in Deutschland und anderen Ländern, die bereits SS-Standartenführer Gerhardt Haber und weiteren Nazis geholfen hätten, die Flucht nach Südamerika ermöglichen, wo das Geld bereits auf sie wartete.

Tim glaubte Otto jedes Wort und sehnte sich nach seiner Chance auf Ruhm. Doch am zweiten Tag des Wartens auf den echten Kampf setzte die Langeweile ein. Deshalb überprüfte er das Pilzhaus stündlich, kontrollierte mit einer Taschenlampe die Wände und den rohen Boden auf Hinweise darauf, ob ich einen Fluchttunnel grub. Am Ende seiner Inspektion befahl er mir, mich breitbeinig und mit gesenktem Kopf an die Wand zu stellen und mit den Händen abzustützen, damit er mich abtasten konnte. Ich trug noch immer meinen schwarzen Rock und die cremefarbene Bluse von der Arbeit. Meine Strumpfhose war auf dem rauen Boden zerrissen, weswegen ich sie mir schon längst ausgezogen hatte. Bei jedem Abtasten hielt Tim seine Hände immer etwas länger zwischen meinen Beinen und auf meinen Brüsten, dann nannte er mich eine Schlampe oder Hure, bevor er wieder ging. Ich erwiderte nichts, um ihn nicht zu provozieren.

Spät am Abend unseres zweiten Tags im Pilzhaus führte Tim seine übliche Untersuchung der Wände und des Bodens durch und kam am Ende zu mir, wo ich mit Sarah im Schlafsack lag. Er riss mir Sarah aus dem Arm. Ich kämpfte um sie, doch er rammte mir seinen Ellbogen ins Gesicht, so dass ich mit dem Kopf gegen die Mauer knallte. Dann legte er Sarah unsanft in eine Ecke, wo sie anfing, leise zu wimmern, gleich darauf aber wieder still wurde. Noch benommen von dem Schlag, versuchte ich aufzustehen und zu ihr zu gehen, doch Tim schleuderte mich zurück auf den Schlafsack. Im dämmrigen Licht der Taschenlampe begann er, mir die Kleider vom Leib zu reißen.

Ich schrie nach Otto und versuchte, Tim zu kratzen und zu beißen, doch selbst mit zwei funktionierenden Armen wäre ich ihm unterlegen gewesen. Er war groß und ganz und gar kein kleiner Junge mehr, hatte kräftige Arme und einen massigen Oberkörper. Er schlug mir mit der flachen Hand ins Gesicht und verlangte, ich solle aufhören zu schreien, doch als ich nicht gehorchte, schlug er mir mit seinen Fäusten ins Gesicht, bis ich aus Nase und Mund blutete und ohnmächtig wurde. Als ich wieder bei Bewusstsein war, lag er auf mir. Er hatte mir den Schlüpfer ausgezogen, meinen BH nach oben geschoben und sich auch seiner Hose entledigt.

Normalerweise schlief Otto nachts zwei oder drei Stunden am Stück. Er war gerade aufgewacht, um seine Runde zu drehen. Er pinkelte im Freien, als er mein unterdrücktes Stöhnen aus dem Pilzhaus hörte. Noch halb verschlafen, hatte er seine Waffe in der Hütte gelassen. Als er durch die Tür trat und sah, wie Tim sich auf mir wand, dachte er zunächst, er träume seinen nächtlichen Alptraum, in dem seine Mutter, Tante Bette und Tante Amina in Kamenz missbraucht wurden.

Tim blickte sich um und lachte, als er Otto in der Tür stehen sah. »Sie treibt's nur mit jüdischen Jungs. Die glaubt echt, sie mag sie beschnitten«, sagte er. »Aber es ist Zeit, dass sie herausfindet, wie sich ein echter Mann anfühlt. Warte draußen, bis du an der Reihe bist, dann sehen wir, was sie denkt. Es wird nicht lange dauern.«

Otto wurde wütend. Er raste auf Tim zu und trat ihm mit seinem schweren Stiefel gegen den Kopf, als würde er einen am Bein des Nachbarn rammelnden Hund verjagen. Tim war nur kurz verwirrt, bis er wie der männliche Vertreter aus jeder Spezies reagierte, dem man seine Partnerin wegnehmen will. Er brüllte, entlud auf Otto seine jahrelange Kampfausbildung und seinen gesamten Frust, nachdem er so lange auf diese Gelegenheit hatte warten müssen. Gnadenlos schlug er Otto zusammen und rammte ihn wie eine Puppe gegen die Gestelle und Mauern.

Ich rollte zu Sarah hinüber, um sie mir zu schnappen und zu fliehen, doch dann entdeckte ich Tims Hose und den

Halfter in der Ecke. In seinem Verlangen, Otto Bowles mit bloßen Händen zu zerstören, hatte er seine Waffe vergessen. Mein Großvater hatte mir auf seinem Hof beigebracht, mit einer Waffe umzugehen. Also wusste ich, wie ich eine Kugel in die Kammer laden und die Waffe entsichern musste, auch wenn das Ausrichten der Waffe mit nur einer Hand und das gleichzeitige Abdrücken schwierig für mich war und die Kugeln oft danebengingen.

Ich zog Tims Waffe aus dem Halfter, erhob mich und gab einen Warnschuss in den Boden neben mir ab. In dem ohrenbetäubenden Lärm hörten Tim und Otto schlagartig auf zu kämpfen. Erstaunt drehten sie sich zu mir, doch plötzlich sprang Tim auf mich zu, wie er es bei seinem Vater in Ottos Museum in Buffalo getan hatte. Ich wich zurück und drückte dreimal ab. Tim kippte vor mir auf den Boden. Sein Körper hob sich noch einmal, unter seiner Brust lief ein Rinnsal aus Blut in den Boden. Schweiß glänzte im Schein der Taschenlampe auf seinem nackten Hintern.

Verblüfft und erschreckt blickte ich auf seine Leiche hinab. Ich hatte gerade einen Mann getötet, der mich und meine Tochter entführt hatte, einen Mann, der versucht hatte, mich zu vergewaltigen. Ich konnte nicht glauben, was hier geschah.

Heftig zitternd richtete ich die Waffe auf Otto, den Finger am Abzug. Ich wusste nicht, was ich tun sollte. Ich wollte einfach nur, dass er geht. Er schien ebenso verblüfft zu sein wie ich, und so blieb er einfach stehen, wartete, schien zu hoffen, dass ich auch ihn erschießen würde. Doch ich konnte es nicht tun. Er hatte sein Leben riskiert, um Tim davon abzuhalten, mich zu vergewaltigen, und er hatte Tim davon abgehalten, mich zu erschießen, als ich mit dem Auto wegfahren wollte. Er hatte Sarahs Leben verschont, als er, auf dem Kofferraum liegend, sie durchs Fenster hindurch hätte erschießen können. Obwohl er uns all das hier antat, hatte ich Mitleid mit ihm und wollte ihm nichts antun.

»Warum?«, schrie ich, so laut ich konnte. »Wozu das Ganze hier? Wozu?« Ich ging, die Waffe immer noch auf ihn gerichtet, rückwärts zu Sarah.

Sarah hatte angefangen zu schreien, als Otto und Tim mit ihrem Kampf begonnen hatten, doch nach den Schüssen auf Tim war sie wieder still geworden. Ich wandte mich schließlich ab und stolperte durch die Dunkelheit, um Sarah zu suchen. Sie lag noch dort, wo Tim sie hingelegt hatte, zusammengerollt auf der Seite. Ich bückte mich und hob sie auf. Sie war nass, als wäre sie verschwitzt oder ihre Windel undicht. Ich wollte sie einfach nur mit nach Hause nehmen zu ihrem Vater und dem Leben, das wir aufgebaut hatten und das uns Sicherheit bot. Sarah fest an mich gedrückt und mit auf Otto gerichteter Waffe, ging ich zur Tür.

Die ganze Zeit behielt ich Otto im Auge. Er wurde von der Taschenlampe und dem bisschen Licht beleuchtet, das der Nachthimmel hergab, beobachtete mich genau, blieb aber passiv, als hätte er den von mir angebotenen Waffenstillstand akzeptiert. Doch als ich durch die Tür trat, ging er auf uns zu. Ich war bereit und zögerte nicht. Ich drückte ab.

Die Kugel traf ihn ins Bein, so dass er neben Tim zusammenbrach. Einen Augenblick lang beobachtete ich ihn durch die Tür hindurch und überlegte, ob ich noch einmal schießen sollte. Doch plötzlich wurde mir klar, dass Sarah sich in meinem Arm weder wand noch schrie, obwohl ich doch gerade mit demselben Arm, mit dem ich sie hielt, geschossen hatte.

Ich kniete nieder, um sie mir im Schein der Taschenlampe anzusehen. Jetzt verstand ich, warum sie sich so nass anfühlte. Alles war voller Blut – ihre Kleider, ihr cremig weißer Bauch, ihre wunderschönen Wangen. In ihrem Oberkörper klaffte eine riesige Wunde, und ihre braunen, weit aufgerissenen Augen starrten ins Nichts. Einer der drei Schüsse, die ich auf Tim Shelly abgefeuert hatte, hatte mein Baby, meine Sarah, getroffen.

Ich hatte meine eigene Tochter getötet.

39

Der Himmel öffnet sich, als würde die Dichtung einer die Erde umspannenden Wasserhülle plötzlich versagen. Noch nie habe ich einen so heftigen Regen erlebt. Durch diesen Regen erklimmen Elymas und ich die felsige Klippe eines zunehmend im ansteigenden Wasser versinkenden Berges, unter uns ein Ufer, das nur wenige Minuten zuvor dürres Grasland und mediterraner Wald gewesen war. Die Zweige von Olivenbäumen, Zypressen und Granatapfelbäumen wiegen hin und her wie Seetang in der Brandung, in dem sich Gras, Beeren, verwelkte Blüten, Teile von Dung, Holzstücke, Töpferware und die aufgeblähten Kadaver von Tieren sammeln – die Trümmer der Erde, über dem diese Bäume einst zur Sonne griffen. Man könnte sich fragen: welche Sonne? Obwohl es mitten am Tag ist, dringt nur ein blasser ultravioletter Schimmer auf den verzweifelten Planeten darunter.

Elymas traf mich auf dem Weg durch das Wäldchen zum Gericht, wo ich die Seele von Otto Rabun-Bowles präsentieren sollte. »Wir müssen noch einen Besuch erledigen, Brek Abigail Cuttler«, sagte er. »Andere treffen, die ein Interesse am Ausgang des Falls haben. Komm mit, es wird nicht lange dauern.«

Ich vermutete, er würde mich zu Bo und vielleicht zu

meinem Vater und meiner Mutter bringen, doch stattdessen öffnete er das Portal seiner nicht sehenden Augen, um uns zur schrecklichen Sintflut am Cudi Daği zu führen.

Blitze zucken über den Himmel, Donner krachen. Elymas ist mir an der Klippe ein Stück voraus. Das Wasser steigt meterweise an, nicht nur in Zentimetern, und die Wellen unter uns überschwemmen die Hügel und schlucken alles, was sich ihnen in den Weg stellt.

»Wir werden ertrinken!«, rufe ich die Klippe hinauf. Regen prasselt auf mein Gesicht.

»Keine Sorge, Brek Cuttler!«, ruft Elymas zurück. »Der Cudi Daği ist zweitausendeinhundert Meter hoch. Noah fand hier Zuflucht. Komm schnell weiter.«

Wir drücken unsere Wangen für das letzte Stück an den Berg. Weniger als ein Drittel liegt noch vor uns. Elymas rammt seine knochigen Finger wie eine Hacke in die Felsspalten. Nur einmal verliert er den Halt und damit auch seine vierfüßige Krücke, die auf dem Weg nach unten zum tosenden Meer gegen die Felsen schlägt. Ich halte Abstand zu ihm aus Angst, er könnte mich bei einem Absturz mitreißen. Ich bin jetzt so alt und verbraucht wie Elymas, bewege mich langsam und vorsichtig, schnappe nach Luft und muss oft eine Pause einlegen. Wie eine verkrüppelte Ziege klettere ich den Berg hinauf, mit dem Stumpf meines rechten Arms halte ich mein Gleichgewicht, ohne dass ich durch meinen grauen Star erkennen kann, wohin ich als Nächstes greifen soll. Meine Kleider lösen sich zu einer Masse aus Fäden und Farbe auf, die in meinen Hautfalten klebt.

Auf dem Gipfel steht ein Kloster aus Holz, Lehm und Stroh, den ringförmigen Steingarten zieren Sandstein, Quarz und Marmor. Der Steilabbruch hinter dem kleinen

Gebäude würde bei schönerem Wetter einen wunderbaren Ausblick auf die niedrigeren Berge und die Ebene von Ararat bieten. Am anderen Ende befindet sich ein in die graue Basaltkante gemeißeltes Monument. Es ist die Abbildung eines riesigen Bootes, das in stürmischer See auf Grund gelaufen ist und unter den sinnenden Schwingen eines Raben und einer Taube auf Rettung wartet. Auf dem Deck des Bootes drängt sich eine Herde Tiere, die das Glück hatten, der Flut zu entkommen – niedere Säugetierarten und Reptilien aus jeder Spezies, immer paarweise. Am Bug stehen demütig ein Mann und eine Frau.

Elymas schiebt mich ins Kloster, wo eine kleine Kapelle von einem Feuer beheizt wird, das in einem steinernen Kamin ohne Holz brennt. Ein Halbkreis aus grobgezimmerten Stühlen steht vor der Feuerstelle, und dazwischen steht ein kleiner, rechteckiger Tisch, der den Mönchen als Essplatz und Altar dient. In der Mitte des Tisches steht eine ungewöhnliche Menora, deren Bronze schwarz angelaufen ist. Ein Kruzifix, bei dem ein Arm fehlt wie bei dem, das mein Onkel Anthony trug, ist am Fuß und dem untersten Arm des Leuchters befestigt. In einer erhabenen Geste streckt der König der Juden seinen Arm entlang der breiten Wölbung des Leuchters nach oben.

Elymas drängt mich durch einen engen Vorraum vorbei an den Mönchszellen. Die Betten in diesen Zellen, einfache Holzbretter, hängen an Eisenketten an der Decke. Wir betreten die Küche, die mit einem kleinen Arbeitstisch, einer vom Regenwasser überlaufenden Zisterne und drei Holzfässern voller getrockneter Früchte und Nüsse ausgestattet ist, als wäre das Kloster vor kurzem noch bewohnt gewesen. Als wir aus der Küche in die kleine Kapelle zurückkehren, sind alle Stühle in dem Halbkreis bis auf einen von Mönchen in braunen Kutten besetzt. Ihre Gesichter sind auf den Altar mit der seltsamen Menora gerichtet, auf ihren Schößen liegen Laptops, in die sie ehrerbietig starren, den Rücken wie zum Gebet gebeugt. Das Licht der Bildschirme lässt ihre Gesichter aussehen wie die von Heiligen auf einem mittelalterlichen Gemälde.

Wir gehen um sie herum, um uns ihre Gesichter anzusehen. Überrascht stelle ich fest, dass der erste Mönch eine Frau ist – Karen Busfield, die unter ihrer Kutte ihre blaue Uniform der Luftwaffe trägt. Um ihren Hals hängt die weiße Leinenstola, die ich mit einem goldenen Alpha und Omega bestickt und ihr zu ihrer Ordination geschenkt habe. Es ist ein einfaches, konservatives Kleidungsstück ohne die bunten kirchlichen Ornamente, die sie so mag, aber mehr habe ich mit nur einer Hand nicht geschafft. Sie trug die Stola, als sie mich und Bo traute, und dann wieder bei Sarahs Taufe, wollte sie mir aber an dem Tag zurückgeben, an dem Bill Gwynne und ich ihr rieten, das Angebot der Regierung anzunehmen, die Anklage wegen Hochverrats und Spionage im Tausch gegen ehrenhafte Entlassung und Ende ihrer Dienstzeit fallen zu lassen. Sie hätte sich nur des unbefugten Betretens von Regierungsgebäuden schuldig bekennen und versprechen müssen, das, was im Raketensilo passiert war, für sich zu behalten. Ich trete zu ihr und berühre ihre Schulter.

»Karen, ich bin's, Brek. Was tust du hier?«

Sie blickt von ihrem Rechner auf, erkennt mich aber wegen meines Alters nicht mehr. Ihre Wangen sind mit dem Salz getrockneter Tränen gepudert. Draußen tobt der Sturm. Die Holzbalken versteifen sich wie der gepeinigte

Rücken eines Flagellanten, der sich selbst mit der Peitsche bestraft. Karen schließt ihre Augen und stimmt leise ein Lied an.

Neben Karen sitzt meine Schwiegermutter, Katharina Schrieberg-Wolfson, der zweite Mönch von Cudi Daği. Sie hält zwei Fotos seitlich an ihren Rechner. Das erste ist ein Bild von Sarah, ihrer Enkelin, das zweite eine Schwarzweißaufnahme von ihrem Vater, Bos Großvater, der vor einem seiner Theater in Dresden steht. Katharina Schrieberg-Wolfson, die gebannt vor ihrem Rechner sitzt, weint nicht. Sie hat in ihrem Leben zu viel Leid erfahren, um noch weinen zu können. Sie bedauert nur, dass sie Amina Rabun nie erzählte, dass an diesem dunklen Tag in Kamenz, an dem Gott sein Gesicht gleichermaßen von Christen und Juden abwandte, ihr Vater, Jared Schrieberg, derjenige war, der die Schüsse aus dem Wald abgegeben und damit die Aufmerksamkeit der Soldaten auf sich gelenkt hatte.

»Arme Amina!«, ruft sie. »Aber ist es nicht ein Segen, dass sie nicht so lange lebte, um mit ansehen zu müssen, was ihr einziger Erbe angestellt hat? Ach, und jetzt bezahlen meine kostbare Enkelin und meine Schwiegertochter für unsere Sünden! Wann wird das ein Ende haben?«

Auch Katharina lässt sich nicht anmerken, ob sie mich erkennt. Stattdessen blickt sie misstrauisch zum Mönch links neben sich, Albrecht Bosch, der mit tintenverschmierten Fingern wie ein Wahnsinniger auf seiner Tastatur tippt. Bosch weint heftig wie ein Vater um seinen Sohn und fleht den Bildschirm vergeblich an: »Nein! Nein! Nein!«

Albrecht Bosch dachte, er hätte Otto Bowles' Leiden verstanden und ihm den Weg gezeigt, indem er mit ihm über seinen eigenen Kummer gesprochen hatte. Er war für Otto als Freund da gewesen, als der Vater, der er nie sein würde und den Otto nie gehabt hatte. Jetzt schickt Bosch eine weitere E-Mail an Otto, in der er ihn eindringlich bittet, die Waffen zu strecken. Doch die Zeit für Albrecht Boschs letzten Einspruch ist verstrichen. So ist er wieder allein in einer Welt, die ihn eigentlich nie willkommen hieß.

Auf dem Stuhl neben Bosch verfolgen Tad Bowles und Barbara Rabun ungläubig das Drama auf ihren Rechnern. Beide sind besorgt, aber nicht wegen ihres Sohnes, sondern wegen der Schwierigkeiten, die sein Verhalten ihnen in ihrem Leben bereiten wird. Tads Sorge ist sein Ruf. »Mein Name wird auf immer und ewig mit einem Mörder in Verbindung stehen!«, schimpft er.

Auch Barbara Rabun plagt sich mit Namen herum, doch in einer ganz anderen Weise. Sie bedauert, dass sie die Gelegenheit versäumte, einen Namen zum Leben zu erwecken, statt die Notwendigkeit zu erkennen, einen Namen zu beerdigen. Dieser Name, Rabun, ist nun beschmutzt bis zur Unkenntlichkeit, und mit ihm ihr Traum von einer Familie, die bereits vor langer Zeit gelebt hatte und noch einmal in den Körpern ihrer Kinder und Enkel atmen sollte. »Warum?«, fleht sie den Himmel an. »Wieso habe ich sie schon wieder verloren? Das zweite Mal im selben Leben?«

Auf dem Rechner auf ihrem Schoß, in dem sie einst diesen kostbaren hoffnungsvollen Traum hegte, erscheint eine Nachricht, die besagt, ihr Traum sei tatsächlich für immer verloren. Und diese Nachricht bestätigt ihr, was ihre Cousine Amina schon vor langer Zeit verstanden und erklärt hatte – dass Gott die Familie Rabun aus Kamenz nie mit seiner Gnade beschenken würde. Barbara klappt ihren Rechner zu und wirft ihn ins Feuer. Diesem unversöhnlichen Gott, dessen perverses, bedeutungsloses Relikt auf dem Altar vor ihr steht, wird sie nicht länger ihre Ergebenheit gewähren.

Der Stuhl in der Mitte des Halbkreises ist leer, daneben sitzt Harlan Hurley in einem orangen Gefängnisoverall unter seiner braunen Kutte. Er grinst von einem Ohr zum anderen, als beschäftige er sich mit einem Computerspiel und gewinne mit jedem Zug. Die Ereignisse entwickelten sich auf eine Weise, die er selbst in seinen großartigsten Träumen nicht hätte voraussagen können. Der Skandal, dass er Geld vom Schulbezirk umleitete, um *Die Elf* und den Dokumentarfilm zu unterstützen, sorgte dafür, dass sein Faschistendrama auf den Titelseiten jeder größeren Zeitung und in allen Nachrichtensendungen und Talkshows zum Thema wurde. Getäuschte Unterstützer überfluteten den Äther mit Worten der Unterstützung und schickten Geldspenden per Post.

Neben Hurley sitzen meine armen Eltern, die Augen ängstlich und ungläubig auf ihre Rechner gerichtet. Sie bemerken nicht, dass ich neben ihnen stehe. Wie lässt sich der Schrecken von Eltern beschreiben, die den Mord an ihrer eigenen Tochter und ihrer Enkelin mit ansehen müssen? In ihren von Trauer gezeichneten Gesichtern erkenne ich die unermessliche Freude der ersten Augenblicke meines Lebens – das glückselige Staunen und das Wunder, das aus einer Geburt und deren Verletzlichkeit erwächst, um einer zynischen Welt aufs Neue zu erklären, dass die bedingungslose Liebe existiert. Das Geschenk dieser Liebe konnte ich nicht ertragen, als ich älter wurde. Ich redete mir ein, dieser Liebe nicht würdig zu sein, selbst dann nicht, als ich sie mit der Geburt meiner eigenen Tochter verströmte.

Doch auch jetzt ist sie da, ergießt sich aus den erschütterten Gesichtern meiner Eltern, peitscht gegen die Bildschirme in dem sinnlosen Versuch, mich vor Schaden zu bewahren und das untergehende Objekt unendlicher Gnade zu schützen.

Die digitalen Uhren am unteren Rand der Rechner zeigen alle den 17.10.1994, 04:02:34 an. Die Bildschirme flackern hell, als würden sie gleich in Flammen aufgehen, dann zeigen sie mich, wie ich die blutende, leblose Sarah im dämmrigen Licht des Pilzhauses halte. Wie in einem Stummfilm schreie ich, ohne einen Ton von mir zu geben. Die Waffe fällt mir aus der Hand. Otto Bowles mit einem Loch in seinem Bein rutscht darauf zu.

Die Bildschirme können nicht zeigen, was Otto Bowles in diesem Moment denkt, doch ich weiß es. Seine Seele ist jetzt meine, und wir sind auf ewige Zeiten zu einer verschmolzen. Er denkt an Amina, Barbara und die Familie Rabun aus Kamenz. Er denkt an die Familie Schrieberg und deren Undankbarkeit. Er denkt an die Welt und daran, wie erbarmungslos sie ist. Er denkt an Harlan Hurley und Sam Mansour und daran, wie mein Mann sie zerstörte. Er denkt an Tim Shelly und daran, wie ich ihn und mein eigenes Kind tötete. Er denkt daran, wie er herbeieilte, um uns im Pilzhaus vor Tim zu retten, ich jedoch kaltblütig auf ihn schoss. Er denkt daran, wie ungerecht das Leben ist.

Vor allem denkt Otto Rabun-Bowles an Gerechtigkeit.

Er weiß jetzt, dass der Dokumentarfilm nie gesendet und er bis in alle Ewigkeit wegen Tims und Sarahs Tod missverstanden, für schuldig befunden und verurteilt werden wird. Schon immer war die Familie Rabun missverstanden, für schuldig befunden und für Dinge verurteilt worden, die sie nicht getan hatte.

Die Bildschirme auf den Schößen der Mönche zeigen schließlich, was ich seit meiner Ankunft in Schemaja nicht akzeptieren konnte. Otto Bowles hebt die Waffe und schießt dreimal unhörbar in meinen Oberkörper. Ich sacke in mich zusammen, begrabe Sarah unter mir. Wenige Momente später stürmt die Polizei das Pilzhaus. Sie war doch noch in der Lage gewesen, die E-Mails nachzuverfolgen.

40

Mit gewaltiger Faust schlägt der Sturm auf das Dach des Klosters von Cudi Daği ein, verlangt, dass die Schuldigen für ihr Urteil heraustreten. Als sich der Sturm nicht besänftigen lässt, beginnt der Berg zu beben, das Meer überschwemmt den Gipfel und bricht durch die Klostertür. Der einarmige Erlöser an der Menora löst sich von seinen Nägeln und stürzt Hals über Kopf ins Wasser, doch keiner der Mönche wagt es, ihn zu retten – und vielleicht ist es ihnen auch egal –, da er allein die Verurteilten verschonen würde. Doch im Kloster von Cudi Dağı ist kein Platz mehr für Vergebung.

»Sucht ihn!«, schreie ich, meine aber nicht den gefallenen Retter. Ich jage dem Sünder hinterher, Otto Rabun-Bowles, sehne mich danach, das Instrument seiner Qualen zu werden und ihn schreien zu hören. Der donnernde Stromschlag, der seinem Leben ein zu sanftes Ende bereitete, ist nur der Anfang dessen, was ich für ihn geplant habe.

Harlan Hurley springt in blinder Panik von seinem Stuhl auf, glaubt, es wäre seine Seele, die vom Sturm gejagt wird. Vielleicht ist dies auch so, denn in dem Augenblick, in dem er die Tür des Klosters erreicht, wird er von einem Blitz zu Staub verwandelt. Zurück bleibt nur der Umriss seiner ins Holz gebrannten Silhouette. Barbara Rabun, Albrecht

Bosch und Katharina Schrieberg-Wolfson blicken ihm erschreckt hinterher, beschließen aber, ihm durch dieselbe Tür hindurch in dem Glauben zu folgen, der Sturm wäre jetzt zufriedengestellt. Doch auch sie werden vom Blitz getroffen und lösen sich auf.

Das Wasser steht mir mittlerweile bis zu den Knien, und erst jetzt entdecke ich Bo und meinen Großvater Cuttler in einer Ecke des Klosters. Sie achten nicht auf das steigende Wasser, starren nur auf den Computer zwischen sich. Großvater Cuttler versteht nichts von Computern und ist verblüfft wegen des jetzt leeren Bildschirms. Gemeinsam drücken sie verzweifelt auf die Tasten, um den Rechner wieder zu starten.

Nachdem die Spurensicherung den Tatort fotografiert hatte, brachte der Gerichtsmediziner Sarah und mich ins Leichenschauhaus. Bo rief Karen an und bat sie, ihn zur Identifizierung unserer Leichen zu begleiten. Sie war die logische Wahl. Obwohl Bo Jude war, hatte Karen unsere Tochter Sarah erst sechs Monate zuvor über einem wunderschönen silbernen Becken in der Old Swedes' Church getauft. Im Vertrauen darauf, dass Christus an jenem herrlichen Morgen Sarah als sein Eigen beanspruchte, hatte Karen sie hochgehoben, um der Gemeinde das Wunder von Glaube und Wasser zu zeigen. Anschließend war sie, selbst von Mutterstolz erfüllt, weil Bo und ich sie zu Sarahs Taufpatin auserkoren hatten, mit ihr im Arm die Kanzel hinaufgestiegen, um die Predigt zu halten. Sarah hatte mucksmäuschenstill gelauscht, als hätte sie sich danach gesehnt zu verstehen.

Karen betete inständig, Christus möge bei ihr und Bo sein, als der Leichenbeschauer das Tuch zurückzog. Sie betete, er möge das Kind, das er erst vor kurzem angenommen hatte, und die Frau, Mutter und Freundin, die ihnen genommen worden war, in sein Reich aufnehmen. Sie salbte unsere Köpfe mit heiligem Öl und betete für unsere Seelen.

Doch Christus kam nicht, zumindest nicht in der Form, die Karen erkennen konnte. »Wo bist du?«, schrie sie gequält. »Verdammt noch mal, wo bist du?«

Ein reißender Strom füllt das Kloster mit Wasser und verschluckt Cudi Dağı vollständig. Bo, mein Großvater und meine Eltern fliehen, doch als Bo die einarmige Christusfigur im Wasser schaukeln sieht, dreht er sich zu Karen um.

»Da ist dein Retter, Priesterin!«, lacht er wie ein Wahnsinniger. »Die Gerechtigkeit hat ihn ans Kreuz genagelt, und jetzt befreit ihn die Gerechtigkeit wieder!«

Planschend jagt Karen hinter dem zerbrochenen Christus her, wie wir es damals im Little Juniata River mit den Krebsen getan hatten. Sie springt nach vorne, doch er entwischt ihr zwischen den Fingern und sinkt unter Wasser.

»Ich kann ihn nicht finden!«, ruft sie. »Ich kann ihn nicht finden!« Noch zweimal sieht sie ihn, und noch zweimal entwischt er ihr zwischen den Fingern, während das Wasser steigt und Christus hinaus in den Sturm treibt.

Karen ist der letzte Mönch, der das Kloster verlässt. Auf ihrem Weg nach draußen nimmt sie sowohl die weiße Stola, die ich ihr gab, als auch ihr geschwungenes Luftwaffenabzeichen ab. Beides wirft sie auf die verkohlten Reste von Barbara Rabuns Rechner ins noch immer brennende Feuer.

Karen sieht nicht mehr, wie das steigende Wasser die Flammen löscht und die Stola und das Abzeichen unversehrt aus dem Kamin schwemmt. Einen Moment lang treiben sie gemeinsam im Wasser wie eine Taube und ein Rabe auf der Suche nach trockenem Land. Die Stola erblickt als Erste die langen Arme der Menora, gefolgt vom Abzeichen. Gemeinsam klammern sie sich an die Arme, bis das Wasser auch die Menora erfasst. In letzter Sekunde, als der Leuchter in einem Strudel verschwindet, fliehen die Stola und das Abzeichen weiter, suchen im Wasser nach einem Zeichen des Mitgefühls.

Das Wasser steht uns mittlerweile bis zur Brust. Elymas ergreift meine Hand.

»Wir müssen die Arche erreichen, bevor es zu spät ist!«, ruft er.

Plötzlich stehen Elymas und ich auf Deck einer großen, hölzernen Arche. Um uns herum herrscht beinahe völlige Dunkelheit. Der Sturm wirft das Boot auf den hohen Wellen hin und her, doch Elymas besteht darauf, dass wir stehen bleiben und nicht Schutz unter Deck suchen.

Unter mir höre ich ein Durcheinander von Geräuschen ängstlicher Tiere, eines gesamten Zoos unter einem Dach. Bei jedem Wellenschlag werden die Schreie lauter, aber es dringen auch andere, schrecklichere Laute zu uns vor, lang anhaltende Schreie und Klagelaute, die nicht aus dem Schiff stammen und lauter sind als Wind und Donner und Tiere zusammen. Es sind die furchtbarsten Schreie, die ich je gehört habe, und sie treffen mich bis ins Mark.

»Was ist das?«, frage ich.

Elymas deutet mit seinem knorrigen Finger über den Bootsrand hinweg. Die Wolken heben sich gerade so weit, dass die schwachen Sonnenstrahlen das aufgewühlte Meer bis zum Horizont beleuchten. Überall um uns herum, so weit ich sehen kann, ist das Wasser mit aufgedunsenen Tieren und Menschen übersät. Mit jeder Welle krachen und schrammen sie gegen den Rumpf der Arche. Diejenigen Menschen, die in diesem Meer noch leben, benutzen die Toten als Floß, klammern sich an den Leichen ihrer Mütter und Väter, Söhne und Töchter, flehen um Gnade und Vergebung in mir völlig unbekannten Sprachen. Ich muss würgen, weil der Gestank von moderndem Fleisch unerträglich wird.

Eine Luke öffnet sich, und ein alter Mann, verwittert, mit grauem Bart und völlig mitgenommen, klettert heraus, gefolgt von einem jungen Mann und dessen Frau. Entsetzt betrachten sie das Gemetzel auf dem Meer.

»Schnell! Schnell!«, ruft der junge Mann. »Wir müssen so viele retten, wie wir können! Sie dürfen nicht untergehen!«

Der junge Mann und seine Frau rennen über das Deck und greifen zu Seilen, doch der alte Mann befiehlt ihnen, stehen zu bleiben.

»Nein!«, ruft er. »Sie haben sich entschieden, und für ihre Entscheidungen wurden sie verurteilt. Nur wir wurden für rechtschaffen befunden. Nur wir werden gerettet werden.«

Die Frau des jungen Mannes sinkt vor dem alten Mann auf die Knie. »Oh, bitte, Vater, bitte, lass uns ihnen helfen!«, fleht sie. »Wir ertragen ihr Leiden nicht. Es sind doch Menschen wie du und ich, und sie haben Recht und Unrecht getan wie du und ich. Mit Sicherheit verstehst du das. Du allein, Vater, wurdest für rechtschaffen befunden, und die Rechtschaffenen, Vater, müssen mit den Elenden Mitleid haben. Unser Schiff ist groß, und ein paar hundert oder tausend könnten wir retten. Bitte, Vater, wir müssen es versuchen!«

»Schaff sie fort!«, befiehlt der Alte. »Schaff sie mir sofort aus den Augen, oder ich werde sie zu den anderen werfen. Ich höre ihre Schreie nicht. Die Zeit zum Weinen ist vorbei.«

Voller Hass funkelt der Sohn seinen Vater an, gehorcht aber und führt seine Frau wieder nach unten. Der Alte blickt wieder übers Meer, dann hinauf zum Himmel. Der peitschende Regen auf seinem Gesicht sieht aus wie Tränen. Schließlich steigt auch er wieder durch die Luke nach unten und verschließt sie sicher hinter sich. Wie ein mit süßen Ölen und Gewürzen vollgesaugtes Leichentuch legen sich die Wolken über das Meer, drücken die stinkende Luft in die Wellen und dämpfen das Stöhnen und Schreien. Noch hundertfünfzig Tage lang schlagen und schrammen die Körper gegen den Schiffsrumpf.

Dann zieht sich das Wasser zurück.

Elymas und ich waren da, als Noah den Raben und die Taube losschickte, und wir waren da, als die Taube mit einem Olivenzweig zurückkehrte. Noah und seine Familie waren die einzigen Menschen an Bord der Arche, und sie waren die einzigen Menschen, die vom Boot stiegen, als es auf dem Berg Ararat aufsetzte. Keiner aus dem Meer war gerettet worden.

Noah baute einen Altar und brachte Jahwe an diesem Tag ein Opfer dar, und an diesem Tag war Jahwe sehr erfreut. Jahwe segnete Noah und seine Söhne und wollte, dass sie die Erde neu bevölkerten. Als Jahwe das brennende Fleisch von Noahs Opfer roch, versprach er, die Erde nie wieder durch eine Flut zu vernichten. Zum Zeichen seines Versprechens wölbten sich Regenbögen quer über den Himmel.

Nachdem wir all dies gesehen hatten, wandte sich Elymas

zu mir. »Luas klagte Noah an, ein Feigling zu sein«, erklärte er. »Aber jetzt kennst du die Wahrheit, Brek Cuttler. Weniger standhafte Menschen hätten gezögert, doch Noah hatte kein Erbarmen mit der Menschheit. Die Geschichte handelt nicht von Liebe, sondern von Gerechtigkeit.«

Ganz plötzlich befand ich mich wieder im Wäldchen hinter Nanas Haus auf dem Weg zum Bahnhof in Schemaja. Elymas war fort. Ich war wieder eine junge Frau, trug wieder mein schwarzes Kostüm mit den Babymilchflecken, die sich in Blutflecken verwandelten. Ich war auf dem Weg in den Gerichtssaal, um den Fall von Nr. 44371 zu präsentieren.

41

Nr. 44371 sitzt auf derselben Bank, auf der ich nach meiner Ankunft am Bahnhof in Schemaja saß. Es ist, als wäre die Zeit stehengeblieben. Mein Blut klebt noch zäh am Boden und färbt die weißen Gefängnisturnschuhe von Nr. 44371 rot.

Er sieht genau so aus, wie ich ihn mir vorstellte, nachdem der Henker einen Strom von viertausend Volt durch seinen Körper jagte. Sein Schädel ist kahl und wund, wo die Elektroden das Gewebe nicht in schwarze Flocken und Asche verwandelt haben. Seine Haut und sein Gesicht haben die Farbe von abgestandener Milch, die Haut an Hand- und Fußgelenken ist abgeschürft. Seine Augen quellen aus den Höhlen, und seine Hose ist schmutzig. Er hält etwas in der Hand, doch als er mich sieht, versteckt er es und blickt auf den Boden, als hoffe er, dieser würde sich auftun und ihn verschlingen. Nr. 44371 weiß, dass heute der Tag ist, an dem er seiner Ewigkeit gegenübertritt.

Neben Nr. 44371, am anderen Ende der Bank, sitzt ein junges Mädchen, das ebenfalls auf den Boden starrt. Es kommt mir vertraut vor, sieht aus wie die junge Amina Rabun, die mit ihrem Bruder im Sandkasten spielt, oder wie die junge Katharina Schrieberg, als sie mit ihrem Vater in Dresden ins Café ging, oder wie die junge Sheila Bowles, die auf dem Bett im Sanatorium mit einer Puppe spielt. Es sieht aus wie alle kleinen Mädchen – unschuldig, mit den Gedanken woanders, verträumt –, doch es ist nackt, blass und abgemagert wie der Tod.

Was mag sie angestellt haben, dass man sie hierherbrachte?

Wie als Antwort auf meine Frage blickt sie auf und sagt: »Gott bestraft Kinder für die Sünden ihrer Eltern.«

Ein leises Rumpeln hallt durch die Bahnhofshalle, ein Geräusch wie das eines in einen Bahnhof einfahrenden Zuges. Ich drehe mich um und entdecke Gautama, den Bildhauer der Kugel auf der Cocktailparty. Er trägt denselben regenbogenfarbenen Dhoti um seine Hüften und rollt seinen magischen Stein zwischen den Antragstellern hindurch. Er lächelt sie an wie ein Hausierer, der seine Waren feilbietet, doch sie achten nicht auf ihn, auch nicht, wenn ihnen die Kugel nahe kommt, das Muster ihres Lebens über der Oberfläche aufblitzt und ihnen ihre bisherige Reise zeigt.

Gautama hält seine Kugel vor Nr. 44371 an. Die Oberfläche glättet sich, bevor sich auf ihr eine groteske Flut aus Szenen aus Otto Bowles' Leben wie auf einem Wollknäuel verwickeln – hier ein verlegener und wütender Junge, der seinem Vater nicht vergeben kann, weil er beim Footballspiel seinen Großvater schlug; dort ein Mann, der dreimal auf mich schießt und die Hinrichtung auf dem elektrischen Stuhl verlangt. In seiner Arroganz, mit der er hier, im Bahnhof in Schemaja, auf der Bank unter der Kuppel aus verrosteten Trägern sitzt, die von weit oben vielleicht wie ein Gully in einer verlassenen Seitenstraße des Universums aussieht, nimmt Nr. 44371 nicht sein auf der Kugel eingraviertes Leben wahr und denkt auch nicht darüber nach, ob für die Schöpfung ein Abflusskanal gebraucht wird. Er starrt stumpf auf den Boden, fordert ihn auf, sich zu öffnen und ihn in sich aufzunehmen. Ich höre seine Seele nicht mehr schreien wie im ersten naiven Moment des Mitgefühls in meinem Büro, als ich ihm noch den Rücken zuwandte. Ich höre überhaupt nichts. Ich notiere mir, dass ich seine Überheblichkeit in seiner Präsentation mitaufnehmen will.

»Sei gegrüßt, meine Tochter«, sagt Gautama zu mir.

Die Oberfläche der Kugel ändert sich, als ich mich ihr nähere, und stellt meine Lebensentscheidungen dar. Auf der Cocktailparty hatte ich sie nur in Ausschnitten zwischen den Türpaaren gesehen, doch jetzt erscheinen sie in allen Einzelheiten wie auf einer kugelförmigen Straßenkarte. Der Weg beginnt oben auf der Kugel mit meiner Geburt und der ersten Ungerechtigkeit, dem Bauch meiner Mutter entrissen und auf immer ihres Schutzes beraubt zu werden. Die Türen öffnen sich zu Nanas Beerdigung und der Ungerechtigkeit, von meiner Mutter eine Ohrfeige zu bekommen – von der Mutter, die mich erschaffen und geliebt hatte –, weil ich weinte, als sie mich zwang, Nanas Leiche zu küssen. Die Kugel zeigt die Abende, als meine Mutter zu betrunken oder deprimiert war, um sich um mich zu kümmern, und ihre heftigen Kämpfe mit meinem Vater, der zu selbstsüchtig und anderweitig beschäftigt war, um es zu bemerken. Hinter einer anderen Doppelflügeltür stoße ich meine rechte Hand in die Transportkette und biete mich meinen Eltern selbst als Opfer dar, und wieder hinter einer anderen Tür ist mein Arm amputiert, und ich weine inmitten einer Gruppe von Kindern, die ihre Arme in ihre Jacken gesteckt haben und mit leeren, im Wind flatternden Ärmeln im Kreis um mich herumlaufen. Vater O'Brian sagt, Gott werde später für Gerechtigkeit sorgen, doch Bill Gwynne sagt, sie stehe uns jetzt zu, und ich bezeuge, dass die Kettenabdeckung angebracht war, sich aber löste, als ich dagegenstolperte. Jungs quälen Flusskrebse in Eimern, und ich stelle sie vor Gericht und entschließe mich an jenem Tag, Anwältin zu werden, weil Gerechtigkeit die einzige Rettung ist.

Die Kugel dreht sich. Jetzt mache ich mir mit meinem Großvater Sorgen wegen der Ölpreise und der Rezession während der 1970er Jahre und lese die Abhandlungen meines anderen Großvaters über Gleichheit und Gesetz. Mein Vater verkündet, er werde wieder heiraten. Das und einen weiteren Todestag meines Onkels Anthony, der in Vietnam starb, feiert meine Mutter mit einer Flasche Gin. Ich werde nicht zum Abschlussball eingeladen – die Jungs haben zu viel Angst vor mir und ich vor ihnen.

Die Kugel dreht sich erneut. Jetzt studiere ich Jura, lerne bei einem Praktikum in einer Klinik der Wohlfahrt meine erste Mandantin kennen, der ich verspreche, für sie und ihre acht Kinder, die seit drei Tagen nichts gegessen haben, für Gerechtigkeit zu sorgen. Ich überhäufe die Bürokraten mit juristischen Unterlagen und gewinne den Fall mit Leichtigkeit. Später, bei einem Praktikum bei der Bezirksstaatsanwaltschaft von Philadelphia, treffe ich meine ersten Opfer von Verbrechen und verspreche auch ihnen, für Gerechtigkeit zu sorgen. Ich steche den überarbeiteten Pflichtverteidiger durch übermäßige Vorbereitung aus und gewinne den Fall mit Leichtigkeit. Im Sommer arbeite ich in großen Anwaltskanzleien mit Konferenztischen aus Granit und teuren Bildern an den Wänden. Wir versprechen dem Präsidenten eines Chemieunternehmens, alles zu tun, um die Sammelklage der Angehörigen der Pestizidopfer abzuwenden. Meine Ermittlungen in diesem Fall sind gründlich und kreativ, und die Partner der Kanzlei sind so beeindruckt, dass sie mir eine Vollzeitstelle anbieten, die ich allerdings ablehne.

Wieder dreht sich die Kugel. Bo liegt in meinem Bett neben mir und fragt mich, ob ich ihn heiraten möchte. Von Freude und Liebe erfüllt, sage ich ja. Mit unserer schönen Hochzeit wird eine Phantasie wahr.

Wir ziehen nach Huntingdon. Ich überzeuge meine Schwiegermutter, Amina und Barbara Rabun auf Rückzahlung ihres Erbes zu verklagen. Ich weiß jetzt, wie ich für Gerechtigkeit sorgen und sie steuern kann, um das gewünschte Ziel zu erreichen und mich daran zu ergötzen.

Die Kugel dreht sich ein letztes Mal. Es wird ein durchschnittlicher Tag unseres gemeinsamen Lebens gezeigt. Ich schimpfe mit Bo, weil er wieder einmal seine Kleider auf dem Boden liegen ließ. Das tut er ständig, obwohl ich ihn immer wieder darauf aufmerksam mache. Ich greife ihn wie einen Zeugen der Gegenseite an. Er hat keinen Verteidiger, sitzt nur in Unterhose und T-Shirt da und sieht mich verwirrt an. Als er sich weder entschuldigt noch die Ernsthaftigkeit seines Verbrechens zugibt, sorge ich auch in seinem Fall für Gerechtigkeit. Ich bin nicht bereit, herumliegende Socken und Unterwäsche ungestraft durchgehen zu lassen, aus Angst, dass die Ungerechtigkeit ihre Fesseln um mein Leben und meine Welt enger ziehen wird. Mit gebleckten Zähnen und angespannten Muskeln, schäumend vor irrationaler und ungerechtfertigter Wut, werfe ich seine Sachen durchs Zimmer. Schließlich rückt die Kugel ein winziges Stück vorwärts und zeigt mich in meinem Büro, während ich einen Schriftsatz abfasse, um Alan Fleming mit Hilfe einer formalen Spitzfindigkeit davor zu bewahren, seine Schulden zurückzahlen zu müssen.

Die Kugel hat sich fast einmal um sich selbst gedreht und zeigt meine beiden letzten Entscheidungen in meinem Leben. Die erste ist meine Entscheidung, Otto Bowles im Pilzhaus nicht zu erschießen, sondern die rechte Tür zu wählen. Die zweite ist die Wandlung in meinem Herzen, meine Entscheidung, doch auf ihn zu schießen, als er auf mich zukommt. Damit wähle ich die linke Tür. Mit dieser Entscheidung ist der Kreis geschlossen, und die Kugel ist zu meinem Ausgangspunkt zurückgekehrt, zu dem Ort der bedingungslosen Liebe, wo ich vom Bauch meiner Mutter getrennt wurde.

Gautama rollt die Kugel ein Stück auf Nr. 44371 zu, woraufhin auf der Kugel meine Entscheidungen von seinen überlagert werden. Irgendwie sind wir ähnliche Pfade gegangen. Unser Ende im Pilzhaus scheint mathematisch beinahe gewiss zu sein, das unvermeidliche Ergebnis einer Reihe paralleler Gleichungen und geometrischer Gesetze. Wir verbrachten unser Leben damit, uns vor dem unerträglichen Schmerz der Ungerechtigkeit zu schützen. Und damit, die unvorstellbare Möglichkeit der Vergebung zu leugnen.

Das Mädchen auf der Bank bewegt sich. Sie interessiert sich für die Kugel, streckt ihre rechte Hand aus, um sie zu berühren, was aber nicht geht, weil ihr Arm am Ellbogen in einem Stumpf endet. Jetzt erinnere ich mich an sie: Ich habe sie während der Cocktailparty in der Bahnhofshalle gesehen, als mir Luas die zwischen den Schatten treibenden Antragsteller zeigte. Damals war ich nicht in der Lage, in ihre Seele zu blicken, und aus irgendeinem Grund enthüllt die Kugel auch jetzt nichts von ihr.

Die Oberfläche der Kugel wird gelöscht. Zwei Doppelflügeltüren erscheinen. Sie sehen aus wie Miniaturen der Türen zum Gerichtssaal. Über einer Doppelflügeltür steht das Wort GERECHTIGKEIT, über der anderen das Wort VERGEBUNG.

»Noah stand einst vor diesen Türen«, erklärt Gautama. »Und Jesus von Nazareth wurde hier gedemütigt. Jetzt ist deine Zeit gekommen, meine Tochter.«

Das Mädchen blickt von Gautama zu mir und zieht ihren Armstumpf zurück.

»Du hast gesehen, wie Jahwe sie abgeschlachtet hat«, fährt Gautama fort. »Mütter, Väter, Säuglinge. Du bist mit Noah über das Meer des Schreckens gesegelt, du hast ihre faulenden Körper gerochen und ihre leidenden Schreie gehört.«

»Ja«, bestätige ich.

»Und als sich das Wasser zurückzog und die Sonne zurückkehrte, sahst du, wie Noah zum Mörder hinaufblickte. Du sahst ihn mit eigenen Augen, und dennoch willst du nicht sehen.«

»Ich sah göttliche Gerechtigkeit, dargestellt als Regenbögen«, verteidigte ich mich.

»Regenbögen haben nicht die Farben der Gerechtigkeit, meine Tochter. Es sind die Farben der Vergebung.«

»Gott vergab niemandem.«

»Das stimmt, meine Tochter. Aber Noah vergab Gott, und die Farben von Gottes Freude brachen durch den Himmel. Tausende von Jahren später folterten und töteten die Menschen Gott an einem dunklen, schrecklichen Nachmittag. Dieses Mal vergab Gott den Menschen, und die Farben unserer Freude brachen an einem Ostermorgen hervor. Liebe ist nur dann bedingungslos, wenn sie auch den mit einschließt, der dieser Liebe am unwürdigsten ist. Du verstehst noch nicht, dass Gerechtigkeit das genaue Gegenteil all dieser Liebe und all dessen ist, was du bist. Je länger du nach ihr strebst, desto weiter entfernst du dich von dem Ort, an dem du gerne wärst. Das Königreich Gottes kann nur über den Weg der Vergebung erreicht werden.«

Nr. 44371 erhebt sich von der Bank und geht durch die Bahnhofshalle, lässt das junge Mädchen und den Gegenstand zurück, den er in den Händen gehalten hat.

»Aber Liebe ist Gerechtigkeit«, halte ich Gautama entgegen.

»Ist sie nicht«, widerspricht Gautama. »Kain tötete Abel um der Gerechtigkeit willen. Gott überflutete die Erde um der Gerechtigkeit willen. Die Menschen kreuzigten Jesus von Nazareth um der Gerechtigkeit willen. Schrecken und Mord sind der Weg der Gerechtigkeit, nicht der Liebe. Jeder Krieg und jedes Leid dienten der Gerechtigkeit. Soldaten töten, weil sie ihren Beweggrund für gerecht halten. Angreifer greifen an, weil sie ihren Beweggrund für gerecht halten. Gerechtigkeit ist der Antrieb für den schimpfenden Ehepartner, die wütenden Eltern, das schreiende Kind, den streitsüchtigen Nachbarn, die erzürnte Nation. Wer nach Gerechtigkeit strebt, erfährt keine Heilung, sondern Leid, weil man, um Gerechtigkeit zu erhalten, etwas tun muss, das ungerecht ist. Gott erlebte Gerechtigkeit im reinsten Sinn, als er die Erde überflutete und die Möglichkeit des Bösen zerstörte, doch der Preis dafür war unerträglich. Die gesamte Schöpfung wurde zerstört, und Gott wurde von all dem getrennt, was Gott liebte, und dem, was ihn im Gegenzug dazu hätte lieben können. Deswegen wird die Geschichte erzählt, meine Tochter. Sie ist eine Warnung, keine

Einladung. Ein Regenbogen enthält Gottes Versprechen, nie wieder nach Gerechtigkeit zu streben.«

»Aber wenn wir nicht nach Gerechtigkeit streben, gestatten wir anderen, uns Leid zuzufügen und uns zu Opfern zu machen.«

»Nein, meine Tochter. Nicht nach Gerechtigkeit zu streben heißt, diejenigen zu lieben, die uns Schaden zugefügt und über uns gesiegt haben. Liebe ist nicht passiv oder unterwürfig. Sie heißt, sich für das Gegenteil von Hass und Angst zu entscheiden, für eine Sache, die die höchste Kraft und die höchste Fähigkeit erfordert. Der Krieger, der sich mit Waffen wehrt, wird geehrt und gefeiert, doch worin liegt die Tapferkeit, einer Waffe mit einer Waffe zu begegnen? Die wahre Tapferkeit zeigt sich, wenn man einer Waffe mit offenen Armen gegenübertritt und sich weigert, ihr selbst unter Todesqualen mit Hass und Angst zu begegnen. Es stimmt, dass ein möglicher Angreifer die Wiedergutmachung fürchtet und deswegen nicht angreift, aber genauso gut kann er die Drohung der Wiedergutmachung ignorieren und weitermorden. Hat Gerechtigkeit das Verbrechen verhindert? Wir alle haben von Geburt an die Freiheit, uns zu entscheiden. Der weise Mensch entscheidet sich gegen Gerechtigkeit und für die Liebe und lebt damit selbstbestimmt. Indem er bedingungslose Liebe verströmt, beendet er sein Leiden und kehrt in den Garten Eden zurück, aus dem er vertrieben wurde. Indem er sich mit seinem Schöpfer wiedervereint, weiß er schließlich, was es bedeutet, Gott zu sein.«

Ich bücke mich und greife nach dem Gegenstand, den Otto Bowles auf der Bank liegen ließ. Es ist der einarmige Christus, der auf dem Cudi Daği von der Menora fiel. Das junge Mädchen rührt sich und streckt schüchtern ihre linke Hand aus. Ich gestatte ihr, dass sie es nimmt. Sie geht damit durch die Bahnhofshalle zu Luas. Er ist gerade eingetreten und hat sich auf die Bank neben einem frisch eingetroffenen Präsentator gesetzt, der ein sehr verdutztes Gesicht macht. Das Mädchen bietet Luas die Christusfigur an, doch er winkt sie fort. Luas lächelt den neuen Präsentator an, wie er mich bei meiner Ankunft anlächelte, als wollte er sagen: *Ja, mein Sohn, ich kann es sehen. Ich kann sehen, wovor du aus Angst die Augen verschließt, aber ich werde so tun, als hätte ich es nicht bemerkt.*

42

Der Mann auf der Bank versucht, seine Wunden zu leugnen und zu verbergen, wie ich es bei meiner Ankunft tat, doch jetzt bin ich Präsentatorin und sehe sie, und mit ihnen die letzten Momente seines Lebens.

Der Mann heißt Elon Kaluzhsky. Sein Bauch ist aufgerissen, und Teile seines Gesichts und seiner Stirn sowie beide Arme und Beine fehlen. Zwanzig Minuten vor seiner Ankunft am Bahnhof, als sein Körper noch vollständig war, küsste er seine wunderschöne Frau und seine drei wunderschönen Kinder zum Abschied und ging in Haifa zwei ruhige Straßenblocks bis zur Bushaltestelle. Mit dem Sonnenuntergang würde Rosch Ha-Schana beginnen, und Elon Kaluzhsky dachte über das Festmahl nach, das ihn erwarten würde. Er liebte Datteln, und während er die Straße entlangging, sagte er das Gebet auf, das zu Rosch Ha-Schana beim Essen der Datteln gebetet wird: »Möge es dein Wille sein, dass unsere Verleumder und Ankläger zugrunde gehen.«

Mit diesem Gedanken setzte sich Elon auf den letzten freien Platz im Schnellbus Nr. 35, der ihn in die Innenstadt ins Büro einer erfolgreichen israelischen Exportfirma bringen würde, wo er für die Buchhaltung zuständig war. Er war an diesem Morgen guter Dinge und grüßte freundlich den seltsam gekleideten Mann, der bei dreißig Grad einen langen Mantel trug. Der Gruß wurde nicht erwidert, doch auch dies raubte Elon nicht die gute Laune. Freundlich lächelte er ein älteres Paar ihm schräg gegenüber und neben ihnen eine hübsche, junge Sekretärin an. Weiter hinten saßen mehrere Zeitung lesende Geschäftsleute, eine Gruppe Schüler und eine junge Mutter mit ihrem Sohn auf dem Schoß.

Der Schnellbus legte an Geschwindigkeit zu, die Gebäude von Haifa rasten am Fenster vorbei. Mitten während der Fahrt, mitten auf der Straße, erhob sich der mit dem Mantel bekleidete Mann, stützte sich an einer Stange ab und zog unter seinem Mantel ein Maschinengewehr hervor. Ohne ein Wort zu sagen, eröffnete er das Feuer und mähte die Fahrgäste in einer halbkreisförmigen Bewegung seines Gewehrs nieder. Messingpatronen rasselten auf den Boden, und ein feiner Sprühregen aus Blut erfüllte die Luft, als ein Fahrgast nach dem anderen zu Boden stürzte – das ältere Paar, die Sekretärin, die Geschäftsleute, die Schüler und die junge Frau mit ihrem Sohn auf dem Schoß.

Elon Kaluzhsky, der über Datteln und ihre Bedeutung nachgedacht hatte, war athletisch gebaut und reagierte tapfer. Er überwältigte den Mann und drückte ihn auf den Boden.

»Du arabisches Schwein!«, schrie er ihn auf Hebräisch an. »Du elender Dreckskerl!«

Der Mann spuckte Elon ins Gesicht. »*La ilaha illa 'llah*«, sagte er und zündete die Bombe, die er um seine Hüfte trug.

Luas umarmt Elon, der unkontrolliert schluchzt, weil er gerade erkannt hat, dass es sein eigenes Blut ist, das aus den klaffenden Wunden an seinem Bauch strömt. Luas führt Elon fort zu einem Haus, das er für dasjenige außerhalb von Moskau hält, in dem er aufwuchs und in dem er von einem liebevollen Geist umsorgt wird, den er für die Seele seiner Mutter hält, die zehn Jahre zuvor an Krebs starb. Elon bemerkt beim Verlassen der Bahnhofshalle nicht, dass auf der nächsten Bank der Araber sitzt, der ihn und sich selbst mit einer Bombe die Gleise entlang zum Bahnhof von Schemaja befördert hat. Ich sehe auch die letzten Momente dieses Mannes, ich erkenne sein Gesicht und seine Gedanken. Samar Mansour dachte nicht über Fahrgäste oder Datteln nach, als er den Schnellbus Nr. 35 nach Haifa bestieg. Er sah nicht einmal die Gesichter um sich herum. Er sah nur israelische Soldaten, die auf palästinische Kinder schossen.

Am Tag zuvor war es heiß gewesen in Ramallah, und die Gäste in dem Café waren gereizt wegen der Hitze, den erniedrigenden Grenzkontrollen der Israelis und weil sie in ihren Stadtvierteln wie Tiere eingepfercht waren. Als Samar Mansour die Schüsse hörte, rannte er die abgesperrte Straße hinauf und in die Schusslinie hinein, um bei Bedarf zu helfen. Kinder, die Steine auf die israelischen Soldaten geworfen hatten, rannten auf ihn zu, doch als er ankam, lagen drei Jungs in Blutlachen auf dem Boden. Die israelischen Soldaten richteten von den Mauern und Dächern aus ihre Gewehre auf die Menge. Samar hob einen der verletzten Jungs vom Boden auf und trug ihn zum eintreffenden Krankenwagen. Der Junge war mit einer Wunde am Bein nicht schwer verletzt. Samar versuchte, ihn zu trösten.

Auch die beiden anderen verletzten Jungs wurden zum Krankenwagen gebracht. Hinter Samar versuchte eine Frau, zu einem von ihnen durchzukommen. »Hanni! Hanni!«, kreischte sie. Samar erkannte sofort, dass der Kleine tot war. Militärmunition richtet im Körper eines Kinder unaussprechliche Gewalt an.

In diesem Moment änderte sich etwas in Samar Mansour. Er dachte an seinen Vater, der von Israelis zum Waisen gemacht und gezwungen worden war, die Taschen eines amerikanischen Archäologen zu tragen, um zu überleben. Er dachte an seinen Holocaust-Dokumentarfilm, der nichts bewirkt hatte, und an seine Theorien, die niemanden befreit hatten. Er dachte an Hanni, den kleinen Jungen, der in Ramallah ein Leben voller Elend geführt hatte, und an Hannis Mutter, die nie wieder diese schrecklichen Bilder ihres Sohnes vergessen würde.

Luas kehrt in die Bahnhofshalle zurück, nachdem er Elon Kaluzhsky bei dessen Mutter abgegeben hat, und setzt sich neben Samar auf die Bank.

»Willkommen in Schemaja«, begrüßt er ihn. »Ich heiße Luas.«

Wie Elon versucht auch Samar, seine Wunden zu leugnen und zu verbergen, doch eigentlich lässt sich bei ihm nichts mehr verbergen. Nur noch der Kopf und einige Fleischfetzen und Knochen, die in sich zusammengesunken auf der Bank liegen, sind übrig. Doch in seiner Vorstellung ist Samar noch vollständig. Luas lächelt ihn an, als wollte er sagen: *Ja, mein Sohn, ich kann es sehen. Ich kann sehen, wovor du aus Angst die Augen verschließt, aber ich werde so tun, als hätte ich es nicht bemerkt.*

Auf der anderen Seite des Bahnhofs von Schemaja rollt Gautama seine Kugel auf einen muskulösen Mann zu, der allein auf einer Bank sitzt. Ich erkenne ihn als Tim Shelly. Er ist mit Schweiß bedeckt und trägt keine Hose, so wie ich ihn zuletzt im Pilzhaus sah. Die Oberfläche der Kugel ändert sich, aber ich kann nicht hinsehen.

»Die Entscheidung liegt bei dir, meine Tochter«, ruft Gautama mir zu. »Du stehst vor den Türen wie alle Menschen, die vor dir gekommen sind und nach dir kommen werden. Für welche Tür wirst du dich entscheiden?«

43

Ich erinnere mich nicht mehr.

Waren meine Augen blau wie der Himmel oder braun wie ein frisch bestellter Acker? Umspielten Locken mein Kinn, oder fiel mein Haar schwer über meine Schultern? War meine Haut hell oder dunkel? War ich kräftig oder dünn? Trug ich maßgeschneiderte Seidenkostüme oder grobe Baumwolle und Leinen?

Ich erinnere mich nicht. Ich erinnere mich, dass ich eine Frau war, was mehr als nur der Erinnerung an einen Schoß und Brüste entspricht. Nur einen Moment lang erinnerte ich mich in linearer Abfolge an alle Momente, die mit Schoß und Brüsten begannen und auch dort endeten. Doch diese Erinnerungen gehen zunehmend verloren wie Ballast, der von einem vom Sturm gepeitschten Schiff abgeworfen wird.

Ich erinnere mich, die Türen aufgeschlossen und den Gerichtssaal betreten zu haben, um die Seele von Otto Rabun-Bowles zu präsentieren. Dort traf ich das Wesen aus dem Monolithen, das mir allerdings den Zugang zum Stuhl des Präsentatoren verweigerte.

»Hier entlang«, sagte es und zeigte zum Monolithen.

In der Saphirwand öffnete sich ein Spalt, durch den ich trat. Dort stieg ich mehrere Stockwerke eine Treppe hinauf bis zur dreieckigen Öffnung ganz oben, durch die nichtexistentes Licht drang. Ich trat auf einen kleinen Balkon, von dem aus ich den glitzernden Bernsteinboden des Gerichtssaals unter mir und andere, ähnliche Gerichtssäle mit Tausenden von Saphirmonolithen sah, die sich bis zum Horizont und darüber hinaus wie Kamine über der Silhouette einer Stadt erhoben.

In einem dieser Gerichtssäle in der Nähe von meinem erhob sich Mi Lau, das vietnamesische Mädchen, von ihrem Stuhl als Präsentatorin, hob ihre Arme und verkündete:

»Ich präsentiere Anthony Bellini … er hat entschieden!«

Die Energie aus den Wänden ihres Gerichtssaals durchdrang sie und schwemmte einen schmutzigen Tunnel unter einem Dorf, meinen Onkel Anthony, eine Handgranate und eine erschreckende Explosion herein. Das Wesen aus dem Monolithen beendete die Präsentation, als sich Onkel Anthony eine Waffe an den Kopf hielt und abdrückte. Doch Gott richtete nicht vom Balkon aus über Anthony Bellinis Seele. Gott war gar nicht da, um zuzusehen. Der Balkon war leer.

In einem anderen Gerichtssaal in der Nähe erklärte Hans Stössel:

»Ich präsentiere Amina Rabun … sie hat entschieden!«

Diese Präsentation hatte ich bereits gesehen und kannte das Ende. Wieder blieb der Balkon leer. Niemand hörte Hans Stössels Rufe nach Gerechtigkeit aus der israelischen Gefängniszelle.

In noch einem anderen Gerichtssaal hob die junge Bette Rabun ihre Arme und rief:

»Ich präsentiere Vasily Petrov … er hat entschieden!«

Der Gerichtssaal verwandelte sich in das Schlafzimmer der kleinen Bette in Kamenz, wo Vasily ihr die Arme nach unten hielt, während ein anderer sowjetischer Soldat sie schlug und vergewaltigte. Niemand stand am Balkon des Monolithen, um das Verbrechen mitanzusehen oder den Gefangenen zu verurteilen.

In einem anderen Gerichtssaal hob Elon Kaluzhsky seine Arme und rief:

»Ich präsentiere Samar Mansour … er hat entschieden!«

Der Expressbus Nr. 35 donnerte in den Gerichtssaal, Schüsse und eine Explosion hallten von den Wänden wider. Auch hier blieb der Balkon leer. Niemand verfolgte die letzten schrecklichen Augenblicke von Elon Kaluzhskys Leben.

Aus dem Gerichtssaal hinter mir ertönte Luas' Stimme:

»Ich präsentiere Nero Claudius Cäsar … er hat entschieden!«

Ich drehte mich um. Luas wurde in Ketten vor Nero geführt. Auf Geheiß des Kaisers hob ein römischer Soldat sein Schwert und enthauptete ihn. Luas' kahler, blutiger Kopf rollte vor die Füße des Kaisers, der ihn fortstieß und seinen Bediensteten bedeutete, den Dreck wegzuputzen. Das Wesen aus dem Monolithen beendete die Präsentation, und Luas verließ den Gerichtssaal. Niemand sah vom Balkon aus zu, und niemand verurteilte Nero für sein Verbrechen.

Kurz darauf erschien Luas in meinem Gerichtssaal, begleitet von Samar Mansour. Sie nahmen auf den Beobachterstühlen Platz. Samar Mansour blickte sich fasziniert und ehrfürchtig um, wie auch ich es beim ersten Mal getan hatte.

»Brek Cuttler wird den Fall von Otto Bowles präsentieren«, flüsterte Luas.

»Ich bin hier oben!«, rief ich zu Luas hinunter, doch er hörte mich nicht.

Dann betrat Haissem den Gerichtssaal, der Junge, der die

Seele von Toby Bowles präsentiert hatte. Luas war sichtlich enttäuscht wie bei meinem ersten Besuch, als Toby nicht aufgetaucht war, um den Fall seines Vaters zu präsentieren.

»Ach, du bist's nur, Haissem«, begrüßte Luas ihn mit einem Stirnrunzeln. »Wir hatten eigentlich Miss Cuttler erwartet … Na ja, wir sind jedenfalls da. Haissem, das ist Samar Mansour, mein neuster Anwalt. Samar, das ist Haissem, der älteste Präsentator in Schemaja überhaupt. Ich muss schon sagen, Haissem, er ist keinen Moment zu früh eingetroffen. Wir haben gerade Amina Rabun verloren, und jetzt offenbar auch Miss Cuttler.«

»Willkommen im Gericht, Samar«, begrüßte Haissem ihn mit einer höflichen Verbeugung. »Ich erinnere mich, wie ich zum ersten Mal hier im Gericht zusah. Abel stellte den schwierigen Fall seines Bruders Kain vor. Das war allerdings noch lange vor deiner Zeit, Luas.«

»Ja, lange davor«, stimmte Luas zu.

»Seitdem hat sich nicht viel verändert«, seufzte Haissem. »Luas hält den Terminkalender am Laufen, auch wenn die Anzahl der Fälle ständig steigt. Wir sind froh, dich hier zu haben, Samar, und du darfst dich glücklich schätzen, von einem Mentor wie Luas betreut zu werden. Es gibt keinen besseren Präsentator in Schemaja.«

»Anwesende ausgenommen«, räumte Luas ein.

»Ganz und gar nicht«, wehrte Haissem ab. »Ich übernehme die leichten Fälle.«

»Nur wenige würden behaupten, bei Sokrates und Judas habe es sich um leichte Fälle gehandelt«, erwiderte Luas. »Ich bin nur Mitarbeiter des Gerichts.«

Haissem zwinkerte Samar zu. »Lass dich nicht an der Nase herumführen«, sagte er. »Ohne Luas gäbe es kein

Schemaja.« Er ergriff Samars Hand. »Ich muss mich anmelden und mich vorbereiten. Wir sehen uns wieder, Samar, nach deinem ersten Fall. Du wirst die Sache hier gut machen, dessen bin ich mir sicher.«

Er trat in die Mitte des Gerichtssaals. Das Wesen aus dem Monolithen erschien, flüsterte ihm etwas zu und verschwand wieder. Haissem hob anmutig seine Arme zu einem Bogen und rief fast explosionsartig mit einer Stimme, die viel lauter war als die der anderen Präsentatoren:

»Ich präsentiere Brek Abigail Cuttler … sie hat entschieden!«

Ich erinnere mich an den Klang von rauschendem Wasser und wehendem Wind, von lachenden Delphinen und singenden Vögeln, von sprechenden Kindern und seufzenden Eltern, von lebenden und sterbenden Sternen und Galaxien … an den Klang der atmenden Erde, sofern man diesen von der anderen Seite des Universums aus hätte hören können. Ich erinnere mich, Gott in diesen Klängen gehört zu haben, der nach Cudi Daği weinend um Vergebung bat, und ich erinnere mich, in diesen Klängen die Menschheit gehört zu haben, die nach Golgatha weinend um Vergebung bat. Doch auch die unbeschreibliche Freude Noahs lag in dieser Musik, die von der Küste heraufhallte und mit der er seinem Vater vergab, und die unbeschreibliche Freude Gottes, die von oben erklang, vom Kreuz nach unten hallte, um seinen Kindern zu vergeben. Und irgendwo, ganz schwach, aber immer noch hörbar, erklang das Weinen von Otto Rabun-Bowles, begleitet von dem freudigen Lied einer anderen Seele, in dem immer lauter drei Worte wiederholt wurden:

»Ich bin Liebe! Ich bin Liebe! Ich bin Liebe!«

Es war das Lied über die bedingungslose Liebe – das Lied von Eva, die nach einer langen, fürchterlichen Reise nach Hause in den Garten Eden zurückkehrte. Im Verlauf der Präsentation meines Lebens wurde dieses Lied immer lauter, ich hörte darin die göttliche Perfektion, weil ich darin alles hörte, was zur Schöpfung gehörte: Mein Zur-Welt-Kommen bei der Geburt steckte in diesem Lied, und die erste Umarmung meiner Mutter. Es gab Blumen, Musik, Sonne und Regen. Es wurde von Bergen und Meeren gesungen, von Büchern, Skulpturen und Gemälden. Von Freunden und Freundinnen, von Brüdern und Schwestern auf Hollywoodschaukeln, von Kindern im Sandkasten und einem jungen Mann, der losrannte, um eine Frau zu verteidigen. Pferde, Segelboote und Babys kamen vor, auch Apfelbäume und Rinder und Mütter, die ihre Kinder stillten. Brot, Wasser und Wein kamen vor, aber auch Augen, Ohren, Haut und Haare, Lippen und Arme und Beine. Wasser wurde besungen, Decken, Sonnenuntergänge, Monde und Sterne, Arbeit und Spiel, Helden und Heldinnen. Die Generationen waren Teil des Liedes, und Großzügigkeit und Selbstlosigkeit. Und die Liebe kam vor. Doch auch Angst. Die Misshandlung durch einen Elternteil und die Selbstsüchtigkeit eines Kindes, eine unredliche Anwältin und ihr unredlicher Mandant, ein Ehebrecher und seine Geliebte, ein Soldat und seine Waffe, eine Todeskammer und ein Verbrennungsofen; Rassisten, Lügner, Betrunkene, Vergewaltiger und Diebe. Jungs, die Krebse quälten, kamen in dem Lied vor, und der Gott, der seine eigenen Kinder tötete, und die Kinder, die ihren eigenen Gott töteten.

Das Wesen aus dem Monolithen trat zu mir auf den Balkon und fragte, ob ich zu einem Urteil gekommen sei oder noch mehr Beweise zu sehen wünsche. Ich sagte, ich hätte genug gesehen. Das Wesen kehrte nach unten in den Gerichtssaal zurück und beendete die Präsentation. Luas und Samar Mansour verließen den Gerichtssaal, doch Haissem blieb.

Er betrat den Monolithen, ich hörte ihn die Stufen hinaufsteigen, doch die Seele, die oben auf dem Balkon erschien, um mich zu grüßen, war nicht Haissem, der kleine Junge, sondern Nana Bellini. Und sie brachte Sarah mit!

Ich rannte zu ihr und nahm sie in meinen Arm. Mein kostbares, wunderschönes Kind. Sie war perfekt und unverletzt. Genau wie in meiner Erinnerung, als ich sie aus der Tagesstätte abholte, trug sie ihre Sporthose und ein Sweatshirt und lächelte mich an, ihr klebte die braune Masse einer Waffel rund um den Mund, ihr Haar war dunkel und lockig wie das ihres Vaters.

Sarah fest an mich gedrückt, sah ich durch meine Tränen hindurch nach unten in den Gerichtssaal, der sich mit Seelen füllte. Tobias Bowles war da, Jared Schrieberg und Amina Rabun. Sie strahlten in einem wunderbaren Glanz. Hinter ihnen kamen Claire und Sheila Bowles, zwischen ihnen Bonnie Campbell. Henry Collins, Helmut Rabun, Aminas Eltern, Onkel, Großvater, Cousinen und Cousins waren da. Mein Onkel Anthony war da, gefolgt von Mi Laus Familie. Dann teilte sich die Menge, als wollte sie jemanden sehr Wichtigen durchlassen. Ein junger Mann mit einem Tablett schritt hindurch.

Er betrat den Monolithen und stieg die Treppe hinauf, zögerte aber, als er Sarah und mich sah. Ich erkannte ihn nicht auf Anhieb. Er sah so anders aus mit seinem vollen Haar und den klaren blauen Augen. Als Sarah lächelte, trat er näher. Er kniete sich nieder und stellte das Tablett vor uns, ein silbernes mit einer silbernen Teekanne und drei silbernen Tassen.

»Heißer Tee und Bienenhonig«, sagte Otto Bowles, dessen Augen sich mit Tränen füllten, »den teilen wir, und noch viel mehr.«

Dank

Meinen Namen auf dem Einband dieses Buches zu lesen ruft Demut in mir hervor. In vielerlei Hinsicht reicht die Geschichte dieses Buches Tausende von Jahren zurück, und es ist die Arbeit von Tausenden von Autoren. Mich sollte man also besser als Schreiberling betrachten.

Doch selbst dem Schreiberling wird Hilfe zuteil, die seine Arbeit erst ermöglicht. In meinem Fall beginnt diese Hilfe bei meiner außergewöhnlich großherzigen Frau, Christine, die mir bei diesem Projekt mehr als zehn Jahre als unablässige und unerschütterliche Stütze und unnachgiebige und fordernde Redakteurin zur Seite stand. Ich habe Ehrfurcht vor ihrer Großzügigkeit, die sie gegenüber mir und der Welt bewiesen hat. Meine Tochter, Alexandra, war noch kein Jahr alt, als ich anfing, dieses Buch zu schreiben, wurde aber in der Zwischenzeit alt genug und entwickelte als Verfasserin so viel Talent, dass sie mich wie ein Profi unterstützen konnte. Sie wird bald mehr als nur ein Schreiberling sein. Mein Sohn, Adam, hat von seinem Alter her diese Reife noch nicht erreicht, kann aber bereits die Last eines von einem Traum besessenen Vaters tragen. Für sein Vermögen, dies so hervorragend und mit so viel Geduld, Humor, Freude und Liebe gemeistert zu haben, gebührt auch ihm mein aufrichtiger Dank. Ich wünsche ihm, dass er seinen Träumen hinterherjagt, weil Träume manchmal wahr werden.

Andere, die mich ebenfalls inspiriert, gefördert, unterstützt und ertragen haben, sind meine Mutter, Faye Kimmel, mein Bruder und meine Schwägerin, Martin und Sherri Kimmel, und meine Cousinen Myers Kimmel und Sielke Caparelli mit ihrem Ehemann David.

Mein Schulfreund Stephen Everhart, der heute ein hervorragender Englischlehrer an der Highschool ist, half mir gleich zu Anfang in entscheidender Weise, indem er mir Mut machte und mich redaktionell unterstützte. Im weiteren Verlauf half mir mein Schwiegervater, das wandelnde Lexikon und Multitalent Louis Savelli, bei der Abfassung dieses Buches, das wesentlich von seinem intellektuellen Können und Feingefühl profitiert.

Schließlich gebührt mein aufrichtiger Dank den engagierten Profis, die das Risiko auf sich genommen und sich dafür eingesetzt haben, damit dieses Werk einem breiteren Publikum zugänglich gemacht wird. Sam Pinkus war der erste Literaturagent, der sich als Anwalt dieses Buches hervortat. Ihm folgte mehrere Jahre später der unglaublich talentierte Matt Bialer. Der Verlagsriese Larry Kirshbaum übernahm dieses Amt nicht nur als Literaturagent, sondern auch als scharfsinniger Redakteur und Weiser, der in diesem Werk für unerwartete Nuancen und Blickwinkel sorgte. Nun liegt das Buch in den fähigen Händen von Susanna Einstein und dem begeisterungsfähigen Filmagenten Jerry Kalajian. Globetrotter Lance Fitzgerald sorgt für die Veröffentlichung des Buches in anderen Ländern und Sprachen, während der gebildete und kühne Korrektor Mark Birkley die Lesbarkeit des englischen Textes in entscheidender

Weise verbessert hat. Verbliebene Fehler sind allein mir anzulasten. Redaktionsassistentin Liz Stein macht alles möglich, doch auch die Mannschaft der vielen ungenannten, aber ebenso wichtigen Künstler, Buchdesigner, Vertriebsleute, Buchhändler, Webdesigner, Leser und Social Networker werden das Wunder vollenden.

Abgesehen von denjenigen, die ich vergessen haben mag und um Vergebung bitte, bleibt mir noch ein Mensch, dem ich danken möchte. Als die Verlegerin und Redakteurin Amy Einhorn von Amy Einhorn Books das Manuskript zum ersten Mal las, sagte sie: »Normalerweise veröffentliche ich keine spirituellen Romane, aber wenn ich es täte, dann würde ich dieses hier herausbringen.« Mir fällt kein besseres Kompliment ein – weder für das Buch noch für seine Verlegerin. Amy hat mit der Veröffentlichung von etwas, das nicht von dieser Welt ist, unbegreiflichen Mut bewiesen. In dieses Buch floss dank ihrer hervorragenden Redaktionsarbeit ihr Herzblut ein. Sie ist eine der Heldinnen des Verlagswesens. Ich werde ihr immer dankbar sein.